HEYNE <

Das Buch

Mein Herz machte einen Satz.

Ben.

Er zog seine braunen Lederhandschuhe aus und steckte sie in die Taschen seines braunen Karojacketts, das er ebenfalls auszog und sich über den Arm hängte. Sein hellblaues Hemd schmiegte sich um seine breiten Schultern und seine muskulöse Brust. Ich konnte kaum atmen, während ich zusah, wie er seine Toque *abnahm und seine dichten braunen Haare verwuschelte. Die Hitze kroch mir über den Hals. Es war fast, als würde ich Zeugin eines Holzfäller-Stripteases. Diese braunen Augen, dieser Mund! Er war ein Dreckskerl, ja, aber wieso musste er so gut aussehen? Mit seiner Absage für den Dreh meines Weihnachtsfilms in Chelsea hatte er mir bereits mehr als genug Steine in den Weg gelegt.*

Die Autorin

Chantel Guertin hat bereits zehn Romane geschrieben. Sie arbeitete als Beauty-Expertin in der »Marilyn Denis Show«, einer von Kanadas beliebtesten Talkshows, und als Redakteurin für verschiedene Zeitschriften. Sie lebt mit ihrer Familie in Toronto. Man findet sie auf Instagram und TikTok unter @chantelguertin.

Lieferbare Titel

Listen to Love – Jedes Wort führt mich zu dir

Ein Weihnachtswunsch für dich

CHANTEL GUERTIN

Ein Weihnachtswunsch für dich

ROMAN

Aus dem Englischen von
Andrea Brandl

WILHELM HEYNE VERLAG
MÜNCHEN

Die Originalausgabe *It Happened One Christmas*
erschien erstmals 2023 bei Doubleday, Kanada.

MIX
Papier | Fördert
gute Waldnutzung
FSC® C014496

Penguin Random House Verlagsgruppe FSC® N001967

Deutsche Erstausgabe 09/2025

Neumarkter Str. 28, 81673 München
produktsicherheit@penguinrandomhouse.de
(Vorstehende Angaben sind zugleich
Pflichtinformationen nach GPSR)

Redaktion: Anita Hirtreiter
Umschlaggestaltung: zero-media.net, München
unter Verwendung von Alamy Stock Foto / NAPA; FinePic®, München
Satz: Uhl + Massopust, Aalen
Druck und Bindung: GGP Media GmbH, Pößneck
Printed in Germany
ISBN: 978-3-453-42942-0

www.heyne.de

Für Chris – ich halte die Welt an
und verschmelze mit dir

Kapitel 1

Freitag, 19. Dezember

9:30 Uhr

Michael Bublé hatte völlig recht: Es weihnachtete tatsächlich an jeder Ecke. Die mit Petunien bepflanzten Körbe an den Laternenpfählen waren mit silber- und goldfarbenen Kugeln geschmückt, an den Palmen am Straßenrand hingen filigrane Lichterketten, und auf der Plakatwand der Epic-Firmenzentrale in Burbank prangte die aktuelle Nummer eins der Netflix-Weihnachtsfilme. Mit Michael Bublés Version eines meiner Lieblingsweihnachtslieder über meine Airpods im Ohr – ein gutes Omen für alles Kanadische, was da kommen möge – trat ich durch die Eingangstür von Epic Productions, die wie ein riesiges Weihnachtsgeschenk geschmückt war, und verdrängte jeden Gedanken an Tomas. Was mir ganz gut gelang.

Abserviert. Entsorgt. Wie eine volle Mülltüte. Wieso musste das Wort so negativ behaftet sein? Schlimm genug, dass jemand einen nicht mehr in seinem Leben haben wollte, aber musste man sich auch wie Abfall fühlen? Nicht einmal »gekündigt« klang so brutal. »Den Job verloren« hörte sich an, als wäre das auf ein Missgeschick zurückzuführen, weshalb man nicht mehr dorthin zurückkehren konnte. Was ja nicht das

Schlimmste war. Wenn es so viele Möglichkeiten gab, einen Mitarbeiter vor die Tür zu setzen, wieso konnte man eine Beziehung dann nicht mit einer ähnlich netten Formulierung beenden? Ohne dass der andere sich dabei aussortiert fühlte?

Eigentlich hatte ich weder an Tomas noch daran denken wollen, dass ich keine Pläne für Weihnachten hatte, doch der Bestätigungsanruf für meinen Spraytan-Termin heute Morgen hatte meinen Ex aus dem hinteren Winkel meines Gedächtnisses gezerrt. Den Termin hatte ich bereits vor Monaten vereinbart, um für unsere Reise einen Hauch Farbe zu haben, da ich meinen irischen Teint mit dem höchsten Lichtschutzfaktor jeden Tag eisern vor der kalifornischen Sonne bewahrte.

Ich schob meine XXL-Sonnenbrille hoch, steckte die AirPods in das Ladecase und verstaute sie in meiner schwarzen Crossbody-Bag, die ich zu Jeans und dem korallenroten Boyfriend-Blazer trug.

Der helle Eingangsbereich von Epic war mit Perserteppichen, Secondhand-Sofas und Antikmöbeln ausgestattet, die auch schon bessere Zeiten gesehen hatten. Der Studentencharme war keineswegs unserer Erfolglosigkeit geschuldet, ganz im Gegenteil: Wir waren sogar extrem erfolgreich und hatten das dritte Jahr in Folge den erfolgreichsten Weihnachtsfilm auf Netflix produziert. Einen Innenarchitekten zu engagieren, der das Headquarter auf Vordermann brachte, stand auf unser aller Aufgabenliste, nur kam niemand je dazu, sie bis zu diesem Punkt abzuarbeiten und es anzuleiern. Den Status als größte Produktionsfirma für Weihnachtsfilme behalten zu wollen, war mit einer Menge Arbeit verbunden.

Ich winkte Misha zu, die auf einem Hocker an der Rezeption saß.

»Hey, Zoey!«, rief sie und beugte sich über den Tresen aus wiederverwertetem Treibholz. »Oh, tolle Schuhe«, fügte sie mit einem Blick auf meine Kitten Heels hinzu, die gerade hoch genug waren, dass ich meinem Boss Elijah in die Augen würde blicken können. »Der Babysitter hat vorhin zugesagt. Ich habe also heute Abend Zeit. Wie wär's mit Cocktails im *Azure*?«

»Machen wir«, sagte ich. Misha war eine meiner ältesten und besten Freundinnen.

Ich ging den Flur hinunter, vorbei am Pausenraum, wo ich meine Wasserflasche füllte, und dem ersten Autorenbüro, wo ich Bethany kurz begrüßte, ehe ich nach links in den Korridor mit der angeschrammten Wandfarbe bog. Nach einem kurzen Klopfen betrat ich das Büro von Roberto Diaz, unserem Ober-Problemlöser, dessen vager Titel (Produktionsassistent) perfekt beschrieb, wie er jede produktionstechnische Hürde meisterte.

»Wie läuft es mit den Genehmigungen?« Allein die Erwähnung eines solchen Produktionsdetails zauberte mir ein Lächeln aufs Gesicht und ließ mich sofort all meine Gedanken an Tomas und das bevorstehende Solo-Weihnachtsfest vergessen. Ich konnte es kaum erwarten, mich auf diesen Film zu stürzen. Meinen Feiertagsfilm, eine *Friends to Lovers*-RomCom über Ruby Russo und Jacques Pelletier, die beiden Protagonisten.

Roberto fuhr sich mit seiner gebräunten Hand durch das wirre sandfarbene Haar und fixierte mich mit seinen blauen Augen, dann wies er mit einem Nicken auf das Drehbuch auf dem Stapel gegenüber von seinem Monitor. »Erledigt«, bestätigte er mit einem selbstsicheren Grinsen. »Die letzte Location ging heute Morgen durch.«

»Das schreit nach Ghettofaust«, rief ich und schob meinen Blazerärmel hoch.

Roberto nickte übertrieben. »Ach, Zoey, du weißt ja, dass die Ghettofaust mein Lebenselixier ist.«

Das war der einzige Grund, weshalb ich es überhaupt vorgeschlagen hatte. »Gut gemacht, Roberto.« Mein Lob war aufrichtig gemeint.

»Allerdings gibt's noch ein paar Vorbehalte«, wandte er ein, zog den Papierstapel heran und blätterte zum Formular für die Drehorte, in dessen rechter Spalte meine Anforderungen aufgelistet waren: Haus im Tudor-Stil. Lebensmittelgeschäft. Verschneiter Weg zum Haus. Schätzungsweise umfasste die Liste ein Dutzend Drehorte. Anhand meiner Angaben dürfte Roberto mehrere Wochen lang mithilfe von Google Street View nach den perfekten Locations Ausschau gehalten, mit den Eigentümern Kontakt aufgenommen und einen entsprechenden Tagessatz ausgehandelt haben. Ich wusste genau, wie viel Zeit so etwas in Anspruch nehmen konnte, weil ich früher Robertos Job hatte – so wie die meisten in der Firma.

»Ich weiß, dass du ein Haus im Tudor-Stil haben wolltest«, sagte er. »Eine exakte Entsprechung habe ich nicht gefunden, aber zumindest ein georgianisches Stadthaus, dessen Besitzer, ein Ehepaar, es uns zur Verfügung stellen. Vor zwei Jahren haben wir schon *Weihnachtsfieber* dort gedreht. Es ist großzügig, mit hohen Decken und Stuckverzierungen, außerdem wissen die beiden, was zu tun ist. Ein weiterer Vorteil ist, dass sie auf den Caymans überwintern und ohnehin nicht da sein werden.«

Ich runzelte die Stirn. »Ein georgianisches Stadthaus? Das ist stilistisch gesehen ziemlich weit weg von Tudor. Außerdem klingt es nicht nach Chelsea, finde ich. Spielte *Weihnachtsfieber* nicht in New York?«

Mein Blick fiel auf unser vertrautes Logo, als er die Genehmigung durchblätterte: Das große N mit Filmlochstreifen auf dem linken Strich, dann das schwarze Y und C des New York Film Office, das für die Ausstellung sämtlicher Drehgenehmigungen der fünf Stadtbezirke zuständig war.

Mit meinem frisch lackierten Nagel (*You Don't Know Jacques!* von OPI zu Ehren von Rubys Angebetetem im Film) tippte ich auf die Seite. »Aber das ist die Genehmigung von der New Yorker Filmstelle!« Es war, als hätte mir jemand einen Schlag in die Magengrube versetzt. Einen heftigen.

»Stimmt«, erwiderte er. »Für die 24th Street und die Ninth Avenue. Willst du die anderen Locations sehen? Ich habe eine Bodega an der Ecke West 30th/Tenth Avenue am Haken und bin ziemlich sicher, dass es für den verschneiten Weg mit der High Line klappt, vorausgesetzt, wir drehen montags, was mir als absolut machbar erscheint.«

»Aber ich wollte Chelsea in Québec.« Meine Stimme wurde eine Oktave höher. Ich zupfte an meinen langen braunen Haaren, die ich auf dem Weg aus dem Fitnessstudio am Morgen zu einem Pferdeschwanz zusammengebunden hatte.

»Was meinst du damit?«, fragte er verwirrt.

»Die Kleinstadt. In Québec. In Kanada.«

»Was ist damit?«

»Dort spielt der Film, Roberto! Hast du das Drehbuch nicht gelesen?«

Doch noch bevor ich es ausgesprochen hatte, kannte ich die Wahrheit bereits. Natürlich hatte er es nicht gelesen. Damals, als ich noch seine Position innehatte, als Branchenneuling, hatte ich das auch nie getan. Denn es war schlicht keine Zeit für die Lektüre geblieben.

»Spielt das eine Rolle?«, fragte er, immer noch verwirrt.

»Was ist hier los?«, ertönte eine Stimme auf dem Korridor. Sekunden später steckte Elijah den Kopf zur Tür herein. Er trug einen blauen Blazer über seinem weißen Hemd, in dessen lässig aufgeknöpftem Kragen eine geschmackvolle Goldkette schimmerte. Unter dem Arm hatte er eine zerknautschte Ledermappe, in der linken Hand einen Stift. Der Geschäftsführer von Epic und mein Boss wirkte stets wie von einem Profi gestylt, bis hin zu den Accessoires. Was vermutlich auch der Fall war. Seine Freundin arbeitete als Stylistin in einer Vormittagstalkshow.

»Gar nichts«, wiegelte ich eilig ab. »Nur ein kleines Problem. Nichts, was sich nicht lösen ließe.« Ich rang mir ein Lächeln ab, ehe ich mich wieder Roberto zuwandte. »Also, überlegen wir, woher wir die richtige Genehmigung kriegen.«

»Die richtige?«, hakte Elijah nach. »Welche ist denn die verkehrte?«

»Ein Missverständnis. Roberto hat erstklassige Genehmigungen für Chelsea in New York eingeholt, ich wollte aber Chelsea in Québec.«

»Wir drehen nicht in New York.« Nun hob sich auch Elijahs Stimme merklich. »Dafür haben wir gar nicht das Budget.«

»Das weiß ich«, sagte ich. Außerdem könnten wir auch nicht in New York drehen, weil die Story in den winterlichen Laurentinischen Bergen angesiedelt war. Poutine. Ahornsirup. Céline Dion. Lange Spaziergänge durch verschneite Wälder. Jedenfalls nicht die quirligen Straßen Manhattans.

»Hatten wir nicht eine Genehmigung für Vancouver?«, blaffte Elijah Roberto an.

Robertos Haar flog hoch und senkte sich wieder über seiner Stirn, als er nickte. »Schon.«

»Dann nehmen wir eben die.« Elijah sah mich achselzuckend an.

Ich schüttelte den Kopf. »Wir können aber nicht in Vancouver drehen. Die Geschichte spielt in Québec. Deshalb muss es Québec sein.«

Er musterte mich mit zusammengekniffenen Augen. »Es liegt beides in Kanada. Was macht das schon aus?«

»Es ist definitiv nicht dasselbe«, wandte ich ein. Ich war bereits oft in Vancouver gewesen. Zum Drehen, zum Skifahren mit meiner Schwester und in dieser Surfschule in Tofino mit Tomas – verdammt, wieso musste ich ausgerechnet jetzt an Tomas denken? –, daher wusste ich, dass es nicht mit Québec vergleichbar war. »Der Film heißt *Weihnachtsglück in Chelsea*. Dort sprechen die Leute Französisch. Es gibt Crêpes und Ahornsirup. Chelsea ist eine Kleinstadt.« Ich sah zu Elijah und wieder zu Roberto. »Vancouver ist eine Großstadt. Es würde sich nicht richtig anfühlen. Die ganze Geschichte ist auf Chelsea in Québec ausgelegt, deshalb müssen wir es auch genau dort drehen.«

»Also gut«, sagte Elijah.

Ich atmete auf und registrierte, dass meine Schultern in

den letzten fünf Minuten quasi an meinen Ohren geklebt hatten. Meine Wirbel knackten, als ich den Rücken durchbog. Plötzlich überschlugen sich meine Gedanken. Wie sollten wir gewährleisten, dass wir die erforderlichen Genehmigungen auch bekamen? Das mussten wir schnellstens klären. In der zweiten Januarhälfte sollte es losgehen, bis dahin war es nicht einmal mehr ein Monat.

Endlich trat Elijah vollends ein und tippte mit dem Stift gegen die abgewetzte Ledermappe – wie immer, wenn er angestrengt nachdachte. »In dem Fall müssen wir eben stattdessen *Home for Christmas* drehen.«

Es war, als hätte mir jemand einen Eimer Wasser über den Kopf geschüttet. »Was?«

»Wenn dein Film in Gott weiß wo in Québec gedreht werden muss, wir aber keine Genehmigung für Gott weiß wo haben, nehmen wir eben das Drehbuch des anderen Weihnachtsfilms, der irgendwo spielt, wo wir problemlos eine Genehmigung herbekommen.« Elijah zuckte die Achseln.

Ich sah Roberto an, der zustimmend nickte.

Mein Herz hämmerte. Ich hatte Monate an diesem Drehbuch gesessen, hatte mein ganzes Herzblut hineingesteckt, außerdem war die Story gut und hatte an allen relevanten Stellen auf dem Weg zu den Streamingplattformen grünes Licht bekommen. *Weihnachtsglück in Chelsea* sollte mein großer Durchbruch werden.

»*Home for Christmas* ist …« Ich senkte die Stimme, für den Fall, dass jemand im Büro mit dem Freelance-Autor befreundet war, der das Skript verfasst hatte. »Es ist gut, keine Frage. Weihnachtlich, aber trotzdem eine Geschichte, wie die Leute sie schon tausendmal gesehen haben.«

»Du klingst verbittert«, bemerkte Elijah grinsend.

Das stimmte nicht. Ich hatte das Drehbuch gelesen und wusste, dass die Leute den Film lieben würden. So ungern ich es auch zugab, aber ich wäre ebenfalls davon begeistert, weil ich ein Riesenfan von Weihnachtsfilmen war. Mein Job war schon jetzt der reinste Traum, aber darum ging es hier nicht. Dies war meine große Chance, meinen eigenen Weihnachtsfilm zu drehen. Ich hatte Jahre darauf gewartet, aufzusteigen und mir einen Platz als richtige Regisseurin zu erobern. *Weihnachtsglück in Chelsea* hatte es durch sämtliche Entscheidungsschritte geschafft, das Budget war genehmigt und stand bereit. Die Streamingplattform hatte die Ausstrahlung für nächsten November bestätigt. Ich hatte bereits meine Schwester Stella und meine engsten Freundinnen informiert und sah uns alle zusammen in einem hübschen Chalet bei heißem Kakao mit einem Schuss Baileys gemütlich auf dem Sofa zusammengekuschelt. Es würde uns noch näher zusammenbringen. Und, hey, vielleicht würden sich sogar unsere Eltern den Film ansehen und ein bisschen wehmütig werden.

Na gut, das war vielleicht etwas vorschnell. Aber trotzdem. Ich war so dicht dran, deshalb konnte ich nicht zulassen, dass eine kleine geografische Verwechslung alles kaputt machte.

»Ich übernehme das«, platzte ich heraus und sah zu Roberto, der die Brauen hochgezogen hatte.

Elijah blickte von seinem Handy auf. »Hm?«

»Ich besorge uns die Genehmigungen.« Ich schluckte und drückte die Schultern durch, ohne den Blick von Elijah zu lösen.

»Dir ist hoffentlich klar, dass das zwei Wochen dauern wird«, erwiderte Elijah.

»Ich fahre einfach hin.« Die Idee war mir urplötzlich in den Sinn gekommen. »Nach Chelsea. Ich hole die Genehmigungen persönlich ein.«

Diesmal schossen Robertos Brauen in die Höhe. Auch ich war völlig überrascht von meinem eigenen Vorschlag.

»Du willst nach Kanada fliegen?« Elijah musterte mich neugierig. »Aber nächste Woche ist Weihnachten.«

Ich strich mit dem Finger über die Innenseite meines silbernen Ohrrings. »Stimmt. Und vorher besorge ich die Genehmigungen«, erklärte ich mit einer Überzeugung, die ich selbst nicht ganz so empfand. »Meine Pläne für die Feiertage haben sich sowieso gerade zerschlagen, deshalb habe ich Zeit.«

Ich sah, wie mein Chef im Geiste eine Einschätzung meiner bisherigen Performance und meiner Arbeitsmoral vornahm. Dabei zog er auch all die Wunder in Betracht, die ich in der Vergangenheit zu seinen Gunsten vollbracht hatte. Die Liste war beachtlich, so viel stand fest. Genau deshalb war ich auch so schnell von der Werkstudentin zur Praktikantin sowie über die persönliche Assistentin zur dritten Regieassistentin aufgestiegen und von dort aus direkt zur Regieassistentin befördert worden, alles in Rekordzeit, nicht nur für Epic-Verhältnisse, sondern für die ganze Branche. Auf mein Konto gingen der Ferrari, den ich für *Rudolph in Rom* aufgetrieben hatte (ein Hinterhofganove auf seiner Vespa hatte genau den richtigen Mafioso gekannt, dessen Geldforderung, uns den Wagen für einen Tag zu leihen, noch innerhalb des Budgets gelegen hatte). Ich hatte das Malariamedikament für Belle Bilodeau in der Tasche gehabt, während wir *Noël auf dem Nil* drehten. (Flieg nie ohne das Zeug los, hatte mir meine Mutter in dem Jahr eingebläut, als sie ernsthaft versucht hatte, unsere Beziehung zueinander zu verbessern.) Und vor Kurzem hatte sich Persephone Lanes Stuntdouble den Knöchel gebrochen, also hatte ich mir eine blonde Perücke aufgesetzt und mich im Zuge des Drehs von *Whiteout in Williamsburg* vom Balkon eines Apartmentkomplexes auf das Dach einer Lagerhalle geschwungen. (Es hat durchaus seine Gründe, weshalb Stuntdouble ein anerkannter Ausbildungsberuf ist. Selbst jetzt noch litt ich unter den Folgen.)

»Na gut«, sagte Elijah. »Aber ich brauche die Zusagen bis spätestens zum 25. Dezember in meinem Posteingang, sonst drehen wir *Home for Christmas* in Vancouver. Das Drehbuch ist solide. Genau das, was die Leute wollen. Eine sichere Bank.«

Aber ich wollte *Weihnachtsglück in Chelsea*. »*Merci beaucoup*, Elijah«, sagte ich. »Betrachte es als so gut wie erledigt.«

Kapitel 2

Sonntag, 21. Dezember

17 Uhr

Das Negative in etwas Positives ummünzen, würde meine Therapeutin jetzt sagen, dachte ich, als ich einen kleinen Schluck Wein aus dem Plastikbecher nahm, ihn auf dem Plastiktablett abstellte und auf den blauen Himmel über den Wolken hinausblickte. Aber wie stellte man das an, wenn man vier Jahre lang in eine Beziehung investiert hatte, an die man geglaubt hatte?

Wenn ich ehrlich sein sollte, war ich nicht wegen des Endes am Boden zerstört. Vielmehr war mein eigentliches Problem, dass ich es im Grunde gewusst hatte. Schon seit Monaten war es zwischen uns nicht mehr gut gelaufen. Es hatte so viele Alarmzeichen gegeben, dass es sich angefühlt hatte, als befänden wir uns beziehungstechnisch auf neutralem Terrain, gewissermaßen in der Schweiz statt in den USA. Ich hatte beschlossen, die Schweiz in unserer Beziehung zu sein und vor den Feiertagen bloß keine Welle zu machen. Wir hatten vorgehabt, Weihnachten gemeinsam am Strand auf Teneriffa zu verbringen, worauf ich mich sehr gefreut hatte – na ja, nachdem ich meine Enttäuschung überwunden hatte, dass Tomas über die Feiertage nicht zu Hause bleiben wollte. Noch ein Weihnachtsfest wie eh und je, obwohl ich mir so sehr gewünscht hatte, in dieser Phase meines Lebens wäre das längst anders. Wie bei allen meinen Freundinnen.

»Weshalb sollten wir zu Hause bleiben, wenn wir das gar nicht unbedingt müssen?«, hatte Tomas gefragt.

»Weil es einer der bekanntesten Weihnachtssongs ist«, hatte ich geantwortet. Perry Como war der Ansicht, es gäbe keinen besseren Ort als »Home for the Holidays«, ebenso wie Millionen anderer Menschen. Und ich hatte gedacht, wir könnten vielleicht das Gleiche tun und uns all die weihnachtlichen Rituale gönnen, nach denen ich mich immer so gesehnt hatte, weil wir an Weihnachten nie zu Hause gewesen waren, um in ihren Genuss zu kommen: einen Baum aussuchen, Lichterketten und kitschige Deko aufhängen, sich gegenseitig Geschenke in die Strümpfe am Kamin stecken, damit man sie am Weihnachtsmorgen auspacken konnte.

Aber Tomas hatte für so etwas keinen Sinn. »Alle unsere Freunde beschweren sich, dass die Kinder sie am Weihnachtsmorgen in aller Früh wecken und eine Riesenschweinerei veranstalten und wie erledigt sie um neun Uhr morgens schon sind. Zoey, unsere Freunde beneiden uns um unseren Lifestyle, und du willst das gegen etwas mehr Häuslichkeit tauschen? Vielleicht kommen wir ja eines Tages an den Punkt, aber bis dahin stellt sich doch die Frage, wieso wir nicht an einen weit entfernten Strand reisen, spät ins Bett gehen und ausschlafen?«

Er hatte recht. Unsere Freunde waren tatsächlich neidisch. Sie waren alle verheiratet, die meisten von ihnen hatten Kinder, und ihr Leben drehte sich hauptsächlich um Kinderlieder und die Suche nach der richtigen Montessori-Schule.

Früher fand ich es toll, beneidet zu werden. Doch inzwischen spielte das keine Rolle mehr, weil ich diejenige war, die *sie* um *ihr* Leben beneidete. Und ich wusste, dass wir an den Punkt niemals gelangen würden. Ich betrachtete wieder die Wolken vor dem Flugzeugfenster. Dass er mit mir Schluss gemacht hatte, war die richtige Entscheidung gewesen.

Aber … wie konnte eine Beziehung so vielversprechend anfangen und dann … oh, was war denn das? Das Flugzeug ruckelte, sodass ich meinen Becher festhalten musste. Wie hatten sich so intensive Gefühle und eine solche magische Anziehungskraft zu dem neutralisieren können, was Tomas und mich am Ende noch verbunden hatte? Oder endete es unweigerlich mit einem Kurzschluss, wenn zu Beginn dermaßen die Funken flogen?

Seufzend ließ ich das Gesicht gegen das Fenster sinken. Obwohl ich nicht mehr mit Tomas zusammen sein wollte, schmerzte es mich, dass er mir eine Abfuhr erteilt hatte. Es war die Zurückweisung, die mich kränkte.

Ummünzen, Zoey, positiv denken. Ich schloss die Augen und holte tief Luft. Was Tomas getan hatte, war etwas Positives. Mit dem Ende einer Beziehung löste sich auch die Verantwortung für den anderen. Ich konnte tun, was ich wollte. Tomas hatte mich freigegeben, mir liebestechnisch die Freiheit geschenkt. Ja, das klang super. Lächelnd nippte ich noch einmal an meinem Wein. Ich fühlte mich schon viel besser.

Bis auf die Tatsache, dass ich keine Pläne für Weihnachten und mein Apartment für eine Woche über Airbnb vermietet hatte. Deshalb stand ich nun, da die Reise nach Teneriffa gecancelt war, solange ohne Zuhause da. Was sollte ich jetzt machen? Mom anrufen? Das Flugzeug tauchte in den Wolken ab. Für einen kurzen Moment ließ der Anblick meinen entmutigenden inneren Monolog verstummen, als es wieder auftauchte. Unter mir erstreckte sich die endlose Weite der schneebedeckten Wälder.

Zwei Stunden später waren wir in Ottawa gelandet. Mit meinem Handköfferchen machte ich mich auf dem Weg zum Zollschalter. »Zweck der Reise?«, fragte der Beamte.

»Geschäftlich«, antwortete ich.

Abrupt hob er den Blick von meinem Pass. »Welche Art von Geschäft?«

»Locationsuche.«

»Für …« Er zog die Augenbrauen hoch. Er hatte eine Glatze, freundliche braune Augen und einen braunen Schnauzbart.

Ich lächelte. Er ebenfalls.

»Ich arbeite für eine Produktionsfirma, die auf Weihnachtsfilme spezialisiert ist. Wir haben vor, in Chelsea, direkt hinter der Grenze zu Québec, zu drehen.« Ich habe festgestellt, dass übermäßige Detailgenauigkeit besser funktionierte, wenn jemand sich mit vagen Angaben nicht zufriedengeben wollte.

»Ich weiß, wo Chelsea ist«, erwiderte er trocken.

Wieder lächelte ich. »Natürlich. Jedenfalls suche ich nach geeigneten Drehorten.«

»In Chelsea? Wieso nicht in Wakefield?«

»Was ist so besonders an Wakefield?« Den Namen hatte ich noch nie gehört.

Der Beamte schüttelte den Kopf. »Es ist größer. Malerischer. Mehr Geschäfte. Mehr Menschen. Außerdem gibt es dort die überdachte Brücke.«

Eine überdachte Brücke? Wie in *Die Brücken von Madison County*? Das klang toll, aber nein. Es musste Chelsea sein.

»Chelsea ist wunderschön um diese Jahreszeit«, erwiderte ich beharrlich, als gäbe es nirgendwo sonst Schnee.

Wieder zuckte er die Achseln, schlug eine leere Seite in meinem Pass auf und drückte einen Stempel mit einem Ahornblatt hinein. »Wie auch immer. Ich wünsche Ihnen einen angenehmen Aufenthalt.«

Ich folgte den französischen und englischen Schildern durch den Flughafen, *Exit – Sortie, Arrivals – Arrivées*, und trat in den Schneefall hinaus, was mich in meinem Entschluss, nicht in Vancouver zu drehen, wie Elijah vorgeschlagen hatte, noch bestärkte. Wenn es hier schon so herrlichen Schnee gab, konnte ich es kaum erwarten, welches Winterwunderland mich auf der anderen Seite des Flusses in Chelsea empfangen würde.

Auf dem Weg zum Mietwagenpark blieb ich stehen, als die Scheinwerfer eines Autos die riesigen tanzenden Flocken erhellten. Die Reifen auf dem Asphalt machten ein Geräusch, als reiße man einen Klettbandstreifen ab. Ich ging weiter und dachte darüber nach, wie schön es war, sich ausnahmsweise eine Szene nicht in schneebedecktem Zustand vorstellen zu müssen, was bei unserer Locationsuche häufig der Fall war. Außerdem war der Schnee ein gutes Omen. Der letzte Film, den wir bei echtem Winterwetter gedreht hatten, *Santas Skiparadies* mit Benji Goldman, war ein Riesenerfolg gewesen, der sich seit Jahren hielt. Vielleicht wurde mein Projekt ja ebenfalls zum Klassiker.

Mein Handy läutete, als ich in der Mietwagenschlange stand. Es war Stella, meine jüngere Schwester.

»Und, wie ist der Vibe auf den Kanaren?«, fragte sie. »Eher Boho-Chic oder klassischer Minimalismus?« Sie arbeitete als Anthropologin und beschrieb die meisten Dinge mit stilistischen Ästhetikbegriffen.

»Die Reise findet nicht statt.« Ich bemühte mich um einen unbeschwerten Tonfall. »Ich bin in Québec. Genauer gesagt, so gut wie. Das mit Tomas und mir ist vorbei.«

»Was?«, rief sie erschrocken. »Seit wann denn?«

»Seit zehn Tagen.«

»Zoey! Wieso hast du mich nicht angerufen?«

»Ehrlich gesagt ist es halb so wild, Stella. Und ich wollte dir deine Flitterwochen nicht verderben. Wie war's denn?« Stella und ihr frischgebackener Ehemann Eitan waren die vergangenen vier Wochen auf Safari in Südafrika gewesen.

»Viele Tiere. Viel Sex«, erwiderte Stella. »Aber wechsle jetzt nicht das Thema. Ist Tomas allein geflogen?«

Ungeduldig blickte ich auf die Schlange. Es standen immer noch mehrere Personen vor mir. »Weiß ich nicht. Meinen Flug habe ich storniert. Ich wollte nicht riskieren, dass er fliegt und wir am Ende in derselben Maschine sitzen. Und dann vielleicht noch das Zimmer teilen müssen, weil das Hotel über die Feiertage ausgebucht ist.« Als Regieassistentin hatte ich an einem Film mitgearbeitet, in dem genau das passierte – eine Wiederholung im wahren Leben mit meinem Ex-Freund brauchte ich ganz bestimmt nicht.

»Puh. Geht es dir so weit gut?«

Die Schlange vor mir bewegte sich ein Stück vorwärts. »Mir geht's okay. Ganz gut. Wenn ich ehrlich sein soll, war es schon seit Monaten vorbei, ich hatte bloß nichts unternommen. Wegen der Reise.«

»Wegen Weihnachten«, korrigierte sie mich und hielt dann inne. »Moment mal. Was ist dann mit deiner Planung zu Weihnachten? Hast du nicht deine Wohnung über Airbnb vermietet?«

»Ich arbeite.«

»Aber doch nicht an Weihnachten. Da arbeitet niemand, Zoey.«

Ich seufzte. »Ich bin dabei, eine Drehgenehmigung zu besorgen, damit wir gleich nach Weihnachten anfangen können.«

»Das ist ja toll. Aber wie lange dauert das? Bis morgen?«

Jemand tippte mir auf die Schulter. Ich sah auf und stellte fest, dass sich zwischen mir und der Person vor mir eine große Lücke gebildet hatte. Ich trat vor.

»Komm doch zu uns«, sagte Stella. »Wir feiern zwar kein Weihnachten, aber du könntest trotzdem schöne freie Tage mit deiner neu-jüdischen Schwester und deinem Schwager verbringen. Leider fällt Chanukka dieses Jahr nicht auf die Weihnachtstage und auch auf keinen Freitag, sonst hättest du mit mir Challa backen können.«

Ich grinste. »Du weißt, wie man Challa backt?«

Ein Teil von mir konnte immer noch nicht glauben, dass Stella wegen Eitan zum Judentum konvertiert war, gleichzeitig war es absolut nachvollziehbar. Damit war sie von dem Druck befreit, ein magisches Weihnachtsfest auf die Beine zu stellen, obwohl ihr wie mir jeglicher Bezug dazu fehlte – mit Ausnahme dieses einen magischen Weihnachtsfests in Chelsea vor vielen Jahren.

Ich hörte Stella im Hintergrund auf ihre Tastatur tippen. »Von Montréal aus gibt es Direktflüge nach Boston. Das ist praktisch um die Ecke. Bitte komm her.« Sie hielt inne. »Am 26. muss ich zwar arbeiten, aber am 25. hätte ich Zeit. Das ist immerhin etwas.« Sie wartete nicht auf meine Antwort. »Du kommst her. Schreib mir, sobald du die Flugdaten hast.«

»Na gut«, willigte ich widerstrebend ein. Ich liebte Stella, doch jemanden zu besuchen, der kein Weihnachten feierte, kam mir noch deprimierender vor, als ganz allein zu sein. »Allerdings brauche ich mindestens noch einen oder gar zwei Tage, bis ich hier fertig bin.«

Damit schien sich meine Schwester zufriedenzugeben.

»Ich muss jetzt auflegen«, sagte ich zu ihr. »Hab dich lieb.«

Das Foto von uns beiden erschien auf dem Display. Es war etliche Jahre alt, aufgenommen an diesem wunderbaren verschneiten Weihnachtsfest, das wir mit Mom und Dad in Chelsea verbracht hatten. Damals waren wir noch Kinder gewesen – ich elf, Stella neun –, und wir saßen in zueinanderpassenden Schlafanzügen vor dem glitzernden Weihnachtsbaum. Ich hatte die Aufnahme, die an meinem Kühlschrank hing, mit dem Handy abfotografiert, in der Annahme, dass sie ein gutes Omen für meine Reise hierher wäre.

Die Idee dahinter war, ein perfektes Weihnachten auf dem Bildschirm zu erschaffen, das so besonders war wie das, welches Stella und ich damals – dieses eine Mal – erleben durften, und dadurch die Litanei an Enttäuschungen der nachfolgenden Feste zu eliminieren.

So wie das, als ich sieben war.

Es war noch dunkel draußen, als mich das Klirren von zerbrechendem Glas weckte. Santa, dachte ich und kletterte so leise wie möglich aus dem Bett. Auf Zehenspitzen ging ich zur Treppe und spähte ins Wohnzimmer unten. Mein Vater fläzte auf dem Sofa, ein Bein auf dem Couchtisch, vor ihm ein zerbrochenes Weinglas auf dem Holzfußboden. Meine Mutter schlief in einem Sessel neben ihm.

Ich ging wieder ins Bett, nur um am nächsten Morgen dasselbe Szenario vorzufinden. Keine Strümpfe am Kamin. Keine Geschenke. Kein Weihnachtsmann. Ich war überzeugt, dass Santa nicht zu uns gekommen war, weil meine Eltern die ganze Nacht im Wohnzimmer gewesen waren, und wartete auf eine Entschuldigung und die Erklärung, dies sei der Grund. Aber es kam nichts. Wir bekamen bloß beide eine nicht eingepackte Schachtel Billigpralinen aus dem Supermarkt, ehe sie sich ins Bett legten, um ihren, wie ich heute wusste, fürchterlichen Kater auszuschlafen.

Im nächsten Jahr war es auch nicht besser. Mein Vater hatte uns verlassen (das erste Mal), und meine Mutter war viel zu deprimiert gewesen, um einen Gedanken an Weihnachten zu verschwenden, deshalb gab es wieder keine Strümpfe mit Geschenken … noch nicht einmal einen halbherzigen Versuch, so etwas wie Stimmung aufkommen zu lassen. Keine Weihnachtsmusik, kein besonderes Frühstück, keine Spiele vor dem Kamin. In diesem Jahr fand ich die Wahrheit heraus. Nicht nur über den Weihnachtsmann, sondern über Weihnachten allgemein – dass es nur ein magischer Feiertag ist, wenn man jemanden hat, der diese Magie für einen entstehen lässt.

»Nächster! *Suivante!*«, rief eine Stimme. Ich löste mich aus meinem Tagtraum und stellte fest, dass ich an der Reihe war.

Eilig steckte ich mein Handy in die Tasche meines weißen Wollmantels und trat an den Schalter, wo ich meine Reservierungsbestätigung dem Mitarbeiter hinschob, der aussah, als hätte er erst seit gestern einen Führerschein. Der Junge brauchte eine halbe Ewigkeit, um die Daten in seinen Computer einzugeben. »Und Sie nehmen natürlich die Zusatzversicherung für $ 14,99 pro Tag?«

»Nein, danke, ich bin über meine Kreditkarte versichert.« Ungeduldig sah ich auf die Uhrzeit auf meinem Handy.

»Sicher? Es ist eine Rundum-Versicherung. Sie müssen sich um nichts Gedanken machen.«

»Ja.«

»Ja, Sie nehmen sie?«

Ich atmete aus und lächelte. »Nur einen einfachen Wagen, ganz normal, keine Extras«, antwortete ich und bemühte mich, ruhig zu bleiben.

Mein Blick fiel auf den an der Wand montierten Flachbildschirmfernseher, auf dem die Nachrichten liefen. Direkt unter den aktuellen Aktienkursen verlief ein rotes Band: TEMPERATURSCHWANKUNGEN LÖSEN SCHWERE SCHNEESTÜRME INNERHALB DER NÄCHSTEN 24–48 STUNDEN AUS. ANWOHNER DER REGION GATINEAU UND DEM HAUPTSTADTGEBIET WERDEN GEWARNT, SICH AUF KÄLTEEINBRÜCHE UND STROMAUSFÄLLE EINZUSTELLEN. Geistesabwesend überlegte ich, wie weit Chelsea entfernt sein mochte. War der Gatineau Park nicht der Ort, den ich für die Schneespaziergang-Szene im Sinn hatte – wenn Ruby den Labrador entdeckte, der Jacques ausgebüxt war?

Endlich erschien der Mitarbeiter mit einem Schlüssel in der Hand. »Gute Nachrichten!«, rief er. »Sie haben ein Upgrade für einen Land Rover.«

Seine übermäßige Begeisterung erweckte den Anschein,

als hätte ich im Lotto gewonnen. »Hat er Vierradantrieb und Sitzheizung?«, fragte ich, wobei ich stolz war, dass ich angesichts des nahenden Schneesturms daran gedacht hatte.

»Der Land Rover? Aber natürlich!«

Ich nickte voller Stolz, dass ich nicht nur an die beheizbaren Sitze, sondern auch an den Vierradantrieb gedacht hatte.

Fünf Minuten später war mein Koffer im Land Rover verstaut, ich hatte auf Google Maps die Route eingegeben und fuhr voller Vorfreude vom Parkplatz auf die schneebedeckten Straßen. Das rhythmische Geräusch der Scheibenwischer war hypnotisch. Ich fummelte am Radio herum, bis ich auf einen Sender mit Weihnachtsliedern stieß, drehte die Lautstärke auf und begleitete lautstark Mariah Carey bei »All I Want for Christmas is You«. Die Route führte mich durch das Zentrum von Ottawa. Ich fuhr an einem Markt vorbei, wo sich mit Einkaufstüten beladene Leute drängten. Die Straßenlampen waren mit Lichtern, Grünzeug und großen roten Schleifen geschmückt. An einer Ampel neben einem Park hielt ich und sah … einen Mann auf Langlaufskiern? Ich kniff die Augen zusammen. Ja, er trug eine enge Lycra-Hose, eine schmal geschnittene Jacke und eine Strickmütze – wie nannte man die Dinger in Kanada noch? Ich ging die kanadischen Begriffe durch, die ich im Zuge der Arbeit am Drehbuch recherchiert hatte. Ah, genau. *Toque.*

Ich lächelte dem Skifahrer zu, dessen Gesicht halb von der Sturmhaube bedeckt war und der auf den schmalen Skiern durch den Park rauschte. Es war die perfekte Szene für einen Weihnachtsfilm – allerdings würde ich die Sturmhaube wohl eher weglassen, weil sie eher an eine Kidnappingszene aus

Fargo denken ließ als an eine berührende Christmas-Rom-Com.

Als die Ampel auf Grün sprang, fuhr ich weiter, während ich suchend den Blick umherschweifen ließ. Es ist der Fluch des Locationscouts, unablässig nach perfekten Drehorten Ausschau zu halten, von dem ich mich auch nicht befreit hatte, nachdem ich nicht länger diese Funktion bei Epic innehatte. Im hinteren Teil des Parks entdeckte ich ein Ahornwäldchen und behielt es im Hinterkopf für den Fall, dass Chelsea sich als doch nicht so idyllisch erweisen sollte. Aber eigentlich war ich mir meiner Sache recht sicher. Ein Feuerwehrfahrzeug raste mit heulender Sirene vorbei. Langsam fuhr ich weiter, sah abwechselnd nach links und rechts, um alles aufzusaugen. Jemand hupte hinter mir, also beschleunigte ich.

Im Geiste ging ich durch, was wir brauchen würden: Eine Weihnachtsbaumschule. Ein gemütliches Café. Einen lauten Pub, wo Musik gespielt wurde, damit die Leute auf dem Höhepunkt mitsingen konnten. Ein außergewöhnliches Haus mit einem mindestens vier Meter hohen Baum, weil alles andere im Fernsehen zu mickrig wirkte. Epic hatte für jede Produktion ein bestimmtes Budget für die Locations, aber da Roberto bereits nicht erstattungsfähige Anzahlungen für Orte in Manhattan geleistet hatte, stand mir weniger als üblich zur Verfügung. Doch das sollte kein Problem sein. Ich hatte Chelsea noch nicht in vielen – falsch, in gar keiner – Produktionen gesehen. Dass es noch nie als Kulisse für einen Film gedient hatte, bedeutete, dass die Bewohner begeistert über die Aufmerksamkeit wären, wodurch sich, zumindest in einer perfekten Welt, die Kosten für die Nutzung ihrer Häuser, Geschäfte und dergleichen reduzieren würden. Was mir wiederum mehr Auswahlmöglichkeit verschaffte und den Film hochkarätiger wirken ließe.

Aber in Wahrheit war es gar nicht die Aussicht, mit einem überschaubaren Budget einen Hollywoodstreifen auf die Beine zu stellen, die mich antrieb. So großen Spaß es machen mochte, eine fiktive Geschichte auf die Bildschirme zu bringen, bereitete man in erster Linie den Menschen im Ort eine Freude. Wenn ein Ladenbesitzer sein Geschäft, in das er all sein Herzblut und endlos viele Arbeitsstunden gesteckt hatte, später im Fernsehen sah, war er entzückt. Das Lebenswerk der Menschen war gewissermaßen unsterblich gemacht worden, ganz zu schweigen vom wirtschaftlichen Aufstieg, den ein Film einem Städtchen bescheren konnte, manchmal so sehr, dass er über die Feiertage hinweg über das ganze Jahr reichte. Das war mir die größte Freude.

Nachdem ich die Brücke über den Ottawa River passiert hatte, verteilte sich der Verkehr, und schon bald befand ich mich auf einer leeren, vierspurigen Straße durch den verschneiten Wald. Schon besser: unberührter Schnee, riesige Bäume, Weihnachtsbeleuchtung an den Häusern in den Bergen. Kein Autohupen, keine Krankenwagensirenen. Bis auf die Weihnachtsmusik aus dem Radio herrschte herrliche Stille. Vom Highway bog ich in eine kleinere Straße mit altmodischen Laternenpfählen, deren bernsteinfarbenes Licht das Ortsschild *Village du Chelsea* in einen warmen spätnachmittäglichen Schein tauchten. Ich lächelte. Wie idyllisch es hier war! Schon jetzt sah ich die Eröffnungsszene, die genau diesen Straßenabschnitt zeigte, vor mir, als unvermittelt ein Reh auf die Straße lief. Sein Fell war olivfarben, es hatte muskulöse Flanken und einen kleinen weißen Schwanz. Es blieb direkt vor mir stehen und starrte mich mit großen, mandelförmigen Augen an. Sein kleines Geweih ließ es beinahe wie eines von Santas Rentieren aussehen, die natürlich nicht real waren. Im Gegensatz zu diesem Tier. Ich keuchte auf und trat voll auf die Bremse. Das Pedal berührte das Bodenblech, ich krallte die Hände um das Lenkrad, während der SUV über die vereiste Straße schlitterte – direkt auf das Reh zu. »O nein, o nein«, stöhnte ich. Ein Reh anzufahren, war so ziemlich das Letzte, was ich jetzt noch brauchte. So viel zum Thema »schlechtes Omen«. So unvermittelt, wie das Tier auf die Straße gerannt war, kam der Land Rover einen halben Meter vor ihm zum Stehen. Ich starrte das Reh an, legte die Automatik auf Parken und blieb einen Moment hinter dem Steuer sitzen, um mich ein wenig zu fangen. Nach ein paar Minuten blickte ich aus dem Beifahrerfenster auf die Stelle, wo das Tier verschwunden war. Hinter dem Friedhof erblickte ich ein schwarzes schmiedeeisernes Tor vor einer traditionellen Kirche im gotischen Stil, die lediglich wegen der am Zaun angebrachten Lichter auszumachen war.

Als sich mein Herzschlag auf einem normalen Rhythmus eingependelt hatte, fuhr ich weiter, bis ich zu einem riesigen Weihnachtsbaum gelangte, der bis zur Spitze hinauf mit bunten Lichtern geschmückt war und den dunkler werdenden Himmel erhellte. Ich erinnerte mich an diesen Baum. Nach dem Eislaufen hatten Stella und ich auf einer der darum gruppierten Bänke gesessen und heiße Schokolade getrunken. Wo hatten wir den Kakao hergehabt? Aus unserem Ferienhaus in einer Thermoskanne? Oder hatten Mom und Dad ihn in einem Café gekauft? Einige Details von damals hatte ich noch deutlich vor Augen, andere waren verschwommen. Trotzdem spürte ich bereits die vertrauten Gefühle, die von mir Besitz ergriffen, nun, da ich wieder in Chelsea war: Wärme. Glück.

Die kleine Pension, in der ich ein Zimmer reserviert hatte, befand sich nur ein paar Meter daneben. Ich stellte den SUV auf dem Parkplatz ab, nahm meinen weißen Wollmantel vom Rücksitz und streifte meine camelfarbenen Kaschmirhandschuhe über, dann hievte ich meinen Rollkoffer aus dem Wagen und zog ihn hinter mir her über eine niedrige Schneewehe auf den Bürgersteig. Nach ein paar Metern sah ich auf meine Bailey UGGs, die jetzt, wo ich darüber nachdachte, vielleicht nicht ganz das ideale Schuhwerk für diese Witterung sein könnten. Meine Zehen fühlten sich schon leicht taub an, und die Nässe drang durch das dünne Wildleder. Ich blieb stehen, knöpfte meinen Mantel zu und schlug den Kragen hoch. Warm war mir nicht direkt, aber das machte mir nichts, denn der Anblick wärmte mein Inneres auf der Stelle: Weiße und bunte Lichter glitzerten und blinkten an den Häusern, Büschen und Bäumen. Fluffige Schneeflocken fielen vom Himmel und landeten geräuschlos auf sämtlichen Oberflächen. Ich seufzte zufrieden. Ich war hier: im malerischsten Städtchen, das ich kannte, und jenem Ort, mit dem ich die glücklichsten Weihnachtserinnerungen verband.

Die Häuser auf der Hauptstraße waren klein und kastig und wie Monopoly-Häuschen in leuchtendem Gelb, Türkis und Ocker gestrichen. Wegen ihrer steilen Metalldächer blieb der Schnee lediglich an den Dachvorsprüngen hängen, was sie wie Zuckerguss an einem Lebkuchenhaus aussehen ließ. Die Schilder waren alle auf Französisch: *Boulangerie.*

Fromagerie. Bibliothèque. Le Pub du Village. In den Unterlagen, die Roberto für mich zusammengestellt hatte, stand, dass die Rezeption der *Auberge Rouge* bei meiner Ankunft geschlossen sein könnte und ich den Schlüssel in *La Petite Grocerie* bekäme, die sich wenige Häuser neben der Pension befand. Staunend ließ ich den Blick über die hübsch gestrichene, rundum verlaufende Veranda schweifen. Auf der rechten Seite stand ein rot, grün und weiß gestrichenes Kanu mit einem echten, komplett geschmückten Weihnachtsbaum mitten darin. Ich konnte mir vorstellen, wie die Besitzer am Ende des Sommers beratschlagten, was sie mit dem Kanu anstellen sollten, und einer meinte: »Lassen wir es doch einfach auf der Veranda und stellen einen Weihnachtsbaum hinein. Das gibt ein festliches Flair!« Ich zog meinen Koffer die schneebedeckten Stufen hinauf und drehte den Türknauf. Abgeschlossen. Mein Blick fiel auf den handgeschriebenen Zettel an der Tür. *Schlüssel im Briefkasten.* So viel zum Thema Sicherheit. Ich spähte in den Briefkasten neben der Tür, wo tatsächlich der Schlüssel lag, zusammen mit einer Anweisung auf Französisch, die ich erfolglos zu übersetzen versuchte. Hoffentlich enthielt sie nichts Wichtiges.

Auf dem Rückweg zum Gasthof bauschte sich mein Atem als dicke Wolke vor meinem Mund, und der Schnee glitzerte im Mondschein. Die *Auberge Rouge* war ein zweistöckiges Gebäude zwischen Kiefern und kahlen Ahornbäumen, das von der Vorderseite Zugang zu sämtlichen Zimmern bot wie bei einem Apartmentkomplex. Ich sah auf den Schlüssel. Zimmer 204. Ich zog meinen Koffer die Metallstufen hinauf und an teils dunklen, teils erleuchteten Fenstern vorbei. In einem der Gästezimmer waren die Vorhänge nicht zugezogen, sodass ich ein Pärchen mit Weißweingläsern am Küchentresen sitzen sah. Zimmer 204 befand sich auf der rückwärtigen Seite des Gebäudes.

Ein großer Wollteppich in Rot- und Goldtönen lag auf dem Holzfußboden. Das Bett war niedrig und mit blütenweißer Bettwäsche bezogen. In der Ecke befand sich ein echter Kamin mit einem kleinen Stapel Feuerholz davor, daneben ein abgenutzter Ledersessel und eine bogenförmige Leselampe. Auf dem Tischchen neben dem Sessel lagen drei Bücher. Eukalyptusduft hing in der Luft. Das Zimmer fühlte sich warm und einladend an. Ich hatte nur für zwei Nächte gebucht, wünschte jedoch, es wäre länger.

Mein Handy summte. Noch während ich Mishas Einladung las, Weihnachten bei ihr zu verbringen, kam auch Stellas. So dankbar ich für meine Schwester und meine beste Freundin sein mochte, galt meine Aufmerksamkeit erst einmal dem Film statt dem Fest.

Ich sah auf meine Uhr. Acht Uhr. Obwohl ich eine anstrengende Anreise hinter mir hatte, war ich nicht müde, sondern immer noch auf L.A.-Zeit eingestellt, wo es gerade erst fünf Uhr war. Was jetzt? Ich könnte einen kleinen Spaziergang durch den Ort machen oder mir einen Film im Bett ansehen. Oder auf einen Drink in den Pub gehen. Ich entschied mich für Letzteres. Morgen früh hätte der Pub geschlossen, und wenn ich gleich loszog, wüsste ich schon einmal, was mich erwartet. Ich hob mein Glas. »Außerdem muss ich morgen früh raus.«

Zehn Minuten später, nachdem ich mich im Badezimmer frisch gemacht, mir die Haare gebürstet und eine neue

Schicht Lipgloss aufgetragen hatte, ging ich die Straße entlang, während die Flocken ringsum fielen. Auf der anderen Straßenseite hatten sich Leute um ein Lagerfeuer vor der grün-weiß gestrichenen Pizzeria versammelt. Laute Musik und Gelächter drangen an meine Ohren. Ich suchte die Straße nach dem richtigen Monopoly-Häuschen ab, bis ich das kleine braune mit dem Schild gefunden hatte. *Le Pub du Village.*

Die Stufen waren breit und führten zu einer Rundumveranda. An den Dachvorsprüngen waren mit winzigen Lichtern geschmückte Birkenzweige angebracht. Sehr hübsch. Ich machte ein Foto davon und gab es zu meiner Liste, ehe ich die Stufen hinaufging und um ein Grüppchen herumtrat, das sich vor der Tür versammelt hatte. Die schwere Tür ging auf, und intensiver Bier- und Esskastaniengeruch schlug mir entgegen. Zu Laternen umfunktionierte Einmachgläser hingen an der dunkel holzvertäfelten Decke, rings um den Raum herum waren Vintage-Glühlampen angebracht. Links befand sich ein langer Eichentresen mit einem Drahtgestell, an dem kopfüber Weingläser aufgehängt waren, davor standen Barhocker ohne Lehnen. Die Decke des Gastraums auf der rechten Seite war niedriger, und kein einziger der kleinen Tische war frei, glücklicherweise blieb gerade genug Platz, um sich an die Bar zu stellen.

Ich zwängte mich durch die Leute – Entschuldigung, *excusez-moi*, Verzeihung, *pardon*. Wer hätte gedacht, dass ich so viele französische Vokabeln aus der Zeit des Drehbuchschreibens behalten hätte? –, bis ich eine kleine Lücke fand und dem Barkeeper ein Zeichen gab. Er war etwa vierzig, mit Vollbart, roter Strickmütze und passendem rotem Waffelpiqué-Shirt. An jedem seiner Finger steckte ein breiter Ring, seine linke Halsseite bedeckte ein Tattoo – irgendein Wort in Kursivschrift, das ich wegen eines Barts allerdings nicht lesen konnte. Er bemerkte mich und winkte mir zu, dann stieß er ein herzhaftes Lachen aus und rief etwas auf Französisch. Seine Stimme war tief und voll. Ich ging davon aus, dass er fragte, was ich trinken wollte. Eigentlich stand mir der Sinn nach einem Gin Tonic, doch ich hatte keine Ahnung, wie ich das auf Französisch sagen sollte.

An der Holzwand hinter dem Tresen hingen mehrere Schilder, eines davon mit einem Weinglas und dem Wort *vin*.

»Vin«, rief ich.

Er lachte. »Ah. Ein Glas Wein also. Rot oder weiß?«

Mein Französisch war also offenbar nicht überzeugend genug gewesen.

»Rot«, antwortete ich und fragte mich, ob es vielleicht etwas genauer sein könnte, doch der Barkeeper nickte, nahm eine Flasche unter dem Tresen hervor und zog den Korken heraus. Einen Moment später streckte er mir das Glas hin, und ich nahm es am Stiel, als ihm jemand neben mir etwas zurief. Er reckte den Daumen.

»Du hättest den Gin nehmen sollen«, sagte eine Stimme rechts von mir.

Ich drehte mich um. Der Typ war ein Riese. Runder Kopf, dicker Bauch, sodass die Hemdknöpfe spannten, und Bartstoppeln – nicht kurz genug, um es als Bartschatten zu bezeichnen, aber auch nicht lang genug für einen richtigen Bart, sondern einfach nur ungepflegtes Gestrüpp. Sein Haar war schmierig, auf seinen Brillengläsern waren Fingerabdrücke zu erkennen. Er grinste vielsagend. Ich stöhnte innerlich. In meiner perfekten Feiertagslocation waren Schmierlappen nicht vorgesehen.

»Deux gin tonics«, rief er dem Barkeeper zu, dann sah er mich an und streckte die Hand aus. »Stéphane. Und du bist …? Außer hinreißend.«

Oje. Ich verzog das Gesicht. »Zoey«, antwortete ich widerstrebend.

Er deutete auf die an der Wand aufgereihten Flaschen. »Die destillieren ihren eigenen Gin. Den musst du probieren.« Der Barkeeper nahm eine große Flasche vom Regal hinter ihm – GIN stand in Blockbuchstaben darauf.

Vielleicht war Stéphane ja doch ganz nett. »Ehrlich gesagt war das sogar meine erste Idee«, gestand ich und nippte an dem Wein, der gar nicht mal so übel schmeckte, vor allem, wenn man bedachte, dass er in einem Pub ausgeschenkt wurde. »Aber ich wusste nicht, wie man es auf Französisch sagt.«

Erste Regel bei der Locationsuche: Selbst wenn die Person noch so abgeranzt wirken mag, sei nett, weil du nie weißt, mit wem du es zu tun hast. Könnte ja sein, dass ihm der Laden hier gehört. Obwohl bei der Locationsuche die Bewertung von außen im Mittelpunkt stand, galt das für Menschen nicht unbedingt, auch wenn die fragliche Person nach Maischips roch.

»Deshalb habe ich das übernommen.« Stéphane lachte. »Gin Tonic. *Gin tonic.* Habe dir gerade einen bestellt.«

Ich schüttelte den Kopf. »Danke, aber nein. Jetzt habe ich ja ein Glas Wein.« Ich hob mein Glas. »Außerdem muss ich morgen früh raus.«

»Morgen gibt's kein *früh raus.* Heute ist Wintersonnwende«, polterte er. »Die längste Nacht des Jahres. Da muss durchgezecht werden.« Er sah sich um. »Die ganze Nacht, okay?« Er nahm dem Barkeeper die beiden Gläser ab und kippte das eine hinunter, ehe er es auf den Tresen knallte.

»Los, probier mal«, nuschelte er und schob mir das zweite Glas zu, wobei mir sein nach Gin und – was noch? Chicken Wings? – stinkender Atem entgegenschlug. Prompt rebellierte mein leerer Magen.

»Nein, wirklich, mach ruhig.« Ich musste hier weg, keine Frage. Ich konnte nur hoffen, dass er nicht der Besitzer des Pubs war.

»Aber ich habe ihn dir spendiert.« Leise Aggression schwang in Stéphanes Tonfall mit.

Folgendes: Ich lasse mir grundsätzlich keine Drinks spendieren. Vor allem nicht, wenn ich irgendwo fremd bin und die Typen nicht kenne. Ich trat einen Schritt zurück und sah mich um. »Ah, da ist ja eine Freundin.«

Ich deutete vage in eine Richtung, doch Stéphane kam sofort näher und schloss die Lücke, die ich mir als Fluchtweg zwischen ihm und mir geschaffen hatte.

Ich zwang mich zu einem Grinsen. »Dann mal schönen Abend noch.« Ich wollte mich an ihm vorbeischieben, aber das würde sich nicht bewerkstelligen lassen, ohne mit ihm in Berührung zu kommen. Ich kniff die Augen zusammen und hielt den Atem an. Und dann passierte es: Seine Hand lag auf meinem Hinterteil.

»Ernsthaft, Kumpel?«, fauchte ich.

Stéphane feixte, als hätte ich ihm ein Kompliment gemacht.

»Fass mich nicht an!«

»Pourquoi pas?« Er beugte sich so nahe, dass ich die Worte förmlich spüren konnte.

Ich hob die Hand, um ihm eine Ohrfeige zu verpassen, als eine laute Stimme rechts neben mir ertönte. Abrupt drehte Stéphane den Kopf in die Richtung. Ich sah das Profil eines Mannes, der etwa in meinem Alter oder etwas älter sein dürfte, groß, schlank und breitschultrig in einem kastanienbraun karierten Flanellhemd, das eng um seinen Oberkörper lag. Markantes Kinn, gepflegter Bart, dunkelbraunes, zur Seite gekämmtes Haar. Ihn beurteilte ich mit dem größten Vergnügen nach seinem Äußeren. Wieso hatte *er* mir keinen Drink spendieren können?

Den Blick auf seinen vollen Mund geheftet, lauschte ich seinem scharfen Tonfall, als er auf Französisch etwas zu Stéphane sagte.

Er wandte sich mir zu. *»Ça va?«*

Seine Stimme war sanfter, leiser, und seine braunen Augen bohrten sich in meine. Seine Wimpern waren unfassbar lang. Ich starrte ihn ausdruckslos an, während ich mir überlegte, wie ich auf seine Frage antworten sollte. Leichter Schwindel hatte mich erfasst.

»Geht es Ihnen gut?« Ein kaum wahrnehmbarer Akzent schwang in seinem Englisch mit.

»Ich habe gerade mit ihr geredet«, warf Stéphane ein, ehe ich etwas erwidern konnte.

»Vollgelabert trifft es wohl eher«, widersprach ihm der Mann. »Interessiert scheint sie jedenfalls nicht zu sein.« Wieder sah er mich an. »Oder waren Sie an einem Gespräch mit ihm interessiert?«

»Das geht dich einen Scheiß an, Alter.« Wieder meldete sich Stéphane zu Wort, bevor ich Gelegenheit hatte, etwas zu erwidern.

Ich zog die Brauen hoch und sah zu, wie er sich vor meinem edlen Ritter im Karohemd aufbaute und ihn anschubste, sodass er einen Schritt zurückweichen musste. Der gut aussehende Typ fing sich und erwiderte etwas auf Französisch, woraufhin Stéphane den Kopf schüttelte und zu einem Schwinger ausholte. Mit einem Aufschrei sprang ich zur Seite, als mein Karo-Held den Arm hochriss und den Schlag mitten in der Bewegung abfing. Inzwischen hatte sich eine Menschentraube um uns gebildet. Ahs und Ohs ertönten. Stéphane schwankte leicht. Einen Moment lang standen die beiden Männer reglos da, dann riss Stéphane seinen Arm weg und knallte sein Glas so abrupt auf den Tresen, dass sein Inhalt in sämtliche Richtungen spritzte. Er schob sich an meinem Retter vorbei und durch die johlende Menge, ehe er zur Tür hinausstapfte.

Ich drehte mich um. »Offenbar sind Sie sehr wortgewandt«, sagte ich, wobei ich meine eigene Stimme über das Rauschen in meinen Ohren kaum hören konnte.

Der Kiefer des Fremden war angespannt. »So was in der Art. Alles in Ordnung?« Ein Schauder überlief mich bis zu den Zehen hinunter, als er den Blick auf mich richtete. So lange und dichte Wimpern hatte ich noch nie gesehen – echte, meine ich. Ich zwang mich, den Blick abzuwenden, schaffte es aber nur bis zu seiner Brust, die so breit war, dass sich das Hemd darüber spannte. Dann fiel mir ein, dass er ja auf eine Antwort von mir wartete. »Jaja, mir geht's gut«, sagte ich zu seinem Brustmuskel. »Danke.«

»Bon.« Wieder begegneten sich unsere Blicke. Er schüttelte den Kopf. »Der Typ ist nicht aus Chelsea. Er ist keiner von uns.« Die Arroganz in seinem Tonfall war erstaunlich sexy. Als gehöre die Stadt ihm und als fühle er sich für seine Bewohner verantwortlich.

»Oh, ich auch nicht«, gab ich verlegen zurück und lächelte. »Aber immerhin habe ich niemandem an den Hintern gefasst oder versucht, Sie umzunieten. Das spricht doch bestimmt für mich, oder?« Ich lachte.

Er zog die Augenbrauen hoch. »Also, in dem Fall muss ich mich im Namen der Stadt für dieses unerfreuliche Erlebnis entschuldigen.«

»Sie müssen keine Verantwortung für den Typen übernehmen«, wiegelte ich eilig ab. »Es ist ja nicht Ihre Schuld.« Dann dämmerte es mir. Schätzungsweise gehörte ihm der Pub, und er wollte verhindern, dass sein Laden wegen irgendwelcher Blödmänner in Verruf geriet. »Darf ich Ihnen einen Drink spendieren? Als Dankeschön?«, fragte ich, während mir bewusst wurde, dass mein Angebot theoretisch ein wenig heuchlerisch sein könnte, andererseits stank ich nicht nach Maischips. Und betrunken war ich auch nicht. Außerdem hatte dieser Mann etwas sehr Nettes getan. Und falls ihm die Bar tatsächlich gehören sollte, wäre dies die perfekte Methode, es herauszufinden.

Einen Moment lang schien er es in Erwägung zu ziehen, doch dann verdüsterte sich seine Miene leicht. »Nein, aber trotzdem danke. Schönen Aufenthalt noch.« Er hielt etwas zu lange Blickkontakt, und ich genoss jede Millisekunde davon. Danach wandte er sich abrupt ab, schob sich durch die Menge und verschwand durch eine Seitentür.

Ich stieß den Atem aus, von dem ich nicht gemerkt hatte, dass ich ihn angehalten hatte. Wer war der Typ? Wohl ein Einheimischer, dem daran gelegen war, dass in seiner beschaulichen kleinen Stadt alles rund lief. Vermutlich war er mit seiner ersten und einzigen Freundin verheiratet und kehrte jetzt in sein liebevoll dekoriertes Heim mit einem echten Weihnachtsbaum zurück, unter dem gerade genug Geschenke lagen, dass die Kinder vor Aufregung kaum schlafen konnten.

Er war genau der Typ Mann, wie Jacques, mein Held in *Weihnachtsglück in Chelsea*, konzipiert war: wahnsinnig attraktiv, nett und verantwortungsvoll. Ich nahm mir vor, einen Schauspieler zu casten, der meinem Retter im Holzfällerhemd ähnlichsah.

Ich trank meinen Wein aus und trat durch dieselbe Tür in den verschneiten Abend hinaus.

Nach einem kurzen Spaziergang war ich in meinem Zimmer und lag in meinem Kuschelschlafanzug im Bett. Beim Schreiben des Drehbuchs hatte ich auf meine Erinnerungen von vor zwanzig Jahren an Chelsea und die damit verbundenen Gefühle zurückgegriffen. Insgeheim war ich unsicher gewesen, ob sich meine Erinnerungen mit der Realität decken würden. Während des Flugs hatte ich befürchtet, Chelsea biete nicht das passende Ambiente für einen Film. Was, wenn die Gebäude im Lauf der Jahre heruntergekommen, verwahrlost oder Vandalismus zum Opfer gefallen waren? Oder wenn sich gar nichts verändert hatte, sondern bloß mein Gedächtnis einen eigentlich trostlosen Ort glorifizierte?

Aber von der Begegnung mit diesem Vollidioten mal abgesehen, war die Realität noch fantastischer, als ich gedacht hatte. Das Wenige, das ich auf dem Weg zum Pub und zurück gesehen hatte, bestätigte die Vision, die ich für mein Drehbuch im Kopf gehabt hatte, nur noch tausendmal besser: Eine adrette Hauptstraße mit kleinen Geschäften in bunten, mit Lichterketten geschmückten Häuschen. Über jeder Haustür ein frischer Mistelzweig mit einer roten Schleife. Schneebedecktes Immergrün. Menschen, die Hand in Hand den Bürgersteig entlangschlenderten. Strickmützen, Karomuster, knisternde Kaminfeuer und französischer Akzent. Ich klappte meinen Laptop auf, wählte meine Weihnachtslieder-Playlist und machte mir Notizen, wie ich die Stimmung noch magischer gestalten könnte, bis meine Lider schwer wurden.

Kapitel 3

Montag, 22. Dezember

8 Uhr

Ich schlug die Augen auf und sah als Erstes die Kiefernholzdecke. Die Sonne schien durch die Fenster. Während ich mich räkelte, fiel mir wieder ein, wo ich war, und ich lächelte voller Vorfreude auf den Tag. Zu meiner Verblüffung ploppten keine Textnachrichten auf, als ich mein Handy vom Nachttisch nahm und den Flugmodus ausschaltete. Aber in Chelsea war es zwar acht Uhr, wohingegen in L.A. alle noch schliefen. Bonuszeit, dachte ich.

Nach einer ausgiebigen Dusche schlüpfte ich in ein Paar schwarze Lululemon-Leggings und einen schwarz-weiß gestreiften Oversized-Pulli mit roten, herzförmigen Flicken auf den Ellbogen. Ich trug Mascara und ein wenig Lipgloss auf und zog meinen weißen Mantel und meine UGGs an. Im Koffer fand ich eine rosafarbene Beanie mit einem Fake-Fur-Bommel, die ich aufsetzte.

Es fühlte sich an, als stünde ich mitten in einer Neuaufnahme von Bing Crosbys »White Christmas«, als ich aus dem Haus trat. Einzelne Schneeflocken fielen vom Himmel. Unberührter Schnee glitzerte im Sonnenschein, der sich durch die Wolken schob. Ich kam an einer Bank vorbei und strich mit meiner behandschuhten Hand über den Schnee, um mich zu vergewissern, dass es sich nicht um das baumwollversetzte Kunstzeug handelte, das wir verwendeten, wenn wir bei einem Dreh Weihnachtsambiente erschaffen wollten, es aber keinen echten Schnee gab. Vor der Pension rollten zwei kleine Jungs die letzte Kugel, die als Kopf für ihren Schneemann dienen sollte, während ein älterer Herr, vielleicht ihr Großvater, etwas aus einem Pappbecher mit orangefarbenem Deckel trank. Er sah auf, bemerkte mich und winkte lächelnd herüber. Eine idyllischere Szene hätte ich kaum schreiben können. Lächelnd winkte ich zurück, dann ging ich die Stufen hinunter. Entlang der Hauptstraße hingen Weihnachtssterne und Tannenzweige an den Laternenpfählen. Der Weihnachtsbaum, der schon gestern im abendlichen Dunkel einen spektakulären Anblick geboten hatte, war auch bei Tag durchaus beeindruckend – er musste mindestens sieben Meter hoch und halb so breit sein. Die bunten Lichter schimmerten, und der Goldstern ganz oben funkelte in der Sonne. Ich musste an den Baum denken, um den die Whos in Whoosville in *Wie der Grinch Weihnachten gestohlen hat* von Dr. Seuss tanzten. Dolly Partons »Christmas on the Square« drang aus an den Pfählen montierten Lautsprechern. Lächelnd sog ich den Duft nach Kiefernadeln und Honig ein. Dieses Städtchen war der reinste Weihnachtstraum.

Der Schnee knirschte unter meinen UGGs, als ich weiterging, bis ich zu einer braunen Scheune mit roter Tür gelangte, die mir bereits gestern Abend auf dem Heimweg aufgefallen war. Eine frische grüne Girlande war um die Pfosten und das Verandageländer drapiert worden, und auf dem Holzschild über der Tür stand: *Rendez-Vous Café*.

Die Luft im Innern fühlte sich wie eine behagliche Decke an und wärmte meine von der Kälte geröteten Wangen. Der Duft nach frisch geröstetem Kaffee und Bananenbrot stieg mir in die Nase. Mir knurrte der Magen.

Ich sah mich um, solange ich in der Schlange hinter einer jungen Frau mit einem kleinen Kind wartete. Fadenscheinige Teppiche lagen auf dem zerschrammten Holzboden. Tiffany-Lampen tauchten den Raum in weiches Licht. An den Wänden hingen gerahmte Zeitungsausschnitte, die über lokale Ereignisse Bericht erstatteten: das hundertjährige Stadtjubiläum; eine Aufnahme von 2018 mit den gebürtigen Chelseaern eines Québec-Teams, das zum ersten Mal die kanadischen Eishockeymeisterschaften gewonnen hatte. Mehrere Fotos von 1998 während eines Eissturms, der die Stadt in eine Eislandschaft verwandelt und für fast eine Woche von der Außenwelt abgeschnitten hatte.

In der Ecke des Raums stand ein Sideboard mit selbst gemachten Kerzen und einem kleinen, mit Gestricktem geschmückten Weihnachtsbaum. Überall saßen Grüppchen um wild zusammengewürfelte Tische auf alten Sofas am Kamin. Es war alles vage vertraut, so als sehe man sich das Remake eines Weihnachtsklassikers an. Dies war eindeutig das Café, in dem Stella und ich unsere heiße Schokolade bekommen hatten, die wir vor dem großen Baum an der Hauptstraße trinken durften.

»*Bonjour*«, sagte die Frau hinter der Verkaufstheke. Ihre grau melierten Locken hatte sie zu einem tief sitzenden Knoten frisiert. Sie trug eine Nickelbrille mit Metallgestell, und hinter ihrem Ohr klemmte ein schwarzer Kugelschreiber. Ihre rote Schürze hatte sie in der Taille zusammengezurrt, und das schwarz-weiße Namensschild verriet, dass sie Lise hieß.

»Bonjour.« Ich las die Schiefertafel hinter ihr, auf der jedes Getränk in einer anderen Kreidefarbe geschrieben stand.

»Sind Sie zu Besuch hier?«, erkundigte sich Lise lächelnd.

Ich nickte.

»Dann willkommen in unserem *petit village.*«

»Danke schön«, sagte ich. »Ich glaube, ich war sogar schon einmal in Ihrem Café. Gab es Sie vor etwa zwanzig Jahren auch bereits?«

»Bien sûr. Henri und ich haben 2004 eröffnet. In dem Jahr, als wir geheiratet haben. Im Frühling feiern wir Porzellanhochzeit. Stimmt's, Henri?«, rief sie einem kleinen, rundlichen Mann am anderen Ende der Bar zu. Er hatte eine glänzende Glatze, machte sein fehlendes Haupthaar jedoch mit einem weißen, bis zur Brust reichenden Rauschebart wett. Statt einer Erwiderung brummte er nur etwas Unverständliches, was sie mit etwas auf Französisch quittierte, woraufhin er den Milchaufschäumer der Espressomaschine zurückschob, ihn mit einem feuchten Lappen abwischte und sich uns zuwandte.

»Bien sûr, ma chérie.« Er lächelte.

»Tja, dann herzlich willkommen zurück nach all den Jahren!«, sagte Lise und strich sich eine widerspenstige Locke aus dem Gesicht. *»Heureuse de vous revoir!* Also, was darf's für unsere Stammkundin von damals sein?«

»Ein Café mocha und ein Croissant, bitte.« Ich lächelte sie an.

Lise tippte meine Bestellung in die Kasse, wuselte hinter dem Tresen herum, gab Milch in ein Metallkännchen und hielt es unter den Aufschäumer. »Wie lange haben Sie vor, bei uns zu bleiben?«

Ich überlegte. Das kam darauf an, wie lange ich für meine Recherchen benötigen würde. Für die Außenaufnahmen brauchte ich die Genehmigung des Bürgermeisters, außerdem fehlte mir mindestens ein weiteres halbes Dutzend geeigneter Locations.

»Ein, zwei Tage«, antwortete ich. Die Vorstellung, noch ein paar weitere Tage hier, fernab von L.A. und meinem gewohnten Alltag, zu verbringen, war überaus nett. Die Locationsuche an sich war etwas Tolles. Ich hatte völlig vergessen, welchen Spaß es machte, auf mich gestellt zu sein, einen neuen Ort zu erkunden und mich damit vertraut zu machen. In den letzten Jahren war ich häufig irgendwo für den Dreh eingeflogen, ohne ein Gefühl für die geografischen Gegebenheiten entwickeln zu können. Und Chelsea hatte so vieles zu bieten.

»Dann müssen Sie das Maximum aus Ihrem Aufenthalt herausholen. Über die Feiertage ist so viel los.« Lise nahm ein aufgerolltes, von einem roten Bändchen gehaltenes Blatt Papier aus einem kleinen Weidenkorb neben der Kasse und reichte es mir. »Hier steht alles.«

Ich zog das Bändchen ab und rollte das Papier auseinander, um die handschriftlichen Aktivitäten zu überfliegen: Wein- und Adventskranz-Basteln. Ornamentmalen in der Grundschule. Bücherbasar in der Kirche.

»Morgen Abend findet ein gemeinsames Weihnachtsliedsingen am Kamin statt«, fügte Lise hinzu.

»Oh, das klingt ja wunderbar!« Ich spähte zum Kamin hinüber, in dem ein behagliches Feuer brannte.

»Und was führt Sie in diesen Teil des Landes?«, wollte sie wissen.

»Ich habe vor, einen Weihnachtsfilm hier zu drehen«, antwortete ich und sah zu, wie sich zuerst ihre Augenbrauen und dann ihre Mundwinkel hoben. Aufgeregt drehte sie sich zu ihrem Mann um. »Ehrlich? Hast du das gehört, Henri?«

Henri brummte etwas.

»Und wird es ein Liebesfilm?« Lise presste die Hände zusammen.

Ich nickte. »Absolut.«

Sie war völlig aus dem Häuschen. »Ich liebe romantische Weihnachtsfilme und sehe mir jedes Jahr welche an. Und der Film soll hier spielen? In Chelsea?«

Wieder nickte ich und strahlte vor Freude über ihre Begeisterung. Das ließ darauf hoffen, dass sie der Idee, ihr Café als Location zu nutzen, offen gegenüberstand, was perfekt wäre. Das Café mochte klein sein, aber hervorragend für die Begegnungsszene, wenn Ruby ihren Kaffee verschüttet und Jacques anbietet, mit seiner Strickmütze die Pfütze wegzuwischen. Das Beste war, dass es kaum Fenster gab – es war immer besser, einen Drehort nach Wunsch professionell auszuleuchten, statt sich über Wetterumschwünge draußen Gedanken machen zu müssen.

Lise reichte mir eine braune Papiertüte mit einem weißen Pappbecher, auf dem eine blaue Schneeflocke aufgedruckt war. In den Milchschaum meines Kaffees hatte sie einen Tannenbaum gezaubert und mit zerstoßenen Minzstückchen garniert.

»Wunderschön«, sagte ich. Das war einer der Gründe, weshalb die Locationsuche während der Feiertage so besonders war: die Kleinigkeiten, die alles noch magischer machten. Würden wir hier drehen, müssten Lise und Henri unbedingt den Kaffee zubereiten. Ich nippte an meinem Mocha und genoss die Mischung aus Schokolade, Kaffee und dem Hauch Minze. »Wow, ich glaube, das ist der beste Mocha, den ich je getrunken habe!«

Lise errötete lächelnd. »Sollten Sie noch etwas brauchen, geben Sie einfach Bescheid.«

»Ehrlich gesagt, gibt es sogar etwas.« Ich beugte mich ein Stück über den Tresen. »Hätten Sie etwas dagegen, wenn ich ein paar Fotos mache? Natürlich ohne dass einer Ihrer Gäste darauf zu sehen ist.« Ich machte grundsätzlich keine Versprechungen, solange ich nicht mindestens ein halbes Dutzend Locations gesichtet hatte, weil ich niemandem Hoffnungen machen wollte, die ich später enttäuschen musste, weil ich etwas Passenderes gefunden hatte oder es Budgetprobleme gab.

»*Bien sûr, bien sûr*. Alles, was Sie wollen.« Lise klatschte begeistert in die Hände. »Wenn ich mir das vorstelle – unser kleiner Laden in einem Film!«

»Unser kleiner Laden. Was machst du hier für Versprechungen?«, brummte Henri, trat jedoch lächelnd neben Lise und legte ihr den Arm um die Schultern.

»Ach, nur keine Angst.« Sie kraulte ihm den Bart.

Ich ging herum und machte Aufnahmen vom Kamin, den Stufen in den ersten Stock und der Ecke, in der die Puzzles lagen, ehe ich wieder zum Tresen ging, um meinen Kaffee zu holen. Manchmal musste ich mich kneifen, um glauben zu können, dass ich drauf und dran war, meinen eigenen Film zu realisieren. Meine Arbeiten lagen mir grundsätzlich am Herzen, doch dieser – zu dem ich zum ersten Mal auch das Drehbuch verfasst hatte – würde noch magischer werden.

»Und was steht als Nächstes auf Ihrer Liste?«, erkundigte sich Lise und wischte sich die Hände an der Schürze ab.

»Vielleicht können Sie mir sogar helfen. Gibt es zufällig irgendwo eine Farm, wo man seinen eigenen Weihnachtsbaum schlagen kann? Oder jemanden, der sie liefert?« Ich nippte an meinem Kaffee und spürte, wie angenehm mich die Wärme durchströmte.

»Ja, natürlich. Die Baumschule heißt *Beaux Bois* und ist der einzige Ort in Chelsea, wo man seinen Weihnachtsbaum bekommt. Nicht dass jemand auf die Idee käme, denen Konkurrenz zu machen. Die Farm ist seit mindestens fünfzig Jahren im Besitz der Familie Deschamps.« Sie hielt inne und seufzte kurz, während ein Schatten über ihre Miene flog, bevor sie wieder neutral wurde. »Gehen Sie hier raus« – sie deutete auf die Eingangstür –, »fahren in diese Richtung auf der Hauptstraße weiter bis zur Ecke, wo Sie rechts abbiegen. Dann folgen Sie dem *chemin* Kingsmere in Richtung Mackenzie-King-Anwesen. Es ist auf der rechten Seite. Sie können es gar nicht verfehlen. Natürlich gibt es auch ein Schild, aber noch schneller erkennen Sie es an dem interessanten Dach mit den Giebelfenstern über zwei Stockwerke.«

»Danke.« Ich zog mein Handy heraus, um mir einen Eindruck über die Route zu verschaffen, und tippte die Adresse des Cottages ein, in dem wir damals abgestiegen waren. Erfreut stellte ich fest, dass es direkt um die Ecke der Farm lag. Dad hatte zwar gedacht, sein früherer Chef hätte das Häuschen vor Jahren abgerissen, aber Google Maps zeigte, dass es immer noch da war. Ich konnte es kaum erwarten, es zu sehen. Und mit ein bisschen Glück mit den neuen Besitzern zu besprechen, ob sie sich vorstellen könnten, einen Film darin zu drehen. Roberto hatte ich die Details verschwiegen, weil es mir ein wenig zu unwahrscheinlich erschien, doch wenn ich schon einmal hier war …

Mit einem letzten Blick durch das Café zog ich Mütze und Handschuhe an, verabschiedete mich von Lise und Henri und trat mit meinem Kaffee und dem Croissant in der Hand in die Kälte hinaus.

Ich ging den Bürgersteig entlang und zwischen zwei identisch aussehenden Häusern hindurch, das eine blau, das andere gelb, auf den Parkplatz, wo mein Miet-SUV unter einer dicken Schneehaube stand. In der Hoffnung auf einen Besen öffnete ich die Heckklappe, aber es gab keinen. Auf dem Rücksitz fand ich ebenfalls nichts. Hätte ich bei der Mietwagenfirma eigens danach fragen sollen? Ich stöhnte frustriert. Mir blieb nichts anderes übrig, als mit dem Ärmel meines makellos weißen Mantels die Windschutzscheibe ein wenig freizumachen, sodass ein kleines Sichtfeld entstand. Dasselbe tat ich mit den restlichen Fenstern. Prompt war mein Ärmel klatschnass und schmutzig. Ich glitt auf den Fahrersitz und ließ den Wagen an. Eine Interpretation von »Silver Bells« später war der Wagen warm genug, um den restlichen Frost mit den Scheibenwischern zu entfernen, ehe ich vom Parkplatz fuhr.

Nach einer Weile gingen die kleinen Geschäfte in einen dichten Wald über, dessen Grün im Sonnenschein schimmerte. Ich folgte Lises Wegbeschreibung die Straße entlang, wobei ich mir die Weihnachtsbaumschule aus dem Drehbuch vorstellte: ein riesiges Areal voller Bäume – logisch –, ein hübsches, aber bescheidenes Bauernhaus, daneben eine Scheune mit ein paar Tieren für die Kinder zum Streicheln, ein Traktor, mit dem die Leute auf der Suche nach ihrem passenden Weihnachtsbaum hinausgefahren wurden, und einem Kamin, vor dem nach dem Fällen heißer Apfelwein oder heiße Schokolade getrunken wurde.

Ein paar Minuten später sah ich hohe, schlanke Tannen am Straßenrand, die wie Soldaten im Schnee standen. Vor mir befand sich ein Holzschild an einer Metallstange, auf dem *Beaux Bois* stand. Ich drosselte das Tempo, als ich eine Lücke zwischen den Bäumen entdeckte, wo ein Weg abging, den ich entlangfuhr, bis ich zu einem Haus im Kolonialstil mit steilem Dach und Giebelfenstern über zwei Stockwerke gelangte. Wie Lise es beschrieben hatte. Den Wagen stellte ich auf dem großen, geräumten Parkplatz neben der Scheune ab und ließ den Blick über das Haus schweifen. Rauch quoll aus dem Kamin, und ich spürte, wie mir der Anblick das Herz wärmte. Es war fast genau so, wie ich es mir ausgemalt hatte.

EXTERN:
Weihnachtsbaumfarm, Tageslicht, Schnee.
Ruby steigt aus dem Wagen und sieht sich um.

RUBY
(zu sich selbst)
Für ein richtig schönes Weihnachten braucht man nur drei Dinge: Weihnachtsstimmung, dich selbst und einen Baum.

JACQUES
Du hast schon immer gern Selbstgespräche geführt, oder?

Ruby zuckt zusammen.

RUBY
(erstaunt)
Jacques? Was machst du denn hier?

JACQUES
Das ist doch mein Text!

Ich biss mir auf die Lippe. Wie ich diesen Film jetzt schon liebte! Und diese Baumschule als Setting, wo Ruby und Jacques sich das erste Mal wiedersehen, würde dem Ganzen eine unglaubliche Magie verleihen.

Als ich aus dem Wagen stieg, kam ein großer Husky schwanzwedelnd auf mich zugelaufen, wobei der Wind sein dichtes grau-weißes Fell sträubte. »Oh, hallo.« Ich streckte die Hand aus, an der der Hund freundlich schnüffelte, während er mich mit seinen blauen Augen fixierte, ehe er sich in den Schnee fallen ließ. Ich kraulte ihm den Bauch, dann richtete ich mich auf und holte tief Luft.

In einer idealen Welt würde der Besitzer des Hauses und der Baumschule den Dreharbeiten zustimmen und wäre erfreut über die Möglichkeit, im Januar, wenn die Weihnachtsbaumsaison vorüber war, von unserem Nutzungshonorar ein paar Wochen Urlaub zu machen. Daumen drücken!

Begleitet von dem Husky, ging ich einen kürzlich geräumten Weg entlang. Auf der überdachten Veranda hing eine

Schaukel mit Kissen und einer schwarz-roten Karodecke über der Rückenlehne, daneben standen ein verwittertes Korbsofa und dazu passende Stühle sowie ein kleiner Tisch, außerdem ein üppig mit silberfarbenen Kugeln und bunten Lichtern geschmückter Weihnachtsbaum. An der tannengrün gestrichenen Tür hing ein frischer Kranz mit roten Stechpalmenbeeren und einer roten Schleife.

Bevor ich klingeln konnte, kratzte der Husky an der Tür, legte sich hin und drehte sich erneut auf den Rücken. »Noch mal?«, fragte ich lachend und kraulte ihm ein weiteres Mal den Bauch. Sein Hinterbein zuckte vor Verzückung.

Sekunden später ging die Tür auf. »Das ist mir ja ein schöner Wachhund!«, sagte eine Stimme.

Ich sah auf und wäre beinahe hintenübergekippt.

Diese braunen Augen. Diese Wimpern. Das markante Kinn mit dem gepflegten Bart. Er war es. Wie gebannt starrte ich ihn an. Er trug ein Hemd aus blauem Waffelpiqué und eine ausgebleichte Jeans, dazu braune Lederwanderstiefel, deren Schnürsenkel lose herabhingen. Eine Strickmütze aus grauer und blauer Wolle mit einem orangen Bommel war bis zu den dichten Augenbrauen heruntergezogen. Er schien ebenso überrascht zu sein wie ich.

»Sie schon wieder«, sagte er amüsiert, beugte sich vor und kraulte den Kopf des Hundes, woraufhin der Husky eilig auf die Füße kam und sich an das Bein seines Herrchens schmiegte.

»Niedlicher Hund«, bemerkte ich und ignorierte das Hämmern meines Herzens.

»Das ist Simon. Eigentlich sollte er bellen, wenn jemand kommt.« Er wirkte erstaunt.

»Wann immer jemand auftaucht, um einen Baum zu kaufen?« Nun war ich diejenige, die erstaunt war.

»Ja.«

»Dann werte ich das mal als gutes Zeichen. Hi. Ich bin gestern gar nicht dazu gekommen, mich vorzustellen. Ich bin Zoey.« Ich streckte ihm meine Hand hin.

»Ben.« Sein Griff war fest, und ich spürte, wie Wärme durch meinen gesamten Körper strömte. Abgesehen von ein paar Schwielen fühlte sich seine Hand weich an. Sofort hatte ich Bilder im Kopf, wie er einen Weihnachtsbaum fällte. Zu meiner Enttäuschung war der Handschlag kurz, und ich wurde abrupt aus meinem kleinen Tagtraum gerissen, als ich mich von ihm löste. *Reiß dich zusammen, Zoey.* Ich blinzelte, doch nun hing mein Blick stattdessen an seinem Bizeps. Prompt schlotterten mir die Knie.

Eigentlich hatte ich mit einem älteren Mann gerechnet. So war es im Drehbuch vorgesehen. Aber er – das war ja noch viel besser! Der Sohn des Besitzers der Weihnachtsbaumschule. Vielleicht muss Jacques, mein Protagonist, ja in der Baumschule arbeiten und sie nicht nur als Kunde aufsuchen.

Ben nahm die Mütze ab, unter der der dichte dunkle Haarschopf zum Vorschein kam. »Sie hätten nicht extra herausfahren müssen, um sich vorzustellen.«

»Oh, das ist nicht der Grund, weshalb ich hergekommen bin«, erwiderte ich eilig und spürte, wie ich rot wurde.

Ben rieb sich die Bartstoppeln. »Prima. Dann sind Sie also hier, weil …«

»Ich wollte die Baumschule besichtigen.« Ich deutete auf die Bäume hinter mir. »Möchten Sie mich vielleicht herumführen?«

»Absolument.« Als er sich vorbeugte, stieg mir sein Geruch nach Zedernholz und Seife in die Nase. Mir stockte der Atem. Er zeigte nach rechts. »Da drüben stehen die Bäume. Es sind alles Balsamtannen. Suchen Sie sich einfach einen aus. Falls Sie Hilfe brauchen, kann Gérard übernehmen. Er müsste in der Scheune sein.« Er reckte den Hals und wandte sich wieder mir zu. *»Oui, il est là.«* Er schob die Hände in die Hosentaschen.

Ich bemühte mich nach Kräften, nicht hinzusehen, wie sich sein Bizeps dabei spannte. Ben musterte mich mit erhobenen Brauen. Ich blinzelte und ermahnte mich, dass ich nicht wegen seiner Oberarme, sondern wegen der Bäume hier war.

»Die Scheune. Da drüben.« Er wies mit dem Kinn in die Richtung.

Ich schluckte und setzte ein strahlendes Lächeln auf. Immerhin war ich geschäftlich hier, Traumtyp hin oder her. »Vielleicht könnten Sie mir ja alles zeigen?«

Ben sah belustigt drein. Etwas sagte mir, dass ich die Verhandlungen über die Farm als Drehort mit ihm würde führen müssen, daher musste ich klug vorgehen. Die Szene im Pub vom Vorabend legte den Schluss nahe, dass man Ben nicht so leicht etwas vormachte. Deshalb konnte ich nur hoffen, dass die Aussicht auf die Dreharbeiten nach der Saison in Kombination mit dem Honorar, das wir ihm bezahlen würden, genügte, um ihm den Deal schmackhaft zu machen.

»Allons-y.« Er schob sich an mir vorbei, begleitet von Simon, der neben ihm hertrottete, wohingegen ich Mühe hatte, mit ihm Schritt zu halten. »Die Scheune«, sagte er und deutete auf mehrere in Netzen verpackte Bäume. »Das

sind die zwei Meter hohen Balsamtannen«, erklärte er mit einer Handbewegung auf eine weitere Ansammlung, »und die zwei Meter fünfzig hohen.« Dann wies er auf mehrere Minibäume, die für ein kleines Apartment geeignet wären. *»Les petits.«* Er zeigte auf einen bergauf führenden Kiesweg. »Dort können Sie selbst fällen.«

»Äh, vielen Dank.« Ich vergrub die Hände in den Manteltaschen. »Um diese Jahreszeit müssen Sie mächtig viel zu tun haben. Aber was passiert das restliche Jahr? Was machen Sie, sagen wir, Anfang Januar?«

Ben sah mich verwirrt an. »Wieso fragen Sie? Ich dachte, Sie sind wegen eines Baums hier.«

»Oh, ich will keinen Weihnachtsbaum«, wiegelte ich ab und spürte, wie sich mein Magen verkrampfte. Dies war der entscheidende Moment.

Er runzelte die Stirn. »Aber wieso sollte ich Sie herumführen, wenn Sie keinen Baum wollen? Heute ist der 22. Dezember. Was wollen Sie dann?«

In seinen Worten lag nur der Hauch eines Akzents; eine Art, wie er die Worte in die Länge zog, fast so, als wolle er mich necken.

»Ich ... eigentlich bin ich hier, weil ich eine passende Location für einen Film suche, der hier in Chelsea spielen soll«, antwortete ich mit einem seltsamen Anflug von Besorgnis. »Wir würden gern in der zweiten Januarwoche mit dem Drehen beginnen. Würde es Ihnen etwas ausmachen, wenn ich ein paar Fotos von der Scheune schieße?« Ich zückte mein Handy und strahlte ihn erwartungsvoll an – in der Annahme, eine ähnliche Reaktion wie von Lise zu bekommen: Freude und Entzücken. Beinahe jeder reagierte so, wenn er erfuhr, dass sein Zuhause in einem Film vorkommen würde.

»Sie können so viele Fotos machen, wie Sie wollen«, sagte Ben.

Das war ja ein Kinderspiel. »Okay, wunderbar.« Ich lächelte und spürte, wie sich meine Schultern entspannten.

Simon kam mit einem Stock im Maul angelaufen. Ben nahm es ihm ab und warf ihn weg, woraufhin der Hund davonstob, wobei der Schnee unter seinen Hinterbeinen aufwirbelte. Ben wandte sich mir wieder zu. Seine Lippen waren aufeinandergepresst, seine Augen schmal. »Aber einen Film werden Sie hier unter keinen Umständen drehen.«

Was?

Der Hund kehrte mit dem Stock im Maul zurück. *»Très bien«*, lobte Ben ihn freundlich, nahm ihn und tätschelte Simons Kopf. Wie konnte er so nett zu seinem Hund und so unfreundlich zu mir sein?

Erstaunt hob ich die Brauen. Es gab nur wenig, was mich mehr ärgerte als Widerstand beim Versuch, meine Ziele zu erreichen – und meinen Film hier zu drehen, war gerade alles, was für mich zählte. »Und das entscheiden Sie?« Vielleicht musste ich ja mit Gérard sprechen. Ich sah zur Scheune, konnte aber niemanden sehen.

»Ja, tue ich.« Ein Anflug von Verärgerung lag in Bens Ton. »Meine Farm, meine Entscheidungen.«

»Ach so? Ihnen gehört die Farm?« Ich war erstaunt. »Sie wirken so jung.«

Ich wusste, dass es eine fiese Bemerkung war. Schließlich konnte ich es selbst nicht ausstehen, wenn sich jemand bei der Arbeit zu meinem Alter äußerte, und hatte auch ein etwas schlechtes Gewissen deswegen, andererseits war es eine durchaus ernst gemeinte Frage. Das Haus war riesig, das Gelände ebenso, außerdem arbeitete er schätzungsweise bloß ein paar Monate im Jahr – *Beaux Bois* konnte unmöglich ihm ganz allein gehören, oder? Außerdem hatte Lise erwähnt, die Baumschule gebe es seit über fünfzig Jahren. Wenn Ben also nichts von einem Film hören wollte, sähe sein Vater – oder seine Mutter, sein Bruder oder sein Onkel – die Sache womöglich ganz anders, jede Wette.

»Ja, mir gehört die Baumschule«, presste Ben hervor und sah mich scharf an.

Einen Moment lang hätte ich mich beinahe wieder vom Anblick seiner dichten Wimpern verzaubern lassen. Dieser Typ machte es mir nicht leicht. *Er stellt sich dir entgegen, Zoey!*

Vielleicht war ihm nicht klar, dass er eine Bezahlung dafür bekäme. »Im Januar ist es doch bestimmt ruhig hier. Ein Film ist gut für die hiesige Wirtschaft, und die Geschäfte, in denen wir am Ende drehen, bekommen ein großzügiges Honorar.«

Trotzdem schwieg er.

»Kann ich vielleicht noch mit jemand anderem reden?« Ich schlug einen diplomatischen Tonfall an, obwohl mir klar war, dass ich nach wie vor provokant klang.

»Nein, ich bin der Einzige hier«, entgegnete Ben und räusperte sich. »Mir ist klar, dass so ein Projekt für andere wichtig sein kann, ich bin aber nicht interessiert, ein Teil davon zu sein.«

In seiner Stimme schwang eine Endgültigkeit mit, als erwarte er, dass ich nickte, klein beigab und die Kurve kratzte.

Doch er hatte keine Ahnung, wie wichtig mir dieser Film war. *Tut mir leid, aber ich werde jetzt nicht aufgeben. Nicht so kurz vor dem Ziel.*

»Dürfte ich Ihnen ein bisschen mehr über das Projekt erzählen?« Bevor er Nein sagen konnte, brabbelte ich weiter. »Es ist ein Weihnachtsfilm. Ein Feel-good-Movie.« Ich strahlte ihn an. »Und, na ja, was ist ein Weihnachtsfilm ohne eine Weihnachtsbaumschule?«

»Ja, was ist ein Weihnachtsfilm ohne eine Weihnachtsbaumschule?«, äffte Ben mich mit vor Sarkasmus triefender Stimme nach.

Ich starrte ihn finster an. Wollte der Typ sich über mich lustig machen?

»Nun gut, ich sehe es ein. Es liegt auf der Hand, dass ihnen der Film wichtig ist.« Seine Stimme war eine Spur sanfter geworden. »Trotzdem habe ich kein Interesse daran, dass mein Anwesen ein Teil davon wird.«

»Aber sie wäre perfekt.« Ich machte eine ausholende Bewegung. »Haben Sie schon mal ›Christmas Tree Farm‹ von Taylor Swift gehört? Das ist praktisch *Beaux Bois*! Wir könnten die Rechte für den Song besorgen und ihn beim ersten Schwenk über die Baumschule spielen.«

»Halt!«

»Mögen Sie denn keine Weihnachtsfilme?«, fragte ich ungläubig. »Und Weihnachtsmusik auch nicht?«

»Nein, ich bin in der Weihnachtsbaumbranche, nicht in der Weihnachtsfilm- oder Weihnachtsliedbranche.« Er wandte sich ab und zeigte auf sein Haus und die Einfahrt. Der Typ wollte, dass ich ging. Widerstrebend ging ich, begleitet von Simon, ein paar Schritte den Weg entlang.

Aufgeben würde ich nicht, aber meine Verzweiflung wuchs. »Kann ich Sie nicht irgendwie überzeugen? Was, wenn ich Ihnen garantiere, dass Ihr toller Hund vorkommen wird?«

Ben verdrehte die Augen. »Simon ist ein Farmhund, kein Showtier.«

Wir standen vor der Veranda. Ben ging die Treppe hinauf, dicht gefolgt von seinem loyalen Husky. »Was, wenn ich die Fotos mache und …«, begann ich.

Ben drehte sich um. »Sie können sich gern umsehen und Fotos machen«, unterbrach er mich. »Kaufen Sie einen Baum oder lassen Sie's. Aber es wird keinen Film geben. *Non, merci.*«

Ehe ich mich's versah, waren die beiden im Haus verschwunden, und der Kranz an der Tür schwang sanft hin und her, als das Schloss einrastete.

Ich blinzelte. Okay. Das war nicht gerade der vielversprechendste Anfang. Wahrscheinlich hätte ich jetzt in den Wagen steigen und davonfahren sollen, aber die Farm war so perfekt. Außerdem wollte ich aus Prinzip nicht, dass Ben dachte, ich würde einfach aufgeben.

Ich ging die Treppe hinunter, doch statt den Weg zum Land Rover einzuschlagen, beschloss ich, einen kleinen Rundgang zu machen. Ich fragte mich, ob Ben mich durch eines der breiten Fenster im ersten Stock des herrlichen Hauses beobachtete. Wäre er beeindruckt von meiner Beharrlichkeit, oder hätte er Angst, dass ich die Crew zusammentrommelte und loslegte, sobald er mir den Rücken zugekehrt hatte?

Die Farm wäre noch geeigneter, als ich gedacht hatte. Das Grundstück war riesig, sodass wir uns ungeniert ausbreiten und die Schauspieler vor dem herrlich (echten) verschneiten Hintergrund wunderbar in Szene setzen könnten. Die hohen, schlanken Tannen, die Scheune, die überirdisch aussähe, sobald die Lichtcrew sie mit Tausenden Lämpchen bestückt hätte – innen und außen. Auf der großen Freifläche vor dem Haus hätte sogar bequem ein Schlitten mit Pferden Platz. Und wenn die Leute erst einmal im Fernsehen sahen, wie schön es hier war, würden sie nächstes Weihnachten scharenweise herpilgern und Ben den doppelten, wenn nicht sogar dreifachen Umsatz bescheren.

Als meine Zehen bereits taub wurden und ich gefühlt mindestens hundert Aufnahmen gemacht hatte, kehrte ich zum Wagen zurück. Ben konnte sich querstellen bei der Entscheidung, ob die *Beaux Bois*-Farm in meinem Film vorkäme, aber eine Weihnachtsbaumschule verhindern konnte er nicht, ebenso wenig wie mich davon abhalten, meine ganz eigene Version seiner Farm zu erschaffen, dachte ich, als ich mich hinters Steuer setzte.

Ich ließ den Motor an und fuhr den Weg entlang, weg vom *Beaux Bois*. Keine Weihnachtsbaumschule? Kein Problem. Sie bildete nur den Hintergrund für die erste Szene. Und ich hatte keine Zeit, mir wegen einer Ablehnung den Kopf zu zerbrechen, weil es eine Menge anderer Dinge zu erledigen galt. Ich würde schon irgendeine leer stehende Location finden – ein Schulsportfeld wäre genauso gut geeignet – und die Baumschule genau nach meinen Vorstellungen gestalten. Kein griesgrämiger Kerl, auch wenn er noch so gut aussehend sein mochte, würde mich aufhalten. Weiter im Text.

Kapitel 4

Montag, 22. Dezember

10 Uhr

»Und, wie läuft's?«, fragte Roberto, als ich wenige Minuten später an mein Handy ging.

»Du bist aber früh auf den Beinen.« In L.A. war es gerade einmal sieben Uhr.

»Ich konnte nicht schlafen, weil er mich bestimmt einen Kopf kürzer machen wird.«

»Ach, das wird schon alles«, wiegelte ich übertrieben enthusiastisch ab – nicht etwa, weil ich vor Roberto eine Show hätte abziehen müssen, sondern weil er Elijah in Kenntnis setzen würde und ich nicht wollte, dass mein Boss auch nur für eine Sekunde glaubte, wir würden meinen Film nicht im Januar realisieren.

»Oh, das ist ja toll!« Er klang erleichtert.

»Alle sind fantastisch. Es ist alles bestens.« Das waren viele Superlative. Vielleicht zeichnete ich ein etwas zu positives Bild. Nur ein klein wenig. Ich bog in eine Straße mit feudalen Häusern im Tudor-Stil ein, von denen jedes hervorragend als Hauptschauplatz geeignet wäre, obwohl meine erste Wahl nach wie vor das Cottage war, das ich damals mit meiner Familie bewohnt hatte. »Ich muss Schluss machen.«

»Alles klar. Sag Bescheid, falls du etwas brauchst.«

»Alles klar. Sehr schön. Danke, Roberto.« Ich legte auf.

Das perfekte Haus – das ich mir für Ruby und ihre Kinder vorstellte – sollte im Wald liegen, mit Blick auf den Gatineau River, und perfektes Bildmaterial für die Eröffnungsszene liefern, ohne dass die benachbarten Anwesen davon betroffen waren. Mit anderen Worten, das Cottage aus meinen Kindertagen.

Ich bog in eine schmale Straße mit Schneewehen bis auf Wagenfensterhöhe, als ich es entdeckte: Das graue Haus im Tudor-Stil mit zwei Autos vor der Doppelgarage und einer Schicht unberührten Schnee in der Einfahrt. Als ich anhielt und aus dem Fenster sah, konnte ich Stella und mich einen Schneemann bauen sehen. Das steile Dach war schneebedeckt, und von den Bleiglasfenstern im ersten Stock hingen Eiszapfen. Stella und ich hatten uns ein Zimmer geteilt, und ich wusste noch, wie aufgeregt wir am Weihnachtsmorgen gewesen waren, wie wir vor Sonnenaufgang wach geworden und die Wendeltreppe ins Wohnzimmer hinuntergestürmt waren, wo die Besitzer einen komplett geschmückten Baum aufgestellt hatten. Wie Mom und Dad bis zum Rand gefüllte Strümpfe am Kamin aufgehängt hatten. Es war das perfekte Weihnachtsfest gewesen. Und all die Jahre später würde ich dasselbe für Ruby gestalten. Ich sah Jacques vor mir, wie er sie zur Haustür begleitete und sie unter dem Mistelzweig küsste …

Ich stieg aus, schwang mir meine schwarze Handtasche über die Schulter und stapfte durch den Schnee zur Haustür. Das Geräusch des Messinglöwenkopfs hallte in der Stille. Sekunden vergingen. Ich klopfte noch einmal, doch es schien sich nichts zu tun.

Also kramte ich ein Blatt Papier mit dem Epic-Logo und einen Stift heraus und schrieb den Hausbesitzern eine Nachricht mit meiner Telefonnummer. Dann steckte ich das Blatt in den Briefkasten und sprach ein stummes Gebet, dass sie bald nach Hause kamen, sich über mein Angebot freuten und mich anriefen.

Als Nächstes stand ein süßes Blumengeschäft auf der Hauptstraße auf meiner Liste, direkt gegenüber von einem Käseladen und nur wenige Meter vom Café entfernt. Zehn Minuten später parkte ich vor dem Laden, *La Jardinière*, und trat durch die Eingangstür, über der eine ganze Armee an Schlittenglöckchen bimmelte. Der Duft nach Stechpalmen und Zimt stieg mir in die Nase. Staunend sah ich mich um. Eine gesamte Regalwand war mit kuscheligen Wohndecken in soften Farben bestückt, in einer anderen reihten sich Keramikbäumchen und glänzende Weihnachtsdekoartikel. In der Ecke stand eine Samtcouch mit herrlich behaglichen Sofakissen.

»Immer nur hereinspaziert!«, rief eine freundliche Stimme.

Ich reckte den Hals und entdeckte eine Frau in einem kirschroten Pulli hinter einem hölzernen Hackblock, die grüne Stängel in einer schlanken Glasvase arrangierte. Ihr Haar war zu einem glatten Pixie frisiert, und sie trug eine Brille auf halber Höhe ihrer Nase.

»Comment allez-vous?«, rief sie im Singsang und wedelte mit einem Stechpalmenzweig über ihrem Kopf, woraufhin prompt eine rote Beere durch die Luft segelte. Kichernd schlug sie sich die Hand vor den Mund. *»Oh, mon Dieu,* Mireille«, tadelte sie sich leise, ehe sie um den Block herumtrat und zwischen zwei Tannen in Kübeln verschwand.

Wieder rief sie etwas auf Französisch, während ich im Geiste die drei französischen Sätze durchging, die ich kannte, aber zu keinem brauchbaren Ergebnis gelangte.

»Äh, *bonjour*«, rief ich.

Schließlich erschien ihr Kopf hinter einem rot-weiß gefleckten Weihnachtsstern. »Willkommen«, sagte sie auf Englisch. »Ich helfe nur kurz Xavier, dann bin ich sofort bei Ihnen.«

Ein Mann an der Kasse hielt zwei kleine Mädchen an der Hand, die ihm kaum bis zur Taille reichen.

»Regnet es schon?«, fragte sie ihn.

»Regnen? Machst du Witze, Mireille? Da draußen ist das reinste Winterwunderland.«

»Und solltet ihr beide nicht in der Schule sein?«, wollte sie von den kleinen Mädchen wissen.

»Fällt aus!«, rief das eine.

»Die Ferien haben vorzeitig angefangen«, erklärte der Mann lächelnd. »Wegen des Sturms. Nicht dass ich mich beschweren würde, schließlich habe ich so Gelegenheit, mehr Zeit mit den beiden zu verbringen.«

»Du bist wirklich einzigartig, Xavier. Den meisten Eltern graut beim Gedanken daran, dass die Schule früher in die Ferien geht.«

»Schneefrei ist eines der tollsten Dinge für Kinder«, entgegnete er. »Mehr Zeit auf Daddys Eisbahn, stimmt's?«, sagte er zu den beiden Mädchen, die prompt jubelten.

Ich lächelte sie an. Sie waren hinreißend. Dann musterte ich den Vater, der mir vage bekannt vorkam. Er hatte eine leichte Ähnlichkeit mit Ben, dem Baumschulenmann. Vielleicht lag es am Bart, den markanten Wangenknochen oder den tiefliegenden Augen. Ich konnte es nicht recht benennen. Gleichzeitig löste sein Anblick nicht dieselben Gefühle in mir aus wie bei Ben am Morgen. Ihm fehlte dieses *je ne sais quoi*, das ich an Ben nervtötend und faszinierend zugleich fand.

»Könnte wie 1998 werden«, sagte er zu der Floristin.

»Im Fernsehen sagen sie, sogar schlimmer«, meinte Mireille. »Du solltest aufhören zu grinsen.« Sie sah ihn streng an.

»Ich kann nicht anders. Darauf bereite ich mich seit Jahren vor.« Sie reichte ihm den Strauß, den er mit einem Dank entgegennahm. *»Allons-y, mes filles.«* Er lächelte mir zu. *»Au revoir.«*

Ich lächelte höflich zurück, spähte aber trotzdem aus dem Fenster. Eigentlich sah es nicht so aus, als braue sich ein Sturm zusammen. Hoffentlich irrte sich die Wettervorhersage. Ein Schneesturm würde mir die Pläne für den Tag gründlich vermasseln. Wenn die Schulen geschlossen wären, galt das auch für die Geschäfte. Ich sah auf meine Uhr. In diesem Fall stünde mir ein Wettlauf gegen die Zeit bevor.

»Also gut, jetzt sind Sie an der Reihe. Sind Sie das erste Mal bei uns?«

Ich nickte und drehte mich um die eigene Achse, um den Blick über die behelfsmäßige Arbeitsfläche schweifen zu lassen: In gold- und silberfarbenen Töpfen standen immergrüne Zweige, an der Wand hinter der Kasse hing ein rundes Dutzend mit Schleifen in festlichen Farben geschmückte Kränze.

Der Laden war vollgestopft und behaglich, folglich würden wir eine Menge von dem hübschen Dekor wegräumen müssen, damit die Kameras Platz fanden. An der Tür müsste eine Windmaschine aufgebaut werden, um den Eindruck zu vermitteln, als käme man soeben aus dem unwirtlichen Wetter herein. Ich sah nach oben. Die Decken waren hoch, was den Laden offen wirken ließ. Und die Wände waren weiß, sodass die Schauspieler davor gut zur Geltung kämen.

»Ich bin Mireille.« Das Gesicht der Frau erhellte sich, als sie lächelte.

»Zoey«, sagte ich und überlegte, wann sich mir das letzte Mal jemand in einem Geschäft in L.A. namentlich vorgestellt hatte. Ich liebte L.A. und mein Leben dort, doch Kleinstädte hatten eindeutig etwas für sich. Vor allem diese. »Sie haben einen wunderschönen Laden.«

»*Alors*, womit kann ich Ihnen helfen, Zoey? Ein Gebinde als Geschenk für Ihre Gastgeber?« Sie hob die Stechpalmenbeere vom Boden auf, nach der sie gesucht hatte, und warf sie in einen kleinen Mülleimer. »Bei wem wohnen Sie denn? Lassen Sie mich raten. *La famille* Richelieu?« Sie schüttelte den Kopf und steckte einen Zweig in eine Vase. »*Non*, es muss *la famille* LeBoeuf sein. *Ou* Marchand?«

Ich hob die Hände, während sie weiterhin französische Nachnamen herunterratterte. »Ich besuche niemanden, sondern bin in der *Auberge Rouge* abgestiegen. Dort ist es einfach wunderbar. Ich liebe es.« Ich strahlte sie an. »Eigentlich bin ich hier, weil ich nach Locations für einen Weihnachtsfilm suche.«

Ich hielt inne, um ihre Reaktion abzuwarten. Obwohl Weihnachtsfilme bei Frauen zwischen vierzig und fünfzig, also Mireilles Alter, am beliebtesten waren, gab es natürlich keinerlei Garantie, dass dasselbe auch für sie galt. Und sollte sie kein Fan davon sein, würde es eine Herausforderung werden, ihr ein Ja abzuluchsen. Ich kreuzte die Finger, in der Hoffnung, dass Mireille sich nicht als genauso hartnäckig erweisen würde wie Ben.

»Sie meinen also, der Film wird hier gedreht?«, fragte Mireille und riss die Augen auf, sodass sich die winzigen Fältchen kreisförmig ausbreiteten.

Ich nickte lächelnd. »Genau. Ich suche auch nach Geschäften und dachte …« Ich unterbrach mich und ließ den Blick umherschweifen. »Ihr Laden ist herrlich. Es könnte funktionieren.«

Sie legte den Eukalyptuszweig wieder hin und rieb die Hände aneinander, als wollte sie sie wärmen. »Das ist ja so aufregend!«, rief sie strahlend, beugte sich über den Tresen und senkte die Stimme. »Glauben Sie, es werden auch Statisten gesucht? Ich will ja nicht angeben, aber es gibt Leute, die meinen, ich sehe ein bisschen aus wie Mrs. Santa.« Sie warf den Kopf in den Nacken und lachte. »Und meine Kränze hängen an jeder Tür hier in der Stadt.«

»Oh, vielleicht«, antwortete ich. »Das Casting übernimmt ein anderer Teil der Produktionsfirma, aber ich lege gern ein gutes Wort für Sie ein.« Ich drehte die Wattzahl meines Lächelns noch ein Stück höher. »Wie stark sind Sie denn im Januar eingespannt?«

»Im Winter ist am meisten los. So viele Leute machen hier auf dem Weg nach Camp Fortune oder zum *parc de la Gatineau* Halt. Sogar solche, die mal einen Fuß vor die Tür setzen wollen, kommen vorbei, um eine Decke oder eine Kerze zu sein. *Hygge*, so nennt man das.«

Ich nickte. »Natürlich. Verstehe. Haben Sie jeden Tag geöffnet? Oder gibt es vielleicht einen Tag, an dem Sie früher öffnen oder später schließen, an dem wir drehen könnten?«

»Mittwochs haben wir geschlossen.«

»Dann könnten wir an einem Mittwoch drehen? Mehr als einen Tag würden wir nicht brauchen.«

»Bonne idée«, ereiferte sich Mireille. *»Bien*, sagen Sie mir, was Sie brauchen, damit es klappt.«

Ich zuckte die Achseln. »Eigentlich nicht mehr viel. Das Produktionsteam muss mir noch grünes Licht geben, deshalb würde ich gern ein paar Fotos für unsere Unterlagen machen, wenn Sie nichts dagegen haben. Sobald ich die Zusage habe, kann ich Ihnen auch sagen, welches Honorar wir Ihnen bezahlen können. Ein riesiges Budget habe ich nicht zur Verfügung, aber eine kleine Aufwandsentschädigung können wir Ihnen zukommen lassen.«

»Natürlich.« Sie winkte ab. »Das ist in Ordnung. Machen Sie nur, ich muss mich jetzt wieder um mein Grünzeug kümmern.«

Ein paar Minuten später hatte ich alles zusammen, auch die Fotos des Ladens und Mireilles Kontaktdaten.

»Und wohin geht es als Nächstes?«, fragte sie neugierig.

»Ins Rathaus.« Ich steckte mein Handy ein. »Um eine Drehgenehmigung einzuholen.« Obwohl ich mindestens noch drei weitere Locations brauchen würde, wollte ich die Genehmigung nicht auf die lange Bank schieben – für den Fall, dass ich einen Termin brauchte oder die Ausstellung einen Tag in Anspruch nahm.

»Ja, natürlich, aber heute ist geschlossen.«

»Aber es ist Montag«, wandte ich verwirrt ein. Welches Rathaus hatte an einem Montag geschlossen?

»Montags hat das Rathaus geschlossen«, erklärte sie achselzuckend. »Aber dienstags ist wieder geöffnet. Sie sind morgen doch noch hier, oder?«

»Ja, aber …«

Wieso hatte ich nicht daran gedacht, gleich bei der Flugbuchung einen Termin zu vereinbaren? Ich seufzte. Doch Jammern brachte jetzt nichts. Ich würde einfach den restlichen Tag nach geeigneten Locations suchen, was sich hoffentlich unproblematisch gestaltete. Vielleicht halfen mir Mireilles und Lises Begeisterung ja, andere Ladenbesitzer und den Bürgermeister auf meine Seite zu ziehen. Ich konnte nur hoffen, dass Bens Mangel daran mir keine Steine in den Weg legte.

»Und es ist auch gut, dass geschlossen ist«, fuhr Mireille fort. »Sieht so aus, als käme der Sturm schneller als vorhergesagt.« Sie klang besorgt.

Noch einmal sah ich aus dem Fenster. Der Schnee türmte sich mindestens anderthalb Meter hoch an den Straßenseiten, und die Bürgersteige waren ebenfalls schneebedeckt. Hatte es so viel geschneit? Das war mir gar nicht aufgefallen. Ehrlich gesagt, machte ich mir keine großen Sorgen deswegen. Schlimmstenfalls läge eben mehr Schnee, wenn wir im Januar zum Drehen kamen.

»Die Temperaturen sollen steigen, wenn auch nur ein bisschen, sodass der Schnee in Regen übergeht, dann setzt wieder Frost ein. Meine Jungs sind zu einem Turnier in Kanada.«

»Eishockey?«, vermutete ich.

»Was sonst? Ich habe ihnen gesagt, sie müssen dortbleiben, falls der Sturm so schnell heranzieht, wie wir vermuten.«

»Ich hoffe, sie schaffen es rechtzeitig zurück.« Das klang

ziemlich merkwürdig. Sollte es ein Schneesturm sein? Oder Regen? Warm? Kalt? Wie auch immer, er war jedenfalls in aller Munde.

»*Moi aussi!*« Sie lachte leise. »*Donc*, Zoey, ohne Ihren Termin bei Bürgermeister Deschamps dürften Sie ja Zeit für ein Mittagessen haben.« Sie zog ihren Pulloverärmel zurück, unter dem ihre Armbanduhr zum Vorschein kam. »Ja, perfekt. Wir gehen in den Pub. Dort wird es Ihnen gefallen. Den sollten Sie auch in Ihrem Film zeigen.«

»In den Village Pub?« Ich verzog das Gesicht.

»Was gibt es hier sonst?« Mireille schien meine Miene zu belustigen.

»Ich war gestern Abend dort. Und es lief nicht besonders gut.«

»Unsinn. Das kann nicht *Le Pub du Village* gewesen sein.« Dann nickte sie. »Ah, gestern war Wintersonnwende. Deshalb ist es ein bisschen ausgeufert, ja? Keine Angst, tagsüber ist es ganz anders.« Sie ging durch den Laden und bedeutete mir, ihr zu folgen.

»Aber was ist mit dem Laden?« Ich sah mich um.

Sie drehte das Schild auf »Geschlossen« und hielt mir die Tür auf. »Der Laden ist geschlossen. Die Leute verstehen das. Jeder braucht ein anständiges Mittagessen. Und *Le Pub du Village* ist das Herz der Stadt. Ohne *Le Pub du Village* können Sie keinen Film drehen. Kommen Sie mit, Sie werden schon sehen.«

Kapitel 5

Montag, 22. Dezember

11:30 Uhr

Mireille hatte recht: Bei Tag war der Pub nicht wiederzuerkennen. Nichts deutete auf die Ausschweifungen des Vorabends hin. Leere Bierflaschen auf den Tischen waren kleinen Vasen mit einem einzelnen Gänseblümchen hier und einer Narzisse dort gewichen. Der Fußboden war nicht länger klebrig, und statt dröhnender Rockmusik-Bässe dudelten leise instrumentale Weihnachtslieder aus den Lautsprechern, wenngleich sie über das Lachen an den Tischen hinweg kaum zu hören waren. Und es duftete nach Bratensauce – voll und fleischig. Mir lief das Wasser im Mund zusammen.

Mireille winkte einer Frau in einer Nische zu. »Oh, da ist ja Renee!«, sagte sie und nahm mich bei der Hand. »Sie ist eine meiner besten Freundinnen. Sie wird Ihnen gefallen.«

»Was für ein glücklicher Zufall, dass wir sie hier treffen!«, erwiderte ich gut gelaunt.

»Eigentlich nicht«, meinte Mireille. »Chelsea ist ein Dorf. Wenn wir uns nicht zu Renee setzen würden, dann zu ihnen.« Sie wies mit dem Kopf auf zwei hübsche junge Frauen, die sich über ein Handy beugten. »Das sind die Freundin meines Sohnes und ihre Freundin. Oder sie« – Mireille winkte einem Pärchen rechts von uns zu. »Das sind mein Postbote und seine Frau. Wir verstehen uns gut, wobei es ein bisschen seltsam wäre, mit ihnen gemeinsam zu Mittag zu essen. Aber Sie verstehen, worauf ich hinauswill.«

Ich grinste. Ich hatte eindeutig eine weitere Verbündete in meiner filmischen Mission. Irgendeiner der Bewohner wäre sicher begeistert, sein Zuhause im nächsten großen Weihnachtsfilm zu sehen. Also würde ich dafür sorgen, dass Mireille mich sämtlichen Gästen hier vorstellte.

Renee erhob sich, um uns zu begrüßen. Sie hatte dunkle Haut, weit auseinander stehende Augen, einen vollen Mund und schulterlanges, zu Braids mit gold- und silbernen Schmucksteinchen geflochtenes Haar. Sie schien in meinem Alter zu sein, was mich ein wenig überraschte. Das war Mireilles beste Freundin? Die beiden mussten mindestens zwanzig Jahre trennen.

Renee schloss Mireille in eine Umarmung, wie ich es mit einer Freundin getan hätte, die ich ewig nicht mehr gesehen hatte. Mireille stellte mich vor, woraufhin sich Renee vorbeugte und mir links und rechts einen Kuss auf die Wange gab.

»Und … wo wohnen Sie?«, fragte sie, nachdem ich mich gesetzt hatte.

»In der *Auberge Rouge.*«

Renee lachte. »Sie sagen das, als hätten wir noch nie davon gehört.«

Mir wurde bewusst, dass sie recht hatte: Soweit ich wusste, gab es tatsächlich nur zwei Hotels, in denen man absteigen konnte.

»Und wie gefällt es Ihnen?« Sie beugte sich vor und stützte die Ellbogen auf dem Tisch ab.

»Oh, es ist wunderbar. Ich bin ganz begeistert. So viel Platz. Das Bett ist ein Traum. Genauso wie die Regendusche.«

»Ja, stimmt, oder?«, erwiderte Renee eifrig.

»Renee.« Eine leise Warnung lag in Mireilles Stimme. Sie sah mich an und verdrehte die Augen. »Renee ist die Besitzerin der *Auberge Rouge.*« Sie wandte sich wieder ihrer Freundin zu. »Das war gemein. Was, wenn Zoey jetzt gesagt hätte, dass es ihr nicht gefällt?«

»Das war kein Versuch, sie aufs Glatteis zu führen«, protestierte Renee. »Wie kriege ich eine ehrliche Beurteilung, wenn jeder weiß, dass das Hotel mir gehört? Wenn es ihr nicht gefiele, wüsste ich es gern, um es besser machen zu können.« Sie nippte an ihrem Becher. »Na gut, eigentlich geht das gar nicht, weil ohnehin alles perfekt ist. Stimmt's, Zoey? Sie müssen unbedingt zum *cinq à sept* im *salon* wiederkommen.«

»Cinq à sept?«

»Ja, die Cocktailstunde. Eine Tradition. Sie trinken einen Aperitif, essen vielleicht ein *cocktail saucisse* dazu. Oh, wenn es weiter so warm bleibt, können wir es vielleicht draußen machen und ein Lagerfeuer anzünden.«

Eine Kellnerin trat an den Tisch. Sie hatte einen dicken Strang ihres blonden Haars zu einem Zopf geflochten, der von einem Ohr zum anderen reichte, und trug eine schwarze Schürze über einer Waffelpiqué-Bluse und Leggings dazu. »*Bonjour*, Mireille«, sagte sie, lächelte mich an und legte zwei ledergebundene Speisekarten vor uns auf den Tisch. *»De l'eau?«*

»Ja«, antwortete Mireille. »Noémie, das ist Zoey. Sie ist aus

Los Angeles zu Besuch, weil sie herausfinden will, ob Chelsea für einen Film geeignet wäre. Ist das nicht aufregend?«

»Was für ein Film wird das denn?«, rief Noémie.

»Ein Weihnachtsfilm«, antwortete Mireille und sah mich an. »Noémies Eltern gehört der Pub. Bestimmt stellt sie sie Ihnen gern vor.«

Noémie schnappte nach Luft, und ich lächelte sie an. »Natürlich. Bestimmt sind sie von der Idee begeistert. Oh, ich kann es kaum erwarten, Delphine davon zu erzählen, wenn sie nach Hause kommt.«

»Bestimmt brauchen Sie doch einen Pub, oder?«, fragte Mireille.

»Kann sein.« Ich versuchte, cool zu wirken, obwohl mir bewusst war, dass der Pub perfekter nicht sein könnte. Wir könnten die Hälfte der Tische wegnehmen und an der Seite aufstellen, und trotzdem würde der Raum gut besucht aussehen. Und die Umtriebe des Vorabends waren Beweis genug, dass wir eine ausgelassene Szenerie hinbekämen – natürlich kontrolliert ausgelassen, ohne Po-Grabschereien und betrunkene Schwachmaten. Das größte Problem wäre das Budget, denn wenn der gestrige Abend repräsentativ war, käme eine heftige Rechnung auf mich zu.

»Was möchten Sie gern, Zoey?«, fragte Mireille.

Die Drehgenehmigungen, dachte ich, aber wahrscheinlich galt ihre Frage eher, ob mir der Sinn nach Burger oder nach Salat stand.

»Sie muss natürlich die Poutine probieren, *évidemment*«, erklärte Noémie und sah um Bestätigung heischend erst Mireille, dann Renee und schließlich mich an. »Die Poutine.«

»Natürlich. Ich liebe Poutine.«

»Sie kennen Poutine?« Noémie zog die Augenbrauen hoch. »Ich dachte, Sie sind aus L.A.«

»In L.A. gibt es auch Poutine«, erklärte ich.

Normalerweise war es umgekehrt: Kleinstadtbewohner verteidigten ihre Heimat und versuchten, andere davon zu überzeugen, dass sie alles hatten, was sie brauchten.

Mireille sah Noémie an, die mit ihrem Stift auf mich zeigte. »O nein, nein, nein, nein. Wenn Sie die Poutine aus Québec nicht probiert haben, wissen Sie nicht, was eine ist.«

»Wir verwenden St.-Albert-Käse«, erklärte Renee, als wäre sie Teil des Verkaufsteams. »Einen besseren gibt es nicht. Sie werden sehen.«

»Parfait«, sagte ich, woraufhin die Frauen lachten. Angesichts ihrer Begeisterung konnte ich es kaum erwarten, was mir gleich serviert wurde. Ich bestellte eine Diät-Cola dazu. Gerade als Noémie in Richtung Küche verschwand, ging die Tür auf, und etwas – genauer gesagt, jemand – zog meine Aufmerksamkeit auf sich. Mein Herz machte einen Satz.

Ben.

Er zog seine braunen Lederhandschuhe aus und steckte sie in die Taschen seines braunen Karojacketts, das er ebenfalls auszog und sich über den Arm hängte. Sein hellblaues Hemd schmiegte sich um seine breiten Schultern und seine muskulöse Brust. Ich konnte kaum atmen, während ich zusah, wie er seine *Toque* abnahm und seine dichten braunen Haare verwuschelte. Die Hitze kroch mir über den Hals. Es war fast, als würde ich Zeugin eines Holzfäller-Stripteases. Mir war bewusst, dass ich ihn anstarrte, doch ich war zu weit weg und saß halb hinter einem Vierertisch, sodass er mich unmöglich sehen konnte.

Er ließ den Blick durch den Raum schweifen und steuerte geradewegs auf uns zu, schüttelte hier und da Hände, verteilte Faustchecks und Klapse auf den Rücken. Ich konnte den Blick nicht von ihm abwenden. Diese braunen Augen, dieser Mund! Er war ein Dreckskerl, ja, aber wieso musste er so gut aussehen? Er wäre ein exzellenter Statist. Falsch, nein, er würde allen die Show stehlen. Und ich wollte keinesfalls, dass er mir in die Quere kam. Mit seiner Absage für die Baumschule hatte er mir bereits mehr als genug Steine in den Weg gelegt, und ich wollte ihn nicht in der Nähe haben, wenn ich für den Dreh nach Chelsea zurückkehrte.

»Hat Ihnen schon mal jemand gesagt, dass es unhöflich ist, andere Leute anzustarren?«, flüsterte mir Mireille ins Ohr.

Erschrocken fuhr ich zusammen, und mein Stuhl rutschte mit einem lauten Scharren nach hinten. Renee lachte laut. Prompt sah Ben herüber.

Verdammt! Ich rutschte ein Stück tiefer auf meinem Stuhl, in der Hoffnung, dass er auf seinem Weg an unserem Tisch noch abgelenkt wurde. Ich wollte nicht mit ihm reden, sondern ihn nur einen Moment lang ansehen. Oder zwei. Aber jetzt war ich ertappt worden. Ich schwor mir, ihn nie wieder anzusehen.

Ich starrte zu Boden, als ein Paar zerschrammter Stiefel direkt vor meinen UGGs zum Stehen kamen. Ich hob den Kopf.

Ben sah mich an. So viel zum Thema *nie wieder ansehen*. Seine braunen Augen trafen auf meine, und er lächelte, teils freundlich, teils belustigt, in jedem Fall aber supersexy. Dann schüttelte er den Kopf, nach dem Motto: Was machen Sie denn hier?

Ich zuckte die Achseln. *Überraschung!*

»Zoey, das ist Benôit«, sagte Mireille.

Benôit, nicht Benjamin. Sein Sexiness-Faktor stieg mindestens um zehn Punkte.

»Benôit, das ist unsere neue Freundin Zoey.« Mireille zwinkerte Renee über den Tisch hinweg zu.

»Wir sind uns bereits begegnet«, sagte er. »Sogar schon zweimal. Mir war nicht klar, dass sie mit uns zu Mittag isst.«

Dass ich *mit* ihnen *zu Mittag esse?*

Ich würde Ben nicht das Feld überlassen. »Mir war nicht klar, dass *er* mit *uns* zu Mittag isst«, konterte ich und sah Mireille an, um mir bestätigen zu lassen, dass die Begegnung ungeplant gewesen war, doch die Ladenbesitzerin studierte plötzlich mit großem Interesse die Blümchen in der Vase.

Statt einer Erwiderung setzte Ben sich, hängte seine Jacke über die Stuhllehne und streckte die Hand aus. »Freut mich, dass wir uns wiedersehen«, sagte er höflich.

Eine seltsame Förmlichkeit, wenn man unsere vorherige Begegnung bedachte, aber ich wischte meine – urplötzlich – feuchte Handfläche an meinen Leggings ab und schüttelte ihm flüchtig die Hand, wobei ich lautlos *Lügner* mit den Lippen formte, sodass nur er es sehen konnte. Ihm fiel die Kinnlade herunter, und er sah mich blinzelnd an.

»Ihr beide kennt euch bereits? Woher denn?«, fragte Renee und beugte sich vor. Kurz kam mir meine Begegnung mit Ben in den Sinn, wie er gestern Abend den Saufbruder am Arm gepackt hatte, ich beschloss jedoch, es nicht zu erwähnen. Es würde Ben nur in die Rolle des großen Karo-Helden verfrachten, und diese Seite von ihm wollte ich nun wirklich nicht hervorgehoben wissen.

»Ich war heute Morgen in seiner Baumschule«, erklärte ich stattdessen und nippte an meiner Diät-Cola.

»Wegen des Films?«, fragte Renee neugierig.

Ich nickte widerstrebend. »Ja, ich wollte sie mir ansehen. Aber sie ist nicht ganz das, wonach ich suche.« Aus dem Augenwinkel sah ich Ben grinsen.

»Ach nein?« Mireilles Stimme war eine Oktave höher geworden. »Eine Weihnachtsbaumschule für einen Weihnachtsbaum? Das klingt doch perfekt!«

»Ja, absolut, wenn es die richtige ist. Aber *Beaux Bois* entsprach leider nicht ganz meinen Vorstellungen.« In gespieltem Bedauern zuckte ich die Achseln. »Zu schade, weil im Drehbuch eine tolle Szene in einer Weihnachtsbaumschule spielt. Aber mit der falschen Location kann man den ganzen Vibe ruinieren. Dann wirkt es ganz schnell kitschig.« Ich sah Ben direkt an. *Bitte schön.*

»Ich kann es kaum erwarten. Ein Film, der in Chelsea spielt. *Trés magnifique. Très romantique. Très …*« Renee hielt verzückt inne.

Am liebsten hätte ich sie umarmt. Ich hatte ihr so gut wie nichts von meinem Projekt erzählt, und doch war sie hin und weg und sang bereits Loblieder.

»Störend?«, warf Ben ein. Ich sah ihn finster an. Wieso musste er so zynisch sein? Ich versuchte doch bloß, ein bisschen Freude in die heimischen Wohnzimmer zu bringen – und in diese lauschige Kleinstadt. Er konnte sich ja weigern, uns seine Farm zur Verfügung zu stellen, gut und schön, aber wieso musste er sich auch noch negativ zu meinem Projekt äußern?

Kurz darauf stellte Noémie ein Glas Stella Artois vor Ben

auf den Tisch, ohne dass ich es ihn bestellen gehört hatte. »Hey, Ben«, sagte sie. »Hast du es schon gehört? Zoey will einen Film hier drehen.«

Ben sah mir ins Gesicht. »Das werden wir ja sehen.« Er schnalzte mit der Zunge, als sei er an der Entscheidung beteiligt, ob der Film gedreht werden konnte oder nicht. Ehe ich etwas erwidern konnte, wandte er sich wieder Noémie zu. »*Poutine, s'il te plaît*, Noémie.«

Noémie runzelte die Stirn. »*Désolée*, Ben«, sagte sie, gefolgt von etwas auf Französisch, das ich nicht verstand.

»Was? Wie kann euch der Käsebruch ausgehen?«

»Der Lieferant verspätet sich. Die haben Angst, die *tempête de verglas* könnte sie erwischen.«

»Na gut«, meinte er, »dann nehme ich eben die Crêpes.«

Sie verschwand und kehrte einen Moment später mit Mireilles *tourtière*, Renees Salat und meiner Poutine mit sehr viel Käse zurück.

»Sie haben den letzten Käse bekommen?« Ben sah mich mit hochgezogenen Brauen an.

Ich zuckte die Achseln, musste aber innerlich grinsen. »Sieht ganz so aus«, sagte ich, ehe ich mich über mein Essen hermachte.

»*La tempête de verglas* ist für Heiligabend vorhergesagt«, erklärte Mireille.

»Sie sollten sich vielleicht lieber auf den Weg machen nach … wo auch immer Sie hinwollen … bevor Sie am Ende noch hier festsitzen.«

Ich wischte mir mit einer Serviette den Mund ab. »Oh, machen Sie sich um mich keine Sorgen. Vor Heiligabend werde ich längst weg sein.« Ich deutete mit der Gabel auf mein Essen. »Das ist wirklich lecker.« Ich lächelte Ben an, der die Augen verdrehte.

»Zurück nach L.A.?«, fragte Mireille.

»Hmmm«, antwortete ich vage. Diese drei Fremden brauchten nicht zu wissen, dass ich aktuell keine Pläne für die Feiertage hatte.

»Weihnachten in der Wärme kann ich mir so gar nicht vorstellen«, fuhr sie fort. »Kommt in L.A. überhaupt so etwas wie Weihnachtsstimmung auf?«

Ehe ich etwas erwidern konnte, erschien Noémie mit Bens Crêpes. Ich reichte ihm die Flasche mit dem Ahornsirup, doch er schüttelte den Kopf.

»Sie wollen keinen Ahornsirup über Ihre Crêpes?« In meinem Drehbuch gab es eine Szene, in der Jacques für Ruby Crêpes zubereitete – und mit Ahornsirup servierte. Was sollte daran verkehrt sein?

Noch einmal schüttelte Ben den Kopf, schnitt ein Stück von seinen hauchdünnen Pfannkuchen ab und schob es sich in den Mund.

»Ich dachte, in Québec isst jeder alles mit Ahornsirup darauf«, bemerkte ich.

»Nur in *Buddy – Der Weihnachtself*«, erwiderte er.

»Alle lieben Ahornsirup.« Renee beugte sich vor und verpasste Ben mit ihrer Serviette einen Klaps. »Aber Ben beliefert den Pub damit«, fügte sie hinzu, als erkläre das alles.

Ich schüttelte den Kopf. »Was heißt das? Beliefern?«

»Herstellen und beliefern«, antwortete Ben zwischen zwei Bissen.

»Sie haben diesen Ahornsirup hergestellt«, wiederholte ich mit einer Geste auf die Flasche. »Und gleich erzählen Sie mir, dass er von denselben Balsamtannen stammt, die Sie auch als Weihnachtsbäume verkaufen?«

Er sah mich an, als hätte ich ein großes Loch im Kopf – aus dem der Sirup tropfte. »Nein, nicht aus Balsamtannen. Ich stelle den *Ahorn*sirup aus *Ahorn*bäumen her, die direkt hinter den Balsamtannen wachsen. Und dann verkaufe ich ihn, hauptsächlich an Privatpersonen, aber auch an einige gastronomische Betriebe wie diesen Pub hier. Je schneller er aufgebraucht ist, umso mehr muss ich liefern, habe allerdings für dieses Jahr keinen Vorrat mehr, daher«, sagte er ruhig und in einem Tonfall, der mir ganz gewaltig auf die Nerven ging, als hätte er ein Kleinkind vor sich, »geht es hier nicht um die Qualität, sondern rein um die Quantität.« Er hielt inne und hob eine seiner dichten Brauen. »In Wahrheit ist es die reine Selbstlosigkeit.«

Mireille lachte, was Ben mit einem vielsagenden Blick quittierte, doch mir entgingen nicht die winzigen Fältchen um seine Augen. Ich starrte einen Moment zu lang auf seine perfekten Wangenknochen.

Er schob sich einen weiteren Bissen in den Mund. Wer war dieser Typ? Was kam als Nächstes? Strickte er flauschige Schühchen für die Rentiere?

»Also«, meinte Ben nach einem Augenblick und sah Mireille und Renee an, »wenn ich das richtig verstehe, hat euch Zoey mit ihrer Schwärmerei über ihren Film in die Falle gelockt?«

»Hey, ich habe gar niemanden in die Falle gelockt«, protestierte ich verärgert.

»*Ich* habe *sie* zum Mittagessen eingeladen«, warf Mireille ein und tätschelte mir die Hand.

Was war eigentlich Bens Problem? Ich hatte mich nicht mehr mit ihm anlegen wollen, doch nun, da ich Mireille und Renee auf meiner Seite hatte, beschloss ich, das Risiko einzugehen. »Sie verstehen es einfach nicht, Ben. Ihnen gehört eine Weihnachtsbaumschule, Sie stellen Ahornsirup her. Ich verstehe nicht, weshalb Sie nicht Teil des Films sein wollen. Habe ich schon erwähnt, dass alle eine Aufwandsentschädigung bekommen?«

»Das hätte ich auch erwartet«, brummte Ben. »Und habe ich schon erwähnt, dass es Dutzende oder gar Hunderte anderer verschneiter Städtchen in der Gegend gibt? Sie müssen also nicht unbedingt in Chelsea drehen.«

Ich schüttelte den Kopf. »Doch, muss ich. Das wird unser erster Film, der tatsächlich in Kanada aufgenommen wurde«, erklärte ich mit bemühter Ruhe. »In Vancouver haben wir zwar schon einmal gedreht, aber normalerweise steht es für irgendeine fiktive Stadt in den USA. Und wir bekommen so gut wie nie Gelegenheit, in einem Schneegebiet zu drehen.«

»Sie haben noch nie einen Feiertagsfilm in echtem Schnee gedreht?« Ben machte ein ungläubiges Gesicht.

Ich holte tief Luft, spürte, dass Mireille und Renee mich beobachteten. »Wir drehen oft im Sommer oder an irgendeinem netten kleinen Ort, der jedoch zu weit südlich liegt, als dass dort Schnee liegt. Deshalb müssen wir gegebenenfalls Kunstschnee verwenden.«

»Kunstschnee?«, wiederholte Renee.

»Früher hat man dafür weißen Asbest benutzt. Können Sie sich das vorstellen? Wie viele Krebsfälle wurden dadurch ausgelöst?« Ich sah zwischen den beiden Frauen hin und her, die mit aufgerissenen Augen lauschten. »Heutzutage ist es eine

Mischung aus recycelten Holzprodukten wie Zellulose und dergleichen. Man kann es aufsprühen, und es behält tagelang seine Form. Aber natürlich geht nichts über echten Schnee, vor allem an einem so schönen Ort wie diesem.« Ich machte eine Geste aus dem Fenster.

»Moment mal, nur zum Verständnis«, sagte Ben. »Sie drehen also Filme an Orten, wo gar kein Schnee liegt.« Unsere Blicke begegneten sich. Im trüben Licht des Pubs wirkten seine Augen sehr dunkel. Wie Fondue aus 70-prozentiger Schokolade. »Aber wie soll sich da die weihnachtliche Magie entfalten? Was ist mit der Authentizität?«

»Wissen Sie, was authentisch ist? Eine echte, reale Weihnachtsbaumschule in Chelsea, Québec, als Location für einen Film zu verwenden, der in Chelsea, Québec, spielt«, konterte ich und musste gegen das überwältigende Bedürfnis ankämpfen, ihm mit der Sirupflasche eins überzubraten. Dieser Mann fand auch an allem etwas auszusetzen.

Er legte sich eine Hand an die Schläfe. »Wegen Ihnen bekomme ich Kopfschmerzen. Können wir über etwas anderes reden?«

»Still jetzt!« Mireille machte eine Handbewegung und wandte sich mir zu. »Verraten Sie uns, worum es in dem Film gehen soll? Ich halte es vor Spannung kaum noch aus.«

Ich verschränkte die Finger. »Ich dachte schon, Sie fragen überhaupt nicht mehr.« Ich ignorierte Bens Grimasse und räusperte mich, als würde ich zu einer Präsentation vor den Studiobossen ansetzen. »Also, der Film fängt mit einer Montage an. Eine Familie mit zwei kleinen Mädchen von zwölf und neun Jahren, die im Wagen von Virginia nach Chelsea fährt. Der Boss des Vaters hat ihnen für eine Woche sein

Cottage überlassen, quasi als Weihnachtsgratifikation. Für das größere Mädchen, unsere Protagonistin Ruby, ist es das Allertollste, weil es ihr erstes Weihnachten im Schnee sein wird und sie alles machen kann, was sie aus Büchern oder dem Fernsehen kennt, Eislaufen, einen Schneemann bauen und Schneeengel machen. Und da ist auch ein Junge, Jacques, der nebenan wohnt. Sie sind nur Freunde, aber man ahnt bereits eine unschuldige kleine Liebesgeschichte zwischen den beiden.«

Mireille beugte sich vor.

Ich spreizte die Finger. »Fünfzehn Jahre später. Es ist Rubys erstes Weihnachten als alleinerziehende Mutter, und sie will Weihnachten für ihre beiden Kinder zu einem ganz besonderen Fest machen. Sie sind noch recht klein, fünf und drei. Sie erinnert sich an das idyllische Chelsea, wo sie als kleines Mädchen schon einmal war, und weil es damals so schön dort war, beschließt sie spontan, mit den Kindern hinzufahren.«

»Und sie mietet dasselbe Cottage? Und der Typ wohnt immer noch direkt nebenan?« Mireille legte sich die Hand auf die Stirn.

Ich lachte. Ben murmelte etwas, doch ich ging nicht darauf ein. Wenn er sich meinen unfassbar romantischen Plot nicht anhören wollte, konnte er ja verschwinden und wieder *nicht* Ahornsirup verkaufen oder was auch immer er sonst heute *nicht* tun wollte.

»Nicht ganz«, schränkte ich ein. »Das Cottage wurde abgerissen, deshalb mietet sie ein Airbnb, und ihre Kinder überreden sie, einen Weihnachtsbaum zu besorgen. Und wem läuft sie in der Baumschule in die Arme? Jacques, natürlich.«

Zufrieden sah ich, wie Mireille und Renee ins Schwärmen gerieten. Allein über den Film zu sprechen, erfüllte mich mit riesiger Freude. Ich wusste, dass alle begeistert wären, wenn der Film nächstes Jahr erst herauskäme.

»Und Jacques ist genau so, wie Ruby ihn in Erinnerung hat«, fuhr ich fort. »Natürlich etwas älter, so wie sie, aber auch sehr attraktiv.« Ich zwinkerte Mireille und Renee zu. »Anfangs ist es genauso zwischen ihnen wie damals, vor fünfzehn Jahren. Sie verstehen sich bestens, als wäre überhaupt keine Zeit vergangen. Die Chemie zwischen ihnen stimmt einfach. In seiner Weihnachtsbaumschule kann man auch Schlitten leihen, mit heißer Schokolade am Lagerfeuer danach« – ich sah Ben an – »und er macht mit Rubys Töchtern eine Fahrt, und dann lädt er die drei zum Abendessen ein. Es gibt Pizza aus seinem eigenen Holzofen. Und nachdem die Mädchen im Bett sind, sitzen er und Ruby am Kamin, trinken Wein und reden über alte Zeiten.«

Mireille wedelte mit der Hand vor ihrer Brust. »Das ist ja so *romantique*«, schwärmte sie.

»So *romantique*«, bestätigte ich. »Ein denkwürdiger Abend«, fügte ich vielsagend hinzu.

»Und … kommen sie sich auch näher?«, fragte Renee.

»Vielleicht.« Ich zuckte die Achseln.

»Also bitte!«, ereiferte sich Renee.

Ich lachte. »Schon gut, schon gut. Ja, es ist ein sehr schöner Abend am Kamin, okay? Aber am nächsten Tag hat sich die Stimmung zwischen ihnen verändert. Jacques zieht sich zurück. Genau das hat er sich immer gewünscht – er hat Ruby nie vergessen und all die Jahre geliebt –, aber sie ist ja nur zu Besuch hier, und sie und die Kinder müssen irgendwann nach Hause zurück. Er hat Angst, sich zu sehr fallen zu lassen und am Ende alles zu verlieren.« Ich hielt inne und nahm meine Gabel. »Mehr kann ich leider nicht erzählen. Sondern nur so viel, dass ihm etwas zugestoßen ist und Ruby es nicht weiß, weil er es ihr nicht sagen will. Und wie soll sie das Problem lösen, wenn sie gar nicht weiß, was genau es ist?«

»Vielleicht ist es auch gar nicht ihre Aufgabe«, warf Ben ein.

Ich fuhr zu ihm herum, weil ich ganz vergessen hatte, dass er immer noch am Tisch saß. »Ich wusste nicht, dass Sie sich für die Story interessieren, Ben. Sie mögen doch keine Weihnachtsfilme, schon vergessen? Und Sie wollen nicht, dass sich die Hauptfiguren auf Ihrer Farm begegnen.«

»Ich liebe Weihnachtsfilme jedenfalls sehr und interessiere mich für die Geschichte«, warf Renee ein. »Allein beim Zuhören würde ich mich am liebsten vor dem Fernseher in eine von Mireilles Alpakadecken kuscheln.«

»Ich mich auch«, bestätigte Mireille.

Ich warf Ben einen Blick zu, ehe ich mich über meine restliche Poutine hermachte, die leider inzwischen kalt war, aber trotzdem immer noch genauso lecker schmeckte.

Noémie trat an unseren Tisch. »Ben?« Sie berührte ihn an der Schulter.

»Hm?« Ben sah auf.

Sie wirkte nervös. »Meinen Eltern ist nicht ganz wohl bei dem Gedanken, morgen nach Montreal zu fahren. Wegen des Sturms und so. Und alle wollen frei haben, deshalb muss ich hier sein und die Stellung halten. Ich frage nur ungern, aber könntest du Delphine vom Flughafen abholen?«

Ich sah zu, wie Ben überlegte. *Delphine?* Mein Magen verkrampfte sich. *Wer ist Delphine?*

Schließlich nickte er. »Natürlich, Noémie. Ich schreibe ihr eine Nachricht, damit sie mir die Flugdaten schickt.« Er zog sein Handy heraus.

Mein Magen zog sich immer mehr zusammen, obwohl ich es zu unterbinden versuchte. Was kümmerte es mich, wer Delphine war und ob Ben sie abholte oder nicht? Wenn ich ehrlich war, würde sich mein Aufenthalt in Chelsea ohne seine negative Gegenwart wesentlich angenehmer gestalten.

Noémie lächelte. »Oh, das ist prima. Sie wird begeistert sein.«

Kapitel 6

Dienstag, 23. Dezember

8 Uhr

Am nächsten Morgen war ich bereits wach, bevor mein Wecker losging, um rechtzeitig bei Bürgermeister Emile Deschamps zu sein, bevor sein Büro um halb neun öffnete. Ich konnte kaum glauben, wie erfolgreich ich gestern gewesen war – die Schulleitung hatte ich überreden können, mir das Footballfeld als Baumschule zur Verfügung zu stellen. Zwar fehlte mir immer noch das Wohnhaus, aber ich war ziemlich sicher, dass der Bürgermeister mir helfen konnte, das Passende zu finden. In einer Kleinstadt wie dieser kannte er bestimmt jeden und war bereit, die entsprechenden Strippen zu ziehen. Idealerweise wäre es das Cottage, in dem ich dieses herrliche Weihnachtsfest verbracht hatte, doch inzwischen wäre ich schon für jedes der Eigenheime mit Blick auf den Fluss dankbar, die ich gestern entdeckt hatte. Ich konnte es kaum erwarten, Elijah die gute Nachricht zu überbringen, dass ich direkt vor Weihnachten wieder einmal ein Wunder vollbracht hatte.

Während ich mich fertig machte, dachte ich darüber nach, wie es weitergehen würde, sobald meine Arbeit in Chelsea erledigt war. Was, wenn ich einfach bliebe? Die Idee war völlig absurd, doch meine Anwesenheit hatte so etwas wie Weihnachtsstimmung in mir aufkommen lassen. Für eine Weile hatte ich im Zuge meiner Recherchen glatt vergessen, dass mich kein Fest erwartete, sobald alle Genehmigungen eingeholt waren. So dankbar ich Stella für ihre Einladung sein mochte, die Feiertage mit ihr und ihrer neuen Schwiegerfamilie zu verbringen, wurde ich das Gefühl nicht los, dass ich nur noch bemitleidenswerter dastünde, wenn ich zusagte. Aber was sollte ich stattdessen machen? Und konnte man sich jemals einsamer fühlen, als wenn man direkt vor Weihnachten ganz allein war? Ich schüttelte den Kopf. *Schluss mit dem Gejammere, Zoey!* Ich würde mich auf das konzentrieren, was zu tun war: die Drehgenehmigung für die Stadt bekommen – die alles entscheidende, mit der alles andere stand und fiel. Eine Weihnachtsbaumschule, ein Coffeeshop – ehrlich, so etwas gab es doch überall. Jeder Set-Designer könnte ein leer stehendes Gebäude in irgendeiner Einöde zwischen Michigan und Minnesota aufmöbeln, eine Handvoll französischer Schilder aufstellen – und *voilà*, schon war ein Laden mit Weihnachtsflair in Chelsea, Québec, perfekt. Sehr viel schwieriger gestaltete sich die Frage, was ich tun würde, falls wir die Außenaufnahmen nicht hier erledigen konnten, denn erst der Charme Chelseas verlieh dem Film das notwenige Flair. Sollte mein Termin mit dem Bürgermeister in die Binsen gehen, hätte Elijah jeden Grund, meine Produktion über Bord zu werfen und stattdessen die Dreharbeiten für *Home for Christmas* in die Wege zu leiten.

Ich hastete zu meinem Land Rover, auf den der Schnee in dicken, schweren Flocken niederfiel, stieg ein und drehte alles auf, was es aufzudrehen gab – den Enteiser, die Lüftung, die Sitzheizung –, und wartete darauf, dass es warm wurde. Meine Güte, war das kalt! Kurz überlegte ich, ob der Sturm immer noch im Anzug war, verwarf den Gedanken jedoch wieder, während ich den Rover auf die Straße lenkte, vorbei am *Rendez-Vous Café* und auf die Hauptstraße. Kein einziger Wagen war zu sehen, nur die Bäume links und rechts am Straßenrand und der sanft rieselnde Schnee. Google Maps leitete mich nach einer kurzen Strecke auf einen fast leeren Parkplatz. Das moderne Gebäude war mit roten Schindeln verkleidet, und vor dem Eingang stand ein Flaggenmast, an dem stolz die rot-weiße Fahne Kanadas wehte. Im Geiste probte ich meinen Text, als ich die Stufen hinaufging. Ich würde Epics bisherige Erfolge mit Weihnachtsfilmen hervorheben und sagen, dass wir das dritte Jahr auf Platz eins in den Charts standen – und wie die lokale Wirtschaft noch Jahre danach profitierte, wenn wir reale Orte präsentierten. So wäre es bestimmt auch in Chelsea, vor allem angesichts der überwältigend positiven Resonanz, die ich bislang von allen Seiten bekommen hatte. Natürlich mit Ausnahme von Ben, doch diesen einzelnen Miesmacher konnte ich sicherlich unterschlagen. In Wahrheit war es meist einfacher, die Gemeindeverwaltung ins Boot zu holen – einfacher als Ladenbesitzer. Trotzdem schlotterten mir die Knie. Weil es bei diesem Film anders war. Er bedeutete mir so viel, und seine Realisierung hing einzig und allein davon ab, ob der Bürgermeister mir grünes Licht gab.

Mit einem Lächeln trat ich an den Empfang. »*Bonjour*«, sagte ich zu der freundlich aussehenden Dame. Sie hatte kastanienbraunes Haar und trug einen cremefarbenen Stehkragenpulli. »Könnte ich bitte den Herrn Bürgermeister sprechen?«

»Es geht um das Filmprojekt, stimmt's?«

Ich zuckte zusammen. Die Nachrichten verbreiteten sich hier tatsächlich schnell, was? Ich zuckte die Achseln und grinste. »Genau. Tut mir leid, ich hätte ja einen Termin vereinbart, aber ich bin erst am Sonntagabend angekommen und wusste nicht, dass Ihr Büro gestern geschlossen sein würde. Deshalb dachte ich …«, plapperte ich und spürte, wie meine Hände zitterten. *Reiß dich zusammen, Zoey!* Bestimmt war es ein gutes Zeichen, dass der Bürgermeister bereits davon gehört hatte. Der Einzige, der sich negativ geäußert hatte, war Ben, und weshalb sollte er es dem Bürgermeister gegenüber tun? Ich holte tief Luft. »Ich dachte, ich schneie einfach herein. Das ist doch okay, oder?«

»Bien sûr«, sagte die Frau, ehe sie mich bat, im Wartebereich Platz zu nehmen. Ich setzte mich auf eine erstaunlich bequeme Couch und blätterte durch die Lokalzeitung – *The Low Down* –, die zu meiner Verblüffung auf Englisch war.

Einen Moment später hörte ich ein Türschloss klicken und stand auf.

»Sie schon wieder?«, sagte eine Stimme. Eine sehr vertraute weiche Stimme, die mir Schauder über den Rücken jagte und zugleich Verärgerung heraufbeschwor.

Ich fuhr herum und sah Ben auf mich zukommen. Statt seiner Holzfällerjacke trug er einen schwarzen *Canada Goose*-Parka, dazu eine rote Strickmütze und schwarze Lederhandschuhe, die er sich unter den Arm geklemmt hatte, während er sich auf die Hände pustete und sie gegeneinanderrieb. Seine Wangen waren von der Kälte gerötet.

»Schon eine passende Location gefunden?«, erkundigte er sich trocken.

Aber ich war nicht in Stimmung für eine weitere Begegnung mit ihm, neckender Tonfall hin oder her. Ich atmete langsam aus. *Cool bleiben, Zoey, ganz cool!* Ich würde mich nicht von ihm ärgern lassen.

»Was machen Sie hier?«, fragte ich in einem Ton, der den Außentemperaturen an Frostigkeit in nichts nachstand.

»Ich habe einen Termin.«

»Ich auch. Und sagen Sie jetzt nicht, Sie seien als Erster hier gewesen. Sie haben eine rote Nase. Ich nicht.«

Er nickte. »Mir war nicht klar, dass es einen Preis für den ersten Besucher gibt.«

»Der frühe Vogel fängt den Wurm und darf als Erster zum Bürgermeister. Und der frühe Vogel bin ich.« Ich setzte mich wieder. Auf keinen Fall würde ich mich direkt vor meinem wichtigen Termin mit Emile Deschamps auf ein Streitgespräch mit Ben einlassen.

»Aahh«, sagte er mit gespieltem Ernst.

Das brachte mich erneut auf die Palme und mein Herz zum Klopfen.

»Gibt es Kaffee, Marie?«, fragte er die Frau hinter dem Empfang. Dann wandte er sich mir zu, ohne auf ihre Antwort zu warten. »Möchten Sie eine Tasse?«

Ich könnte dafür sterben. »Nein danke.«

Er zuckte die Achseln und verschwand den Korridor hinunter. Die Zeit verging. So viel, dass ich wieder zu der Zeitung griff. Ich sah auf mein Handy, antwortete auf Stellas Nachricht wegen meiner Flugdaten. Mit jedem Moment wuchs meine Überzeugung, dass Ben den Kaffee als Ausrede benutzte, um mir meinen Termin beim Bürgermeister vor der Nase wegzuschnappen.

Schließlich sah ich Marie an. »Wissen Sie, wann der Bürgermeister mich empfangen kann?«

Sie blickte auf ihren Computer, runzelte die Stirn und sah wieder mich an. »Jetzt ist er frei. Den Gang hinunter.« Sie deutete in die Richtung, in die Ben verschwunden war. »Zweite Tür links.«

Also hatte Ben sich meinen Termin doch nicht unter den Nagel gerissen? Ich nahm meine Sachen und ging den Korridor entlang bis zu der Tür, auf der EMILE DESCHAMPS stand.

Ich klopfte.

Einen Moment später ging die Tür auf, und Ben stand vor mir.

Mir fiel die Kinnlade herunter. »Sie haben also doch meinen Termin geklaut«, zischte ich.

Er grinste amüsiert, während ich mich an ihm vorbeischob und mich suchend umsah. »Wo ist der Bürgermeister?«

Ein reumütiges Lächeln trat auf seine Züge. »*Ich* bin Emile Deschamps.«

Mir blieb fast das Herz stehen. »Aber …«, stammelte ich. »Sie haben doch gesagt, Ihr Name sei Ben.«

Er nippte an dem Kaffeebecher in seiner Hand. »Das stimmt auch. Aber ich verwende meinen zweiten Vornamen.«

»Ihren zweiten Vornamen?«, wiederholte ich kopfschüttelnd. »Also Emile Benoît Deschamps?«

»Volltreffer. *Gagnant!*«

Ich seufzte.

Seine Mundwinkel zeigten nach oben, und in seinen Augen lag ein Funkeln, als genieße er jede Sekunde dieses Dialogs aus tiefster Seele.

Mir war leicht schwindelig, sodass ich mich an der Wand abstützen musste. »*Sie* sind der Bürgermeister. Der Bürgermeister von Chelsea.« Ich war nicht sicher, wie oft ich es noch wiederholen wollte, konnte es aber nach wie vor nicht glauben. Meine Lippen bewegten sich automatisch, ganz ohne mein Zutun.

Ben nickte. Inzwischen hatte er das Gesicht zu einem breiten Grinsen verzogen, was mich erneut ärgerte, denn es gab keinerlei Anlass zur Freude – es sei denn, man war Ben Deschamps, wollte nicht, dass in der Stadt, der man vorstand, ein Film gedreht wurde, und wusste genau, weshalb ich hergekommen war.

»Ja, ich bin der neue Bürgermeister. Seit ein paar Monaten. Ich habe das Amt von meinem Vater übernommen. Er hatte denselben Namen, deshalb musste das Schild noch nicht mal geändert werden. Sehr praktisch, ökonomisch und umweltfreundlich noch dazu.« Wieder nippte er an seinem Kaffee.

Ich sah ihn an. Er hatte den dicken Anorak ausgezogen. Sein dünner marineblauer Pulli schmiegte sich um seinen muskulösen Oberkörper und die Arme. Seine Jeans war schmal geschnitten und betonte perfekt sein Hinterteil, wie mir auffiel, als er sich umwandte und zu seinem großen Mahagonischreibtisch ging. Er setzte sich und bedeutete mir, in dem Ledersessel Platz zu nehmen.

»Also, was haben Sie auf dem Herzen, Zoey?«, fragte er und zog die Augenbrauen hoch.

Nur gut, dass er meine Gedanken nicht lesen konnte. *Reiß dich sofort zusammen, Zoey! Dieser Kerl legt dir schon wieder Steine in den Weg.*

»Sie wissen, warum ich hier bin.« Ich versuchte, mir meinen Frust nicht anmerken zu lassen. Es könnte ja immerhin sein, dass Ben-der-Weihnachtsbaumschulenbesitzer keinen Film auf seinem Grundstück gedreht haben wollte, wohingegen Ben-der-Bürgermeister die Dinge ganz anders sah. Vielleicht zeigte er sich kooperativ und freute sich über das Projekt. Es war höchste Zeit, das herauszufinden.

Ich strich mir die Haare hinters Ohr und streckte ihm schwungvoll die Hand hin, als wären wir uns noch nie vorher begegnet. »Ich bin Zoey Andrews und Regisseurin eines Films …«

»Moment, Moment, Moment«, unterbrach er mich und hob beide Hände, statt die meine zu ergreifen. »Sie führen Regie? Ich dachte, Sie sind Locationscout.«

»Eigentlich nicht. Ich suche nach den Locations, weil es bei uns in der Firma ein Missverständnis gab und dies mein Film ist. Ich habe das Drehbuch geschrieben, und das Projekt liegt mir sehr am Herzen.« Vielleicht gab er ja nach, wenn er merkte, wie viel mir der Chelsea-Film bedeutete? Ich setzte mich und sah ihm direkt in die Augen. »Also, Ben, lassen Sie uns auf den Punkt kommen. Sie wollen vielleicht nicht, dass ich auf Ihrer Farm drehe und Ihr Haus im Film vorkommt, was ich absolut respektiere, auch wenn ich es für einen Fehler halte. Aber ich kann Ihnen versichern, dass Sie mein Angebot in Ihrer Funktion als Bürgermeister in Erwägung ziehen sollten. Ich habe jede Menge Erfahrung mit solchen Dingen, daher weiß ich, wie sehr Chelseas Wirtschaft von diesem Film profitieren würde.«

»So?«, fragte er sarkastisch. »Die Wirtschaft profitiert also immer?«

Ich nickte, ohne auf seinen Tonfall einzugehen.

Er verzog das Gesicht. »Sie haben doch überhaupt keine Ahnung, was gut für unsere Wirtschaft ist.«

»Doch, das habe ich«, widersprach ich ihm und setzte mich aufrechter hin. »Dreharbeiten wirken sich immer positiv auf die lokale Wirtschaft aus. Wir mieten die Zimmer in jedem Gasthof und jeder Frühstückspension, wir essen in den Restaurants. Das spült Ihren Bürgern jede Menge Geld in die Taschen. Und sobald der Film draußen ist und ein Hit wird – und das wird er garantiert –, werden die Leute nach Chelsea suchen, weil sie wissen wollen, ob es dort so schön ist wie im Film. Und wenn sie merken, dass es so ist, strömen sie in Massen herbei. Sie sind doch Kanadier und haben bestimmt *Schitt's Creek* gesehen. So wird es hier auch sein, nur noch ein bisschen besser, weil die Serie rund um Ontario gedreht wurde und es keinen Ort dieses Namens gibt. Aber hier stellen wir Chelsea selbst vor, mit all seinen Geschäften. Die Leute werden kommen, in der *Auberge Rouge* absteigen, im Pub essen …«

»Sie wollen mir die Zukunft meiner eigenen Heimatstadt vorhersagen?«, unterbrach mich Ben. »Aber das hier ist nicht *Eine Weihnachtsgeschichte*. Sie können nicht wissen, wie es sein wird.«

»Mit *Eine Weihnachtsgeschichte* hat das gar nichts zu tun, was im Übrigen nicht das sein wird, was wir planen«, erwiderte ich spitz. »Bestimmt kennen Sie die Art Film, die ich meine – die Mireille und Renee so lieben.« Ich zog mein Handy heraus. »Wie *12 Tage Weihnachten* oder *Weihnachten in den Smoky Mountains*, oder was ist mit *Die Weihnachtsfalle*?«

»Ich sehe mir jetzt keinen Weihnachtsfilm an.«

»Ich verlange ja gar nicht, dass Sie das Popcorn und eine Chaiselounge holen, sondern nur …«

»Chaise longue«, korrigierte er mich. Ich beachtete seinen Einwand nicht.

»Sondern ich will Ihnen nur zeigen, dass Weihnachtsfilme etwas Großartiges sind.« Ich rief die Netflix-App auf und hielt ihm das Display vor die Nase – zum Glück stand das Fest praktisch vor der Tür, was meine Argumente untermauerte: Die Hälfte der besonders beliebten Filme waren Christmas-RomComs.

»Die meisten dieser Filme haben wir gedreht, Epic Productions. Ich habe selbst daran mitgearbeitet. Sie sind unglaublich beliebt. Und Sie könnten Ihre Stadt im Handumdrehen berühmt machen.« Ich schnippte mit den Fingern. »Und diese Art der Popularität lässt auch nach einem Jahr nicht nach.«

Ben schnaubte. »Unserer Stadt geht es wunderbar, Zoey. Wir haben keine Arbeitslosigkeit, keine Leerstände bei den Immobilien. Wir brauchen keinen plötzlichen Aufschwung, den die Stadt gar nicht verarbeiten kann und der im April drastisch nachlässt.«

»Aber genau das wird nicht passieren!«

»Hören Sie, Zoey.« Bens Stimme war ruhig. »Ich sehe, wie viel Ihre Arbeit Ihnen bedeutet. Mir bedeutet die meine auch sehr viel. Und für mich reicht dieses Engagement weit über meine Arbeit als Bürgermeister und meine Baumschule hinaus. Mir liegen die Menschen am Herzen, und die Gemeinde selbst. Und das können Sie unmöglich auch von sich behaupten.« Er blickte mich mit trotzig gerecktem Kinn an.

Dieser Kerl war so was von arrogant. »Sie wissen doch rein gar nichts über mich oder was mir am Herzen liegt. Außerdem geht es jetzt nicht darum. Lassen wir die Gefühle einfach mal beiseite, okay?«

»Das scheint Ihnen nicht besonders leichtzufallen«, konterte Ben, zog einen Stapel Unterlagen heran und sortierte ihn, als sei ihm unser Gespräch zu langweilig.

Ich kniff die Augen zusammen. »Ich bin für diesen Film verantwortlich, Ben, und Sie für diese Stadt. Machen wir einen Deal. Wenn Ihnen die Anzahl der Drehtage nicht passt, raus damit. Wenn es ums Geld geht, nennen Sie mir eine Zahl.« Ich verschränkte die Arme vor der Brust. »Sagen Sie mir, was ich tun muss, damit wir uns einig werden.«

Ben schüttelte bloß den Kopf. »Mein Vater hat nie Drehgenehmigungen erteilt. Weil es nur für Parkplatzchaos sorgt, weil die Geschäfte dichtmachen müssen, weil es Leute anlockt, denen die Stadt völlig gleichgültig ist, wie diesen einen Typen, der Ihnen vorgestern im Pub so auf die Pelle gerückt ist.« Beim Gedanken an meine erste Begegnung mit Ben stieg mir die Wärme ins Gesicht. Wie schwindlig mir geworden war, als sich unsere Blicke getroffen hatten. »Aber noch viel wichtiger ist«, fuhr er fort, »dass mein Vater hier Bürgermeister wurde, um zu gewährleisten, dass in der Stadt alles so bleibt, wie es ist. In Chelsea gibt es keinen Tim Hortons auf der Hauptstraße, keine Apothekenkette oder Riesensupermärkte. Und nun, da ich hier sein Amt übernommen habe, ist es meine Aufgabe. Ja zu sagen, wäre so einfach. Es ist ein Leichtes, sich von verlockend klingenden Angeboten einwickeln zu lassen. Ein Nein ist sehr viel schwieriger zu geben. Es tut mir leid.« Zum ersten Mal schien er seine Haltung tatsächlich zu bedauern. »Mir ist klar, wie wichtig das für Sie ist, Zoey, aber Sie werden mich niemals dazu bringen, dass ich Ihnen eine Genehmigung für Chelsea erteile. Wir können also den ganzen Morgen hier diskutieren, oder aber Sie fahren weiter in die nächste Stadt, solange Sie noch die Zeit dafür haben. Nach Wakefield oder so.«

»Wie bitte?« Ich riss die Augen auf. Schickte er mich ernsthaft anderswohin, als mache es keinerlei Unterschied, wo ich drehe? Als hätte er irgendeine Ahnung, was an so einem Film alles dranhing oder wie viel Mühe ich in das Skript gesteckt hatte?

»Wakefield«, wiederholte er. Mir fiel wieder ein, dass auch der Mitarbeiter am Zoll den Namen erwähnt hatte. »Bis dorthin sind es gerade einmal zwanzig Minuten mit dem Wagen, aber die Stadt ist ganz anders. Die Bürgermeisterin liebt diese …« Ben machte eine flatternde Handbewegung, als wolle er sich Zuckerwatte von den Fingern schütteln. »So etwas. Es ist größer, mit mehr Geschäften, mehr Restaurants, der überdachten Brücke, dem Eiswasserfall. Sie werden begeistert sein.«

Wakefield klang gut. Sogar toll. Wäre ich nicht mit meiner Familie nach Chelsea gekommen, und hätten meine Schwester und ich hier nicht den Nachmittag unseres Lebens mit einer wilden Schlittenfahrt von einem Hügel hinter dem Haus erlebt, hätten wir nicht den Weihnachtschor vor der Kirche gehört oder am Weihnachtsmorgen unsere Geschenke in den Strümpfen am Kamin vorgefunden – hätten wir keine Strümpfe *bekommen* – und festgestellt, dass unsere Eltern sich ausnahmsweise einmal gut verstanden … hätten wir nicht die Magie Chelseas damals erleben dürfen, hätte ich Wakefield vielleicht sogar in Erwägung gezogen. Aber sicher würde ich in Wakefield nicht zwei so hinreißenden Mädchen mit ihrem Vater im Blumenladen begegnen. Oder dem Pärchen, das sein Café seit mehr als zwanzig Jahren gemeinsam betrieb. Ich fühlte eine Verbundenheit mit Chelsea. Und wenn der Vorschlag, mich anderweitig umzusehen, von Ben kam? Auf keinen Fall. Vor allem, wenn er so tat, als hätte er auch nur den Hauch einer Ahnung, was mir gefiel.

Ich musterte ihn eingehend, suchte nach einer Veränderung in seiner Haltung, betete insgeheim, dass er Witze machte. Könnte das alles bloß ein blöder Scherz sein? Platzten Mireille und Renee in wenigen Sekunden zur Tür herein und erklärten, dass sie ihn dazu überredet hatten, sein Okay zu geben? Sie alle hatten Verträge mit mir abgeschlossen – weshalb denn, wenn sie wussten, dass Ben sich querstellte?

Nun war Betteln angesagt. »Bitte, Ben, ich weiß ja …«

Ben presste die Lippen aufeinander. Und seine Augen mit den Wahnsinnswimpern schienen mich zu durchbohren. »Meine Antwort lautet Nein. *D'accord?*«

»Was?«, fragte ich verwirrt.

»D'accord.« Er betonte jede einzelne Silbe. »Das bedeutet in Ordnung.«

Es war aber nicht in Ordnung. Er gab keinen Millimeter nach.

Er stand auf, trat zur Tür und öffnete sie.

Ich spürte den Druck, der sich hinter meinen Augen aufbaute, doch ich würde nicht zulassen, dass er meine Tränen sah. »Na gut.« Ich riss meinen Mantel von der Sessellehne, machte kehrt und stürmte den Korridor entlang, am Empfang vorbei, ohne mir die Mühe zu machen, in meinen Mantel zu schlüpfen und mich von der Empfangsdame zu verabschieden. Dann drückte ich die Glastür auf und trat in den nassen Schneefall hinaus.

Erst da blieb ich stehen. Und ließ meinen Tränen freien Lauf.

Kapitel 7

Dienstag, 23. Dezember

9:30 Uhr

Auf dem Rückweg zum Hotel ließ ich den Vorfall im Pub während meines ersten Abends noch einmal Revue passieren. Ben war mit diesem Idioten aneinandergeraten, der mich nicht in Ruhe lassen wollte. Hätte es einen Unterschied gemacht, wenn wir uns nicht unter diesen Umständen begegnet wären? Nein, das war lächerlich. Schließlich hatte ich diesen betrunkenen Schwachkopf nicht aufgefordert, mich zu begrabschen.

Eigentlich wollte ich Chelsea nicht aufgeben, sah allerdings keine Alternative – mit Ausnahme von Wakefield, obwohl der Vorschlag von Ben gekommen war. Und ich wollte seinen Rat auch gar nicht annehmen, aber irgendeinen Drehort musste ich finden, sonst würde Elijah grünes Licht für *Home for Christmas* geben müssen, und ich konnte mein Projekt abschreiben. Ich war nicht so weit gekommen, sowohl im übertragenen als auch im geografischen Sinne, um noch ein Jahr zu warten. In zwölf Monaten konnte eine Menge passieren. Elijah könnte Epic den Rücken kehren und sein Nachfolger knallhart die Pläne für *Weihnachtsglück in Chelsea* streichen. Ein anderes Skript mit einer ähnlichen Story könnte eingereicht werden und meine Idee übertrumpfen. Ich könnte bei Epic kündigen, und am Ende würde jemand anderes meine Pläne umsetzen.

So niedergeschmettert ich im Hinblick auf Chelsea sein mochte, war Wakefield meine einzige Alternative. Mein Plan B. Das sagte ich auch Renee, ehe ich in den Land Rover stieg.

»Aber was willst du tun? Nach Hause fliegen?«, fragte sie, während sie mir half, meine Sachen im Wagen zu verstauen.

Wohl kaum. Genau das wäre Stellas Wunsch. Inzwischen hatte sie mir noch einmal eine Nachricht geschickt und gefragt, ob ich schon einen Flug gebucht hätte. Doch wie sollte ich an Weihnachten denken, wenn ich keine konkreten Pläne für meinen Weihnachtsfilm hatte?

Über eine kurze Handyrecherche fand ich die Telefonnummer des Rathauses von Wakefield heraus, wo ich von einer gut gelaunten Frau zu einer ähnlich gut gelaunten Frau durchgestellt wurde – Agathe Garnier, Bürgermeisterin von Wakefield. Wie Ben prophezeit hatte, war sie begeistert von der Idee, dass ihre Stadt als Kulisse für einen Film dienen könnte. Wegen des bevorstehenden Sturms schließe das Rathaus früher, und sie werde die Feiertage in ihrem Cottage verbringen, warte aber gern, wenn ich bis elf Uhr in Wakefield sein könne. Da das Wetter tatsächlich umzuschlagen schien, war ich dankbar für ihren Vorschlag. Mittlerweile war der Schnee in Eisregen übergegangen.

Die Scheibenwischer flutschten nur so über die Windschutzscheibe, schienen dem Regen allerdings nicht gewachsen zu sein. Ich drehte eine Stufe höher und schaltete das Radio ein, aus dem George Michaels obligatorisches »Last Christmas« klang.

Ich sang mit. »*I gave you my heart, but the very next day, you gave it away.*«

Genau so war's. Ich hatte Chelsea mein Herz geschenkt, doch Ben hatte es mir aus der Brust gerissen, verdammt noch mal!

Zum hundertsten Mal ließ ich jenen Moment vor meinem geistigen Auge ablaufen, als er Nein gesagt und mich quasi vor die Tür gesetzt hatte. Nicht dass ich hätte bleiben wollen, das wäre viel zu peinlich gewesen, aber trotzdem.

Als ich auf die Hauptstraße bog, geriet der Wagen ins Schlingern, sodass ich das Lenkrad umklammern musste, um ihn auf die richtige Spur zurückzulenken. Nur gut, dass außer mir niemand unterwegs war. Der Regen wurde mit jeder Minute schlimmer und verwandelte die Fahrbahn in eine Eisfläche. Dem Himmel sei Dank für den Vierradantrieb!

Mit einem betrübten Seufzer fuhr ich an den herrlichen Häusern vorbei, die mir bereits am ersten Tag aufgefallen waren, und bewunderte die Farben – rot, blau, pastellgrün. Unweigerlich musste ich an das Weihnachtsdorf denken, das die Besitzer unseres Cottages damals auf dem Kamin aufgebaut hatten: die winzigen Keramikhäuschen, jedes in einer anderen Farbe, eingebettet in flauschig weiße Baumwollwatte. Mir blutete das Herz. Chelsea zu verlassen, war ein echter Schlag für mich.

So schnell und bezaubernd Chelsea aufgetaucht war, verschwand es hinter mir, und die Landschaft veränderte sich. An die Stelle der niedlichen Häuschen traten stolze Tannen, auf deren Ästen trotz des Regens immer noch dick der Schnee lag. Die Straße vor mir wurde zum reinsten Winterwunderland, und zum ersten Mal seit Tagen beschlich mich ein Gefühl der Isolation.

Ich wollte Weihnachten begehen, wollte einen Baum fällen und schmücken, Kekse backen und jeden willkommen heißen, der den Weg zu mir fand. Ich wollte Strümpfe am Kamin aufhängen, meine eigenen Traditionen erschaffen. Oh, wie sehr ich mich nach alldem sehnte! Würde sich all das je erfüllen?

Inzwischen säuselte Bing Crosby »I'll Be Home for Christmas«, als wollte er mich verhöhnen.

Nur Geduld, Zo. Eines Tages wirst du all das haben. Bis dahin blieb mir immer noch meine Arbeit. Natürlich würde ich Stella besuchen, und dann wären die Feiertage auch schon wieder vorbei, und ich würde ein weiteres Jahr mit meiner Arbeit zubringen.

Der SUV kroch die Hügel hinauf. Die Straße wurde schmaler, sodass kaum genug Platz für zwei Fahrzeuge war. Schnee und Matsch bedeckten die gelbe Mittellinie, deshalb hielt ich mich an die Straßengräben zur Orientierung.

Bald ließ der Regen nach. Ich umfasste das Lenkrad fester und konzentrierte mich auf die Straße. Obwohl es noch mitten am Vormittag war, hatte sich ein verwaschener grauer Schleier über alles gelegt.

Mein Handy läutete. Elijahs Name leuchtete auf. Nein. Mit ihm konnte ich mich jetzt nicht auseinandersetzen. Erst wenn ich in Wakefield war und etwas Positives zu vermelden hatte. Ich ließ das Gespräch auf die Mailbox gehen.

In einer leichten Kurve geriet der Land Rover erneut ins Schlingern, weshalb ich vom Gas ging und das Tempo auf Schrittgeschwindigkeit drosselte. Die Temperaturanzeige auf dem Armaturenbrett zeigte 1 Grad plus, was auch immer das bedeuten mochte. Die Fahrt nach Wakefield würde länger dauern als geplant. Wie lange würde die Bürgermeisterin wohl auf mich warten? Gegen Ende der Kurve sah ich einen Wagen im Straßengraben stehen, allerdings war weit und breit niemand zu entdecken. Erschaudernd gab ich Gas, als die Straße gerade wurde, nahm jedoch beim Gedanken an den leeren Wagen sofort wieder den Fuß vom Pedal.

Es ging bergauf, doch die Räder drehten durch. Ich keuchte, drückte auf die Bremse, gab erneut Gas. Glücklicherweise fanden die Reifen diesmal Halt und pflügten durch den Matsch.

Ich versuchte, so etwas wie Begeisterung für Wakefield zu entwickeln. Was würde ich Bürgermeisterin Garnier erzählen? Kurz überlegte ich, ob ich mit der Wahrheit herausrücken sollte: dass ich nach Jahren in der männerdominierten Weihnachtsfilmbranche die Chance hatte, das erste Mal Regie zu führen, nur dass diese Pläne von der Weigerung durchkreuzt wurden, in einer idyllischen Gemeinde in den Gatineau-Bergen zu drehen. Eine Verbindung schaffen, von Frau zu Frau, das war die Idee dahinter.

Ich biss mir auf die Lippe. Aber was, wenn auch sie mich abblitzen ließ? Käme ich total verheult ans Ziel? Aber, nein, Bürgermeisterin Garnier würde nicht ablehnen. Ausgeschlossen! So etwas kam doch nie vor! Nur … Wut stieg in mir auf, als ich wieder an Ben dachte.

Einige Zeit später kam ich an der ersten Einfahrt seit einer gefühlten Ewigkeit vorbei, dann an einer weiteren. Die Landstraße verbreiterte sich und war von Wohnhäusern gesäumt. Dann folgten eine *quincaillerie*, eine *fromagerie*, ein

Restaurant mit Bar, ein Poutine-Stand. Ein Skihang-Warnschild ragte vor mir auf, gerade als mir mein Handy sagte, ich solle auf die Hauptstraße abbiegen. Eine heftige Bö klatschte Eisregen auf die Windschutzscheibe. Bei der Vorstellung, in durchweichten UGGs durch die Straßen wandern zu müssen, packte mich die Verzweiflung, aber das war es wert, sagte ich mir. Was wäre es für ein tolles Weihnachtsgeschenk an mich selbst, wenn ich diese Krise meistern und in diesem vielversprechenden Stadium der Planung in die Weihnachtspause gehen könnte!

Ich passierte ein Schild zur überdachten Brücke und bog von der Hauptstraße ab, um mir ein Bild vom Highlight der Stadt zu machen, von dem alle schwärmten. Bürgermeisterin Garnier wäre noch eine halbe Stunde in ihrem Büro, und ich wollte einen kurzen Blick auf die Brücke werfen, ehe ich mit ihr redete. Ich fuhr um eine Kurve und hob die Brauen. Der Anblick war überaus eindrucksvoll: schneebedeckte Hänge, dahinter die vereisten Ufer eines rasch dahinströmenden Flusses. Ein Stück vor mir erhob sich eine überdachte Brücke von der Länge eines New Yorker U-Bahnwaggons, deren rote Farbe sich scharf von der Schneelandschaft abhob und sogar noch eindrucksvoller als das berühmte Bauwerk aus *Die Brücken am Fluss* war. Sie bestand komplett aus Holz, von den Seitenteilen bis zu den Stützbalken des Daches. Der Regen prasselte dagegen, doch man konnte sich gut vorstellen, wie schön sie aussähe, wenn in einer kalten Winternacht der Schnee auf sie herabrieselte.

Ein Schild verriet, dass es sich um eine Fußgängerbrücke handelte. So gern ich mir das Erlebnis gegönnt hätte, sie zu überqueren, fehlte mir die Zeit, außerdem goss es so heftig, dass ich in Sekunden bis auf die Haut durchnässt gewesen wäre. Außerdem musste ich zur Bürgermeisterin.

Zwanzig Minuten vor elf. Beeilung war angesagt.

Die Straße führte einen weiteren Hang hinauf. Dann geschah etwas Seltsames: Auf halber Höhe wurde der Land Rover immer langsamer … und rutschte rückwärts. Hektisch stieg ich auf die Bremse, pumpte und trat, doch nichts schien zu funktionieren. Im Rückspiegel erkannte ich eine leere Straße hinter mir. Kein Auto. Gott sei Dank. Es war ein grauenvolles Gefühl, keinerlei Kontrolle über den Wagen zu haben. Ich versuchte, meinen rasenden Puls zu beruhigen. Alles war in Ordnung. Ich war eine ausgezeichnete Fahrerin, hatte meinen Führerschein, seit ich sechzehn war – sprich, ich besaß einen Führerschein fast genauso lange, wie ich keinen gehabt hatte. Ich war durch Sandstürme und einen niedriggradigen Tornado gefahren.

Am Fuß des Hügels kam der Land Rover endlich zum Stehen. Erleichtert sah ich auf die Uhr. Siebzehn Minuten vor elf.

Ich drückte aufs Gas. Die Räder drehten durch. Und der Wagen bewegte sich keinen Millimeter.

Na schön, dann eben nicht, sagte mein Teenager-Ich trotzig. Ich ließ den Wagen auf der Ebene einige Meter rückwärtsrollen, wobei mir ein Mann auffiel (so dick eingepackt, dass es sich um einen Astronauten handeln könnte), der seine Einfahrt mit Salz ausstreute.

Inzwischen befand ich mich ein Stück von dem Hügel entfernt und besah mir die Situation. Eigentlich war die Steigung gar nicht so schlimm; nicht einmal steil genug für eine Treppe. In L.A. gab es Hauseinfahrten, die steiler waren. Ich brauchte bloß etwas Anlauf. Also schob ich den Automatikhebel vor und drückte aufs Gas. Wieder drehten die Räder durch, ansonsten geschah nichts. Ich nahm etwas Gas weg. Langsam kroch der Wagen vorwärts, gewann an Geschwindigkeit, und dann ging es plötzlich wieder den Hügel hinauf. Ja! Ein Viertel, dann die Hälfte. Ich gab etwas mehr Gas. Prompt drehten die Räder neuerlich durch. Ich drosselte, woraufhin sie wieder griffen. Dann, als ich bereits drei Viertel hinter mir hatte und meine Hoffnung wuchs, es diesmal zu schaffen, blieb der Land Rover stehen. Ich stieg aufs Gas. Wieder schmirgelte der Reifengummi über den Asphalt.

Auch das noch!

Lieber Gott, bitte mach, dass das aufhört!

Nur drei oder vier Meter trennten mich von der Spitze des Hangs. Diesmal blieb ich eisern auf dem Gaspedal stehen, ohne die durchdrehenden Räder zu beachten, während der Wagen langsam hangabwärts rutschte.

Neiiiin!

Ich zitterte am ganzen Leib. Alles verschwamm vor meinen Augen. Ich versuchte, zu atmen, Ruhe zu bewahren, obwohl ich nur einen Wunsch hatte: die Augen zusammenkneifen und machen, dass es aufhörte.

»Joyeux Noël«, sagte ich immer wieder wie ein Mantra.

Ich drehte am Lenkrad, stieg auf die Bremse, dann wieder aufs Gas, doch nichts passierte. Ich kniff die Augen zu und schrie. Der Wagen drehte sich weiter, ehe er mit einem lauten Knirschen zum Stehen kam.

So gern ich die Augen weiter geschlossen gehalten hätte, um alles ringsum auszublenden, war mir bewusst, dass mir die Zeit davonlief. Ich schlug ein Auge auf, dann auch das zweite. Im ersten Moment war nicht klar, was passiert war. Die Straße befand sich direkt vor mir. Dann drehte ich mich auf dem Sitz um und sah, was Sache war: ein Briefkasten hatte sich in die Stoßstange des Land Rover gedrückt. Aber okay, mir ging es gut. Die Rückscheibe war nicht zerborsten. Vielleicht fuhr der Wagen noch?

Ich sah auf die Uhr. Zehn vor elf.

Bestimmt konnte ich die Lage doch noch irgendwie retten. Ich legte den Automatikhebel nach vorn und gab Gas. Prompt geschah, was immer geschah: Die Räder drehten durch. Ich legte den Rückwärtsgang ein. Wieso? Keine Ahnung. Der Briefkasten war ja nicht wie durch ein Wunder verschwunden. Jedenfalls passierte dasselbe. Der Vierradantrieb war eingeschaltet. Ich versuchte es damit, dann schaltete ich auf Zweiradantrieb. Nichts half. Was auch immer ich tat, führte zur selben Reaktion: gar keiner.

Ich stellte die Automatik auf Parken, ließ die Stirn auf das Lenkrad sinken und brüllte eine Handvoll derber Flüche, jeder davon mit einem heftigen Fausthieb untermauert. Und am Ende, um ein wenig zu variieren, der klassische Québec-Fluch: *tabernac!*

Es half nicht.

Denk nach, Zoey!

Ich riss mein Handy aus der Mittelkonsole und tippte auf die Karte. Innerhalb weniger Augenblicke hatte ich in Erfahrung gebracht, dass ich zu Fuß gerade einmal fünf Minuten zum Rathaus brauchen würde. *These boots were made for walking! Auf geht's, Zoey!* Ich steckte mein Handy ein, streifte meine Kaschmirhandschuhe über und stieg aus dem Wagen. Sofort flutschten meine UGGs über die Eisfläche. Ich packte den Türgriff und klammerte mich daran fest, was zumindest verhinderte, dass ich geradewegs unter den Land Rover schlitterte.

In den letzten zehn Minuten schienen sich die Witterungsverhältnisse drastisch verschlechtert zu haben. Mit einem Mal war es eiskalt geworden, und sämtliche Oberflächen waren von einer dicken Eisschicht bedeckt. Hätte ich Schlittschuhe zur Hand gehabt, hätte ich voller Anmut die Straße entlanggleiten können (oder zumindest mit der Eleganz von jemandem, der eine Handvoll glatter Sohlen an den Füßen hatte). Wäre mir nicht die Zeit davongelaufen, hätte ich glatt ein paar Fotos geschossen, weil alles so schön aussah. Gab es bei Super Mario Bros. nicht ein Level, auf dem die ganze Welt aus Eis bestand? Stella und ich waren als Kinder völlig besessen von den Games gewesen. Moment mal – hatten wir nicht sogar an diesem verschneiten Weihnachtsfest in Chelsea eines bekommen? Es musste ein Zeichen sein, dass mir das ausgerechnet jetzt einfiel. Und wenn das Videospiel recht hatte, war die beste Strategie für die Bewältigung des Levels, sich vom Eis fernzuhalten.

Das brachte mich auf eine Idee.

Ohne den Türgriff loszulassen, stemmte ich einen Fuß gegen das Vorderrad und stieß mich in Richtung Straßenrand ab, wo der Regen den aufgehäuften Schnee zumindest so weit hatte zusammenfallen lassen, dass eisverkrustete Kieselsteinchen darunter zum Vorschein kamen. Ich streckte die Arme aus, in der Hoffnung, dass mir das ein wenig mehr Schwung verlieh. Gerade als ich langsamer wurde, berührten meine Zehen die vereisten Kiesel, die glücklicherweise nicht ganz so rutschig waren wie die Straße. Vorsichtig balancierte ich ein paar Meter weiter, bis ich vor einer Schneewehe stand. Sie war zwar ebenfalls von einer Eisschicht überzogen, die mein Gewicht jedoch nicht trug, sodass ich bei jedem Schritt durch die Kruste brach. Schritt, knack, einsinken. Schritt, knack, einsinken. Es mochte anstrengend sein, aber meine letzte HIIT-Stunde lag drei Tage zurück, daher tat mir das Work-out gut.

Als ich oben ankam, war mein Haar steif vom Eis, mein Mantel hatte sich in eine Art Gore-Tex-Rüstung verwandelt, und es war fünf vor elf. Doch nun stand mir das größte Hindernis bevor: Ich musste die Straße an einer Kreuzung überqueren, und der Asphalt war verdammt glatt, weil auch er von einer dicken Eisschicht bedeckt war. Außerdem war die Straße, an deren Ende etwa vierzig Meter weiter der Land Rover stand, leicht abschüssig.

Ich trat vom Schnee auf den Kies. So weit kein Problem. Dann setzte ich vorsichtig die Sohle meiner UGGs auf die rutschige Oberfläche, verlagerte das Gewicht, um den – wie hatte mein Physiklehrer es damals genannt? – Reibungskoeffizienten zu testen. Der UGG hielt. Super. Ganz langsam und vorsichtig stellte ich meinen hinteren Fuß vom Kies auf die Straße, direkt vor meinen vorderen Fuß. Auch das klappte. Puh. Die Gesetze der Physik schienen also noch Gültigkeit zu besitzen. Mit einem Gefühl, als trete ich aus einem Raumschiff in einen luftleeren Raum, machte ich noch einen Schritt und noch einen. Inzwischen war ich auf der Hälfte der Straße. Nur noch ein kleines Stück, dann hätte ich wieder Kies unter den Sohlen. Eine Schneewehe. Ein Schritt näher zum Rathaus. Zu meinem Termin mit der Bürgermeisterin. Zu meiner Drehgenehmigung. Zu meinem

Film. Zu meiner Regie. Zum Glück. Zu allem, wohin dieser Weg mich geführt hatte. Schritt.

Mein Schuh glitt ein paar Zentimeter über das Eis. Hoppla. *Vorsichtig, Zoey.* Doch gerade, als ich mich ein wenig gefangen hatte, rutschte ich wieder. Und das war's. »Nein«, schrie ich. »Nicht jetzt!« Und ehe ich mich's versah, schlitterte ich über den vereisten Asphalt. Ich ging in die Knie, streckte die Hände vor und verlagerte abwechselnd das Gewicht von einem Bein auf das andere wie ein Surfer auf einer Monsterwelle, vorbei an den Schneewehen und Einfahrten, die ich gerade erst mühsam passiert hatte, wobei ich mit jeder Sekunde an Tempo zulegte.

Elijah lebte in einem schicken Midcentury-Bungalow oben am Topanga Canyon, der Künstler- und Filmemacher-Enklave zwischen Santa Monica und Malibu. Das Haus hatte einen Pool und bot einen herrlichen Ausblick auf den Pazifik. Gefühlt war man dort oben so weit von der Hektik der Stadt entfernt, als befände man sich auf dem Mond. Die Weihnachtsfilme hatten ihm ein stattliches Sümmchen aufs Konto gespült, und in den Anfangszeiten von Epic Pictures hatte er nach Abschluss eines Projekts häufiger Partys geschmissen, inklusive Feuerspucker, Luftakrobaten und Dompteuren exotischer Tiere.

Bei einer dieser legendären Feiern (ich konnte mich weder an den konkreten Anlass noch an eine der Attraktionen erinnern) hatte ich noch irgendein produktionstechnisches Problem lösen müssen, das uns sonst im Drehplan zurückgeworfen hätte, und kam erst später. Ich fuhr in meinem gelben Ford Fiesta, den ich noch aus Collegezeiten besaß, kam in meiner Eile in der letzten Haarnadelkurve von der Straße ab und schlitterte einen Abhang hinunter. Wie durch ein Wunder blieb ich unverletzt, allerdings hatte der Aufprall die Airbags ausgelöst, und die Sträucher hatten den Lack erheblich zerkratzt. Nachdem sich der Staub gelegt hatte, spähte ich durch das Seitenfenster und konnte dank eines fiesen geografischen Tricks direkt Elijahs Haus erkennen, das in seiner gesamten Pracht oben auf dem Hügel thronte – mit dem beleuchteten Pool, dem Büfett dem Kellner im Smoking, der Band und den Gästen, meinen Freunden und Kollegen, die zur Live-Musik tanzten. Alles war so nahe und zugleich so weit weg. Es kam mir so ungerecht vor. So unglaublich unfair.

Ein ähnliches Gefühl der Ungerechtigkeit überkam mich nun, da ich den Abhang in Wakefield hinunterschlitterte. *Neeeiiin!*, lauteten der Refrain, die Hookline und die Bridge des Songs, der in Endlosschleife in meinem Kopf lief. Unvermittelt gelangte ich zu einer eisfreien Stelle im Asphalt, doch noch bevor ich mich besinnen konnte, befand ich mich neuerlich auf eisigem Untergrund und verlor den Halt. Es zog mir die Füße weg, sodass ich auf dem Hinterteil landete und den Abhang hinunterglitt, wobei sich die Eiseskälte unangenehm in meine Pobacken fraß. Mit der rechten Hand bekam ich irgendetwas zu fassen, einen Ast oder einen Stein, nur für den Bruchteil einer Sekunde, aber das genügte, um mich um die eigene Achse zu katapultieren, sodass ich nun mit dem Hintern voran weiterrutschte. Ich versuchte, über die Schulter zu blicken, während ich verzweifelt nach etwas Ausschau hielt, woran ich mich festhalten könnte, doch da war nichts. In diesem Moment näherte sich ein blauer Pick-up, fuhr an meinem SUV vorbei und langsam auf mich zu. Sah mich der Fahrer? Was, wenn er oder sie mich überfuhr? Im Geiste verfluchte ich meinen weißen Wollmantel von Zara, dann lehnte ich mich nach hinten, berührte mit dem Hinterkopf das Eis und streckte die Hände aus, um die Reibung zwischen meinem Körper und der Straße zu maximieren. Und siehe da, meine Engelshaltung drosselte tatsächlich mein Tempo, und auch der Pick-up wurde langsamer. Ich sah, wie er rechts ranfuhr und genau an der Biegung in der Falllinie der Straße zum Stehen kam, sodass ich mit den Beinen voran und bis zur Brust unter die Ladefläche schlitterte, ehe ich, das Kinn auf Höhe der Fahrertür, zum Stillstand kam.

Während ich dalag und darüber nachdachte, wie mein Tag eine solche Entwicklung hatte nehmen können, ertönte ein Summen, als das Fahrerfenster heruntergelassen wurde. Ein Kopf erschien über mir.

»Na, das ist ja auch mal eine Art, einen Hügel runterzukommen«, bemerkte Ben lakonisch.

Er. Natürlich.

Die Gefühle widerstritten in mir – Verärgerung, dass ausgerechnet dieser Kerl, dem eigentlich der Titel »Nervigster Mensch auf der ganzen Welt« gebührte, derjenige sein musste, der mich so sah; Erleichterung, dass ein patenter Mann und vermutlich Verbündeter (zumindest beim Versuch, diesen gottverdammten Hügel zu erklimmen) aufgetaucht war; und Verwirrung über mich, meinen Körper und meinen Sympathikus, der nicht mit Wut, Angst oder Empörung über sein Auftauchen reagierte, weshalb der erste Gedanke, der mir bei seinem Anblick in den Sinn kam, war:

Verdammt, in diese braunen Augen, die so gut zu seinen Wangenknochen und den dichten Brauen passen, könnte ich noch ewig blicken – wenn sie nicht dem schlimmsten Menschen der Welt gehören würden.

Ich brach in Tränen aus.

»Zoey Andrews, *non*!«, rief Ben, riss die Tür auf und stieg aus dem Wagen, sorgsam darauf bedacht, nicht auf mich zu treten. Dabei bemerkte ich durch meinen Tränenschleier, dass er hohe mattschwarze Stiefel trug. Bogs, dachte ich. Wie schaffte er es, bei jeder Witterung angemessen angezogen zu sein? Doch bevor ich den Rest seines Outfits in Augenschein nehmen konnte, riss es ihm die Füße weg, und er landete direkt neben mir auf dem vereisten Asphalt.

»*Tabernac!*«, fluchte er.

»Jetzt wissen Sie, wie es ist«, konterte ich schniefend.

Er zog seine Mütze herunter und reichte sie mir. »Hier, damit können Sie sich die Tränen abwischen.«

Ich fuhr mir über die Wangen, hielt sie mir, ohne darüber nachzudenken, vor die Nase und schnäuzte mich herzhaft. »Oh!«, rief ich, als mir dämmerte, was ich gerade getan hatte. »Tut mir leid.«

Ben zuckte die Achseln und zog eine zweite Mütze heraus. »Behalten Sie sie.«

Ich stopfte sie in meine Tasche, die ich immer noch bei mir trug.

Ben legte den Kopf schief. »Ich glaube nicht, dass ich meinen Wagen schon mal aus dieser Perspektive gesehen habe.«

»Und wie sieht er aus?«

»Als könnte er mal wieder eine gründliche Wäsche vertragen.« Mit beiden Händen umfasste er das Trittbrett, zog sich hoch und stand auf, dann reichte er mir die Hand, um mir ebenfalls aufzuhelfen. »Hier können wir nicht stehen bleiben«, sagte er mit einem Nicken in Richtung des Hügels. »Andere könnten jeden Moment in uns hineinrutschen.«

»Was ist mit meinem Wagen?« Betrübt sah ich zu dem Land Rover hinüber, der, noch immer mit dem Briefkasten an der hinteren Stoßstange, am Straßenrand stand.

Ben schüttelte den Kopf. »Ohne anständige schneetaugliche Reifen stehen Sie im Nu im nächsten Graben.«

»Aber ich habe doch Vierradantrieb.«

Er zog die Augenbrauen hoch. »Das nützt auch nichts, wenn die Reifen keinen Grip haben. Die meisten, die auf dem Land wohnen, haben Reifen mit Spikes.«

Stöhnend zog ich mein Handy heraus. Es war 11:03 Uhr. »Mist, ich müsste längst im Rathaus sein. Ich brauche meinen Wagen.«

»Oder eine Mitfahrgelegenheit in einem Wagen mit guten Reifen«, sagte Ben grinsend. »Los, steigen Sie ein.«

Sekunden später saßen wir angeschnallt in Bens erhöhtem Führerhaus, als mich eine Bewegung auf dem Rücksitz zusammenfahren ließ. Ich stieß einen leisen Schrei aus. Simon beugte sich schwanzwedelnd vor und beschnupperte mich. »Hey, Kumpel.« Ich streckte die Hand nach ihm aus, woraufhin er sie abzulecken versuchte.

Ben betätigte irgendeinen Hebel. Ein mahlendes Geräusch ertönte, dann setzte sich der Pick-up in Bewegung, anfangs langsam, dann zunehmend schneller.

Ich streckte meinem Land Rover die Zunge heraus, als wir daran vorbeifuhren. Danach blickte ich nach vorn und verfolgte mit angehaltenem Atem, wie Ben den Hügel hinauffuhr, vorbei an der Stelle, an der ich vor wenigen Minuten nach unten geschlittert war. In der Ferne sah ich das Rathaus von Wakefield. *Ich war so dicht dran gewesen!*

Ben bog auf den Parkplatz, der jedoch leer war. Kein gutes Zeichen. »Ich warte hier auf Sie«, sagte er.

Eilig löste ich den Gurt, stieg aus und hastete über den Parkplatz, wobei ich erneut ins Rutschen geriet und auf dem Hintern landete. *Aua!* Aber dafür war jetzt keine Zeit! Ich rappelte mich auf und lief weiter zur Eingangstür, an der ein Schild hing. *Ihr Tor zu La Pêche, Québec!*, stand da. Ich streckte meine behandschuhte Hand nach dem Türgriff aus, doch nichts geschah. Die Tür war abgeschlossen und ließ sich auch nicht öffnen, als ich mit beiden Händen daran rüttelte.

Tabernac, dachte ich ohne jede Ironie.

Ich rannte um das Gebäude herum, wobei meine UGGs im Matsch versanken. Dort befand sich eine zweite Tür, die ebenfalls abgeschlossen war. Dasselbe bei der dritten Tür auf der rückwärtigen Seite neben einer Laderampe. Weitere Eingänge gab es nicht.

Ich sah auf die Uhr auf meinem Handy. 11:07 Uhr. Selbst wenn Agathe Garnier wie versprochen bis elf Uhr gewartet hätte, wäre ich trotzdem zu spät daran gewesen. Ich beugte mich vor und lehnte den Kopf gegen die Hauswand. So dicht war ich dran gewesen!

Ich machte mich auf den Weg zurück zu Bens Wagen. Diesmal weinte ich nicht, sondern empfand lediglich eine tiefe, dunkle Deprimiertheit. Ich öffnete die Beifahrertür.

»Kein Glück?«, fragte Ben, ohne von seinem Handy aufzusehen. Simon hatte den Kopf auf die Mittelkonsole geschoben.

Mit einem frustrierten Stöhnen rutschte ich auf den Sitz. »Nein.« Ich schlug die Tür zu.

»Lassen Sie Ihre Wut bitte nicht am Wagen aus«, bemerkte er.

Ich warf ihm einen finsteren Blick zu, während ich überlegte, wie es jetzt weitergehen sollte und was das für meinen Film bedeutete.

Er zuckte die Achseln. »Tja, dann sollte es wohl nicht sein, was?«

Etwas an seiner Gleichgültigkeit reizte mich bis aufs Messer. Für ihn mochte es unbedeutend sein, aber für mich? Keine Drehgenehmigung, kein Film. Kein Film bedeutete, dass dieses Jahr, in dem ich das Drehbuch geschrieben und endlos viele Überstunden geschoben hatte und keine besonders gute Freundin gewesen war, immer wieder alles Mögliche verschoben und nicht schon viel früher gemerkt hatte, dass Tomas nicht der Richtige war, völlig umsonst gewesen war. Ben Deschamps mochte das Handtuch werfen, aber nicht ich. So schnell würde ich nicht aufgeben.

»Das ist teilweise auch Ihre Schuld, das ist Ihnen klar, oder?« Eigentlich hatte ich es nicht sagen wollen, vielmehr waren die Worte einfach aus meinem Mund gekommen. Ich biss mir auf die Lippe.

Ben zog die Brauen zusammen. »Meine Schuld? Aber ich habe Sie doch gerade gerettet und hergefahren.«

»Das stimmt.« Ich seufzte. »Aber ich hätte gar nicht erst herrasen müssen, wenn Sie mir von Anfang an gesagt hätten, dass Sie mir sowieso nie eine Drehgenehmigung geben wollen«, sagte ich langsam, während es mir dämmerte. »Zum Beispiel gestern, bei Ihnen zu Hause. Sie müssen doch da schon gewusst haben, dass ich eine Genehmigung von der Gemeinde brauche. Stattdessen haben Sie mich bis heute warten und selbst dann noch zuerst bei Ihnen im Büro antanzen lassen.« Natürlich ging es nicht gänzlich auf Bens Konto, dass ich Agathe nicht mehr angetroffen hatte, aber dies waren die Fakten. Und er hatte definitiv seinen Teil zu der Misere beigetragen. Ich ließ den Kopf hängen und holte tief Luft. *Denk nach, Zoey.*

»Ich weiß, wo das Cottage der Bürgermeisterin ist«, sagte Ben.

»Schön für Sie«, erwiderte ich und schloss kurz die Augen. Ich wollte Benoît Deschamps' Hilfe nicht. Und nicht nur wegen ihm selbst, sondern weil ich generell keine Hilfe haben wollte. Wenn man sich auf andere verlässt, ist man ihnen ausgeliefert. Doch das hier musste ich allein hinkriegen. Und eigentlich wollte ich gar keine Drehgenehmigung für Wakefield. Aber alles, was ich haben wollte – in Chelsea drehen zu dürfen, in meinem eigenen Wagen zu sitzen, einen trockenen Hintern zu haben –, blieb ein frommer Wunsch.

»Ich sollte sie anrufen«, sagte ich etwas sanfter und sah Ben an. »Sie haben nicht zufällig Bürgermeisterin Garniers Nummer?«

»Nein.«

Ich musterte ihn skeptisch. »Sie wissen, wo ihr Landhaus ist, aber ihre Nummer haben Sie nicht?«

»*Oui.* Letzten Sommer war ich im Zuge einer Veranstaltung der Bezirksverwaltung dort, aber ihre Handynummer hat sie mir nicht gegeben.«

Ich erwog meine nicht gerade zahlreichen Alternativen.

»Gut«, sagte ich dann.

»Gut?« Ben klang belustigt, was mich nur noch mehr ärgerte.

»Gut, Sie können mich zu ihrem Cottage fahren. Sofern es nicht ewig weit weg ist. Es ist doch nicht ewig weit weg, oder?«

Er räusperte sich. »Sie sind schon sehr speziell, das ist Ihnen bewusst, oder?« Er ließ den Motor an. »Es ist etwa eine Stunde entfernt und liegt auf meiner Strecke. Das ist der einzige Grund, weshalb ich Ihnen angeboten habe, Sie hinzufahren, nur damit das klar ist.« Ben fuhr vom Parkplatz und zurück auf die Hauptstraße. »Um die Sachen hinten abzuliefern.«

Ich drehte mich um. Simon hatte sich auf dem Rücksitz zusammengerollt. Im Fußraum vor ihm stand eine Kiste voller Flaschen mit einer braunen Flüssigkeit. »Root Beer?« Das wäre jetzt genau das Richtige. Wäre es unhöflich, ihn um eines zu bitten, wo ich nicht sehr nett zu ihm gewesen war?

»Ahornsirup«, sagte er mit einem Grinsen. »Ich stelle den besten Sirup in der Gegend her, schon vergessen?«

»Klar. Wer könnte auch ohne Chelseas Spitzensirup überleben?« Trotz meines enormen Pechs war ich insgeheim dankbar für seine Entscheidung, dem Sturm zu trotzen, um seinen Sirup auszuliefern. Wer weiß, was mir sonst hier draußen passiert wäre.

»Frotzeln Sie ruhig, aber meine Kunden verlangen es.«

»Und ich dachte glatt, Sie wollen mich aus Chelsea verjagen.«

»Ehrlich gesagt, habe ich nicht mehr an Sie gedacht, nachdem ich Sie erst vom Hals hatte.«

»Wissen Sie was? Ich fahre Ihnen in meinem Wagen hinterher.« Ben ging mir gegen den Strich. Und ich ihm. Daran gab es keinen Zweifel.

»Ach ja?« Er hielt neben dem Land Rover an, der in der letzten halben Stunde ungeschützt im eisigen Regen gestanden hatte und von einer Eisschicht überzogen war. Mein Blick fiel auf den Briefkasten an der hinteren Stoßstange und das Haus ein paar Meter weiter, die Bäume und die Schneewehe, in der mein Wagen versunken war. Alles ringsum war von einer rasch wachsenden Eisschicht bedeckt.

»Zoey«, sagte Ben lässig. *Er ist ein Mistkerl, Zoey. Ein Mistkerl mit einer angenehmen Stimme und echt tollem Haar. Und schönen Augen. Und breiten Schultern. Aber trotzdem ein Mistkerl.* »Bitte, lassen Sie sich von mir zu Agathe fahren.«

»Ich will Ihre Hilfe nicht, Ben.« Mein Ton war wütender, als er sein müsste, doch ich musste mich an meinen Plan halten, bei dem aktuell an oberster Stelle stand, Ben aus der Entscheidung für eine Drehgenehmigung herauszuhalten.

»Mag sein, aber ich glaube, gerade bleibt Ihnen nichts anderes übrig.«

Kapitel 8

Dienstag, 23. Dezember

11:30 Uhr

Der Mafioso-Don in *Sizilianische Weihnachten* hatte seine Villa in Palermo mit kugelsicheren Fensterscheiben ausstatten lassen. Es war ein wichtiges Handlungselement, daher hatte ich die Aufgabe zugewiesen bekommen, entsprechend dickes Glas zu besorgen. Nachdem ich die ganze Insel vergeblich danach abgesucht hatte, war mir nichts anderes übrig geblieben, als die Scheiben vom Festland herüberbringen zu lassen – auf der Yacht des russischen Oligarchen, der die Produktion finanzierte. Dieses Glas war weniger dick gewesen als die Eisschicht, die aktuell die Heckklappe des Land Rover bedeckte.

Aber keine Sorge: Benoît Deschamps war ja zur Stelle. Er tauchte in seinem Pick-up ab und erschien kurz darauf mit einem Feuerzeug und einem Schlitzschraubenzieher wieder, zündete das Feuerzeug an und hielt die Spitze des Schraubenziehers in die Flamme, bis diese rot glühte, dann drückte er sie in die Eisschicht an der Heckklappe. Über eine Länge von etwa dreißig Zentimetern schmolz das Eis.

»Na, beeindruckt?« Er sah mich an.

»Das Feuerzeugbenzin dürfte nicht reichen, alles freizubekommen.« Ich zog eine Dose Haarspray in Reisegröße, die ich immer bei mir hatte, aus meiner Handtasche. »Sie haben Ihre Notfallwerkzeuge, ich die meinen.« Ich gab sie ihm.

Ben starrte das Haarspray an, als könne er damit nichts anfangen. »Wofür ist das?«

Ich nahm ihm die Dose wieder ab und hielt sie an die Klappe. »Schnell, geben Sie mir das Feuerzeug«, sagte ich, begann zu sprühen und hielt die Flamme in den Sprühnebel.

Whhooosh.

Es war, als hielte ich eine Fackel gegen den Wagen. Ich hatte gut die Hälfte des Eises auf dem Falz der Heckklappe zum Schmelzen gebracht, als das Haarspray ausging. »So viel zum Thema Reisegrößen«, bemerkte ich, doch zum Glück genügte es. Ich legte den Hebel um, woraufhin sich die Heckklappe einen Spaltbreit öffnen ließ. Eilig drückte ich sie wieder zu und riss sie sofort danach mit einem Ruck erneut auf. Mit einem lauten Knacken ging sie auf und gab den Blick auf meinen Koffer frei.

Über den Rücksitz kletterte ich nach vorn, nahm meinen Lippenbalsam und meine Schlüssel aus dem Becherhalter, wand mich über den Rücksitz zurück in den Kofferraum und zerrte meinen Koffer heraus. »Das war's«, sagte ich zu Ben, in der einen Hand meine Tasche, in der anderen meinen Koffer.

Er musterte mich von oben bis unten. Erst jetzt dämmerte mir, was für einen Anblick ich bieten musste: Meine UGGs waren pitschnass und knöcheltief im Matsch versunken, und der Eisregen hatte meinen weißen Wollmantel von Zara mit einer Eisschicht überzogen. Ein leises Klirren ertönte, als ich mir mein eisverkrustetes Haar aus dem Gesicht strich. »Ich wünschte, ich hätte einen Mantel mit einer Kapuze genommen«, stöhnte ich.

»Das wünschen Sie sich?« Wieder schwang Belustigung in Bens Stimme mit. Er trat vor, als wollte er mir den Koffer abnehmen.

Ich schüttelte den Kopf. »Es geht schon.«

»Wie Sie wollen.« Ben ging zu seinem Pick-up zurück, öffnete die Beifahrertür und schob den Sitz nach vorn. Ehe ich ihn daran hindern konnte, drehte er sich um, nahm mir den Koffer aus der Hand und beförderte ihn ohne jede Mühe auf den Sitz neben seinem Husky.

Mit finsterer Miene stieg ich ein und schnallte mich an. Erst jetzt, ohne den Stress, rechtzeitig im Büro der Bürgermeisterin sein zu müssen, hatte ich die Muße, mich in Ruhe im Wagen umzusehen. Der Pick-up war blitzsauber. Kein Hundehaar weit und breit, fast, als hätte Ben den Morgen nicht mit Bürgermeistertätigkeiten, sondern mit der Reinigung des Wagens zugebracht. Das Armaturenbrett schimmerte, und in dem kleinen Fach unter dem Radio lag sein Handy.

»Wieso ist Ihr Koffer so schwer?«, fragte er, nachdem er eingestiegen war, und korrigierte den Rückspiegel. »Ich dachte, Sie seien nur für zwei Tage hier.«

»Man weiß eben nie, was man so braucht.«

»Jedenfalls keinen Wintermantel und feste Stiefel«, bemerkte er und drehte den Zündschlüssel. Der Motor des Pick-ups erwachte zum Leben, und der Wagen rollte die Straße entlang, als wären die Straße und die Witterung nicht das geringste Problem.

Als Ben auf den Highway fuhr und wir die Stadt hinter uns ließen, verschränkte ich die Arme vor der Brust, bereute es jedoch augenblicklich. Durch den Druck wurde die Nässe aus den Ärmeln gepresst und tropfte mir auf die Hose. Verdrossen kämpfte ich mich aus meinem Mantel, ohne den Gurt zu lösen. »Stört es Sie, wenn ich ihn auf den Rücksitz lege?«

»Weshalb sollte es?«

»Keine Ahnung. Der Wagen sieht aus, als hätten Sie ihn direkt aus dem Ford-Museum gestohlen«, entgegnete ich neckend und biss mir auf die Lippe. »Ich will nichts schmutzig machen, aber mein Mantel ist pitschnass.«

»Sie finden also, mein Wagen ist sauber?«, hakte er stolz nach.

Ich zog die Nase kraus und sah mich erneut um. »Gäbe es einen Preis für den saubersten Wagen, was nicht der Fall ist, weil die Verleihungszeremonie todlangweilig wäre, hätten Sie ihn gewonnen. Haben Sie ihn gerade erst gekauft, oder was?«

»Nein, aber ein schöneres Kompliment aus Ihrem Mund könnte ich mir nicht wünschen. Einen sauberen Wagen zu haben, verschafft mir eine seltsame Befriedigung, nach dem Motto: äußere Ordnung, innere Ruhe.«

»Woooow!« Ich hielt inne. »Stört es Sie, wenn ich das Radio einschalte?« Ich brauchte etwas zur Ablenkung, bis wir zum Landhaus der Bürgermeisterin gelangten.

»Machen Sie nur.«

Ich beugte mich vor und drehte am Suchknopf. »Wow, ich muss noch nicht mal nach dem Sender mit den Weihnachtsliedern suchen«, bemerkte ich, als Andy Williams' »It's the Most Wonderful Time of the Year« ertönte.

Ben sah mich trotzig an. »Na und? Ich mag Weihnachtslieder.«

»Ich beschwere mich gar nicht«, erwiderte ich. »Ich liebe Weihnachtsmusik.«

»Das stimmt doch nicht, Zoey«, erwiderte er skeptisch. »Genauso wenig, wie Sie Weihnachten mögen.«

»Wie bitte?« Ich fuhr auf dem Sitz herum, sodass ich ihn besser sehen konnte – zumindest seine gerade Nase und sein markantes Kinn. »Ich habe mich gerade darum bemüht, meinen Weihnachtsfilm in Ihrer Stadt zu drehen. Ich liebe Weihnachten. Genauso wie Weihnachtslieder. Nennen Sie mir eine Zeile aus einem Weihnachtslied, und ich sage Ihnen, wie es weitergeht.«

Ich zeigte auf das Radio, aus dem die ersten Akkorde von »Let It Snow!« drangen.

Ich wartete, bis Dean Martin einsetzte: *»Oh, the weather outside is frightful«*, ehe ich einstimmte: *»But the fire ist so delightful.«*

»Das war ja leicht«, sagte Ben. »Jeder kennt den Text.«

»Also gut, dann das nächste Lied.«

»Na schön. Rein zufällig bin ich ebenfalls leidenschaftlicher Weihnachtsliedkenner.« Er drehte die Lautstärke auf.

»Das werden wir ja sehen.«

Ich rieb die Hände aneinander, um sie zu wärmen. Einen Moment später ertönten die Klänge von »O Christmas Tree«, und ich lächelte. Den hatte ich in der Tasche. Tony Bennett sang zweimal nacheinander die erste Zeile. Ich zeigte auf Ben.

»Such pleasure you bring me«, sang ich.

»How lovely are thy branches«, sang Ben im selben Augenblick und sah mit gerunzelter Stirn herüber.

»So ganz kommen Sie aber noch nicht an das Original heran«, erklärte ich wichtigtuerisch. »Da müssen Sie wohl ein bisschen üben. Ein Punkt für mich.«

Ich sah ihm an, dass er gegen ein Lächeln ankämpfte. »Der nächste geht an mich.«

»Das werden wir ja sehen.«

Ich blies mir in die Hände.

Ben fummelte an der Heizung herum. »Ist Ihnen warm genug?«

»Ich bin nicht sicher, ob die Sitzheizung funktioniert«, erwiderte ich unschuldig.

Ben sah mich nur an. »Der F-150 ist ein Klassiker. Eine Sitzheizung ist für dieses Modell nicht vorgesehen«, erklärte er abfällig.

»Ehrlich gesagt, gibt es die aber«, informierte ich ihn. »Die Technologie ist steinalt – zumindest seit dem 66er Cadillac DeVille-Cabrio, aber wer auch immer Erstbesitzer dieses 96er F-150 gewesen sein mag, hat sich wohl dagegen entschieden.«

Ben fiel die Kinnlade herunter, und ich grinste. Ich liebte es, die Leute mit meinem Partytrick auszuhebeln: profunde Kenntnisse über Autos.

»Sie verstehen so viel von Autos, wissen aber nicht, dass man bei diesem Wetter Winterreifen braucht?« Er sah mich fassungslos an.

Ich verdrehte die Augen. »Ich werde mich auf das Kompliment konzentrieren«, erwiderte ich. »Mein Dad hat Autos geliebt und mir alles beigebracht, was er wusste.«

»Sie sprechen in der Vergangenheit von ihm?« Ben legte den Kopf schief.

»Ja.« Ich spürte, wie sich mein Magen verkrampfte.

Ben runzelte die Stirn. »Tut mir leid. Ist er …«

»Nein.« Ich schüttelte den Kopf. »Er ist nicht tot. Ganz im Gegenteil. Er ist sogar quicklebendig. Abgesehen von seiner Liebe zu Autos hatte er auch eine große Schwäche für Zigarren und Frauen … eine so große, dass ihm eine nicht genügte. Er hat sich von meiner Mutter scheiden lassen, als ich dreizehn war, und seitdem mehrmals wieder geheiratet. Soweit ich weiß, ist er aktuell bei Ehefrau Nummer vier. Ich habe ihn lange nicht mehr gesehen. Das letzte Mal war eine sehr peinliche Begegnung auf Curaçao, als er mit Ehefrau Nummer drei vor dem Traualtar stand.«

Ben blinkte und bog nach rechts in eine weitere tief verschneite und sehr, sehr steile Straße ein. »Wow! Ihr Dad hat geheiratet und Sie nicht dazu eingeladen?«

Ungläubigkeit schwang in seinem Ton mit, was mich ärgerte. Am liebsten hätte ich ihn zusammengestaucht, weil er sich ein Urteil über meinen Vater erlaubte, gleichzeitig hielt ich so oft mit der Wahrheit über meine Eltern hinterm Berg (wer will schon von seiner alles andere als perfekten Familie erzählen?), dass es angenehm war, mich bei einem Wildfremden auszulassen. Was Ben von mir dachte, war mir völlig egal.

»Er hat uns nichts davon gesagt«, entgegnete ich. »Ich wusste nicht mal, dass er sich von der Nummer drei hatte scheiden lassen.« Der Regen prasselte von der Beifahrerseite gegen den Wagen. »Ich denke, ich kann mit Fug und Recht behaupten, dass sich unsere Beziehung von dieser Begegnung nicht wieder erholt hat.«

»Autsch. Ich kann mir nicht vorstellen, dass meine Eltern

mit jemand anderem zusammen wären. Oder geschieden. Das dürfte so was wie Feiertage ziemlich schwierig machen, oder?«

»So in der Art.« Feiertage waren in der Tat schwierig, aber nicht so, wie Ben es sich wohl vorstellte. Kein Hin und Her zwischen den Eltern, die sich aus Schuldgefühlen heraus völlig übertrieben für ihre Kinder ins Zeug legten. Bei mir und Stella war genau das Gegenteil der Fall: Niemand wollte uns. »Stell dir bloß vor, wir müssten über die Feiertage unsere Eltern besuchen, statt dorthin zu reisen, wohin wir wollen«, hatte Tomas bei mehr als einer Gelegenheit gesagt. »Deine Eltern haben dir sogar ein Geschenk gemacht, Zo.« *Ein Geschenk, aha.*

Ben räusperte sich. »Also, gegen Ihre zerrüttete Familie kann ich nichts tun, genauso wenig kann ich Ihnen eine Sitzheizung bieten, aber zumindest kann ich die Lüfter auf Sie richten.«

Er schob die Plastikschlitze hin und her. Ich beugte mich vor und hielt die Hände vor den warmen Luftstrom.

»Wissen Sie, was das eigentliche Problem ist?«, fragte ich nach einem Moment.

»Die atomare Bedrohung, Pandemien, der Klimawandel …«

»Meine Füße sind klitschnass.«

»Aber natürlich sind sie das. Was Sie anhaben, kann man ja nicht als Stiefel bezeichnen.«

»Natürlich sind das Stiefel!«, protestierte ich.

»Mehr oder weniger.«

Ich verzog das Gesicht. »Das sind australische Winterstiefel.«

»Es sind australische Stiefel, die wahrscheinlich nicht mal

in Australien als Winterstiefel durchgehen. Und sie sind definitiv nicht wasserdicht.«

»Ich habe sie mit einem sündhaft teuren Imprägnierspray behandelt, bevor ich abgeflogen bin.«

»Ah, und hat es funktioniert?«, bemerkte Ben trocken. »Außerdem regnet es in Australien ja so gut wie nie, sprich, vor Nässe schützen sie nicht, Spray hin oder her.«

»Wow, und ich dachte schon, Sie seien bloß Experte darin, Leute aus Chelsea zu vertreiben und nach Wakefield zu schicken«, blaffte ich, »dabei sind Sie auch Australien-Kenner. Wie kam es denn dazu?«

»Lange Geschichte«, entgegnete er freundlich, ohne auf meinen patzigen Tonfall einzugehen.

»Tja, bei dem Tempo, das Sie vorlegen, haben wir wohl genug Zeit für eine ausführliche Schilderung.«

»Delphine ist nach Australien gegangen. Und ich habe sie dort besucht«, erklärte er tonlos.

»Ah, Delphine.« Bei der Erwähnung ihres Namens zog sich mein Magen zusammen. Wieso löste diese Frau, die ich nicht einmal kannte und über die ich rein gar nichts wusste, solche Gefühle in mir aus? »Und wer ist Delphine?«

»Meine Ex«, antwortete er.

Ich ignorierte die leise Stimme in meinem Kopf, die *Themenwechsel* sagte. »Ah, deshalb holen Sie sie auch vom Flughafen ab.«

»Genau. Noch weitere persönliche Fragen?« Er zog die Augenbrauen hoch.

»Ja, eigentlich schon.« Ich drehte mich auf dem Sitz, um ihn ansehen zu können. »Haben Sie sie besucht, als Sie noch zusammen waren, oder erst nach der Trennung? Oder ging es während des Aufenthalts auseinander?«, platzte ich heraus, ehe ich es verhindern konnte. Doch ich arbeitete schließlich in der Romantikbranche, oder? Beziehungsanfänge und -enden waren mein Lebenselixier, ob nun im realen Leben oder auf der Leinwand.

»Während alles noch in der Schwebe war.«

»Ah. Die Reise hat dann wohl die Entscheidung gebracht, was?«

Er schnaubte. »Danke, Dr. Ruth.«

»Äh, also nur fürs Protokoll, das war kein Versuch, Ihre Sextherapeutin zu sein.« Ich ließ meinen Stress an ihm aus. Ich wusste es und konnte doch nichts dagegen tun.

»Gut zu wissen.« Ben hielt an einer Kreuzung und bog dann langsam nach rechts ab. »Die Straße ist immer ein bisschen heikel«, murmelte er.

Ich sah nach vorn und bemerkte, dass die »Straße« sich zu einem schmalen Pfad verjüngte, der in einen dichten Wald führte.

»Diese Straße?«, wiederholte ich mit einer Geste. »Sind Sie sicher, dass das eine ist?«

»Das ist die direkteste Route nach Val-des-Bois. Wir fahren nur ein Stück weit neben dem Highway.« Er umfasste das Lenkrad fester.

Trotz der Wärme, die aus der Lüftung pustete, zitterten meine Hände immer noch. Ich schob sie unter meine Oberschenkel und räusperte mich. »Nur fürs Protokoll: Ich bin kein Fan dieser blöden Aussie-Stiefel mehr.«

»Tja, dann haben wir wohl endlich etwas gefunden, worin wir uns einig sind.« Ich sah, wie sich seine Mundwinkel minimal hoben. »Hey, ich könnte ja anhalten, damit Sie Ihre *poupons* aus dem Koffer holen.« Ben sah in den Rückspiegel, dann zu mir. Goldene Sprenkel leuchteten in seinen braunen Augen.

»Meine was?« Inzwischen schlotterten mir die Knie. Diese verdammten UGGs!

»Ihre Pantoffeln.« Er lachte. »Meine Großmutter hat sie immer *poupons* genannt. Ich vergesse manchmal, dass nicht jeder das Wort kennt. Aber egal. Jedenfalls habe ich Ihre Hauspantoffeln gemeint. Soll ich anhalten, damit Sie sie herausholen können? Darin haben Sie es bestimmt wärmer als in den Dingern.« Er wies mit dem Kinn auf meine Füße. Obwohl meine UGGs eindeutig keine gute Wahl gewesen waren, passte es mir nicht, dass er darauf herumhackte.

»Was für Pantoffeln? Ich habe keine eingepackt.«

»Was meinen Sie damit? Dass Sie sie vergessen haben?« Ben sah mich kopfschüttelnd an. »Ganz ehrlich, für jemanden, der eine Weile in Québec bleiben will, sind Sie fürchterlich schlecht aufgestellt.«

»Wer packt schon Pantoffeln ein? Lässt man die nicht zu Hause neben der Eingangstür oder dem Bett stehen?«

Er schüttelte den Kopf. »Heute ist tatsächlich Ihr Glückstag, Zoey Andrews. Ich habe ein Notfallpaar *poupons* im Kofferraum.«

»Ein Notfallpaar *poupons*? Ist Grey Poupon nicht eine Senfmarke?«

»Nicht Grey Poupon, sondern nur *poupons*«, stieß er hervor. »Sie werden mir noch dankbar sein, wenn Sie erst wieder warme Füße haben. Moment, ich halte kurz an.«

»Nicht. Ich klettere einfach über Ihre blitzsauberen Sitze. Sie fahren ja bloß fünf Meilen pro Stunde.«

»Ich fahre fünf Meilen pro Stunde, damit wir es zum Haus der Bürgermeisterin schaffen, statt im Straßengraben zu landen«, erwiderte er und deutete über meine Brust hinweg nach draußen. Dabei streiften seine Finger meine Hand, die sich sofort wärmer anfühlte, sehr zu meiner Verärgerung.

Ich drehte mich um und begann, über den Sitz nach hinten zu klettern. Nicht der anmutigste Anblick, aber es ging nun mal nicht anders. Simon schreckte aus seinem Nickerchen hoch. Ich kraulte ihn unter dem Kinn, woraufhin er mir die Hand ableckte und sich wieder zusammenrollte. »Wo versteckt sich der Zaubersenf noch mal?«

»In einer Kiste hinter dem Sitz.«

Ich schob meinen Koffer beiseite, um Platz zu machen, und beugte mich über die Sitze. Wieder leckte Simon meine Hand ab. »Es sollte eine große schwarze Kiste sein.«

»Aber eine Waffe ist hier nicht drin, oder?«, witzelte ich, doch mal ganz im Ernst: Wer wusste schon, was die Leute in dieser Gegend normal fanden?

»Eine Waffe? Nein, aber ich glaube, Gummibärchen.«

»Gummibärchen?«

»Ja, Sie wissen schon, diese kleinen Zuckerdinger, die wie …«

»Ich weiß, was Gummibärchen sind.«

»Oh, gut. Ich dachte nur, weil Sie so verwirrt klangen.« Ein neckender Unterton lag in seiner Stimme.

Es gelang mir, die Kiste hinter den Sitzen hervorzuziehen. Eigentlich hatte ich ein Behältnis in der Größe einer Crossbody-Bag erwartet, doch das Ding war riesig und beherbergte einen wahren Schatz an nützlichen Dingen: Starterkabel, ein Erste-Hilfe-Set, Batterien, einen Schlafsack, Kerzen,

Streichhölzer, eine Flasche Wasser, Reifenkleber, eines dieser Wunderdinger mit siebzehn verschiedenen Schraubenziehern und eine verschließbare Plastiktüte voller Snacks: Müsliriegel, eine Nussmischung mit Rosinen und Gummibärchen. Was mich jedoch viel mehr interessierte, war die Kleiderauswahl. Ein Paar Jeans, ein grauer Kapuzenpulli, ein T-Shirt und ein Paar dicke Socken. »Sie haben hier eine komplette Garnitur Klamotten?«

»Klar. Das ist eine Notfallausrüstung, und in einem Notfall braucht man vielleicht frische Sachen.«

Kopfschüttelnd wühlte ich mich weiter durch die Sachen, bis meine Finger etwas Weißes berührten. Ich zog es heraus. »Aha, *la pièce de résistance*.« Es handelte sich um ein Paar Strickpantoffeln in zwei Brauntönen mit Weiß.

»Ich dachte, Sie sprechen kein Französisch«, bemerkte Ben ironisch und sah über die Schulter zu mir, während ich mit den Pantoffeln in der Hand über den Sitz zurückkletterte.

»Ein paar Brocken. Ich habe *Emily in Paris* gesehen.« Das war nur halb scherzhaft gemeint, denn im Zuge meiner Drehbucharbeit hatte ich mich selbstverständlich mit Französisch befasst. Aus Gründen der Authentizität.

»Na klar.« Wieder dieser Sarkasmus.

Ich verkniff mir eine bissige Erwiderung, weil er mir gerade erlaubt hatte, seine Strickpantoffeln zu tragen. »Die sehen selbst gestrickt aus.« Ich drehte sie hin und her. »Und nagelneu. Sie sind tatsächlich ein kleiner Sauberkeitsfantatiker, was?«

Wortlos hielt er mir die Hand hin.

»Was?« Ich beäugte seine Handfläche.

»Geben Sie sie her.«

Ich presste mir die Pantoffeln vor die Brust. »Nein. Sie fahren ja und können sie sowieso nicht tragen.«

»Ich werde sie nicht tragen, Sie aber genauso wenig, wenn Sie weiterhin so undankbar sind«, erwiderte Ben mürrisch.

»Ich bin nicht undankbar. Im Gegenteil. Sie sehen wirklich gemütlich aus.« Ich konnte es kaum erwarten, aus meinen durchnässten UGGs zu schlüpfen.

»Meine *mémère*, also meine Großmutter, strickt uns Enkeln jedes Jahr ein neues Paar.«

»Das ist ja nett!« Bewundernd betrachtete ich die Strickpantoffeln. Ich konnte mir kein liebevolleres Geschenk vorstellen.

Ich zog die UGGs und meine ebenfalls klitschnassen Socken aus und fühlte mich augenblicklich besser. »Und wie viele Enkel gibt es?«

»Vierzehn. Xavier haben Sie ja schon kennengelernt, glaube ich. Bei Mireille.«

»Kann sein.« Seit meiner Ankunft war ich so vielen Menschen begegnet, dass ich den Überblick verloren hatte.

»Er hat zwei kleine Töchter«, fuhr Ben fort. »Er meinte jedenfalls, er sei Ihnen begegnet.«

»Ach ja!« Ich erinnerte mich an den jüngeren Mann mit den zwei kleinen Mädchen.

»Er ist der Cousin, mit dem ich am engsten verbunden bin. Und er ist mein bester Freund.«

In Chelsea kannte tatsächlich jeder jeden. Und jeder redete mit jedem.

Eine Windbö erfasste den Pick-up. Ben sah herüber. »Alles klar?«

Ich biss die Zähne zusammen. »Sehen wir einfach zu, dass wir es schaffen.« Ich zerrte mir den zweiten Schuh nebst Socke vom Fuß und legte beides auf die Fußmatte.

»Raten Sie mal: Seit wie vielen Jahren strickt meine *mémère* jedem von uns ein Paar Pantoffelsocken?«

Ich überlegte kurz, gab es jedoch auf. »Na gut, ich weiß es nicht. Wie viele Jahre?«

»Jedes Jahr. Die ganzen Jahre, seit wir auf der Welt sind. Sie ist sechsundachtzig und strickt immer noch. Bis heute. Ich bin zweiunddreißig. Und meine Füße wachsen nicht mehr, seit ich sechzehn bin.«

»Wow. Das sind eine Menge *poupons* in Größe 44.«

Ben lachte. »Genau. Deshalb ist das Paar, das Sie in der Hand haben, auch noch ungetragen. Ich habe sie bislang nicht gebraucht.«

»Also … macht es Ihnen nichts, wenn ich barfuß hineinschlüpfe, ja? Meine Socken sind nämlich auch völlig durchgeweicht.«

»Machen Sie ruhig. Morgen gibt es ein neues Paar zu *Réveillon*.«

Meine Füße waren eiskalt und feucht, deshalb zog ich die Knie an, um meine Füße mit beiden Händen umfassen zu können. Dabei streifte ich mit einem Knie seinen Arm. Ein warmer Schauder lief bis zu meinen Zehen hinunter. Ich zog nacheinander die Socken über und war sofort sehr viel glücklicher. »Es ist ein Weihnachtswunder«, sagte ich. »Danke. Die sind wirklich mollig warm.«

Er lächelte mich an. »Und es bleiben noch zwei weitere Tage.«

Ich stöhnte lautlos. Nur noch zwei Tage, um mir diese

Drehgenehmigung zu beschaffen. Normalerweise brauchte man Wochen dafür. Wie sollte ich das hinkriegen?

Sein Handy läutete. Er nahm das Gespräch über die Freisprechanlage an.

»*Salut*, Paul«, sagte er.

»Bist du im Auto? Ist es gerade ungünstig?«, fragte Paul, während ich mein Gedächtnis durchforstete, ob ich jemanden mit diesem Namen kennengelernt hatte.

»Nein, nein, kein Problem. Ich mache nur gerade ein paar Besorgungen.«

»Ah, *d'accord*. Damit ist unsere Verabredung zum Mittagessen hinfällig, ja?«

»War die heute?« Mit einem Mal klang Ben angespannt. Ich sah ihn an. Obwohl ich ihn erst etwas länger als vierundzwanzig Stunden kannte, war mir bewusst, dass er nicht der Typ war, der Lunchtermine vergaß.

»Ja.« Es entstand eine kurze Pause. »Das Wetter ist ohnehin fürchterlich. Reden wir doch jetzt, ja?«

»Klar. Ein paar Minuten habe ich Zeit.«

»Ein vielbeschäftigter Mann. In den Fußstapfen deines Vaters.« Es klang nicht danach, als meine Paul das als Kompliment. »Jedenfalls wollte ich über Marcel reden. Er meinte, er hätte gestern und heute versucht, dich zu erreichen.«

»Tatsächlich? Es war alles ein bisschen hektisch, Paul. Schließlich stehen die Feiertage vor der Tür. Da herrscht Hochbetrieb in der Baumschule.«

Ich lehnte den Kopf gegen das Seitenfenster und beobachtete Ben weiterhin aus dem Augenwinkel. Zuerst hatte er einen Termin zum Mittagessen verschwitzt und dann auch noch Anrufe verpasst? Allmählich wurde es interessant.

»Ich habe mich angeboten, dich anzurufen. Sie reden immer noch über das Erschließungsprojekt drüben in Roche-Bourgoyne.«

Ben schwieg kurz. »Ich dachte, es soll nach Wakefield verlegt werden«, sagte er schließlich steif.

»Es hat sich herausgestellt, dass sie dort die erforderlichen Grundstücke nicht bekommen. Deshalb sind sie jetzt wieder bei Chelsea.«

Draußen schlängelte sich die Straße wie eine Lichterkette dahin. Rechts befand sich ein großer Teich, der aussah, als gehöre er eigentlich auf eine Weihnachtskarte – inklusive Kindern in farbenfrohen Schneeanzügen und Mützen, die fröhlich über die vereiste Oberfläche glitten. Doch bei diesem Wetter war natürlich niemand da. Ich sah auf die Uhr auf dem Armaturenbrett. Viertel nach zwölf. Wie weit mochte es noch bis zum Haus der Bürgermeisterin sein?

In diesem Moment vibrierte mein Handy. Ich drehte es um und sah auf das Display.

Wie ist es mit der Bürgermeisterin von Wakefield gelaufen?, wollte Mireille wissen.

Kann ich noch nicht sagen, schrieb ich zurück. *Ich fahre ihr gerade hinterher, um mit ihr zu reden. Mit Ben.*

Bonne chance!, schrieb sie, gefolgt von einem Chilischoten-Emoji.

Ich lachte, obwohl ich nicht ganz sicher war, was sie mir damit sagen wollte. Unterdessen war Bens Stimme merklich schärfer geworden.

»Du kennst meine Haltung dazu, Paul«, sagte er. »Und ich weiß, dass du ähnlich denkst. Lass dich nicht einwickeln, nur weil Marcel ein Freund ist.«

»Darum geht es doch nicht, Junge«, sagte Paul sanft. »Du weißt selbst, dass für mich immer die Gemeinde und das, was am besten für sie ist, an oberster Stelle stand. Aber wir können nicht leugnen, dass die Leute aus der Gegend wegziehen. Es gibt keine Jobs. Und dieses Projekt könnte uns helfen.«

Ich riss die Augen auf und versuchte, mich auf mein eigenes Handy zu konzentrieren, damit Ben nicht dachte, ich würde ihn belauschen – was ich natürlich tat. Ich fragte mich, wie gut dieser Paul Ben kennen mochte. Wenn der Bürgermeister noch nicht einmal einer Filmcrew erlaubte, für ein paar Tage in der Stadt ihr Lager aufzuschlagen, war er von einem neuen Wohnprojekt bestimmt ebenfalls alles andere als begeistert. Dafür brauchte ich Ben noch nicht einmal besonders gut zu kennen. Der Grund, weshalb er das Mittagessen mit Paul »verschwitzt« und die Anrufe dieses Marcel nicht mitbekommen hatte, wurde allmählich klarer.

»Wenn es keine Jobs gibt, werden Leute die Wohnungen zu Investitionszwecken kaufen«, wandte Ben ein. »Das hilft uns nicht dabei, neue Arbeitsplätze zu schaffen.«

»Aber es gibt doch Pläne. Und inzwischen ist sogar ein Hotel vorgesehen.«

Ben seufzte. »Na toll. Damit locken wir Touristen an, für die wir gar keine Kapazitäten haben. Paul, ich will wirklich nicht negativ sein, aber ich glaube, du siehst das zu illusorisch.«

»Ben, ich habe alles gründlich durchdacht. Ich tue nichts anderes. Seit Monaten. Ich wollte dich nicht damit behelligen, weil ich wusste, dass du Zeit brauchst, um dich zu fangen, und dich nicht gleich damit belasten willst.«

Fangen? Weshalb? Ich warf Ben einen Blick zu. Sein Kiefer war angespannt. Hinter ihm, eingebettet zwischen den Bäumen, erspähte ich eine Hütte.

»Aber hier geht es um etwas Langfristiges«, fuhr Paul fort. »Das Hotel lockt Besucher an. Das Spa ist an sich schon ein Magnet, die Hauptstraße ein zusätzlicher Bonus. Durch das Hotel werden Arbeitsplätze geschaffen, und die Menschen, die die Jobs annehmen, werden in die Gegend ziehen.«

»Eine noch höhere Dichte ist das Letzte, was Chelsea braucht.« Inzwischen hatte sich eine hörbare Schärfe in Bens Stimme geschlichen, und seine Fingerknöchel hoben sich weiß hervor, so fest hielt er das Lenkrad umklammert. Worum ging es hier eigentlich?

»Hör mir doch zu. Sie bieten günstige Preise, um die Leute anzulocken. Einen Rabatt für Selbstnutzer.«

»Aber das dient doch dazu, die Zusagen zu bekommen, die der Bauträger für den Spatenstich braucht.« Ben fuhr sich mit der Hand über die Stirn. »Das garantiere ich dir. Und wer auch immer diese Leute sein mögen, die nach Arbeit suchen – auch sie denken das Ganze nicht zu Ende. Was, wenn sie in Kurzarbeit gehen? Wenn das Hotel die Gästezahlen nicht schafft und die Preise erhöht werden? Was ist, wenn Chelsea nicht mithalten kann?«

Aber Paul wollte offensichtlich nicht aufgeben. Ich konnte ihn für seine Beharrlichkeit nur bewundern. »Doch, das kann Chelsea. Aber Ben, wenn die Bevölkerung weiter in dem Maß schrumpft, wie sie es gerade tut, und du keinen Weg findest, mehr Touristen anzulocken, egal ob mit dem Hotel oder ohne, werden die Geschäfte in Chelsea nicht überleben. Genau deswegen ruft man ja solche Projekte ins

Leben. Weil es Geld für alle in die Gemeinde spült. Die Geschäfte machen mehr Umsatz, stellen mehr Personal ein, das die zusätzlichen Kunden bedient. Es ist ein Kreislauf. Und ich sehe nicht, wieso es nicht auch hier funktionieren sollte. Und ich sehe auch nicht, wieso der Versuch schaden kann. Vor allem, wenn wir keine Alternativen zur Hand haben.«

Inzwischen war der Eisregen heftiger geworden, als passe er sich der Unterhaltung an, deren Zeuge ich gerade wurde. Ich dachte an meine Eltern. Daran, wie sie all die Jahre jegliche Form von Konflikt vermieden hatten. Sie waren voreinander davongelaufen, hatten sich von den Problemen in ihrer Beziehung abgelenkt. Jedenfalls hatten sie nie ein Gespräch von der Art geführt, wie Ben und Paul es gerade taten. Ihre Konfliktscheu war der Hauptgrund, weshalb ich selbst heute keinem Streitgespräch und keiner Auseinandersetzung aus dem Weg ging. Für mich waren Konflikte gleichbedeutend mit Hingabe und Engagement. Daher fieberte ich mit Ben mit, denn wenigstens redeten sie miteinander.

»Also gut, Paul, ich habe genug gehört«, unterbrach Ben Paul mitten im Satz und fügte etwas auf Französisch hinzu.

»Ben, überleg es dir einfach«, sagte Paul. »Lass es dir die nächsten Wochen durch den Kopf gehen. Im neuen Jahr reden wir dann.«

»Mein Vater würde da niemals mitspielen«, sagte Ben leise.

Paul schien kurz zu zögern, ehe er erwiderte: »Ben, dein Vater ist tot.«

Kapitel 9

Dienstag, 23. Dezember

12:30 Uhr

Stille erfüllte das Wageninnere, nachdem Ben wütend aufgelegt hatte. Die nächsten Minuten verfolgte ich die Bewegungen der Scheibenwischer auf der Windschutzscheibe, unsicher, ob ich Ben ansehen, etwas sagen oder einfach still sein sollte. Ich lauschte dem Regen, der in einem steten Rhythmus auf das Blech prasselte. Mir war klar, dass ich tunlichst den Mund halten sollte, aber das war nun einmal gar nicht mein Stil, und vielleicht wollte er ja reden?

»Das klang nach einem sehr netten Gespräch …«, begann ich zögernd.

»Ich will nicht darüber reden«, brummte Ben.

»Wer ist dieser Paul überhaupt?«, hakte ich nach, ohne auf seinen Einwand einzugehen.

Jetzt wandte Ben sich mir zu und sah mich scharf an. »Ich sagte, ich will nicht darüber reden, und mit Ihnen schon gar nicht, Zoey. Sie haben keine Ahnung, was in Chelsea vor sich geht.«

Ich hatte genug Ahnung, um zu wissen, dass Ben keine Veränderung in seiner Heimatstadt haben wollte – weder in Form eines Bauprojekts noch eines Films. Warum das so war, wusste ich tatsächlich nicht, wollte es nun aber endlich erfahren. »Dann erzählen Sie es mir. Vielleicht ist die Meinung eines Außenstehenden genau das, was Sie brauchen.«

»Ich habe nicht um einen Austausch gebeten.« Er seufzte.

»Ich glaube, hier braucht jemand ein paar Gummibärchen«, bemerkte ich, woraufhin er mich wieder mit Blicken strafte.

»Weil ich wütend und hungrig bin, denken Sie?«

Ich zuckte die Achseln. »Solange es hilft, ist das doch egal.«

Ben drosselte das Tempo, als wir uns einer Kreuzung mit abgeschalteter Ampel näherten. Kein Grün, kein Rot, kein blinkendes Gelb. Nichts.

»Ist das nicht seltsam?«, fragte ich und sah ihn in der Hoffnung auf eine beruhigende Antwort an. Meine Verärgerung über ihn wich im Handumdrehen Besorgnis – ich wünschte mir, dass er mir versicherte, die Ampel sei nie eingeschaltet, deshalb sei alles in bester Ordnung.

»Der Strom muss ausgefallen sein«, sagte er und brachte den Pick-up vorsichtig zum Stehen.

Dafür, dass kein Verkehr herrschte, standen wir ziemlich lange herum. Ehrlich gesagt, waren wir zudem schon seit einer Ewigkeit an keinem Fahrzeug mehr vorbeigekommen. Ich sah mich um. Zu allen Seiten standen schneebedeckte Bäume, deren Wipfel hoch in den grauen Himmel aufragten. Es gab keine Häuser und auch sonst keine Anzeichen von Zivilisation. Mit angehaltenem Atem spähte ich durch die Regenschlieren. Das Prasseln des Regens wetteiferte mit dem Quietschen der Scheibenwischer und einem französischen Weihnachtslied, das ich nicht kannte.

Nach einer gefühlten Ewigkeit fuhr Ben langsam an, während ich erleichtert aufatmete, als wir die andere Seite der Kreuzung erreichten.

»Wann geht Ihr Flug?«, fragte Ben und beschleunigte.

»Na ja … ich wollte keinen buchen, da ich bis heute Morgen nicht sicher war, wann ich aus Chelsea aufbrechen würde. Ich wusste nicht, wann ich zum Flughafen käme.«

»Was?« Ben starrte mich mit aufgerissenen Augen an. »Aber das ist idiotisch.«

»Nur gut, dass Sie mir nicht ins Gesicht sagen, was Sie wirklich denken.«

»In zwei Tagen ist Weihnachten, und es droht ein heftiger Sturm, Zoey. Wenn Sie auch nur den Hauch einer Chance haben wollen, es bis Weihnachten zu Ihrer Familie zu schaffen, müssen Sie heute noch hier weg. Du meine Güte, eigentlich hätten Sie sogar gestern schon eine Maschine nehmen müssen. Wenn der Strom ausfällt, ist das gar kein gutes Zeichen. Es wundert mich, dass wir noch Handynetz haben.«

»Mir ist klar, dass es schlimm werden wird, aber doch bestimmt nicht so schlimm, oder? Ich meine, die Leute hier sind so etwas doch gewöhnt, oder etwa nicht?«

»Sagt die Frau, die im sonnenverwöhnten Kalifornien lebt. *La tempête de verglas?*«

Da war der Begriff wieder, den ich die letzten Tage ständig gehört hatte.

»Was ist das überhaupt? Nicht nur ein schlimmer Schneesturm?«

»Nein, es bedeutet Eissturm.«

»Wie in dem Film, als wir noch Kinder waren? Den mit Christina Ricci, in dem ihre Eltern zu dieser Schlüsselparty gehen?« Ich lachte leicht, um meine Nerven zu beruhigen, die mit mir durchzugehen drohten.

»Eher nicht. Haben Sie schon mal vom Eissturm von 1998 gehört?«

Ich schüttelte den Kopf.

»Es war einer der schwersten Stürme in der Geschichte des Landes«, fuhr er fort. »Und er kam praktisch ohne jede Vorwarnung. Zuerst Schnee, dann Eisregen und schließlich richtiger Regen …« Mich überlief ein Schauder, als Ben die einzelnen Witterungsverhältnisse schilderte, wie wir sie in den letzten Tagen erlebt hatten. »Aber dann fiel die Temperatur mit einem Mal. Alles war eisbedeckt. Der Großteil von Ost-Kanada und des Nordostens der USA lagen unter einer dicken Eisschicht, unter deren Gewicht sogar die Strommasten und Bäume nachgaben. Niemand war darauf vorbereitet. Der Strom fiel aus, sprich, es gab keine Heizung und kein Wasser. Leute saßen fest, und diese Isolation … als würde die Welt untergehen.« Die Erinnerung verdüsterte Bens Miene.

»Wahnsinn«, sagte ich und spürte, wie mich Betäubung erfasste. »Sie waren noch ein Junge, als es passierte?«

Er nickte. »Aber ich erinnere mich noch sehr genau daran, obwohl ich damals gerade erst sechs war. Es war an einem Montag im Januar. Der Sturm fing sonntags schon an, aber wir gingen montags alle noch zur Schule.« Er sah mich an. »In Québec liegt wegen des Wetters nicht gleich das ganze Leben brach. Aber an dem Tag durften wir früher gehen und fuhren mit dem Bus nach Hause. Mein Cousin Xavier stieg an meiner Haltestelle aus. Seine Eltern kamen früher von der Arbeit und waren bereits bei uns, genauso einige Nachbarn. Die Leute hatten Angst, fanden es aber auch aufregend, als wüsste keiner so recht, was er davon halten soll. Wir saßen im Keller, aber als es Zeit wurde, zum Abendessen nach Hause zurückzukehren, war nicht einmal daran zu denken. Wir richteten Betten her, und noch bevor wir uns abends schlafen legten, fiel der Strom aus. Zum Glück haben wir einen Holzofen, sodass wir wenigstens nicht frieren mussten. Aber vielen erging es nicht so gut wie uns.«

»Das muss sehr beängstigend gewesen sein.«

»Es war völlig verrückt.« Ben nickte. »Aber als Kind ist einem ja nicht bewusst, wie schlimm es wirklich ist. Ich fand es nur toll, dass so viele Leute zu Besuch waren. Aber heute, als Erwachsener … begreift man erst, wie ernst so etwas sein kann. Menschen sind in dem Sturm damals umgekommen.«

»Mag sein, aber wie groß ist das Risiko, dass so etwas heute auch wieder passiert?«, fragte ich. »Und nichts ist so schlimm wie Erdbeben. Das ist etwas, wovor man sich fürchten muss. Trotzdem bleiben die Leute in L.A. wohnen.«

»Ich versuche gar nicht, den Eissturm mit einem Erdbeben zu vergleichen, aber schlimm wird es, so viel steht fest. Wir sollten nicht hier draußen sein, sondern lieber umkehren.« Das Signal von Bens Handy unterbrach unsere Debatte. Er entsperrte es und reichte es mir. »Lesen Sie mir vor, was da steht?«

Das Handy fühlte sich kalt an. »Die Nachricht ist von Xavier«, sagte ich. »*Holst du Delphine trotz allem ab?*, steht da.«

Delphine. Ich hatte völlig vergessen, dass Noémie Ben gefragt hatte, ob er sie am Flughafen in Montreal abholen könne.

»Wollen Sie immer noch zum Flughafen?«, fragte ich.

»Das hatte ich vor.« Sein Kiefer gab ein leises Knacken von sich.

»Aber Sie sagten doch gerade, wir sollten lieber umkehren. Und Delphine wollten Sie am Flughafen stehen lassen?« Ich musterte ihn angewidert. »O Gott, Sie sind ja ein grauenvoller Freund!«

»Ex-Freund. Aber das geht Sie ohnehin nichts an. Und ich hatte nicht vor, sie einfach dort stehen zu lassen. Ihre Ankunftszeit hat sich schon einmal verschoben, und es kann gut sein, dass der Flug komplett storniert wird. Ich dachte eigentlich, sie sei es« – er nickte in Richtung seines Handys – »die mir schreibt, wie es jetzt weitergeht. Könnten Sie mal nachsehen, ob sie zurückgeschrieben hat?«

»Und Xavier lassen Sie im Unklaren?«

»Schreiben Sie zurück, dass ich es noch nicht weiß. Aber dass ich morgen auf jeden Fall früh vorbeikomme und helfe, den *Caribou* anzusetzen.«

»Caribou?« Meine Finger schwebten über dem Display, während ich überlegte, wie viel von der Nachricht ich tatsächlich tippen sollte.

»Das ist ein Heißgetränk aus Wein und anderen Zutaten. Ich bereite jedes Jahr zu Weihnachten auf dem offenen Feuer in Xaviers Garten welchen zu. Ach ja, schreiben Sie auch, dass ich massenweise Rotwein und Ahornsirup mitbringe, aber ob er noch eine Flasche Roggenwhiskey hat. Nur zur Sicherheit, falls wir noch Nachschub brauchen sollten.«

»Noch etwas? Vielleicht kann ich auch die letzten drei Kapitel des Buches tippen, das Sie gerade auf dem Nachttisch liegen haben«, konterte ich rotzig.

Er schnalzte mit der Zunge und schüttelte den Kopf. »Sie haben doch gefragt.«

Ich tippte *Melde mich später* und ging zu Delphines Nachricht. *Kann es kaum erwarten, dich wiederzusehen*, stand unter Bens Nachricht, er sei gegen fünf am Flughafen. Ich mochte kein großer Delphine-Fan sein, doch die Info, dass Ben zum Flughafen wollte, kam mir mehr als gelegen.

»Sie wollten also zum Flughafen, ja?«

Er warf mir einen Seitenblick zu. »Nein.«

»Nein, was?«, fragte ich unschuldig.

»Ich fahre Sie nicht zum Flughafen. Darauf wollten Sie doch hinaus, *oui*?«

»Ich bin nicht sicher, ob ich beleidigt oder beeindruckt sein soll.«

»Mit Ihrem Typ Frau kenne ich mich aus.«

»Ich bin kein Typ Frau.« Was sollte das überhaupt für ein Typ sein? Ehrgeiziger Single ohne Pläne für die Feiertage? »Wieso denn nicht?«, hakte ich nach. »Wenn Sie sowieso hinfahren …«

»Weil Sie mich in den Wahnsinn treiben«, brummte er.

Ein lautes Krachen erschreckte mich so sehr, dass ich das Telefon fallen ließ. Eilig hob ich es wieder auf, als ein dicker Ast geradewegs auf die Windschutzscheibe knallte und sich in den Scheibenwischern verhakte. Ich packte Bens Arm. Statt abrupt auf die Bremse zu treten, tippte er das Pedal mehrmals nacheinander an, sodass der Pick-up trotz der vereisten Fahrbahn langsamer wurde. Der Ast flog weg. Er stieß einen leisen Pfiff aus und tätschelte mit der freien Hand meinen Arm. Ich atmete auf.

»Alles in Ordnung?«

»Hmhm«, log ich. »Kaum zu glauben, dass das Ding nicht die Scheibe durchgeschlagen hat.« Mein Herz hämmerte so heftig, dass ich das Gefühl hatte, als fülle es meinen gesamten Brustkorb aus.

»Ernsthaft.« Er beugte sich vor und spähte hinaus. Gemessen daran, wie heftig die Bäume schwankten, war dies garantiert nicht der letzte Ast gewesen.

Eine weitere Bö ließ den Pick-up erzittern. Ben packte das Lenkrad fester und schien Mühe zu haben, den Wagen unter Kontrolle zu halten, als die Reifen den Grip verloren. Ich spürte seine Anspannung.

»Das sieht nicht gut aus«, bemerkte ich voller Angst. »Sollten Sie nicht langsamer fahren?«, bemerkte ich, obwohl wir ohnehin gerade einmal zehn Meilen pro Stunde fuhren. Ich wusste auch, dass besserwisserische Beifahrer höchst unbeliebt waren, aber das war mir egal. Ich hatte die Hosen voll.

Simon war wach geworden und saß auf dem Rücksitz, die Schnauze zwischen uns auf der Mittelkonsole. Ich kraulte ihn, wenn auch hauptsächlich, um mich selbst zu beruhigen.

»Deshalb sollten wir ja umdrehen«, erwiderte Ben mit grimmiger Miene. Er schien unentschlossen zu sein, was das Beste in der Situation war. »Ich muss zu *Réveillon* zu Hause sein. Das darf ich auf keinen Fall verpassen, schon gar nicht dieses Jahr …«

»Zu *Ré*-was? Was ist das?«

Er runzelte die Stirn. »*Réveillon.* Die ultimative Weihnachtstradition. Das kommt doch bestimmt auch in Ihrem Film vor.«

Ich schüttelte den Kopf. Nein, das tat es nicht. Zumindest

noch nicht. Doch eine bessere Gelegenheit, ihn zu authentischen Weihnachtstraditionen in der Gegend zu befragen, bekam ich vermutlich nicht.

»Nur gut, dass ich Ihnen die Genehmigung nicht erteilt habe«, bemerkte er.

»Du liebe Zeit, Sie sind so was von gräss…«, platzte ich heraus, wurde jedoch von einem weiteren lauten Krachen unterbrochen, ehe der Pick-up nach rechts ausscherte. Wieder packte ich keuchend Bens Arm. Am liebsten hätte ich mich mit beiden Händen an ihm festgeklammert, aber das dürfte keine gute Idee sein. Also ließ ich los und packte stattdessen meinen Sitz so fest, dass sich meine Nägel in das weiche Leder gruben.

Ein riesiger Baum ragte vor uns empor. Dahinter erhellten die Scheinwerfer die endlose Weite eines Teichs, dessen Oberfläche teilweise zugefroren war.

»Vorsicht!«, rief ich. Simon, der die Gefahr offenbar spürte, bellte laut.

Ben lenkte den Wagen auf die Straße zurück, wobei er den Baum knapp verfehlte.

»Ich dachte, Sie hätten Reifen mit Spikes«, presste ich hervor.

»Habe ich auch, aber die nützen jetzt auch nichts. Die Straße vereist, sowie der Regen auf dem Asphalt aufkommt. Es wird mit jeder Minute schlimmer. Außerdem kommt der Sturm schneller, als er vorhergesagt war.« Trotzdem hatte ich das Gefühl, als liege der Pick-up halbwegs gut auf der Straße. Zumindest für den Moment.

»Wie weit sind wir von … der Hauptstraße entfernt … oder was auch immer?«

»Ich bin nicht ganz sicher«, antwortete Ben, was meine Angst nicht gerade schmälerte.

»Sollten Sie nicht wissen, wo wir sind?« Mir war bewusst, dass ich skeptischer klang, als ich sollte. »Sie sind doch hier aufgewachsen, oder nicht?«

»Ich fahre diese Strecke nie«, erwiderte er knapp und sah mich scharf an. »Wir sind nur wegen Ihnen hier. Damit Sie zur Bürgermeisterin kommen. Ich bin derjenige, der umkehren wollte, schon vergessen?«

Schweigen. Ben hielt das Lenkrad in Fahrschulposition und fuhr im Schneckentempo weiter, während ich Simon hinter den Ohren kraulte. Die Scheibenwischer setzten ihren irrwitzigen Tanz fort. Immer wieder wurde der Pick-up zur Seite gerissen. Jedes Mal krallte ich mich panisch am Sitz fest, bis Ben uns wieder auf Spur gebracht hatte. Ich schwankte zwischen dem Drang, die Augen ganz weit aufzureißen, um bloß nichts zu verpassen, und sie in der Erwartung auf das Schlimmste fest zusammenzukneifen. Jede Sekunde fühlte sich wie eine ganze Stunde an, als sei alles auf Zeitlupe geschaltet.

Ein Stück vor uns kam ein leer stehendes Bauernhaus am Straßenrand in Sicht. Das Dach war halb zerfallen, die Fensterscheiben waren zerborsten. Es hatte sich seinem Schicksal ergeben. Ich würde das nicht tun. Inzwischen konnte ich nur an das Haus der Bürgermeisterin denken. Wir mussten es schaffen. Dann würden wir weitersehen.

Anschließend schien alles ringsum auf Zeitraffer zu springen. Wir rumpelten über eine Bodenwelle. Das Heck des Pick-ups brach aus. Ben nahm den Fuß vom Gas und drehte das Lenkrad hin und her, doch der Wagen schlitterte unaufhaltsam immer weiter nach rechts.

»Verdammt!«, fluchte er. Ich schrie, als wir geradewegs auf ein paar Bäume rechts neben dem Farmhaus zuschleuderten. Dahinter sah ich in nur wenigen Metern Entfernung einen See und sandte ein Stoßgebet gen Himmel, dass wir nicht darauf zu schlitterten. Mit einem grauenvollen Knall prallte der Wagen gegen den Stamm eines alten Ahorns. Die Wucht ließ mich nach vorn schnellen, bis der Sicherheitsgurt griff. Es war, als sei sämtliche Luft aus meiner Lunge gepresst worden. Ich wollte schreien, doch kein Laut drang aus meinem Mund. Dann wurde alles ringsum schwarz.

Kapitel 10

Dienstag, 23. Dezember

13 Uhr

Alles war verschwommen. Ich blinzelte ein paarmal, bis die Welt sich um mich herum materialisierte. Noch immer prasselte der Eisregen erbarmungslos auf den Wagen hernieder. Deshalb hatte ich keine klare Sicht, denn die Windschutzscheibe war von einer dicken Schicht aus Schnee und Regentropfen bedeckt. Ich rieb mir den Nacken. Er schmerzte. Ein Schrei entfuhr mir, als ich den Kopf nach links drehte. Zwischen den erschlafften Falten des Airbags hing Ben reglos über dem Lenkrad.

»Ben?«

Er bewegte sich nicht.

»Ben?!« Mein Magen verkrampfte sich. Ich berührte seine Schulter, zog ihn vom Steuer weg. Sein Kopf kippte nach hinten gegen die Nackenstütze. Simon sprang vom Rücksitz und begann, das Gesicht seines Herrchens abzulecken, als sei es in Bratensauce getaucht.

Ein entsetzter Schrei wollte sich aus meiner Kehle lösen, doch in letzter Sekunde verhinderte ich es. *Atme.* Was hatte ich im Erste-Hilfe-Kurs gelernt? Mit zittrigen Händen berührte ich seinen Hals, presste zwei Finger auf seine Haut.

Sie war warm und weich, mit ein paar Bartstoppeln. Schnell hatte ich seinen Puls gefunden. Er fühlte sich normal an. Gleichmäßig und kräftig. *Gut, er lebt also. Er lebt.* Ich ließ den Blick über sein Gesicht und seinen Körper wandern, konnte jedoch keine äußerlichen Verletzungen entdecken.

Okay, er war bewusstlos. Ich zog mein Handy heraus. Wen sollte ich anrufen? Wer würde zu unserer Rettung herbeieilen? Stella und ich, beide im Streifenpyjama-Partnerlook als Kinder vor dem Weihnachtsbaum, blickten mich vom Display an. Mein Blick fiel auf die beiden Worte rechts oben. Kein Netz.

Ich stöhnte frustriert. Wahrscheinlich hatte ich mit Bens Handy mehr Glück. Vielleicht hatte er ja einen hiesigen Provider. Ich könnte Paul anrufen. Oder Bens Mutter. Oder Mireille, Lise oder Renee. Bestimmt hatte er ihre Nummern gespeichert. Wenn nicht die sämtlicher Einwohner Chelseas. Ich entdeckte sein Handy im Fußraum neben dem Bremspedal, löste den Sicherheitsgurt und beugte mich über die Mittelkonsole und seine Beine. Die Plastikhülle fühlte sich kalt in meinen Fingern an. Ich tippte auf das Display. Das Handy war gesperrt, aber es nützte ohnehin nichts, denn auch er hatte kein Netz.

Wir sollten nicht mal hier draußen sein, hatte er gesagt. *Wir sollten umkehren.* Genau das war seine Befürchtung gewesen. Und ich hatte ihn gezwungen, weiterzufahren.

Ich holte tief Luft, um mich zu beruhigen. Mein Herz hämmerte, als wollte es mir aus der Brust springen. Simon presste seine Nase gegen mein Gesicht. Dankbar für seine Gesellschaft und dass ihm nichts passiert war, schlang ich die Arme um ihn.

Ich spähte nach draußen. Der Baum, den wir gerammt hatten, befand sich nicht einmal einen halben Meter von der Windschutzscheibe entfernt. Der Pick-up hing gefährlich zur Seite, zu dem See hin, der sich nicht einmal fünf Meter neben uns befand. Mit einem Mal war ich heilfroh, dass der Ahorn unserer Rutschpartie ein jähes Ende bereitet hatte und verhinderte, dass der Wagen vollends in den See glitt. Aber was, wenn der Druck auf den Stamm zu groß wurde? Konnte ein vereister Tümpel das Gewicht eines Wagens tragen? Ich hörte ein Zischen und spähte blinzelnd durch den Regen. Stieg da Rauch aus der Motorhaube? Wir mussten hier raus. Ich musste uns hier rausschaffen!

Eilig löste ich meinen Gurt und stemmte mich mit der Hand am Armaturenbrett ab, um nicht weiter nach vorn zu rutschen. Der Pick-up hing in einem steilen Winkel über dem Ufer, und ich befürchtete, jede rasche Bewegung könnte uns geradewegs ins kalte Wasser befördern. Simon sah mich an. Seine Augen waren weit aufgerissen, als wollte er fragen: Was jetzt?

»Ich weiß, Junge. Genau das versuche ich ja herauszufinden.« Zwar befanden wir uns direkt neben dem Farmhaus, doch Ben wog bestimmt dreißig Kilo mehr als ich. Wie sollte ich ihn aus dem Wagen heraus- und in das Haus hineinschaffen?

Aber was blieb mir anderes übrig?

Ich schlüpfte wieder in meine immer noch pitschnassen UGGs und kletterte auf den Rücksitz zu Simon, wo ich meinen Mantel sowie Mützen und Handschuhe für Ben und mich zusammensuchte, dann kletterte ich vorsichtig zurück, in der Hoffnung, mein Gewicht wirke sich nicht auf den gefährlich am Abhang schwebenden Wagen aus. Ich steckte Bens Mütze und seine Handschuhe ein, schlang mir meine Tasche um und wappnete mich, ehe ich die Hand um den Türgriff legte. Die Tür bewegte sich nicht. Ich versuchte es noch einmal. Nein, sie ließ sich nicht öffnen. Meine Kehle wurde eng. Ich versuchte es noch einmal, stemmte mich mit meinem gesamten Körpergewicht dagegen. Diesmal ging die Tür zumindest weit genug auf, dass ich mich durch den Spalt zwängen konnte. Vorsichtig setzte ich eine Zehe auf den Boden und rutschte sofort ab. Glücklicherweise verfing sich mein Fuß an einem Ast, der aus dem Boden ragte. Simon jaulte. Ich wandte mich ihm zu. »Es ist okay, Simon. Zoey holt dich auf der anderen Seite heraus. Mach dir keine Sorgen.«

Der Wind riss an dem Bommel meiner Mütze. Ich zog meinen dünnen Wollmantel enger um mich, schloss die beiden lächerlichen Alibiknöpfe und schlug den Kragen hoch, doch es nützte rein gar nichts. Vorsichtig tastete ich mich, beide Hände auf dem vereisten Blech, hinten um den Wagen herum zur Fahrerseite. Bens Türgriff war festgefroren und befand sich wegen des Winkels, in dem der Wagen am Baumstamm hing, auf der Höhe meiner Schulter, sodass ich keinerlei Hebelwirkung erzeugen konnte. Ich brauchte irgendetwas, um die Tür aufzustemmen. Bestimmt fand sich etwas in seiner Notfallkiste, aber ich wollte lieber keine allzu heftige Bewegung verursachen. Ich kramte in meiner Tasche und zog meine Hausschlüssel heraus. Mit einem davon begann ich, das Eis abzukratzen. Gefrierender Regen schlug mir ins Gesicht, und ich wandte den Kopf halb ab, um den unangenehm scharfen Tropfen nicht ausgesetzt zu sein. Das

Haar klebte mir an den Wangen. Ich strich es zurück, ohne meine Tätigkeit zu unterbrechen. Ich musste Ben aus diesem Wagen befreien.

Ganz allmählich splitterte das Eis ab, und dann ließ sich die Türschnalle betätigen. Die Tür schwang auf, und Simon sprang heraus. Eine Hand um den Rahmen gelegt, beugte ich mich vor. »Ben«, sagte ich. Keine Reaktion. »Ben«, wiederholte ich, lauter diesmal, und rüttelte ihn am Arm. »Ben!« Diesmal schrie ich sogar. Wieder bellte Simon. Ich zog meinen Handschuh aus und berührte Bens Wange. Sie war weich und warm. Lebendig. Ich löste seinen Gurt und streifte mit einer Hand behutsam über ihn, während ich seinen Oberkörper mit der anderen stabilisierte. Wie sollte ich ihn aus diesem Wagen bekommen?

Ein Schritt nach dem anderen, Zoey.

Ich musste eine Entscheidung treffen und meinen Plan dann durchziehen. Ich war Bens einzige Hoffnung, deshalb musste ich alles in meiner Macht Stehende tun, um ihn und mich aus dieser Zwangslage zu befreien und in Sicherheit zu bringen.

Während meiner Teenagerzeit, bis etwa Anfang zwanzig, war ich Rettungsschwimmerin gewesen. Zwar lag meine Ausbildung zehn Jahre zurück, aber wie man einen Körper bewegt, der größer ist als der eigene, verlernt man nicht. Dieses Wissen, in Kombination mit meinen HIIT-Einheiten dreimal pro Woche während des letzten Jahres, machte sich bezahlt.

Ich schob Ben nach rechts, mit dem Rücken zu mir, um die Arme unter seine Achselhöhlen schieben zu können. Dann verschränkte ich meine behandschuhten Finger über seiner breiten, festen Brust und lehnte ihn langsam nach hinten, sodass sein Kopf in der Kuhle zwischen Hals und Schulter lag. Dann trat ich einen Schritt nach hinten und wappnete mich für das Gewicht seines Körpers. Mit einem tiefen Atemzug, bei dem mir sein Duft nach Zedernholz und Seife in die Nase stieg, trat ich noch einen Schritt rückwärts. Sein Oberkörper fiel gegen meine Brust. Ich spannte die Oberschenkel- und Gesäßmuskeln an.

Schritt, ziehen, Schritt, ziehen. Ganz langsam glitt Ben aus dem Pick-up. Schon jetzt atmete ich schwer, obwohl wir gerade einmal einen Meter vom Wagen entfernt waren. Ich barg mein Gesicht an seinem, um uns beide gegen den Eisregen und den peitschenden Wind zu schützen, der aus sämtlichen Richtungen heranzuwirbeln schien. Noch ein Schritt und noch einer. Ich musste weitermachen.

Simon rannte zum Farmhaus, als wüsste er, dass es mein Ziel war.

Meine Hände in den klitschnassen, unpraktischen Handschuhen waren bereits taub, meine Füße eisig vor Kälte. Mein Körper jedoch fühlte sich an, als stünde er in Flammen, und mir stand der Schweiß im Nacken.

Ich verbot mir den Gedanken, wie es weitergehen sollte, wenn herauskäme, dass der Schnee durch das kaputte Dach ins Haus eingedrungen war. Oder wenn es von Ratten verseucht wäre. Oder, noch schlimmer, Leute darin lebten, die uns nicht hereinlassen wollten.

Der Wind riss mir die Mütze vom Kopf, doch ich konnte Ben nicht loslassen, um sie zurückzuholen. Ich versuchte, mir einzureden, der holzige Duft käme nicht von ihm, sondern steige aus einem herrlichen warmen Bad hoch. Vielleicht war es in dem Haus ja gar nicht so schlimm. Vielleicht gab es sogar eine Klauenfußwanne. Ich malte mir aus, wie ich mich hineingleiten ließ – deshalb war ich ganz nass, nicht weil wir mitten in einem Eissturm gestrandet waren.

Gerade einmal fünf Schritte trennten mich von dem Haus, aber es fühlte sich wie fünf Meilen an.

Der Untergrund war von Matsch bedeckt, und ich versank fast bis zu den Knien, sodass meine Hose nass war. Ich blieb stehen, um einen Blick auf Ben zu werfen. Seine untere Körperhälfte war ebenfalls pitschnass vom Schnee und Matsch, sein Oberkörper vom Regen, der erbarmungslos niederprasselte.

Ich registrierte etwas aus dem Augenwinkel. Mein Herz begann zu hämmern, als ich versuchte, über die Schulter zu den drei Bäumen rechts von mir zu spähen. War das nur ein Ast? Und dann sah ich zwei schwarze Knopfaugen, die auf mich gerichtet waren. Ein Reh. Keiner von uns wandte den Blick ab.

Das Reh sah genau so aus wie das bei meiner Ankunft in Chelsea, aber natürlich konnte es nicht dasselbe Tier sein. Wir waren viel zu weit von Chelsea entfernt, außerdem wimmelte es vermutlich von Wild in der Gegend.

Sekunden später blinzelte es schließlich und schien kurz zu nicken, ehe es kehrtmachte und verschwand.

Ich atmete auf. Ich konnte es schaffen.

Vorsichtig veränderte ich die Position meiner Arme und schleifte Ben vollends zum Haus. Die Stufen waren eisbedeckt. Ich legte ihn auf den Boden und hielt mich am Geländer fest, wobei ich hoffte, dass es nicht zusammenbrach, dann drehte ich den rostigen Türknauf hin und her, doch die Tür ging nicht auf. Simon inspizierte das geöffnete Fenster rechts neben der Haustür und sah zwischen mir und Ben hin und her, als wüsste er nicht recht, was er als Nächstes tun sollte.

Ich trat zu ihm und spähte ins Haus. Es war weitgehend leer, schien aber ungefährlich zu sein. Vorsichtig kletterte ich hinein, sorgsam darauf bedacht, nicht an der zerbrochenen Fensterscheibe hängen zu bleiben. Sekunden später stand ich in einem quadratischen Raum, schloss die Augen und holte tief Luft. Tränen sammelten sich in meinen Augen und drohten jeden Moment über meine Wangen zu laufen. Ich hatte es geschafft. Mit dem Handrücken fuhr ich mir übers Gesicht und sah mich um.

Der Fußboden war nass. Hier und da hatten sich Pfützen gesammelt. Eisregen troff in einer Ecke, wo das Dach eingedrückt war, auf einen Matschhaufen. Es stank nach Schimmel. Bis auf einen Schaukelstuhl ohne Sitzfläche war der Raum leer. Die Dielen knarrten, als ich in die Mitte trat. Rechts von mir befand sich die Küche mit uralten, von der Feuchtigkeit verzogenen Holzarbeitsflächen. Ein Tisch, an dem nur noch zwei Beine intakt waren, lag umgekippt da. In der Spüle standen ein paar verdreckte Töpfe und Pfannen, in den Ecken hingen Spinnweben, die cremefarben gestrichenen Wände waren voller Flecken, und die Farbe löste sich ab.

Trotz des üblen Zustands gab es hier und da Anzeichen, dass das Haus einmal jemandem gehört haben musste – an der hinteren Wand hingen ein schiefes Foto und eine Uhr, im Regal lag ein altes Brettspiel, daneben standen eine Lampe und ein Stapel Schallplatten. Einst war dies ein gepflegtes

Zuhause gewesen, auch wenn die Besitzer es längst verlassen hatten.

Erleichtert, dass ich einen sicheren Ort gefunden hatte, ging ich zur Tür. Ben lag immer noch auf der Treppe, doch Simon stand bei ihm und stupste ihn an. Der Husky sah mich an und gab einen Laut von sich, der wie eine knarrende Tür klang, als versuche er, mit mir zu reden. »Wir holen ihn rein, ja?«, sagte ich. »Aber dafür brauche ich deine Hilfe.«

Mit Bewusstlosigkeit kannte ich mich nicht aus, doch dass Ben etwas Zeit brauchen würde, um sich zu erholen, war offensichtlich. Und er durfte nicht in seinen nassen Klamotten hier in der Kälte liegen.

Ich beugte mich vor und schob meine Hände in die inzwischen vertraute Position unter seine Achselhöhlen, um ihn in Richtung Tür und über die Schwelle ins Haus zu schleifen. Meine Arme zitterten, und mittlerweile hatte ich jegliches Gefühl in den Händen verloren, trotzdem gab ich mir alle Mühe, Ben möglichst so weit wie möglich von den Fenstern wegzuziehen. Sollte er auf dem Rücken oder der Seite liegen? Vielleicht in Embryonalstellung, damit er warm blieb? Ich sah mich nach etwas um, womit ich ihn zudecken könnte, aber das war natürlich idiotisch. *Mach dich nicht lächerlich, Zoey. Hier liegt wohl kaum eine ordentlich zusammengelegte Kuscheldecke im Regal.*

Dann wandte ich mich wieder Ben zu und zog ihm den nassen Parka aus, wobei ich feststellte, dass sein marineblauer Pullover darunter ebenfalls durchweicht war. Ich machte mir große Sorgen, schließlich hatte ich uns in diese Lage gebracht, indem ich darauf bestanden hatte, bei dem Sturm zum Cottage der Bürgermeisterin zu fahren. Wäre es nach

Ben gegangen, wäre er inzwischen längst zu Hause und läge nicht bewusstlos in diesem halb zerfallenen Haus mitten in der Einöde. Ich sah ihn an. Seine Atmung war flach und mühsam. Ihn ins Haus zu schleppen, war ein Ziel gewesen, doch nun, da ich es erreicht hatte, stellte ich fest, dass es nicht genügte. Ich zog mein Handy heraus und blickte auf das Display. Es war schwarz. Ich zog seines heraus. Immer noch kein Netz. Panisch wirbelte ich herum und suchte nach einem Festnetzapparat. Nichts.

Ich wandte mich wieder Ben zu. Er musste schleunigst warm werden. Ich sah an mir hinunter. Meine Sachen waren ebenfalls pitschnass vom Sturm und von der Anstrengung. Verzweiflung überkam mich. Was jetzt? Ich zog die Handschuhe aus und blies auf meine Hände. Was würde passieren, wenn ich Ben nicht ganz schnell die nassen Sachen auszog?

Moment mal, der Pick-up. Mein Koffer. Seine Notfallausrüstung. Trockene Kleider. Der Schlafsack, die Kerzen, die Streichhölzer. Ich würde alles holen, dann hatten wir etwas, womit wir uns aufwärmen konnten.

Ich blickte zu dem zerbrochenen Fenster. Der Wind heulte, und der Regen fiel mit unverminderter Heftigkeit. Wollte ich das wirklich tun? Allein bei dem Gedanken überkamen mich Zweifel, doch ich verdrängte sie. Wenn ich etwas von meiner Arbeit in der Unterhaltungsbranche gelernt hatte, dann war es, dass Selbstzweifel einen nicht weiterbrachten, sondern lediglich ein Zeichen von Hilflosigkeit und Schwäche waren. Das konnte ich besser.

Wäre Simon ein Bernhardiner, könnte er hinausgehen und die Sachen holen, solange ich bei Ben blieb, doch das war er nicht. Nein, ich würde das allein erledigen müssen.

Ich straffte die Schultern und öffnete die Tür. Simon sprang auf und sah mich neugierig an, aber ich schüttelte den Kopf und zeigte auf Ben. »Bleib«, befahl ich mit fester Stimme. Sollte Ben aufwachen, könnte er verwirrt oder verängstigt sein, und Simon an seiner Seite zu haben, würde ihn beruhigen.

Der Husky trat zu Ben und setzte sich neben ihn, den Blick auf mich geheftet.

»Braver Junge«, lobte ich ihn.

Dann trat ich auf die Veranda und schloss die Tür. In den wenigen Minuten, seit ich im Haus gewesen war, schien es einen regelrechten Temperatursturz gegeben zu haben. Beim dritten Schritt hörte ich ein lautes Knacken, und der Boden gab unter meinem Fuß nach, sodass er in der Mischung aus Schnee und Matsch versank. Ich musste das Gewicht auf das rechte Bein verlagern, um das linke herauszuziehen, was wiederum dazu führte, dass das Eis unter dem rechten Fuß nachgab, kaum dass ich den linken befreit hatte.

Gerade als ich mir eine Träne abwischte und mich ein weiteres Mal befreite, löste sich ein großer Ast eines Ahornbaums und fiel direkt vor mir zu Boden. Mit einem Keuchen sprang ich zur Seite, rutschte prompt auf dem Eis aus und landete mit voller Wucht auf der Hüfte. Frustriert schrie ich auf, rappelte mich hoch und balancierte weiter auf den Pick-up zu, doch während unserer kurzen Abwesenheit war der Wagen an dem Stamm vorbei und ein Stück weiter ins Wasser gerutscht. Entsetzt schnappte ich nach Luft. Auf der Fahrerseite reichte das Wasser bis zum Sitz, was ahnen ließ, dass der Wagen komplett versunken wäre, wenn der Sturm endlich aufhörte. Auszusteigen war die richtige Entscheidung gewesen. Ich stützte mich an einem anderen Stamm ab und öffnete die Heckklappe, während mir der Eisregen ins Gesicht prasselte.

Die Notfallausrüstung lag auf dem Boden hinter den Vordersitzen. Vorsichtig zog ich sie heraus, aus Angst, jede noch so kleine Bewegung könnte dafür sorgen, dass der Wagen vollends in den Teich rutschte. Ich legte Bens Notfallset auf den Boden, streckte die Hand nach meinem Koffer aus und zog ihn heraus, ehe ich die Klappe schloss und mich auf den Rückweg zum Haus machte. Mein Koffer war schwer und unhandlich, weil sich der Schnee in den Rollen verfing, und auch die Notfallkiste war alles andere als leicht zu transportieren. Tränen – wegen des Regens, aber auch aus reiner Erschöpfung – traten mir in die Augen, doch ich biss die Zähne zusammen, grub die Füße ins Eis und spannte meine Schenkel an.

Ein paar Minuten später hatte ich es geschafft. Simon, der an Bens Seite gesessen hatte, kam schwanzwedelnd angelaufen und rieb seine Schnauze an meinem Bein. Ich hatte gehofft, Ben möge während meiner kurzen Abwesenheit das Bewusstsein wiedererlangen, doch er lag genauso da wie zuvor. Immer noch atmend. Immer noch warm. Immer noch bewusstlos. Eilig trat ich zu ihm. Ich musste ihn aus diesen nassen Klamotten holen. Mit tauben Fingern fummelte ich an den Doppelknoten seiner Schnürsenkel und zog ihm den Pulli hoch, sodass ich seine Arme aus den Ärmeln ziehen und ihn ihm über den Kopf streifen konnte. Dabei rutschte sein blaues T-Shirt darunter hoch und gab den Blick auf seinen flachen Bauch frei. Auch das Shirt war feucht und kalt, deshalb zog ich es ihm ebenfalls aus. Mir stockte der Atem.

Seine Brust war breit, mit glatter, nur spärlich behaarter Haut. Um seinen linken Bizeps verlief ein Tattoo, ein hoher, schlanker Tannenbaum. Der Weihnachtsbaummann hatte also ein Weihnachtsbaumtattoo. Mein Blick glitt über seinen Oberkörper. Es fiel mir schwer, ihn nicht anzustarren, doch ich zwang mich, den Blick abzuwenden, und holte tief Luft. Als Nächstes musste ich ihm die Hose ausziehen. Ich löste die quadratische Schnalle und zog den braunen Ledergürtel heraus, der ebenfalls feucht geworden war. Was, wenn Ben genau in dieser Sekunde zu sich kam, während ich ihm die Hose herunterzog? Was würde er denken? Dass ich ihm das Leben rette, das würde er denken.

Was ich auch tat – während ich den Anblick genoss. Und was für einen Anblick! Ich löste den Knopf seiner Jeans, unter deren Bund eine Spur brauner Härchen zum Vorschein kam, die von seinem Nabel abwärtsführte, in Richtung …

Nicht ablenken lassen, Zoey.

Dabei hatte das alles seine Berechtigung. Trotz der feuchten Kälte strömte eine Woge der Wärme durch meinen Körper.

Ich zog den Reißverschluss herunter. Meine Finger zitterten, als ich ihm die Jeans über die Hüften streifte. Ich hielt inne. War er einer von den *Weite Boxershorts mit Hundemotiv*-Typen? Oder …

Nein, er war der *Schlicht, eng und ohne Motiv*-Mann. Unwillkürlich seufzte ich erleichtert, während ich ihm die Jeans vollends von den Beinen zog und neben mich auf den Boden legte. Jetzt galt es, ihn zu wärmen. Ich öffnete die Notfallkassette, nahm den Schlafsack heraus, schüttelte ihn auf, breitete ihn über ihm aus und schob ihn auf beiden Seiten unter seinen Körper. Würde das reichen? Eigentlich sollte ich ihm etwas anziehen, bezweifelte aber, dass es mir gelänge, ihm die trockene Jeans überzustreifen. Mir fiel auf, wie sehr meine Hände zitterten, und mit jedem Moment fror ich heftiger in meinen nassen Sachen. Ich musste sie schleunigst ausziehen.

Eilig stand ich auf, streifte mir Jeans und meinen Pulli ab und legte mich neben Ben unter den Schlafsack – wobei ich jeglichen Gedanken beiseiteschob, denn wenn ich damit erst anfinge, würde mir womöglich bewusst, wie verrückt das Ganze hier war. Ich stopfte den Schlafsack wieder fest und rubbelte mit der Hand seinen Oberkörper und seine Arme, um Wärme zu erzeugen. Danach schlang ich den Arm um seine Brust, schmiegte mich an ihn und schloss die Augen, spürte unser beider Körperwärme. Ich lauschte seinen Atemzügen, langsam und stetig. Dann kam mir ein Gedanke: Was, wenn er nicht mehr zu sich kam?

Der Gedanke gefiel mir nicht. Ich presste mich enger an ihn. Ben musste wieder aufwachen.

Etwas Selbstloseres als das, was ich hier gerade tat – mich in einem verlassenen Bauernhaus um einen bewusstlosen Mann zu kümmern –, hatte ich in den letzten fünf Jahren definitiv nicht erlebt. Mein Leben mit Tomas ließ sich hiermit nicht einmal ansatzweise vergleichen. Natürlich hatten wir eine gemütliche Couch und einen echten Eames-Sessel gehabt, den ich auf Facebook Marketplace erstanden hatte, und Tomas hatte ein paar bunte Originalgemälde aufgehängt, aber wirklich gekümmert hatten wir uns nicht umeinander. Es hatte Partys gegeben. Heißen Sex. Und den Plan, nach Teneriffa zu fliegen. Aber nur sehr selten hatten wir uns zusammen vor dem Fernseher aufs Sofa gekuschelt, Tomas hatte sich nicht um mich gekümmert, wenn ich krank gewesen war, oder mir vor einer Deadline Abendessen gekocht. Mit ihm war es bloß um Äußerlichkeiten gegangen, aber nie um echte Inhalte.

Ich wollte mehr in einer Beziehung: Jokes, die nur wir verstanden, Trips zu den Zielen, die auf unserer gemeinsamen Bucket-List standen, ein kleiner Bungalow, der uns gehörte. Ich wollte mich um jemanden kümmern, na ja, vielleicht nicht gerade, während dieser bewusstlos war. Es wäre nett, wenn er sich zumindest unterhalten könnte. Ein Kater oder eine Grippe würde völlig ausreichen. Und vielleicht jemanden als Partner, der mich mochte und den ich mochte, statt mein Gegenspieler zu sein. Jemanden, an den ich mich in diesem Moment fast nackt von hinten schmiegte, den Arm um seine Brust gelegt, sodass mein BH seinen Rücken berührte.

Ach, Ben.

Ich war schon immer eine Macherin gewesen. Jemand, der die Dinge in die Hand nahm, so wie vor vier Tagen in Robertos Büro, als ich beschlossen hatte, mich selbst um mein Filmprojekt zu kümmern. Ich kriegte alles auf die Reihe, weil ich wusste, was zu tun war. Nun jedoch, da ich in einem verlassenen Farmhaus gestrandet war, war ich zwar die Einzige, die das Problem lösen konnte, nur hatte ich tatsächlich keine Ahnung, wie. Ich schlang die Arme fester um Ben, legte sogar noch mein nacktes Bein um die seinen. Ganz allmählich schienen meine Zehen aufzutauen. Simon kam her und stupste mich mit der Schnauze an, dann drehte er sich zweimal um die eigene Achse und ließ sich neben mich sinken.

Monatelang war der Film das Wichtigste in meinem Leben gewesen. So wichtig, dass ich alles andere auf Eis gelegt hatte. Ich hatte Einladungen zu Strandausflügen abgeschlagen, ein Mädelswochenende in Cabo sausen lassen, auf Mittagessen mit Kollegen und sogar abendliche Unternehmungen mit Tomas verzichtet. Selbst vor einem spontanen Abstecher zu Stella über die Feiertage hatte ich gezögert. Und da war ich jetzt: dreißig Jahre alt und zwischen einem Hund und einem Kleinstadtbürgermeister auf dem Fußboden eines verwaisten, abgelegenen Farmhauses eingezwängt. Erfolg im Beruf hatte für mich stets oberste Priorität gehabt. Es spielte keine Rolle, ob wieder ein Weihnachtsfest ohne Familie ins Land ging, hatte ich mir gesagt, denn eines Tages, wenn ich erst einmal verheiratet wäre und Kinder hätte, könnte ich Weihnachten nach allen Regeln der Kunst zelebrieren. Ich hätte ein großes Haus mit einem offenen Kamin. Wir würden einen Baum selbst fällen und Strümpfe aufhängen. Ich würde ein Lebkuchenhaus backen und die Traditionen ins Leben rufen, nach denen ich mich all die Jahre gesehnt hatte. Aber gerade gab es weder den Richtigen in meinem Leben noch Kinder, also würde ich mich erst einmal weiter auf meine Arbeit konzentrieren.

Als ich noch mit Tomas zusammen gewesen war, hatten wir alles Mögliche zu Weihnachten unternommen: Vor zwei Jahren hatten wir Heiligabend an einem Strand in Aruba verbracht, im Jahr davor waren wir Parasailing in Cancún gewesen. Natürlich waren das unvergessliche Erlebnisse, die ich keineswegs missen wollte, doch was war mir davon geblieben? Und nun war mein Film wegen dieses Typen, der neben mir lag und dem ich noch nicht einmal helfen konnte, ernstlich in Gefahr? Was nützte mir mein ganzer Ehrgeiz, wenn ich hier draußen in der Wildnis von Québec draufging?

Aber so durfte ich nicht denken, sondern musste mich auf meine nächsten Schritte konzentrieren. An den Umständen, die uns hierhergebracht hatten, konnte ich nichts ändern, genauso wenig konnte ich wissen, was die Zukunft bringen würde.

Tatkraft ist das einzig wirksame Mittel gegen die Angst, dachte ich, obwohl es sich wie einer dieser dämlichen Motivationssprüche auf Instagram anhörte. Ich schloss die Augen und dachte an meinen Film, ging im Geiste die Szenen durch. Rubys und Jacques' Geschichte hatte mir immer geholfen und mich bei der Stange gehalten, wenn mich andere Lebensbereiche belastet hatten. Und auch jetzt würde es funktionieren. Könnte ich etwas von dem, was ich die vergangenen Tage erlebt hatte, darin umsetzen? Ich spürte, wie meine Gedanken klarer wurden und mich ein Gefühl der Entschlossenheit und Motivation durchströmte. Ich sah mich in dem verfallenen Farmhaus um, stellte es mir als die Hütte vor, die Ruby über die Feiertage gemietet hatte. Die hintere Wand mit der Uhr wurde zu einem knisternden Feuer in einem alten steinernen Kamin, dessen Feuer den Raum in einen goldenen Schein tauchte. Ich spürte förmlich die Hitze, roch das verbrennende Holz. Das Knacken erfüllte die Luft. Ich sah mich um, ließ mich von meiner Fantasie führen. Der Topf im Spülbecken war schmutzig, weil Jacques für sich und Ruby Grog zubereitet hatte, nachdem sie gemeinsam all die Geschenke für seine zahlreichen Cousins und Cousinen eingepackt hatten. Moment mal. Ben war doch derjenige mit den vielen Cousins und Cousinen. Ich überlegte kurz, aber es wäre nett, wenn auch Jacques in eine große Familie eingebettet wäre. Während er und Ruby auf der Couch saßen, an ihren Getränken nippten und sich gegenseitig ihre Lieblingsweihnachtstraditionen erzählten, würde Jacques irgendwann einschlafen. Nach ein paar Minuten würde Ruby sich neben ihn legen und den Kopf an seine Schulter betten. Sie würde ihm nicht erlauben, über Nacht zu bleiben – was sollten denn ihre Töchter denken? –, wollte ihn aber auch noch nicht wecken und zusehen, wie er nach Hause aufbrach.

Ich gähnte. Inzwischen dürfte es zwei oder drei Uhr nachmittags sein, allerdings war es so düster, dass es sich sehr viel später anfühlte. Außerdem hatte mich der Stress der letzten Stunden und die Anstrengung, Ben ins Haus zu schaffen, müde gemacht. Ich schlang den Arm fester um seine warme Brust und legte das Kinn auf seine Schulter.

Selbst wenn er missmutig und unhöflich und egoistisch sein mochte und mich daran hinderte, eines der wichtigsten Ziele meines Lebens zu erreichen, war er im Grunde ein anständiger Kerl. Die Leute schienen ihn zu mögen. Er hatte einen Betrunkenen daran gehindert, mich zu belästigen, und schien Xavier und seinen beiden Töchtern sehr nahezustehen. Er hatte den Betrieb seines Vaters übernommen, und er war trotz seines jungen Alters bereits Bürgermeister von Chelsea. Aber er hatte meine Zeit vergeudet, denn natürlich musste ihm klar gewesen sein, dass ich ohne seine Zustimmung mein Projekt in seiner Stadt nicht würde umsetzen können. Anderseits hatte er mir den Tipp mit Wakefield gegeben, und seine Hilfsbereitschaft hatte aufrichtig gewirkt – solange ich nur nicht in seiner Stadt drehte. Doch er war auch stur und selbstgerecht und trieb mich schlicht in den Wahnsinn. Aber er sah gut aus und war durchtrainiert. Andererseits traf das auf viele Männer zu. Weshalb also fühlte ich mich zu ihm hingezogen? Was hatte er an sich? Ich spürte, wie sich seine Brust unter meiner Hand hob und senkte. Seine Haut war so weich. Und er roch so gut.

Mit einem Seufzer schloss ich die Augen.

Kapitel 11

Dienstag, 23. Dezember

15:30 Uhr

Abrupt schlug ich die Augen auf, als ich spürte, wie Ben sich bewegte. Ein leises Stöhnen drang über seine Lippen. Ich löste mich von ihm, schälte mich aus dem Schlafsack und stand auf, wobei ich prompt über Simon stolperte. Eilig rappelte ich mich auf. Ben hatte die Augen geöffnet und sah mich an.

»O Gott sei Dank.« Ich machte mir nicht die Mühe, meine Erleichterung zu verbergen.

Ben kratzte sich am Kopf. »Wieso sind Sie in Unterwäsche?« Ich sah an mir hinunter, obwohl ich natürlich wusste, dass ich halb nackt war. Sodass mich jeder sehen konnte. Oder zumindest Ben.

»Es war ein Notfall«, sagte ich, sah mich hektisch nach meinem Koffer um und begann, nach warmen Sachen zu kramen. Eine Yogahose, ein Tanktop und meinen UCLA-Kapuzenpulli. Während ich mich anzog, widmete Ben sich Simon, der sich genüsslich streckte und seinem Herrchen seinen weißen Bauch präsentierte. *»Bon chien«*, lobte Ben und streichelte ihn.

»Qu'est-ce qui s'est passé?«, fragte er mit rauer Stimme und sah sich blinzelnd im Raum um.

»Ich verstehe kein Französisch«, erinnerte ich ihn. »Wie fühlen Sie sich?«

»Mir geht's gut.« Er schien nicht zu wissen, dass er bewusstlos gewesen war. »Wo sind wir?« Er fuhr sich übers Gesicht. »Ach ja, jetzt erinnere ich mich. Der Sturm.« Er sah mich an. »Wie spät ist es?«

Ich sah mich nach meinem Handy um, als mir einfiel, dass ich es ja nicht mehr benutzen konnte. »Ich weiß es nicht genau. Mein Handy ist tot, aber es gibt ohnehin kein Netz. Ich habe Ihres eingesteckt.« Ich trat zu meinem Mantel, den ich an einem Haken aufgehängt hatte, und zog Bens Handy heraus.

»*Tabernac.* Auch tot.« Ben streckte die Arme über dem Kopf aus. »Bin ich eingeschlafen?«

»Mehr oder weniger. Wenn man eine durch einen Aufprall verursachte Bewusstlosigkeit so bezeichnen will«, witzelte ich. »Aber nicht wieder einschlafen, okay? Wie fühlen Sie sich?« Ich musterte ihn. Er sah ganz normal aus – nicht so, als hätte er vor wenigen Stunden erst einen Autounfall gehabt.

»Seltsam«, sagte er langsam. »Irgendwie daneben. Desorientiert. Ich war also bewusstlos? Was ist passiert?« Er drehte den Kopf hin und her, um seine verkrampften Nackenmuskeln zu lösen.

»Vorsicht. Könnte sein, dass Sie sich etwas gebrochen haben. Genauer gesagt, könnte *ich* Ihnen etwas gebrochen haben«, fügte ich verlegen hinzu. »Tut mir leid.«

»Meine Güte, ich habe bloß einen steifen Nacken.« Er rieb sich das Genick.

Wieder sah ich ihn an. »Wissen Sie Ihren Namen?«

Er zog die Augenbrauen hoch. »*Mon nom*? Emile Benoît Deschamps. Moment, so hieß ja mein Vater.« Er grinste mich zwinkernd an. »Bedeutet das jetzt, dass ich eine Amnesie habe oder dass ich keine habe?«

»Machen Sie gefälligst keine Witze darüber. Sie könnten eine Gehirnerschütterung haben, und meine einzige Fachkenntnis zu dem Thema stammt aus diesem Film, in dem ich als Regieassistentin mitgearbeitet habe und in dem der Held wegen einer Gehirnerschütterung das Gedächtnis verloren hatte und die Heldin ihm helfen musste, es bis Weihnachten zurückzuerlangen, sonst …«

»Sonst was? Wäre Weihnachten in diesem Jahr ausgefallen?«

»Sonst könnten sie nicht *heiraten*, wie es schon Tradition bei ihr hatte.«

»Ah, die allseits bekannte Heirate-am-Weihnachtstag-jemanden-der-nicht-weiß-wie-du-heißt-Tradition. Wie konnte ich die vergessen?« Sein Mundwinkel zuckte.

Der sarkastische Ben war wieder da, dennoch schien sich seine übliche Schärfe ein wenig abgemildert zu haben. »Wow, Ihnen muss es ja mächtig gut gehen, wenn Sie sich schon wieder über mich lustig machen können.«

Er zog die Augenbrauen hoch. »Ich ziehe Sie bloß ein bisschen auf, Zoey. Das war nur ein Spaß.«

Brummend sah ich mich um. Draußen war es deutlich dunkler geworden. Ohne die Wärme unserer Körper wurde mir überdeutlich bewusst, wie kalt es im Haus war.

Ben sah an sich hinunter. »Wo ist mein T-Shirt? Meine Hose?« Mein Blick fiel auf seine nackte Brust. Ich konnte immer noch seine Haut an meiner spüren. Sein Räuspern riss mich aus meiner Erstarrung, und ich sah, dass er mich musterte. Belustigung spiegelte sich auf seinen Zügen.

»Sie waren völlig durchnässt, und ich hatte die Sorge, Sie könnten unterkühlen.«

»Sie hatten Sorge.«

Ich warf ihm einen finsteren Blick zu. »Ja, hatte ich. Ich bin kein Ungeheuer.«

»Also haben Sie …« Interesse schwang in seiner Stimme mit.

»Ich habe nicht hingesehen.« Ich spürte, wie mir die Hitze ins Gesicht stieg. Hoffentlich war es dunkel genug hier drinnen, damit es ihm nicht auffiel.

»Sie haben mich also mit geschlossenen Augen ausgezogen. Haben Sie einen Magier-Kurs besucht, oder woher können Sie das?«

Ich verdrehte die Augen. »Wissen Sie was? Gern geschehen.«

Sein Lächeln verflog, und er sah mir tief in die Augen. »Danke«, sagte er mit einer Aufrichtigkeit, die ein Prickeln in mir auslöste, als blubberten Champagnerbläschen in meinem Magen.

Er stand auf und ging im Raum herum, während ich mich bemühte, nicht seine langen, muskulösen, dicht behaarten Beine anzustarren. »Und wo sind wir?«

»Jedenfalls nicht im Beverly Hills Hotel«, konterte ich scherzhaft. »Haben Sie das Farmhaus gesehen, kurz bevor wir von der Straße abgekommen sind?«

Ben starrte mich mit aufgerissenen Augen an. »Wir sind von der Straße abgekommen?« Eine tiefe Furche grub sich zwischen seine Brauen.

»Ja. Wir sind gegen einen Baum geprallt.«

Er presste sich die Hand auf den Mund. »Stimmt. Wir waren unterwegs. Der Sturm hat getobt. Ich weiß noch, wie wir ins Schleudern gerieten. Aber wie ... wo ...?«

»Es wurde sehr schnell sehr eisig«, erklärte ich. »Und dann sind wir gegen den Baum gefahren. Und dann ist Ihr Pick-up im Teich versunken. Zumindest größtenteils.«

»Wie haben Sie mich hier hereingeschafft?«

»Ich habe Sie gezogen«, antwortete ich.

»Aber wie? Ich bin doch viel schwerer als Sie.« Aufrichtige Besorgnis zeichnete sich in seinen Augen ab.

»Ich weiß es nicht. Weil mir meine Schuldgefühle, dass ich Sie mit meiner Starrköpfigkeit um ein Haar umgebracht hätte, die notwendige Energie verliehen haben?«

»Wow.« Er schloss die Augen.

»Moment, nicht! Was, wenn Sie wieder das Bewusstsein verlieren?«

Er schlug sie wieder auf und lachte. »Ich stehe, folglich werde ich wohl kaum das Bewusstsein verlieren.« Er rieb sich die linke Gesichtshälfte, direkt über der Braue und am Haaransatz entlang.

Ich beugte mich vor. »Sieht so aus, als hätten Sie eine tüchtige Beule an der Stirn. Könnte sein, dass Sie sich den Kopf am Lenkrad gestoßen haben.« Ich streckte die Hand aus. »Darf ... darf ich mal anfassen?«

Er nickte wortlos. Mit angehaltenem Atem ließ ich die Finger über die gänseeigroße Schwellung gleiten.

»Tut es weh?«, flüsterte ich.

Unsere Blicke begegneten sich. »Ein bisschen, aber es ist okay. Mir geht's gut, Zoey. Kein Grund zur Sorge.«

Ich blinzelte. »Aber ich war besorgt. Und bin es immer noch.«

»Sie haben uns gerettet. Ihnen ist klar, was das bedeutet?«

Mein Herzschlag setzte kurz aus. »Was denn?« Was kam jetzt? Was hatte er vor?

»Wir sind quitt.« Dann lachte er, und mein Magen machte einen Satz. Ich wollte ihm einen Schlag gegen die Schulter verpassen, doch er wich gerade noch rechtzeitig aus und packte meine Hand. Seine Finger fühlten sich warm an. Einen Moment lang standen wir so da, ehe er losließ.

Wieder räusperte er sich. »Also. Ich nehme an, niemand wird uns holen kommen, da wir ja kein Netz haben und Bescheid geben können, wo wir sind.« Obwohl mir all das bekannt sein mochte, war es ernüchternd, die Feststellung aus Bens Mund zu hören.

»Stimmt. Und ein Festnetz scheint es hier nicht zu geben.« Ich bemühte mich um einen unbeschwerten Tonfall, spürte dennoch neuerlich Besorgnis in mir aufsteigen.

»Also gut. Dann sind wir auf uns gestellt. Wir stecken da zusammen drin, was?« Er sah mich erwartungsvoll an.

»Allerdings.« Ich sah ihm in die Augen. Wir steckten da zusammen drin. Menschen starben allein – nicht zusammen, oder? Schon gar nicht mit so einem wunderbaren Hund.

Ben trat in die Mitte des Raums. »Wir sollten von hier verschwinden.« Simon stupste ihn mit der Nase an.

»Was?« Wovon redete er? »Wohin sollen wir denn gehen? Und wie? Und was ist, wenn es gefährlich ist? Können wir nicht einfach abwarten? Es ist echt fies da draußen.« Ben war endlich zu sich gekommen, und alles in allem waren wir zumindest in Sicherheit. Ich wollte nicht hinausgehen.

Ben nahm meine Hand. »Zoey, Ihnen ist doch eiskalt! Und uns bleibt schätzungsweise noch eine Stunde Tageslicht oder so. Es gibt nichts zu essen hier, aber wir brauchen Nahrung. Simon auch. Wir können nicht bleiben. Und morgen ist Weihnachten. *Réveillon* …« Er hielt inne.

Das spielte doch jetzt keine Rolle! »Was sollen wir denn machen?«, fragte ich noch einmal. Vielleicht wusste er ja genau, wo wir waren. Schließlich war er in der Gegend aufgewachsen und kannte bestimmt jede Straße, jeden Feldweg, jede Hütte und jedes verlassene Farmhaus. Und jeden, der in der Gegend lebte. Vielleicht kannte er auch die ehemaligen Besitzer des Hauses und wusste, wohin sie gegangen waren. Vielleicht hatten sie ja ein neues Heim direkt um die Ecke, wo wir uns aufwärmen konnten, ehe wir uns auf den Heimweg machten.

»Ich bin nicht sicher, wo wir sind …«

Meine Hoffnung schwand. *Den Optimismus kannst du dir schenken.*

»Aber wir sollten irgendeinen sichereren Unterschlupf finden, bevor es vollends dunkel wird.«

»Aber es ist eiskalt da draußen«, protestierte ich. Zwar hatte der Eisregen etwas nachgelassen, trotzdem ließ der Wind die Bäume ächzen, und immer wieder fiel krachend ein Ast herunter. »Ich werde nicht rausgehen.«

Ben wandte sich mir zu. Er schien widersprechen zu wollen, doch offenbar stand mir die Panik ins Gesicht geschrieben, denn seine Miene wurde weicher. Er legte mir beide Hände auf die Schultern und sah mir in die Augen. Mein Magen flatterte. »Wir müssen unbedingt von hier weg, Zoey. Je länger wir warten, umso schlimmer wird es. Immer mehr

Bäume und Äste werden unter dem Gewicht des Eises nachgeben.« Er sah an sich hinunter. »Außerdem sollten wir uns anziehen, egal, ob wir gehen oder bleiben.« Er kramte in seiner Notfallkiste und zog die Jeans heraus, dazu ein graues Baumwollhemd. Dann riss er eine Mini-Packung auf. »Hier, essen Sie das, und dann geht's los!« Er brach den Müsliriegel in zwei Hälften und reichte mir eine davon.

Erst als ich hineinbiss, merkte ich, wie hungrig ich war. »Danke.«

Widerstrebend machte ich mich daran, meine Sachen einzusammeln, die ich zum Trocknen über die vereinzelten Möbelstücke gehängt hatte, und in meinen Koffer zu stopfen.

Ben trat zu einer dünnen Tür am anderen Ende des Raums, hinter der sich ein Wandschrank verbarg. »Na also«, sagte er und trat mit einem Paar Schneeschuhe wieder heraus, als wäre das alles Teil eines Plans. »Mal sehen, ob ich noch ein zweites Paar finde.« Ich sah zu, wie er wieder in dem begehbaren Schrank abtauchte. Mein Blick streifte einen Haufen matschigen Schnees, der durch das offene Fenster hereingeweht war. Ben hatte recht. Hier konnten wir nicht bleiben.

Augenblicke später hielt er mir ein zweites Paar Schneeschuhe hin. »Schon mal eine Schneeschuhwanderung gemacht?«, fragte er lächelnd.

Ich nahm ihm die holzgerahmten Dinger ab. Sie sahen verwittert und abgenutzt aus, und die goldfarbene Netzbespannung wies hier und da Risse auf. Ich mochte keine Expertin für moderne Schneeschuhe sein, war aber ziemlich sicher, dass diese Teile eher als Artefakte in einem Museum stehen sollten.

»Ständig. In Malibu Beach gehört das zum Alltag«, antwortete ich. »Diese Schneeschuhe ... sind also Ihr Plan, ja?«

Er nickte begeistert. »Ja. Vertrauen Sie mir. Genau die brauchen wir. Und was für ein Glück, dass zufällig zwei Paar hier herumstehen!«

»Soso.«

»Kommen Sie her.« Er stellte die Schneeschuhe auf den Boden. »Puh«, stöhnte er einen Moment später und berührte seine Stirn. »Schwindlig«, sagte er als Antwort auf meine unausgesprochene Frage.

»Bestimmt haben Sie doch eine Gehirnerschütterung.«

Er zuckte die Achseln. »Darüber denke ich später nach«, brummte er. »Schauen wir mal, was wir mitnehmen können und was hierbleiben muss.«

»Was hierbleiben muss?« Ich wollte nichts zurücklassen.

»Wir können nicht alles mitnehmen, Zoey. Leichtes Gepäck ist wichtig, damit wir zügig vorankommen. Aber es ist ja nicht endgültig. Wir können ja wiederkommen und die restlichen Sachen holen.«

Sofort fühlte ich mich an eine Methode erinnert, nach der ich einmal meine Schränke organisiert hatte: Sachen, bei denen ich nicht sicher war, ob ich sie behalten wollte, kamen auf einen »Vielleicht«-Stapel, den ich nach ein paar Monaten noch einmal durchsehen sollte. Hätte ich sie vermisst, kämen sie wieder in den Schrank. Wenn nicht, sollte ich sie spenden. Zugegebenermaßen hatte diese Strategie gut funktioniert, deshalb nahm ich meine Habseligkeiten in Augenschein. Meine Crossbody-Bag war ein Muss, nicht nur, weil sie meine Lieblingstasche war, sondern weil ich darin zumindest einen Satz Wäsche zum Wechseln, trockene Socken und einen Schal unterbringen und sie mir quer über den Körper hängen konnte. Mein Wollmantel war inzwischen nur noch leicht feucht; meine UGGs waren immer noch völlig durchweicht, aber zumindest nicht mehr so eiskalt, sodass ich sie anziehen konnte.

»Wollen Sie einen Schal haben?« Ben warf mir einen zu, während ich meine Haare mit einem Zopfband zusammennahm, das ich in meiner Tasche gefunden hatte. »Danke.« Ich schlang mir den handgestrickten Schal aus blauer und roter Wolle zweimal um den Hals und verknotete die Enden. Er duftete nach Seife und Zedernholz – nach Ben.

Ben nahm eine kleine Laterne, den Schlafsack und ein paar weitere Utensilien aus der Notfallkiste und steckte alles gemeinsam mit dem Schlafsack in den dazugehörigen Beutel, ehe er mich ansah. »Ist das die einzige Jacke, die Sie dabeihaben? Nichts Vernünftigeres?«

Ich sah an dem cremeweißen Mantel hinunter, über dessen Kauf ich mich so gefreut hatte. Mittlerweile war er flusig und eher grau als ecrufarben. »Nein, nur diesen«, murmelte ich und schüttelte den Kopf. »Vielleicht habe ich eher Sachen für …«

»Die Dreharbeiten eines Feiertagsfilms im Juli mitgenommen?«

»Woher hätte ich denn wissen sollen, dass ein Eissturm aufzieht?«, konterte ich trotzig.

»Stimmt auch wieder. Also, sind wir so weit?«

Minuten später standen wir an der Haustür, den schwanzwedelnden Simon neben uns. Er sah Ben an und gab einen Laut von sich. Ben nickte, als verstünde er. »Nur einen Moment, Junge.« Ben schob die Arme durch die Schlingen des

Schlafsackbeutels, sodass er ihn als Rucksack tragen konnte. Unsere restlichen Sachen, die wir nicht mitnehmen konnten, legten wir auf eine trockene Stelle in der Mitte des Raums, dann wies Ben mit einem Nicken auf die Schneeschuhe. »Los geht's!«

Ich besah die Schneeschuhe, die sich als leicht, aber erstaunlich fest erwiesen, wenn man bedachte, dass sie aussahen, als fielen sie gleich auseinander. Ich fragte mich, wer sie vor mir schon getragen haben mochte. »Also klauen wir die einfach so?«

»Ich bin ziemlich sicher, dass die Besitzer nichts dagegen haben«, bemerkte Ben trocken. »Außerdem lassen wir ja im Austausch einiges von unseren Sachen zurück.«

»Bestimmt freuen sie sich mächtig über meinen Dyson-Föhn.«

»Ganz sicher. Also, Folgendes ist wichtig.« Ben hob einen der anderen Schneeschuhe auf. »Halten Sie ihn so, mit der Spitze nach vorn und der Ferse nach hinten.«

Ich sah zu und war froh, dass Ben mir alles vorher erklärte.

»Der Fuß kommt in die Mitte des Schneeschuhs, sodass die Ferse in der Fersenkuhle steht und die Zehen nach vorn zeigen«, fuhr Ben fort.

Ich ging in die Hocke, wusste aber nicht, wie ich die Gurte fixieren sollte. Inzwischen hatte Ben beide Schneeschuhe angelegt.

»Könnten Sie … ich weiß nicht …«, stammelte ich.

Er nickte und beugte sich herüber, wobei seine Hände meine Finger berührten, als er die Riemen über Fuß und Knöchel festzog. Die Berührung fühlte sich wie tanzende Schneeflocken auf meiner Haut an, doch statt eines Schauders spürte ich, wie Wärme durch meinen Körper strömte. »Sie müssen fest zugezogen sein, damit Sie nicht herausrutschen.« Sein Atem streifte mein Ohr.

Ich nickte und zog mit klopfendem Herzen die Riemen des ersten Schuhs fest. »Also gut, jetzt der zweite.« Ben sah mir in die Augen.

Wieder gehorchte ich mit zittrigen Fingern und richtete mich auf. Ben klatschte in die Hände. »Also gut. Bereit?« Er sah sich um und runzelte die Stirn, als draußen vor dem Fenster krachend ein Ast von einem Baum herabfiel.

»Habe ich eine Wahl?« Ich war nervös. Was, wenn wir uns verirrten oder sich einer von uns verletzte? Oder wenn es Ben doch nicht gut genug ging, um diesen Witterungsverhältnissen zu trotzen? »Ich habe das Gefühl, dass das eine ganz schlechte Idee ist. Hier haben wir wenigstens einen Unterschlupf.«

Ben sah sich um. »Mir ist klar, dass es wie blanker Wahnsinn wirkt, bei diesem Wetter rauszugehen, aber der Sturm wird immer schlimmer. Ja, wir könnten noch ein paar Stunden bleiben und Schnee schmelzen, damit wir Wasser haben, aber ansonsten gibt es hier ja nichts, und irgendwann brauchen wir etwas zu essen. Und jetzt bleibt uns noch genug Zeit vor dem endgültigen Einbruch der Dunkelheit. Wir befinden uns hier nicht mitten in der Wildnis. Ich weiß zumindest ungefähr, wo wir sind. Bis zu den nächsten Wohnhäusern oder Wochenendhütten ist es nicht allzu weit. Wo Menschen wohnen.«

Er klang so zuversichtlich. Und was wusste ich schon?

»Also, los, Schneeschuhwandern macht sogar richtig Spaß.« Er stieß mich spielerisch an.

»Irgendwas sagt mir, wir haben unterschiedliche Vorstellungen von Spaß.«

»Na gut, es macht mehr Spaß, als mit normalen Schuhen da draußen herumzulaufen. Besser?«, fragte er mit einem Augenzwinkern. Ich wusste, dass er unmöglich erfreut darüber sein konnte, hier festzusitzen, aber er bemühte sich zumindest – nicht nur um seinetwillen, sondern auch meinetwegen.

Er tappte zur Tür und wollte sie öffnen, als sich die Scharniere aus der Wand lösten und ihm gleich die ganze Tür entgegenkam. Sam beschnüffelte sie, und Ben sah mich an. »Jetzt ist es wirklich höchste Zeit, die Kurve zu kratzen.«

Kapitel 12

Dienstag, 23. Dezember

16 Uhr

Mit Schneeschuhen zu laufen, war, als bewege man sich mit Surfbrettern an den Füßen auf einer spiegelglatten Eisfläche.

Die kalte Luft schlug mir ins Gesicht, so kalt, dass es sich anfühlte, als presse mir jemand ein glühend heißes Bügeleisen auf die Wangen. Ich zog den Schal hoch, um eine Art behelfsmäßige Sturmhaube zu schaffen, die lediglich einen Schlitz für die Augen offen ließ.

»Alles klar?«, schrie Ben.

Obwohl er sich direkt neben mir befand, konnte ich ihn über den Sturm hinweg kaum hören. Ich fühlte mich schwach hier draußen, hilflos im Kampf gegen den Wind und die Kälte. Eigentlich hatte ich immer gedacht, der Wald biete einen gewissen Schutz, doch obwohl wir von Bäumen umgeben waren, so weit das Auge reichte, pfiff der Wind hindurch, als wären sie bloß dünne Zahnstocher.

»Das A und O beim Schneeschuhwandern ist, dass man kleine Schritte macht und das Gewicht gleichmäßig auf dem Untergrund verteilt«, brüllte Ben über den heulenden Wind hinweg und machte es mir vor.

Ich sah zu und versuchte, seine Bewegungen zu imitieren.

Simon, der ausgelassener war, als ich ihn den ganzen Tag gesehen hatte, preschte durch den aufgeweichten Matsch, als sei er für dieses Wetter geboren – was vermutlich der Fall war.

»Ich komme mir wie ein Pinguin vor«, rief ich.

Ben drehte sich um und sah mir zu. »Stimmt, Sie sehen auch wie einer aus.«

Ich warf ihm durch den Augenschlitz einen vernichtenden Blick zu. »Das ist nicht hilfreich.«

»Was, wenn ich sage, dass Sie wie ein süßer Pinguin aussehen? Ist das besser?«

Ich war heilfroh, dass er nicht sehen konnte, wie mir die Röte ins Gesicht stieg. Flirtete er etwa mit mir? Doch die Röte hatte noch einen anderen Vorteil, denn für einen kurzen Moment war wenigstens ein Teil meines Körpers warm. Ich sah wieder auf die Schneeschuhe und konzentrierte mich auf die Schritte. Einer nach dem anderen. Das war der Plan.

Als ich den Kopf wieder hob, war Ben mindestens fünf Meter vor mir.

»Wie kommt es, dass Sie das so gut können?«, schrie ich.

Er blieb erneut stehen und wartete, bis ich aufgeschlossen hatte. »Von der Ahornernte.«

»Ich verstehe nicht ganz.«

»Ich trage Schneeschuhe, wenn ich von einem Baum zum nächsten gehe, an denen die Eimer für den Ahornsaft befestigt sind. Für mich sind sie wie Turnschuhe.«

»Ah.« Ich machte einen weiteren Schritt, sorgsam darauf bedacht, die Beine möglichst weit seitlich zu schwingen, damit die Schneeschuhe nicht aneinanderschlugen.

Simon schnüffelte im Schnee herum, als wisse er, dass wir uns wegen des Wegs nicht sicher waren, und wolle helfen.

»Bleiben Sie hinter mir, dann haben Sie Windschatten.« Auch jetzt war Bens Stimme über das Tosen kaum zu hören, doch ich wusste, dass sie ernst war.

Ich nickte und bemühte mich, den Anschluss nicht zu verlieren, doch mit jedem Schritt fiel ich weiter zurück. Der gesamte Wald war im Grunde eine einzige Eisfläche. Der Wind frischte sogar noch auf.

»Alles klar?«, schrie Ben.

»Das ist viel schwieriger, als ich dachte«, rief ich und spürte, wie mir die Tränen kamen, die ich zwar eilig zurückkämpfte, aber nicht schnell genug. Sie froren fest, sodass meine Wimpern zusammenklebten. Simon verließ Bens Seite, kam angelaufen und blieb eine ganze Weile neben mir, ehe er zu seinem Herrchen zurückkehrte.

Kopf hoch, Zoey! Stell dir vor, das wäre eine Filmszene.

AUFBLENDE

Innen. Jacques' Cottage – Chelsea – Morgen.

Ruby und Jacques stehen in der Küche und nippen an ihren Kaffeebechern.

JACQUES

Hast du Lust, vor dem Frühstück spazieren zu gehen?

Ruby nickt.

AUSSEN. Hütte – Tag – Sonnenschein, frisch gefallener Schnee.

JACQUES

Hey, was ist denn das?

Jacques zeigt an Ruby vorbei. Als sie sich umdreht, nimmt er eine Handvoll Schnee, rollt ihn zu einem Ball zusammen und wirft ihn nach ihr. Quiekend fährt sie herum. Ihr Gesicht ist voller Schnee, wo er sie getroffen hat.

RUBY

He!

Lachend rennt sie zu einem Baum und duckt sich hinter den Stamm, dann rächt sie sich, indem sie einen Schneeball nach ihm wirft, der ihn mitten ins Gesicht trifft. Erschrocken schlägt sie sich die Hand vor den Mund.

RUBY

Ich ziele immer so schlecht! Ehrlich! Eigentlich wollte ich den Baum treffen.

Jacques lacht und läuft auf sie zu. Laut kreischend macht sie kehrt und rennt davon, doch er holt sie ein und schlingt von hinten die Arme um ihre Taille.

JACQUES

Ich auch. Eigentlich wollte ich den Baum umarmen.

Jacques vergräbt das Gesicht an ihrem Hals.

Ein glücklicher Seufzer entfuhr mir.

In diesem Moment rutschte ich auf einer Eisplatte weg, sodass es mir beide Füße wegriss und ich auf dem Hintern landete – mit voller Wucht. Sekunden später war Ben bei mir. »Alles in Ordnung?«, fragte er sanft und legte mir die Hand auf den Rücken.

»Keine Ahnung«, stöhnte ich voller Selbstmitleid und zog erst das linke, dann das rechte Bein heran.

»Langsam bewegen«, meinte er.

Noch einmal versuchte ich, hochzukommen, doch mein linkes Bein schnellte nach vorn weg, sodass ich wieder auf den Boden knallte. Ich stieß ein frustriertes Stöhnen aus.

»Es ist doch bloß Gehen. Was ist mein Problem?« Allmählich packte mich die Wut. Ich setzte mich auf. »Ich kann das schaffen.«

Ben lachte. »Natürlich. Wenn es jemand schafft, dann Sie. Ich glaube, ich kenne niemanden, der so tough ist wie Sie.«

Wieder spürte ich, wie mir unter meinem Schal heiß wurde. Mein Gesicht, aber auch mein Hals, die Arme und Finger. Ben fand also, ich sei tough?

Er richtete sich auf und streckte mir die Hand hin. »Trotzdem können Sie mir erlauben, Ihnen aufzuhelfen.«

Ich ergriff seine Hand, stützte mich mit der anderen ab und grub die Füße ins Eis, während Ben mich hochzog.

Ich klopfte mir den Schmutz und das Eis vom Hintern, straffte die Schultern und holte tief Luft.

»Vor einer Stunde waren Sie noch bewusstlos, und jetzt kümmern Sie sich um mich.«

»Wir können uns ja abwechseln«, erwiderte er leichthin.

Sich kümmern … mit Tomas war es niemals dazu gekommen. Und »abwechseln« war ebenfalls ein Fremdwort gewesen.

»In Ordnung.« Ich verdrängte den Gedanken an Tomas. »Also los!«

»Also los!«, erwiderte er mit gespielter Ernsthaftigkeit.

Wir gingen wieder los, nur bemühte ich mich diesmal nach Kräften, direkt hinter ihm zu bleiben, konzentrierte mich auf die Kraft in meinen Oberschenkeln und setzte bedächtig einen Fuß vor den anderen. »Ich glaube, allmählich kriege ich den Dreh raus«, rief ich nach ein paar Minuten. Inzwischen kam ich zügiger voran und spürte, wie mir allmählich wärmer wurde, als sei dies eine gemächliche Joggingrunde auf der Promenade von Malibu Beach.

Er wandte sich um und grinste. »Ich glaube, wir schaffen es doch noch, zu *Réveillon* zu Hause zu sein. Ich spüre es.«

»Na gut, dann erzählen Sie mir davon. Von diesem Rév… diesem Dings, von dem Sie ständig reden.« Simon sah mich an und gab seinen Husky-Gesprächslaut von sich.

Ben seufzte selig. »Gut, gut. Für die meisten Menschen, die Weihnachten feiern, ist der 25. Dezember der wichtigste Tag des Festes, bei uns in Québec hingegen ist es Heiligabend. An diesem Abend kommt die Familie zusammen, es wird gefeiert und gut gegessen, Weihnachtslieder werden gesungen und Geschenke gemacht. Und um Mitternacht gehen alle zur Christmette, selbst die Kleinsten.«

»Davon habe ich schon mal gehört, dachte aber immer, so etwas gibt es …«

»Bloß in Kleinstädten?« Er grinste.

Ich lächelte. »Bloß im 18. Jahrhundert. Eine Mitternachtsmesse? Das ist ja verrückt! Wie schaffen es die Kinder denn, so lange wachzubleiben?«

Er zuckte die Achseln. »Sie freuen sich schon das ganze Jahr darauf und sind so aufgeregt, weil nach der Mitternachtsmesse das Weihnachtsfest erst richtig anfängt. Zumindest der traditionelle Teil. Wir fangen eben schon vorher an, weil wir es kaum erwarten können. Wir hören traditionelle Weihnachtslieder wie ›Chanson de Noël‹ und ›Il Est Né, le Divin Enfant‹ …«

»Also keine Mariah Carey?«, unterbrach ich ihn.

Er sah mich missbilligend an. »Ich hoffe, das ist ein Scherz. Bestimmt haben Sie in der Kirche schon mal Weihnachtslieder gehört.«

Achselzuckend schüttelte ich den Kopf. »Keine religiösen.«

»Ich bin auch nicht sonderlich religiös, möchte aber gern an etwas glauben. In letzter Zeit hat es geholfen, um …« Er sprach nicht weiter. *Um den Tod seines Vaters zu verkraften?* Ich wollte etwas sagen, wusste aber nicht recht, was, doch er kam mir zuvor. »Außerdem muss man sich als Bürgermeister natürlich in der Kirche zeigen.« Da war es wieder, dieses wichtigtuerische Getue.

»Natürlich«, äffte ich ihn nach. Ich konnte nicht anders. Wäre er mit Leib und Seele Bürgermeister, hätte ich nichts gesagt, aber das schien nicht der Fall zu sein, sondern eher ein weiteres Beispiel dafür, dass er etwas tat, weil es von ihm erwartet wurde, und nicht aus eigenem Antrieb heraus. Doch ich verkniff mir die Bemerkung. »Ich kann mir nicht vorstellen, dass der Bürgermeister von L.A. zur Mitternachtsmesse erscheint.«

»Deshalb ist es ja so toll, in einer kleinen Gemeinde zu leben. Es ist eine Gemeinschaft. Weihnachten in L.A. kann ich mir überhaupt nicht vorstellen.«

Seit Jahren hatte ich kein Weihnachtsfest mehr dort verbracht, daher konnte ich nicht sagen, wie es inzwischen war, doch etwas an seinem Ton ärgerte mich, daher verspürte ich den Drang, meine Stadt in Schutz zu nehmen.

»L.A. ist eine fantastische Stadt.« Hätte ich während meiner Kindheit die Wahl gehabt, wie ich die Feiertage verbringen wollte, hätte ich mich jederzeit für die Magie von Chelsea entschieden, und wenn ich selbst einmal Kinder hatte, würde ich wollen, dass sie Traditionen erlebten, wie Ben sie gerade beschrieben hatte, aber diese Befriedigung würde ich ihm nicht verschaffen.

»Genau. Deshalb sind Sie ja auch hier, stimmt's?«

»Ich bin wegen meines Films hier«, korrigierte ich ihn und erkannte die Chance, die sich mir hier gerade bot. »Ich bin die ultimative Weihnachtsvertreterin, und niemand hat bislang *la Réveillon* in einem Film dargestellt.«

»*Le Réveillon. Le*, nicht *la*.«

»Sehen Sie? Ich weiß noch nicht einmal den korrekten Artikel. Aber das könnten wir ändern. Wir könnten anderen Menschen Chelsea mit seinen Traditionen und Menschen näherbringen.«

Er wandte sich mir zu. »Echt jetzt? Sie drücken mir mitten in einem Eissturm ein Verkaufsgespräch aufs Auge?«

Ich zuckte die Achseln. »Es spricht doch nichts dagegen. Denken Sie nur an Delphine«, fügte ich hinzu und bemühte mich, nicht den Anschluss zu verlieren. »Bestimmt würde sie sich schrecklich freuen, wenn sie – von Ihnen – erführe, dass in ihrer Heimatstadt ein Weihnachtsfilm gedreht wird. Sie könnten es ihr ja erzählen, wenn Sie sie abholen.«

Wieso kam ich ausgerechnet jetzt mit Delphine an? Weil ich schamlos Bens Gefühle für meine Zwecke benutzte. Es war echt beschämend. Stolz war ich nicht darauf. Aber sollte Ben tatsächlich Delphine zurückzuerobern versuchen, schmolz sie doch garantiert dahin, wenn er, der superwichtige Bürgermeister, ihr verkündete, er habe den Dreharbeiten zugestimmt. Es sei denn, Delphine war keine Romantikerin. Oder gehörte ebenfalls zum Team Anti-Tourismus, so wie Ben.

»Wie Delphine das sieht, spielt keine Rolle«, erwiderte er zu meiner Überraschung.

Das klang, als gäbe es hier eine Geschichte. Logisch, schließlich war sie seine Ex. Aber war da noch etwas anderes? »Tatsächlich?«, sagte ich, in der Hoffnung, dass er fortfuhr. Ich liebte es, wenn Leute aus dem Nähkästchen plauderten. Und so sexy Ben sein mochte, war es ausgeschlossen, dass jemals etwas zwischen uns laufen würde. Wir könnten nicht verschiedener sein. Ich lebte in Kalifornien, er hier in Québec. Er war stur und unnachgiebig … und ich konnte dasselbe zwar auch von mir behaupten, aber nur, wenn es wirklich wichtig war, wie bei der Umsetzung meiner Filmpläne. Oh, und noch etwas unterschied uns: Er hinderte mich daran, meine Arbeit zu erledigen.

»Über Delphine gibt es nichts zu erzählen«, sagte er nach einem Moment.

»Ach, bitte. Ich verdiene meinen Lebensunterhalt mit Weihnachts-RomComs«, wandte ich ein. »Und Ihre Liebesgeschichte klingt nach einer ziemlich austauschbaren Story.«

Natürlich wusste ich, dass das nicht stimmte, doch ich war ziemlich sicher, dass ihn das ärgern und zum Reden bringen würde.

»Sie ist nicht austauschbar.« Er warf mir einen finsteren Blick zu.

Bingo!

»Na schön, dann erzählen Sie mir, was so besonders daran ist. Inwiefern es bei Ihnen beiden anders ist als bei anderen. Überzeugen Sie mich, dass Ihre Liebesgeschichte nicht wie jede ist, die ich bisher gesehen und gedreht habe.«

»Nein.« Er beschleunigte seine Schritte.

»Und was hat es mit Australien auf sich?« Wieder bemühte ich mich, mit ihm Schritt zu halten. Prompt rutschte ich auf einer Eisplatte aus, fing mich jedoch wieder. *Vorsichtig, ganz vorsichtig.* »Sie haben Sie vor ein paar Monaten besucht. Und eigentlich sollten Sie sie heute am Flughafen abholen. Also muss da doch etwas sein.«

»Eine Vergangenheit«, erklärte er achselzuckend. »Und eine Verpflichtung, schätze ich.«

Eine Verpflichtung? »Klingt sexy. Erzählen Sie mir mehr darüber.« Die Temperatur schien noch weiter gefallen zu sein. Der Wind brannte auf dem schmalen Streifen Haut, den meine behelfsmäßige Sturmhaube ließ.

Er sah mich an. Eiskristalle hatten sich auf seinen Wimpern gebildet. »Ganz im Gegenteil.«

»Na ja … sie kommt nach Chelsea zurück. Was hat das zu bedeuten?«

Er stieß den Atem aus, als hätte er resigniert und beschlossen, mir nun doch sein Herz auszuschütten. »Delphine und ich sind zusammen aufgewachsen. Wir kennen uns seit unserer Kindheit. Ihre Eltern haben direkt neben uns gewohnt und waren mit meinen Eltern befreundet. Ihre Mom kam rüber, um sich von meiner ein Ei zu borgen, im Sommer haben wir in ihrem Pool geplanscht, im Winter Straßeneishockey gespielt. Ich habe jede Menge Cousins und Cousinen, aber keine Geschwister, deshalb habe ich viel Zeit mit ihr und ihrer Schwester Noémie verbracht, die Sie im Pub kennengelernt haben. Und Chelsea ist eine Kleinstadt, daher kamen wir irgendwann irgendwie zusammen.«

Aha, Noémie war also Delphines Schwester. Ich wusste, dass da eine Verbindung bestehen musste, als sie ihn gebeten hatte, Delphine am Flughafen abzuholen, doch dass sie über Jahrzehnte zurückreichte, hätte ich nicht gedacht.

Wir gelangten zu einer Stelle, wo der Wald dichter wurde. Augenblicklich ebbte der Wind spürbar ab. Ein Weihnachtswunder.

»Sie ›kamen nicht *irgendwann irgendwie* zusammen‹, sondern Sie und Delphine sind ein Beispiel für das Trope *Friends to Lovers*.«

»Was?« Er sah mich verwirrt an.

»Von Freunden zum Liebespaar, das ist ein gängiges Motiv bei RomComs.« Die Riemen meines linken Schneeschuhs lösten sich, und ich bückte mich, um sie festzuzurren.

»Kategorisieren Sie alles nach Liebesfilm-Themen?«

Meine Finger waren so kalt, dass ich kaum noch etwas spürte, weshalb ich die Lederriemen kaum zu fassen bekam. »Meistens.«

Ben bückte sich, um mir zu helfen. Ich versuchte, mir Ruby und Jacques im Schnee vorzustellen, vielleicht wie sie einen Schneemann bauten, dicht an dicht, so wie Ben und ich gerade im Schnee kauerten. Jacques half Ruby bei der unteren Kugel, die zu groß und schwer war, um sie allein zu rollen. Ruby suchte zwei dünne Äste, die als Arme dienten. Am Ende würde Jacques den Arm um Ruby legen und sie eng an sich ziehen, während sie ihr Werk begutachteten. Sie würde sich an ihn lehnen, wenn er ihr einen Kuss auf die Stirn gab, und sich auf die Zehenspitzen stellen, um ihn auf den Mund zu küssen.

Ben streifte seine Handschuhe ab, zog mit geübten Bewegungen die Riemen straff und verknotete sie, ehe er sich erhob.

»Danke«, sagte ich und richtete mich ebenfalls auf. »Erzählen Sie mir mehr von Delphine.«

Ben seufzte. »Und ich dachte doch glatt, Sie hätten vergessen, worüber wir gesprochen haben.«

»Ausgeschlossen.« Er hätte mir sagen können, dass er nicht über sie reden wollte, tat es aber nicht.

»Also, ja, es stimmt, wir waren Freunde und wurden irgendwie zu einem Liebespaar. Alle haben damit gerechnet, und irgendwann auf der Highschool war es dann auch so.«

»Ich habe das Gefühl, Sie unterschlagen die Einzelheiten. Zum Beispiel, dass Sie verliebt waren, oder nicht? Der Übergang von Freunden zum Liebespaar kann knifflig sein, weil es nicht sofort funkt. Aber sie war … Ihre erste feste Freundin?« Ein Ast peitschte an meinem Kopf vorbei, sodass ich ausweichen musste.

»Wie lange kenne ich Sie inzwischen?« Ich war wieder etwas zurückgefallen, deshalb musste Ben sich um fast hundertachtzig Grad drehen, um mich sehen zu können.

»Ist das denn so wichtig?« Ich grinste.

»Ja, sie war mein erstes Mädchen.«

»Danke. Also, der Highschool-Ballkönig und die schöne Ballkönigin …«

»Wir waren nicht …«

»Ich ziehe Sie bloß auf. Aber Sie waren während der Highschool zusammen. Und dann?«

»Dann kam das CEGEP, eine weiterführende Schule, die man hier besucht, ehe man auf die Uni geht. Wir sind auf dieselbe gegangen, zusammen mit den meisten unserer Freunde. Dann kam die Bewerbung an der Uni. Und sie erklärte aus heiterem Himmel, sie wolle nicht studieren.«

»Nicht jeder will das«, wandte ich ein.

»Stimmt. Was ja völlig okay ist, aber sie hatte auch keinen anderen Plan. Mir kam das ziemlich kurzsichtig vor. Sich nicht einmal zu bewerben und sich damit die Wahlmöglichkeit für die Zukunft offenzuhalten.«

»Das ist wahr. Und was ist dann passiert? Sie sind an die Uni gegangen und Delphine nicht?«

»Genau. Sie hat sich einen Job in einem Pub gesucht.«

»Im *Le Pub du Village*? Aber er gehört doch ihren Eltern, oder? Das ist kein allzu großer Unterschied zu dem, was Sie getan haben.«

»Nein, im *Manchester Pub*, ein Stück die Straße runter. Was …« Er schüttelte den Kopf.

»Eine echte Ohrfeige für die Eltern war?«, schlug ich vor.

»Sie sah das nicht so, sondern wollte bloß ihre Unabhängigkeit beweisen, indem sie sich selbst etwas sucht. Aber, keine Ahnung, ich fand es nicht gut, sondern eher ein bisschen unreif.«

»Sie war noch jung. Nicht jeder kann so vernünftig sein wie Sie.«

»Aber ich habe sie trotzdem unterstützt. Selbst, als ihre Eltern monatelang kein Wort mit ihr gesprochen haben. Schon damals war ich nicht sicher, ob das so schlau war, aber es ist lange her.« Schweigen breitete sich aus, lediglich das synchrone Knirschen der Schneeschuhe auf dem Eis war zu hören. Irgendwo rechts von uns fiel ein riesiger Ast krachend zu Boden. Ich fuhr zusammen.

»Das klang nach einem Riesenteil«, bemerkte ich, wobei mir mit einem Mal bewusst wurde, dass diese gewaltigen Äste, die uns Schutz boten, jederzeit über uns niederkrachen konnten.

Ben nickte. »Wir sollten zusehen, dass wir so schnell wie möglich aus diesem Wald herauskommen. Jedenfalls bin ich an die McGill gegangen, und sie ist in Chelsea geblieben.« Ich wusste, dass er mir das erzählte, um mich abzulenken, doch es funktionierte. »Wir haben eine Beziehungspause eingelegt, sind mit anderen ausgegangen. Sie war mit einem *mécanicien* aus Aylmer zusammen, danach mit einem Journalismus-Absolventen von der Carleton.« Mir fiel auf, dass er neutral klang, nicht verbittert oder eifersüchtig.

»Und haben Sie sich dennoch gesehen? Wenn Sie nach Hause kamen? Oder hat sie Sie besucht?«

»Bien sûr«, erwiderte er mit einem Anflug von Sarkasmus. »Wir reden von Chelsea. Man läuft sich ganz automatisch über den Weg, wenn die Leute in den Ferien nach Hause kommen.«

»Stimmt natürlich.«

»Aber besucht hat sie mich nie. Sie reiste nicht gern, wollte nicht weit von zu Hause oder ihren Freunden weg sein. Ich habe ein Semester in Paris eingelegt und wollte, dass sie mich besuchen kommt, aber sie hatte kein Interesse.«

»Also waren Sie beide …« Ich sah zu Simon hinüber, der einen Stock entdeckt hatte, den er nun im Maul herumtrug.

»Freunde, keine Freunde, zusammen, nicht zusammen … es war eine schwierige Phase, das ist allerdings wahr. Aber wir haben es überstanden. Jedenfalls habe ich meinen Abschluss gemacht, bin nach Hause zurückgekommen, um auf der Farm zu arbeiten, damit mein Vater genug Zeit für sein Amt als Bürgermeister hatte. Und irgendwie fing es mit Delphine wieder an. Es war so einfach, und ich dachte damals, dass es genau das sei, was ich wollte.« Er hielt inne. »Ich war länger mit ihr zusammen als von ihr getrennt, deshalb war es …« Er schien nicht zu wissen, wie er es erklären sollte.

»Friends to Lovers?«, schlug ich vor.

Ben schnitt eine Grimasse. Wir gelangten zu einer Lichtung, wo der Wind neuerlich auffrischte. Ich vergrub das Kinn in meinem Schal und versuchte, ihn mir wieder über die Wangen zu ziehen.

»Ich wollte heiraten und eine Familie gründen«, fuhr er schließlich fort. »Sie meinte, sie wolle dasselbe und nicht aus Chelsea weggehen, daher lag es auf der Hand, dass ich zurückkam. Ich fühlte mich in Montreal zwar wohl, wollte aber auch mit ihr zusammen sein. Und ich liebte die Gegend, die Gemeinschaft, die Nähe zu meiner Familie und meinen Freunden. Ich habe mich darüber gefreut, das Familienunternehmen fortzuführen, das mein Großvater und mein Vater mit viel Fleiß aufgebaut hatten. Ich und Delphine … es war einfach naheliegend, dass wir zusammenbleiben würden.«

»Aber dann passierte etwas.« In Wahrheit wünschte ich, er möge aufhören, über Delphine zu sprechen. Inzwischen bereute ich es, überhaupt damit angefangen zu haben. Etwas an der Art, wie er über sein Leben sprach, seine Pläne, Heirat, Kinder ... Mir wurde fast übel, gleichzeitig wollte ich wissen, was genau passiert war.

»Zuerst hatte sie die Arbeit im Pub satt. Dann plante eine Freundin von ihr eine Reise nach Australien, und sie beschloss, mitzufliegen«, erzählte er.

Ein umgefallener Baumstamm blockierte unseren Weg. Ben beäugte ihn und stieg darüber hinweg. Simon sprang hinterher. Ich blieb stehen, nahm Maß, setzte einen Fuß auf die andere Seite, wusste allerdings nicht recht, wie ich weitermachen sollte, doch Ben streckte mir die Hand hin. Sein Griff war fest, sein Arm stark. Ich hielt mich an ihm fest, während ich das zweite Bein über den Stamm schwang.

»Und Sie hatten ein Problem damit?«, fragte ich.

»Gar nicht. Ich reise für mein Leben gern und habe mich so darüber gefreut, dass sie auch einmal einen anderen Teil der Welt sehen wollte. Aber sie wollte es allein tun. Ich versuchte, sie zu verstehen. Ich hatte an der Uni Gelegenheit gehabt, Erfahrungen zu sammeln und mich selbst zu finden, schließlich hatte ich, wie gesagt, ein Austauschsemester in Paris verbracht.«

»Okaaaay«, sagte ich. »Was war dann das Problem?«

»Eigentlich sollte die Reise zwei Wochen dauern. Daraus wurden dann zuerst ein Monat und schließlich zwei. Nach einiger Zeit schlug ich vor, sie zu besuchen. Ich vermisste sie und wollte gern mit ihr gemeinsam unterwegs sein. Ich dachte, wir könnten vielleicht quer durch Australien reisen, damit sie auch die Teile des Kontinents entdecken kann, die sie noch nicht kannte. Aber als ich hinkam, wollte sie die Kleinstadt an der Westküste nicht verlassen, wo sie und ihre

Freundin sich seit ihrer Ankunft aufhielten. Sie hatte sozusagen ihr Leben in Chelsea in eine australische Kleinstadt verlagert. Sie war hochzufrieden damit, aber ich konnte es nicht recht nachvollziehen. Wenn man schon in einer Kleinstadt leben will, wieso dann in einer, in der man keinerlei Wurzeln hat? Familie, Freunde?« Ben sah mich an und zuckte die Achseln. »Es geht doch darum, zusammenzuwachsen, neue Dinge auszuprobieren. Zumindest war es das, was ich mir von einer Partnerschaft erhofft habe. Aber wir hatten uns voneinander entfernt, hatten keine Gemeinsamkeiten mehr. Ich hatte so lange an dieser Beziehung festgehalten und wusste noch nicht einmal mehr, wieso eigentlich. Wir haben uns getrennt, und seitdem ist sie dort.«

»Ich verstehe Sie«, sagte ich leise und dachte an Tomas und mich. Ich hatte keinen einzigen Tag das Gefühl gehabt, dass er und ich uns in dieselbe Richtung entwickelten. Je älter er geworden war und je mehr Geld er verdient hatte, umso weniger war er bereit gewesen, sich fest zu binden.

Eine Bö erfasste mich von der Seite und drohte mich von den Füßen zu reißen. Ich streckte die Hand nach Ben aus, der mich auffing.

Die Beziehung zwischen den beiden klang genau wie der Plot von *Home for Christmas*, in dem die Hauptfigur nach Hause zurückkehrt und sich mit dem Ex-Partner versöhnt – die perfekte Weihnachts-RomCom für den Bildschirm, trotzdem schmerzte mich allein die Vorstellung, dass Ben und Delphine wieder ein Paar werden könnten. Aber wieso eigentlich?

»All das bestätigt wohl sämtliche Kleinstadtstereotype, stimmt's?«

Ich schüttelte den Kopf. »Ich bin in einer Stadt mit achttausend Einwohnern in Virginia geboren und habe rein gar nichts gegen Kleinstädte. Wieso habe ich meinen Film wohl in Chelsea angesiedelt?«

»Oh.« Er verhehlte seine Überraschung nicht. »Ich dachte …«

»Was?« Es interessierte mich, was er über mich dachte. In diesem Moment erschütterte ein weiteres lautes Krachen die Luft. Mit einem Jaulen stob Simon davon. Ich sah nach oben und verfolgte, wie ein Ast, doppelt so groß wie ich und so dick wie mein Oberschenkel, nur Zentimeter neben mir im Schnee landete. Ich keuchte auf und sah entsetzt zu Ben, der näher trat, ohne den Baldachin aus Wipfeln über uns aus den Augen zu lassen.

»Wir sollten uns schleunigst einen Unterschlupf suchen. Lange können wir nicht mehr weitergehen. Es ist fast dunkel, und der Sturm legt immer mehr zu.«

»Wie bitte? Ich dachte, Sie wüssten, wohin wir gehen müssen.« Führte Ben uns etwa nicht irgendwohin, wo wir die Nacht verbringen konnten? Wieso stapften wir dann hier draußen herum?

»Die grobe Richtung, ja. Ich hatte gehofft, wir kommen an ein paar Häusern vorbei, aber jetzt, wo es dunkel wird, bin ich mir da nicht mehr so sicher. Und die Stelle, an der wir von der Straße abgekommen sind, muss weiter weg gewesen sein, als ich dachte. Ideal wäre, wenn wir eine Wochenendhütte fänden, egal ob bewohnt oder unbewohnt. Nur für alle Fälle.«

»Für welche Fälle?« Ich stemmte mich dem Wind entgegen, doch es war, als stünde ich vor einer kalten Stahlwand.

Mittlerweile spürte ich weder meine Hände noch meine Zehen. Tränen standen mir in den Augen, ob von der Kälte oder vor Angst, konnte ich nicht sagen. Ich bewegte meine Zehen, meine Fingerspitzen. Tränen liefen mir übers Gesicht und froren an meinen Wangen fest. Simon schnupperte an meiner Hand und leckte sie ab.

»Sie schaffen das«, sagte Ben. Erst jetzt merkte ich, dass er neben mir war. Und dass ich nicht länger ging, sondern auf dem gefrorenen Boden saß. Wieso stand ich nicht mehr? Und sagte Ben immer wieder dasselbe, oder bildete ich es mir bloß ein? Ich blinzelte ein paarmal und versuchte, mich auf die Worte zu konzentrieren. Sein Atem fühlte sich warm an meinem Ohr an, dann merkte ich, dass Simon mich ableckte. Ich schloss die Augen und malte mir aus, wie Ruby und Jacques zusammengekuschelt vor dem knisternden Kamin lagen, Jacques' Hund zu ihren Füßen, während das Feuer den Raum wärmte.

»Wir schaffen das. Nur noch ein Stück. Kommen Sie. Sie schaffen das«, hörte ich Ben sagen, doch seine Stimme klang wie aus weiter Ferne.

Ich schlug die Augen auf. Ben zog mich hoch. »Kommen Sie, wir müssen weiter.«

»Wieso denn?«, wollte ich wissen, denn ich hatte wirklich keine Ahnung. Alles war so undeutlich, und der Wind war so eisig, dass er sich glühend heiß auf meinem Gesicht anfühlte.

»Noch haben wir minimal Tageslicht, aber bald wird es hier stockdunkel sein, die Temperatur sinkt weiter, und der Wind nimmt noch zu.«

»Und was noch?« Meine Stimme zitterte.

»Es gibt Wölfe«, antwortete er.

»Was?« Mein Magen verkrampfte sich. »Aber …« Meine Kehle wurde eng, sodass ich die Worte nicht über die Lippen bekam.

»Wir kriegen das hin. Aber wir müssen weiter.« Ben berührte meinen Arm und setzte sich in Bewegung.

Ich bewegte mich nicht. Ein Teil von mir wollte ihm folgen – er entfernte sich immer weiter von mir –, der andere wollte hier sitzen bleiben, an einen Baum gelehnt, und einfach schlafen. Vielleicht wäre mir dann auch nicht so kalt. Ich musste auf den Boden gesunken sein und die Augen geschlossen haben. Dann nahm ich wieder Bens warmen Atem an meinem Ohr wahr, seine sanfte Stimme.

»Kommen Sie, Zoey. Ich weiß, dass Sie das schaffen. Nur noch ein kleines Stück.« Ich spürte seine Arme um mich. »Sie haben ein ganzes Drehbuch geschrieben, massenhaft Filme gemacht und sind gerade das erste Mal auf Schneeschuhen gewandert. Sie sind viel zu entschlossen, um jetzt aufzugeben.«

Diesen letzten Teil hörte ich klar und deutlich, lauter als den Wind, der um uns herum heulte. Ben hatte recht. Ich würde nicht aufgeben. Ich richtete mich auf, holte tief Luft und kniff die Augen zusammen, ehe ich sie weit aufriss. Ich konnte es schaffen. »Gehen wir.«

Es schien, als lege der Wind mit jeder Minute weiter zu, doch Ben blieb bei mir. »Ein Schritt nach dem anderen, zuerst ich, dann Sie.«

»Schritt, Schritt, Wechselschritt?«

»Ich liebe Ihren Sinn für Humor«, sagte er und räusperte sich, als sei ihm klar geworden, was er da gerade gesagt hatte. *Er liebt meinen Sinn für Humor?* Schlagartig fühlte ich mich hellwach. Mein Herz hämmerte.

Ich wollte etwas sagen, besann mich jedoch eines Besseren. Gemeinsam setzten wir unseren Weg fort, Simon voran, Ben, der mich am Arm festhielt. Ein weiterer Windstoß zerrte an mir. Gerade als wir um einen knorrigen Stamm herumtreten wollten, kippte das gesamte Ding weg. Ich spürte nur noch, wie sich der Erdboden unter mir hob, als Ben mich auch schon zurückriss.

Ich schrie auf. »Was ist das?«

Die Erde hob sich an, sodass das Wurzelwerk des Baums zum Vorschein kam. »Das ist das Gewicht des Eises auf den Ästen«, schrie Ben über den Wind hinweg und blickte grimmig nach oben. »Das Eis drückt auf die Bäume. Und das ist erst der Anfang. Los, kommen Sie!«

Simon bellte und rannte los. Es heißt ja immer, dass Tiere Naturkatastrophen sehr viel früher wahrnehmen als Menschen. Wusste Simon, dass wir hier in Gefahr schwebten?

Der Wind war so heftig, dass ich mich nur mit Mühe auf den Beinen halten konnte. Mein rechter Fuß glitt auf dem Eis aus, verhakte sich jedoch in einer Wurzel, sodass ich mich wieder fing.

»Ich gehe vor und schirme Sie ab, falls etwas herumfliegt«, rief Ben. »Bleiben Sie direkt hinter mir.« Etwas, das sich wie winzige Kieselsteine anfühlte, prasselte mir ins Gesicht. Ich kniff die Augen zusammen und nickte stumm.

»Kopf unten lassen«, schrie er. Brav zog ich die Schultern hoch, sodass ich lediglich sehen konnte, ob ich noch dicht hinter ihm war.

Etwas traf mich an der Schulter und katapultierte mich vorwärts. Automatisch streckte ich die Hände aus, um den Sturz abzufangen. Meine Knie schlugen auf dem Eis auf, die

Schneeschuhe an meinen Füßen verhedderten sich. Sofort war Ben an meiner Seite, während ich mich umdrehte, um zu sehen, was mich getroffen hatte. Ein weiterer dicker Ast.

»Alles klar.« Seine Stimme war über das Tosen des Sturms kaum zu hören.

Ich nickte und atmete gegen den Schmerz an. Vorsichtig kam ich auf die Füße. Jede Sekunde, die ich am Boden zubrachte, verhinderte, dass wir uns in Sicherheit bringen konnten. Das würde ich nicht zulassen. Sobald Ben sah, dass ich mich in Bewegung setzte, schien er das Tempo anzuziehen, und ich hielt mit. Meine Beine brannten, doch ich zwang mich, einen Fuß vor den anderen zu setzen.

Wump, wump, wump. Ich wusste nicht, wie lange wir dahinstapften – es hätten Minuten, aber auch Stunden sein können.

»Da!« Bens laute Stimme riss mich aus meiner Trance. Simon stürmte mit wedelndem Schwanz voran, als wüsste er, was dort war. Ich sah auf, konnte jedoch durch die umherwirbelnden Schneeflocken nichts ausmachen. Inzwischen war der Himmel dunkelgrau, trotzdem konzentrierte ich mich auf die Stelle, auf die Ben zeigte. Langsam erkannte ich einen Umriss in der Ferne.

Die Hütte war recht klein, mit einem Spitzdach wie bei dem Häuschen, das Hänsel und Gretel im Wald entdeckten. Sie verschmolz mit der verschneiten Landschaft, als sei sie schon immer ein Teil des Waldes gewesen und die Bäume ringsum seien gezwungen gewesen, sich um sie herum zu arrangieren. Sie bestand aus dunklen Zedernstämmen und sah aus, als sei jeder Einzelne handverlesen und gezielt platziert worden, um eine glatte Fläche entstehen zu lassen, allerdings gab es keinen einzigen Spalt, durch den Licht drang. Auf dem Dach türmte sich mindestens einen halben Meter hoch der Schnee, und in der Mitte ragte ein Schornstein empor. Ich malte mir aus, wie eine dünne Rauchsäule daraus aufstieg, und spürte sofort, wie mich wohlige Wärme durchströmte. Dann beschleunigte ich meine Schritte, weiter auf die rings um das Häuschen verlaufende Veranda mit Holzplanken zu, die von dem breiten Überhang geschützt wurde.

Ben wandte sich mir zu. »Sie sehen es auch, oder? Sagen Sie mir, dass das keine Vision ist.« Doch Simon war bereits die Stufen hinaufgelaufen, wedelte ungeduldig mit dem Schwanz und sah uns erwartungsvoll an.

»Ich sehe es auch«, sagte ich und stapfte entschlossen geradewegs darauf zu.

Kapitel 13

Dienstag, 23. Dezember

17 Uhr

Wir klopften und klopften, doch es reagierte niemand. Die Fenster blieben dunkel. Ich rüttelte am Türknauf, aber die Tür, vor deren unterer Hälfte sich eine Schneewehe türmte, war abgeschlossen. Ich war doch nicht so weit gekommen, um direkt vor einer Wochenendhütte an Erfrierung zu sterben. Gleichzeitig wollte mir nichts einfallen, was wir tun könnten. Ich ließ mich auf einen der Schaukelstühle auf der Veranda fallen und löste die Riemen meiner Schneeschuhe.

»Was machen wir jetzt?«, fragte ich Ben, in der Hoffnung, dass er eine zündende Idee hatte, wobei ich merkte, dass ich den Tränen gefährlich nahe war.

»Wir finden heraus, wie wir ins Haus kommen«, antwortete er ruhig. Das mochte zwar keine richtige Antwort sein, ließ mich jedoch hoffen, dass ihm bestimmt etwas einfiele.

Ich trat zu einem der Fenster, das ebenfalls fest verschlossen war. Aus dem Augenwinkel bemerkte ich den roten Stiel einer Schneeschaufel, schob mich an dem Schaukelstuhl vorbei und schnappte sie.

»Lassen Sie mich«, sagte Ben, nahm sie mir aus der Hand und machte sich an die Arbeit. Dank der Überdachung hatte sich nur eine dünne, nicht festgebackene Schneeschicht gebildet. Innerhalb weniger Minuten hatte er den unteren Teil der Haustür freigelegt und stieß einen triumphierenden Schrei aus. Vor der Tür lag eine hellbraune Rattanmatte mit dem Spruch *Baby, It's Cold Outside* darauf.

»I really can't stay«, ergänzte ich leise.

Einen Moment lang sah er mich verwirrt an.

»Der Song. Ein Punkt für mich.« Ich lächelte dünn.

Ben stieß einen erleichterten Seufzer aus. »Ach so«, sagte er, »ich dachte schon, Sie wollen mir damit sagen, die Hütte entspreche nicht Ihren Anforderungen oder so.«

Ich lachte. »Anforderungen? Gerade ist meine Hauptanforderung, nicht länger hier draußen sein zu müssen. Ich würde notfalls auch in dieses Farmhaus zurückgehen … sogar dort einziehen, verdammt noch mal!«

»Lieber nicht. Vor allem, wenn wir gute Chancen haben, uns hier einquartieren zu können.« Mit der Schaufelkante löste Ben die festgefrorene Rattanmatte vom Boden, kniete sich hin und tastete mit seiner behandschuhten Hand darunter herum.

»Glauben Sie ernsthaft, die Besitzer haben die Schlüssel darunter versteckt?«, fragte ich zweifelnd.

Eine Sekunde später präsentierte Ben einen glänzenden silbernen Schlüssel, trat auf mich zu und schlang die Arme um mich. Tränen, die gefühlt seit Stunden auszubrechen gedroht hatten, schossen mir in die Augen, während ich vor Begeisterung auf und ab hüpfte. Er schob den Schlüssel ins Schloss, schob die Tür auf und bedeutete mir, vor ihm einzutreten. »Ladies first.«

Ich würde mich bestimmt nicht gegen patriarchalische Traditionen sträuben.

Drinnen war es sofort wärmer. Simon drängte sich vorbei, sodass Ben, der mir folgen wollte, ins Straucheln geriet und um ein Haar hingefallen wäre. Ich streckte die Arme aus, um ihn aufzufangen, wobei sein Gesicht das meine streifte. Einen Moment lang verharrten wir reglos. Sein würziger Duft stieg mir in Nase, und ich spürte seine Körperwärme, während ich um Worte rang. Es fühlte sich so gut an … und dann kamen endgültig die Tränen. Ich schlang meinen freien Arm um ihn und ließ meinen Tränen freien Lauf.

»O Gott, ich dachte wirklich, wir sterben!«, schluchzte ich, während meine Gefühle mich übermannten – Erleichterung, Glück, aber auch etwas anderes. Leise schluchzend ließ ich zu, dass Ben mich an sich zog.

»Wir haben es geschafft. Mann, Sie sind so was von tough!«, sagte er sanft. Ich spürte, wie mir warm wurde, und ließ mich tiefer in seine Umarmung sinken. »Aber …«

Mit angehaltenem Atem löste ich mich. Was kam jetzt? Schlug er mir vor, ich solle allein hier zurückbleiben, während er mit Simon Hilfe holen ging? Dass die Schneefälle noch mehrere Wochen anhalten und ich in Québec, in dieser einsamen Hütte, solange festsitzen würde? »Was denn?« Ich klang angespannt.

»Nur damit eines klar ist: Das vorhin gibt keinen Punkt, weil Sie die Liedzeile vor *Baby, it's cold outside* gesungen haben, dabei hätte es *I've got to go awaaaay* heißen müssen.« Er schmetterte die Songzeile. »Also geht der Punkt an mich.« Seine Augen funkelten, als er mich ansah.

Mein Magen legte einen Achterbahn-Looping hin. Lachend biss ich mir auf die Lippe und blinzelte gegen die Tränen an. Ich war völlig fertig.

Schließlich löste ich mich von ihm und sah mich um. Es war dunkel im Raum, sodass ich kaum etwas erkennen konnte, doch dank des Mondlichts, das durch die Fenster schien und den Holzboden mit den bunten handgewebten Teppichen und die Landschaftsgemälde an den Wänden in ein Muster aus Licht und Schatten tauchte, gewöhnten sich meine Augen recht schnell an die Umgebung. Wir standen in einem großzügigen Raum mit einem gemauerten Kamin, der etwa die Hälfte der hinteren Wand einnahm. Eine Lichterkette war auf dem Sims drapiert, und eisernes Kaminbesteck stand auf der einen Seite, was mir verriet, dass das Häuschen regelmäßig genutzt wurde. Mein erster Gedanke galt Ruby und Jacques, wie sie es sich vor dem knisternden Feuer gemütlich machten.

Das Mobiliar war schlicht, aber behaglich. Vor dem Kamin standen ein Lehnsessel und ein Sofa mit geblümtem Bezug, auf dem eine Wolldecke mit cremefarbenen und bunten Streifen drapiert war. Auf dem Couchtisch lagen Kreuzworträtselbücher, eines davon war sogar aufgeschlagen mit einem Bleistift daneben. Neben dem Kaminsims befand sich ein Bücherregal voller Brettspiele und Dutzenden von Büchern mit geknickten Rücken.

Die andere Hälfte des Hauptraums wurde von einer kleinen Küche mit einem schmalen Fenster eingenommen, das einen Blick auf den Wald bot, in der Mitte stand ein rustikaler Eichentisch mit fünf nicht zusammenpassenden Stühlen in sanften Pastellfarben. Auf einem Gestell über der Arbeitsfläche hingen Töpfe und Pfannen an Henkeln und Stielen.

»Glauben Sie, die Bewohner könnten jederzeit nach Hause kommen?«, fragte ich Ben, löste den Verschluss meiner Crossbody-Bag und ließ sie zu Boden fallen, dann zog ich Schal, Handschuhe und Mantel aus und warf alles auf einen Stuhl. »Was, wenn sie hier sind?«, fragte ich und presste mir die Hand auf den Mund.

»Bonjour?«, rief Ben fröhlich, was mich zum Lachen brachte. Anschließend schüttelte er den Kopf. »Ich glaube, hier ist niemand. Der Lärm, den wir veranstaltet haben, hätte jeden auf den Plan gerufen, außerdem sind draußen keine Fußspuren zu sehen. Abgesehen davon würde sich niemand lange hier aufhalten, ohne den Kamin oder die Heizung anzuzünden.«

Ich spürte förmlich die Wärme eines Kaminfeuers auf meiner Haut. »Bitte sagen Sie mir, dass Sie wissen, wie man den Kamin anzündet.« Bei den Pfadfinderinnen hatte ich zwar gelernt, wie man Lagerfeuer machte, aber bestimmt war das Bens Spezialgebiet.

»Ja, ich habe schon das eine oder andere Feuer in meinem Leben angezündet.« Er trat zum Kamin.

Ich griff nach dem Lichtschalter an der Wand, doch der Raum blieb weiter dunkel. »Kein Strom«, stellte ich besorgt fest. Was logisch war. Schließlich war der Sturm heftig. Trotzdem hatte ich die leise, wenn auch vielleicht absurde Hoffnung gehegt, dass es wie durch ein Wunder Strom gäbe.

Ben sah mich an. »Ja, das dachte ich mir fast.« Sein Tonfall war sanft, als sei ihm mein Gedankengang klar gewesen. »In einer Minute ist es warm hier drinnen.«

Ich setzte mich und zog meine UGGs aus. Sie waren klitschnass, deshalb stellte ich sie auf dem Teppich neben der Tür ab. »Ein Paar der *poupons* Ihrer Großmutter wären jetzt genau das Richtige«, sagte ich über die Schulter. Ben lachte leise, woraufhin ich mich umdrehte. »Sagen Sie's nicht.«

»Was denn?« Er hob seine behandschuhten Hände, grinste jedoch. »Dass australische Schuhe keine anständigen Winterstiefel sind?«

»Ja. Genau das.« Ich schüttelte den Kopf, musste aber ebenfalls lachen. Ich war viel zu froh, endlich in Sicherheit zu sein, um mich über ihn zu ärgern.

Ben hockte sich vor den Kamin und öffnete die Metalltüren. Simon, der inzwischen die ganze Hütte erkundet hatte, kehrte zurück und setzte sich neben ihn.

»Sieht aus, als würde er funktionieren«, erklärte Ben und stocherte mit einem eisernen Schürhaken in der Asche herum. »Aber ich muss erst noch Holz und etwas zum Anzünden suchen.«

»Ich glaube, ich habe vorhin einen Schuppen gesehen. Soll ich nachsehen gehen?«, fragte ich halbherzig. Wieder in diese Kälte hinauszugehen, war so ziemlich das Letzte, worauf ich jetzt Lust hatte, aber es erschien mir unfair, dass Ben das übernehmen sollte.

»Schon gut, ich bin ja noch angezogen.« Er erhob sich, schnappte die Decke vom Sofa und warf sie mir zu. »Hier, versuchen Sie, sich aufzuwärmen.«

Ich fing die Decke auf und strich dankbar über das weiche Gewebe. Er zog seine Kapuze über seine Strickmütze und trat zur Eingangstür. Simon sah ihn, dann musterte er mich einen Moment lang, ehe er sich umwandte und auf die Couch sprang. Für den Bruchteil einer Sekunde überlegte ich, mich mit der Decke neben ihn zu kuscheln, doch ich sollte mich wohl nützlich machen. Schließlich war Ben derjenige, der von unserem Unfall eine Verletzung davongetragen hatte. Ich schlang mir die Decke enger um die Schultern, hob meine Tasche auf und fummelte am Reißverschluss herum, der allmählich taute und so rutschig war, dass ich ihn kaum aufbekam. Ich wischte das verbliebene Eis weg und fummelte in der Tasche nach den Teelichtern aus Bens Notfallset, die ich vor unserem Aufbruch im Farmhaus eingepackt hatte. Nacheinander nahm ich sie heraus und legte sie nebeneinander auf den Couchtisch, gefolgt von den Streichhölzern, die wie durch ein Wunder trocken geblieben waren.

INNEN Jacques' Hütte – hell erleuchtet.
Rubys Kinder sitzen bei einem Brettspiel vor dem brennenden Kamin. Jacques reicht Ruby ein Glas Wein. Sie nimmt es, nippt daran und sieht sich im Raum um.

RUBY
Du weißt nicht, was ein Teelicht so alles bewirken kann?

Sie nimmt eine Handvoll der Minikerzen aus einer Küchenschublade, reiht sie auf dem Couchtisch auf und zündet sie an.

RUBY
Siehst du? Ist das nicht gleich viel schöner?

JACQUES
(sarkastisch)
Ja, so viel schöner. So schön, dass ich am liebsten aus meinem Haus ausziehen würde. Es einfach zurücklassen.

Mit den brennenden Teelichtern fühlte sich der Raum gleich viel wärmer und einladender an. Ich lächelte und vergaß um ein Haar die Realität: dass das hier keine romantische Szene aus einem Weihnachtsfilm war.

Hinter mir heulte der Wind, und ich sah Ben, der mit den Armen voller Holz zur Tür hereinkam. Meine Augen weiteten sich. Er sah … so sexy aus. Etwas an seinem Anblick mit dem Holz in den Armen, den sexy Bartstoppeln und seinem Blick, der auf mir ruhte, jagte mir einen wohligen Schauder durch den gesamten Körper. Ich schluckte und versuchte, meine Empfindungen zu verdrängen. Ich war bloß müde und wahnsinnig hungrig, wahrscheinlich kurz vor dem Delirium – mit einem Wort verwundbar. Bestimmt wäre ich über jeden Menschen glücklich, der mit mir den Weg hierher geschafft hatte.

»Die Kerzen sind aber hübsch«, bemerkte er, trat zum Kamin und legte die Holzscheite in einem Haufen auf den Boden, ehe er Jacke und Stiefel auszog. Sein Blick fiel auf Simon, der auf dem Sofa schlummerte. »Der arme Kerl«, sagte er liebevoll und kraulte Simons Kopf.

Ich sah, wie Bens Bizeps sich spannte, wann immer er ein Holzscheit aufhob und in den Kamin gab. Er arrangierte die Klötze mit der Souveränität eines Mannes, der sicher tausendmal Feuer gemacht hatte, wenn nicht noch öfter. *Hat er auch für Delphine den Kamin angezündet?* Hä, woher kam denn dieser Gedanke? Ich musste erschöpfter sein, als ich dachte.

»Also gut.« Er rieb die Hände aneinander und wandte sich mir zu. *»The logs on the fire.«*

Fill me with desire, ergänzte ich im Geiste die nächste

Liedzeile aus »Merry Christmas, Darling« und wandte den Kopf ab.

»Wo haben Sie die Streichhölzer hingelegt?«

Ich hob sie hoch.

»Ah, sehr gut.«

Ich reichte ihm die Schachtel und trat vor das Bücherregal, um die Buchrücken zu studieren. Eine Mischung aus Romanen und Sachbüchern, aus Klassikern und moderner Literatur, eine Gedichtesammlung und ein paar Taschenbücher, wie man sie am Bahnhof bekam. Ich zog eine Ausgabe von *Betty und ihre Schwestern* heraus und blätterte darin, spürte das Gewicht des Buches in den Händen. Ich erinnerte mich, wie ich Louisa May Alcotts Roman in meiner Jugend mehrmals gelesen und mich in der Geschichte von Jo und ihren Schwestern verloren, mich in Jos leidenschaftlichem Ehrgeiz und ihrer Unabhängigkeit, ihrem Gefühl wiedergefunden hatte, niemals zur Gänze in die Familie zu passen, obwohl sie sie von ganzem Herzen liebte.

»Haben Sie zufällig ein paar alte Zeitungen gesehen?«

»Nein, nur Bücher«, antwortete ich. »Aber Bücher verbrennen wir auf keinen Fall. Oh, Moment mal.« Ich trat zu dem Rollpultschreibtisch in der Ecke und zog die Schubladen auf, in denen sich lediglich personalisiertes Briefpapier fand, das mir zu kostbar erschien, um ein Feuer damit zu entfachen. In einem geflochtenen Korb neben dem Schreibtisch lagen Zeitschriften und Zeitungen. »Volltreffer.«

Die Zeitung war eine Ausgabe der *Montreal Gazette*, deren Datum mich innehalten ließ. Sie war fünf Jahre alt. In der TV-Branche waren fünf Jahre eine halbe Ewigkeit. Vor fünf

Jahren war ich noch mit Tomas zusammen gewesen, hatte als zweite Regieassistentin gearbeitet, Locations gesucht und alle möglichen Laufarbeiten erledigt, in der Hoffnung, mich Elijah zu beweisen und die Gelegenheit zu bekommen, die nächste Sprosse auf der Karriereleiter zu erklimmen und mehr Verantwortung zu übernehmen. Hätte es damals mit Chelsea nicht geklappt, hätte ich mich Bens klarem Nein gebeugt und wäre unverrichteter Dinge nach Hause geflogen. Ich hätte mein Glück nicht in Wakefield versucht, schon gar nicht angesichts eines drohenden Sturms. Heute jedoch lagen die Dinge anders.

Dies war mein Film. Mein Regiedebüt.

»Wollten Sie mir die Zeitungen dann auch irgendwann geben, oder soll ich Ihnen einen heißen Toddy zubereiten, während Sie in der Zeitung von 19-nochirgendwas-90 schmökern?«, hörte ich Ben neckend fragen.

Ich kehrte ins Hier und Jetzt zurück und drückte ihm die Zeitung und die Streichhölzer in die Hand. »Tut mir leid. Die Zeitung ist fünf Jahre alt, und ich habe kurz darüber nachgedacht, was ich damals getan habe.«

Ben warf einen Blick darauf und stieß einen leisen Pfiff aus. »Fünf Jahre, wow, irgendwie fühlt es sich wie gestern an, aber auch wieder wie in einem anderen Leben.« Er zerknüllte die Zeitung und schob sie unter die Holzblöcke, dann zündete er ein Streichholz an und hielt es daran. Sofort begann das Papier zu brennen, und Ben schob das Holz hin und her, pustete auf die Scheite, damit der Funke übersprang. Wenig später knisterte und knackte es im Kamin, und die Flammen schlugen hoch. Ben erhob sich und wischte sich die Hände an den Hosenbeinen ab.

»Gut, das hätten wir also«, erklärte er zufrieden. »Trotzdem bin ich immer noch pitschnass. Sie?«

Ich nickte. »Ja, ich auch. Meine Hose war tatsächlich steifgefroren, und ich glaube, jetzt habe ich auch noch die Decke nass gemacht.« Ich löste sie von meinen Schultern und hängte sie über einen Stuhlrücken.

»Wie wär's, wenn Sie nach etwas Essbarem sehen, während ich eine Lösung suche, wie wir an trockene Sachen kommen?«, schlug er vor. Das klang wunderbar. Ich nickte, und Ben verschwand den schmalen Korridor hinunter, der das Wohnzimmer von der Nische trennte, in der ich die Zeitungen gefunden hatte. Unterdessen trat ich zur Küchenzeile und rüttelte an der Tür des Geschirrschranks in der Ecke, die klemmte, dann jedoch aufging. Die Regale waren leer. Auf Zehenspitzen tastete ich das oberste Fach ab, spürte allerdings nichts als Staub. Ich zog einen der Stühle heran und stieg darauf.

»Na, wie läuft es mit der Jagd nach einem Abendessen?«, rief Ben.

»Prima, wenn man auf Wollmäuse steht.«

»Klingt nach einer echten Delikatesse.«

»Wie ich es sehe, waren die Besitzer dieses Hauses schon eine Weile nicht mehr hier. Außerdem sieht man kaum etwas.« Das letzte Tageslicht, das uns beim Hereinkommen noch begleitet hatte, war inzwischen erloschen.

»In meiner Tasche ist eine Laterne«, rief Ben.

Ich zog sie heraus und schaltete sie ein. Wie durch ein Wunder brannte sie, sodass ich mich wieder auf den Stuhl stellen konnte. Hinter einer Schachtel Kaffeefilter entdeckte ich eine Packung Spaghetti in der hintersten Ecke. Gierig riss ich sie heraus, als hätte ich soeben eine Tasche voll unmarkierter Geldscheine gefunden.

»Volltreffer!«, rief ich und riss Simon aus seinen Hundeträumen. »Tut mir leid, Kumpel.«

Ich stieg vom Stuhl und öffnete den Schrank unter der Spüle, wo ein paar vereinzelte Konservendosen herumstanden. Wachtelbohnen. Kondensmilch. Und eine einzelne Dose Tomatensauce. Ich nahm alle drei und stellte sie auf die Arbeitsfläche. Allein beim Gedanken an eine Portion heiße Pasta wurde mir schwindlig. Ich nahm einen mittelgroßen Topf vom Haken und stellte ihn auf den Herd. Strom hatten wir keinen, würde er überhaupt funktionieren? Ich drehte an dem Gasknopf. Nichts passierte. Also drehte ich ihn wieder auf, ging zum Kamin und holte die Streichhölzer, um mein Glück noch einmal zu versuchen.

Diesmal gab es eine Stichflamme, die mich erschrocken zurückweichen ließ.

»Ja!«, rief ich, drehte das Gas wieder ab, trat an die Spüle und wollte den Topf mit Wasser füllen, doch als ich den Hahn betätigte, geschah nichts. Kein Wasser.

»Es gibt kein Wasser«, rief ich und stellte den Topf weg.

»Oje, die Rohre sind wahrscheinlich eingefroren«, rief Ben hinter mir. »Aber ich habe wenigstens warme Sachen gefunden.«

»Ich ziehe aber keine benutzten Kleider von Fremden an«, rief ich.

»Ernsthaft?« Seine Stimme wurde lauter, als käme er den Korridor entlang.

Ich drehte mich um und sah ihn mit einem Stapel Kleider in der Küche stehen.

»Sie brechen hier ein, essen die Vorräte, aber die Kleider der Besitzer wollen Sie nicht anziehen?«

»Aber so etwas macht man nicht, oder?«

»Auch wenn es sehr trockene, warme und gemütliche Sachen sind?«

Ich kniff die Augen zusammen. »Sind sie sauber?«

»Blitzsauber. Was auch immer das heißen mag.« Er grinste.

Der Gedanke an trockene Sachen war so verlockend.

Ben warf mir einen Stapel voll zu, den ich auffing. Ein Flanellhemd, ein Wollpulli, Jeans, die passen könnten oder auch nicht, und ein Paar Socken.

Der Flanellstoff war herrlich flauschig, und der Zopfpulli wog so schwer, als hätte ihn eine Großmutter handgestrickt. Ben legte seinen Fund auf den Boden und zog sein graues Hemd aus, unter dem sein flacher Bauch zum Vorschein kam. War es möglich, dass er jetzt sogar noch besser aussah als vor ein paar Stunden, als ich seine nackte Brust zuletzt gesehen hatte? Oder lag es daran, dass ich nun, da ich wusste, dass er lebte und wohlauf war, weniger Gewissensbisse hatte, wenn ich ihn ansah? Sein Bauch war definiert, mit einem deutlich erkennbaren Sixpack. Einen Bürgermeister mit Sixpack hatte ich jedenfalls noch nie gesehen. Nicht dass ich viele Bürgermeister ohne Hemd zu Gesicht bekommen hätte, aber trotzdem.

Ich zwang mich, meinen Blick loszureißen. Sollte er mitbekommen haben, dass ich auf seinen halb nackten Körper gestarrt hatte, ließ er es sich zumindest nicht anmerken. Mir wurde bewusst, dass ich seit heute Morgen in meinem Hotelzimmer in Chelsea in keinen Spiegel mehr gesehen hatte. Bei Ben saß praktisch jedes Härchen, wohingegen ich vermutlich zur durchgeknallten Wissenschaftlerin mutiert war. Ich strich mir übers Haar, was bestätigte, dass es eine wirre, zerdrückte Wollmatte war.

»Also gut ... gibt es heute mal Täubchen? Frisch aus dem Nest?« Er wies mit dem Kinn auf meinen Haarschopf.

Mir fiel die Kinnlade herunter. »Eigentlich wollte ich ja gerade Pasta kochen, aber wenn das so ist ... vergessen Sie's.« Ich warf ihm einen vernichtenden Blick zu.

Ben runzelte die Stirn. »Tut mir leid, ich wollte Sie bloß aufziehen. Kriege ich einen Teller Pasta? Bitte?«

»Sie entschuldigen sich bloß, weil Sie Nudeln haben wollen.«

Sein Mundwinkel hob sich. »Sieht ganz so aus.«

»Nein.« Ich nickte in Richtung Wasserhahn. »Gas haben wir schon, aber kein Wasser.«

»Tja, wenn das so ist.« Seine Stimme war gedämpft, weil er seinen Fund über den Kopf zog, einen cremefarbenen Fischerpulli, der sich perfekt um seine Brust schmiegte.

Würde er auch seine Hose ausziehen und in die Jeans schlüpfen? Als hätte er meine Gedanken gelesen, löste er seine Gürtelschnalle. Ich hielt den Atem an. Doch der Pulli war gerade lang genug, um seine Boxerbriefs zu verdecken. Trotzdem starrte ich auf seine Knie, als hätte ich noch nie etwas so Faszinierendes gesehen. Was war eigentlich los mit mir? Vor mir stand der Typ, der meine Karriere behinderte und mich in eine Lage brachte, in der Elijah mich notfalls sogar feuern könnte, weil ich mit meinem kleinen Québec-Ausflug sowohl bezahlte Arbeitszeit vergeudet als auch Firmengelder verplempert hatte. Gleichzeitig hatte Ben uns beiden wahrscheinlich das Leben gerettet, indem er dieses Haus gefunden hatte. Sahen wir den Tatsachen ins Auge: Hinter mir lag eine romantische Durststrecke, seit Wochen, wenn nicht gar Monaten, und dann war natürlich die Tatsache …

»Vor der Haustür türmt sich der Schnee nur so«, unterbrach Ben meine Gedanken. Die Jeans, die er gefunden hatte, passte ihm ausgezeichnet, nur die Hosenbeine waren zu lang. »Die Welt da draußen ist unser Wasser. Also …« Er streckte die Hand aus. »Geben Sie mir den Topf, ich hole etwas Schnee, während Sie sich trockene Sachen anziehen, dann kümmern wir uns um unseren *primo*.« Er zog seine Jacke an.

»Tut mir leid, wenn ich Ihre träumerische Blase platzen lasse, aber der *primo* wird unser einziger Gang sein.« Ich lachte und war heilfroh, dass er nicht mitbekommen hatte, wie sehr ich bei seinem Anblick dahinschmachtete.

»Ich esse, was Sie auf den Tisch bringen.« Er blickte von seinen Winterstiefeln auf, die er zuschnürte.

»Wer sagt, dass *ich* etwas auf den Tisch bringe?«

Ben zwinkerte, dann wandte er sich um und trat durch die Tür. Was war mit diesem Zwinkern gemeint gewesen? Während ich darüber nachdachte, ging ich mit der Laterne bewaffnet den mit rustikalem Holz verkleideten Korridor hinunter. Links von mir befand sich eine offene Tür, durch die sich ein Blick in ein gemütliches Zimmer mit einem breiten Himmelbett bot, das den Großteil des Raums einnahm. Darauf lagen eine dünne Patchwork-Tagesdecke und zwei spitzenbesetzte Zierkissen. Links davon stand ein Nachttisch mit einer viktorianischen Lampe. Die zarten weißen Vorhänge bauschten sich sanft, was verriet, dass das Fenster nicht vollständig schloss. Ich kam mir wie ein Eindringling vor, deshalb wandte ich mich eilig ab. Die Tür auf der anderen Seite war geschlossen. Dahinter verbarg sich ein kleines Badezimmer mit einer Holzkommode als Waschtisch und einer Toilette mit Holzdeckel. Rechts stand eine einladende Badewanne mit Klauenfüßen, doch in Ermangelung von fließendem Wasser kam ein Bad nicht infrage. Ich stellte die Laterne auf den Waschtisch, schloss die Tür und zog mich aus. Mit einem der dünnen, über einem Halter drapierten Handtücher trocknete ich mich ab, ehe ich in die frischen Kleider schlüpfte. Angezogen fühlte sich das Flanellhemd sogar noch kuscheliger an, dasselbe galt für den Pullover. Das Problem war nur die Jeans, denn sie war etwa zehn Nummern zu groß, doch ich krempelte kurzerhand die viel zu langen Hosenbeine hoch und rollte den Bund herunter. Meine nassen Kleider hängte ich über die Badewanne, dann beugte ich mich über das Waschbecken, um mich in dem ovalen Spiegel zu betrachten. Meine Augen weiteten sich vor Entsetzen. Natürlich hatte ich nicht erwartet, wie frisch aus dem Schönheitssalon auszusehen, trotzdem war es schlimmer als erwartet. Mein Gesicht war rot und fleckig, die Wimperntusche hatte sich in schwarzen Streifen unter meinen Augen verewigt, und mein Haar hätte tatsächlich als Behausung in einer Voliere dienen können. Mit einem Kosmetiktuch wischte ich mir die schwarzen Schlieren ab, in der obersten Schublade des Waschtischs fand ich eine Bürste und ein Haargummi, mit dem ich mein Haar zu einem losen Zopf binden konnte.

»Wir sind im Geschäft!«, hörte ich Ben von draußen rufen.

Als ich in den Raum trat, stand er am Herd und legte einen Deckel auf den Topf. Eine orange Gasflamme loderte darunter. Er wandte sich um und musterte mich von oben bis unten. Prompt bekam ich eine Gänsehaut.

»Wow, Sie haben sich ja mächtig in Schale geworfen!«, bemerkte er.

»Sie selbst können sich auch sehen lassen, Herr Bürgermeister.« Ich hatte einen Kloß im Hals. *Hör auf zu quasseln, Zoey.* Was tat ich da eigentlich? Flirtete ich mit ihm? Dem Typen, der mir meine Drehgenehmigung verweigerte? Nicht dass ich in den letzten Stunden versucht hätte, sie ihm aus dem Kreuz zu leiern, aber trotzdem.

Ich spähte in den Topf, in dem ein dicker Klumpen Schnee schmolz.

Ben nahm die Nudelpackung und warf sie mir zu. »Also gut, Sie übernehmen. Ich muss mich um das Feuer kümmern.«

Minuten später gab ich die Nudeln ins kochende Wasser und machte mich auf die Suche nach Salz, wobei ich auf eine riesige Konservendose stieß. »Sie werden es nicht glauben«, rief ich und schwenkte sie.

Ben sah herüber.

»Hundefutter?« Aus einer Schublade neben dem Herd nahm ich einen Löffel und einen Dosenöffner, in einem Schrank stand eine Blechschüssel, in die ich einen Teil des Futters gab.

»Komm her, Simon«, rief ich. Der Hund sah mich von seinem Platz auf der Couch an, wo er sich gemütlich zusammengerollt hatte. Ich klopfte mir auffordernd gegen das Bein, woraufhin er schwanzwedelnd herübergelaufen kam.

Simon fiel über sein Fressen her, kaum dass ich die Schüssel vor ihm hingestellt hatte. Dann wandte ich mich wieder zum Schrank um und entdeckte in der hintersten Ecke eine dunkle schlanke Flasche. »Sehen Sie mal hier!«

Ben sah herüber und strahlte. »Machen Sie sie auf.« Ich durchsuchte die restlichen Schränke nach Weingläsern, konnte jedoch keine finden. Dann würden wir uns eben mit Kaffeebechern begnügen müssen. Ich drehte den Schraubverschluss auf und goss etwas in die Becher, ehe ich zu Ben trat und ihm einen reichte. »Prost.« Er stieß mit mir an. Die Säure brannte in meiner Kehle, sodass ich husten musste. »Wow, ich hoffe nur, Sie sind kein Wein-Snob.«

»Schmeckt er nicht?« Überrascht schnupperte er an seinem Becher.

»Nein, er ist grauenvoll. Kein Wunder, dass es hier keine Weingläser gibt.« Ich verzog das Gesicht, nippte aber trotzdem noch einmal an dem Becher. »Ich will ja nicht über die Leute lästern, die uns unwissentlich ihre Hütte und ihre Vorräte zur Verfügung gestellt haben«, sagte ich und setzte mich neben Ben.

Auch er nippte an seinem Becher und schnitt eine Grimasse. »Schmeckt tatsächlich schlimm.«

»Vielleicht wird er ja besser, wenn wir mehr davon trinken.«

»Ich bin gern bereit, es mit dem alten Collegetrick zu versuchen«, sagte er und nahm noch einen kleinen Schluck. »Immer noch grauenhaft.«

»Mich wärmt er jedenfalls schon ein bisschen.«

»Wahrscheinlich liegt es eher an meinem Kaminfeuer.« Grinsend zeigte Ben auf die Flammen. »Man soll sich ja nicht selbst loben, aber es macht echt was her.«

Ich blickte zum Kamin. Die Situation hatte etwas Vertrautes – ich, wie ich zwei Tage vor Weihnachten auf der Couch saß und Wein trank, gemeinsam mit Ben und seinem Hund. Es war … perfekt. Mein Magen fühlte sich an, als mache er Schneeengel. *Was ist hier los?* Dann wusste ich es plötzlich: Es war fast genau die Drehbuchszene, die ich geschrieben hatte … von Ruby und Jacques und seinem Hund in Jacques' Haus. Da war gut, denn es bedeutete, dass die Zuschauer sich damit identifizieren konnten. Vielleicht, sinnierte ich, würde ich Ben ja doch die Drehgenehmigung abluchsen, wenn er erst genug Wein getrunken hatte. Ich musste lächeln. Es war schon erstaunlich, wie sich trockene Sachen innerhalb kürzester Zeit auf meine Konzentrationsfähigkeit auswirkten. Ganz zu schweigen von der Aussicht auf eine warme Mahlzeit.

»Köstlich, Sie haben ein fantastisches Mahl gezaubert«, erklärte Ben, nachdem ich ihm ein paar Minuten später eine Schale voll dampfender Nudeln gereicht hatte. Ich kehrte zu meinem Platz auf der Couch zurück und schlug die Beine unter. »Ernsthaft. Ich weiß, dass Sie versuchen, die Situation herunterzuspielen, trotzdem können wir froh sein, dass wir dieses Häuschen, Feuerholz, einen Gasherd, Pasta und … Wein gefunden haben. Ich würde sagen …«

»Das ist unser Glückstag. Das ist doch ein Lieblingswort von Ihnen, stimmt's?« Grinsend nahm ich noch einen Schluck Wein.

»Ich wollte sagen, was Sie vorhin gesagt haben. *Volltreffer.*« Er schob sich eine Gabel voll Pasta in den Mund und seufzte. »Das ist so was von lecker!«

Das Kaminfeuer, der erste Bissen seit einer halben Ewigkeit, das Kompliment – all das löste eine angenehme Wärme in mir aus.

»Ich glaube, wir hatten beide bloß Bärenhunger«, erwiderte ich bescheiden. »Das ist, wie wenn man campen geht und jede Mahlzeit nach Fünf-Sterne-Restaurant schmeckt.«

»Stimmt«, bestätigte er, dann legte er erstaunt den Kopf schief. »Mögen Sie Camping?«

Ich nickte. »Eigentlich schon. Ist lange her, seit ich das letzte Mal campen war, weil ...« Ich hielt inne und überlegte kurz, wie viel ich preisgeben wollte.

»Weil?« Er klang neugierig.

»Mein Ex, Tomas, dem nicht viel abgewinnen konnte. Er war eher der Typ Highclass-Service mit weißen Handschuhen und so.«

»Also haben Sie darauf verzichtet?« Ein provozierender Unterton schwang in seiner Stimme mit.

»Na ja, jemanden dazu zu zwingen, ist schwierig«, entgegnete ich mit einem Anflug von Trotz.

»Aber Sie hätten ja ohne ihn gehen können.« Er schob sich eine weitere Gabel Pasta in den Mund.

»Hmhm.« Ich nickte. »Stimmt, das hätte ich.« Er hatte recht. Ich hätte tatsächlich losziehen können. Mit meinen College-Freundinnen war ich häufig beim Camping gewesen. Wieso hatten wir eigentlich damit aufgehört?

Einen Moment lang schwiegen wir, nippten immer wieder an unseren Bechern. Simon kam heran und legte den Kopf auf mein Knie. Ich kraulte seine Ohren. »Und wollten Sie schon immer Bürgermeister sein? Und eine Weihnachtsbaumschule betreiben und Ahornsirup herstellen und vertreiben?«

Er warf mir einen Seitenblick zu. »Ja, der Traum war immer, drei Jobs gleichzeitig zu haben.«

Ich verdrehte die Augen.

Das brachte ihn zum Lachen. »Also gut, Zoey, was wollen Sie wirklich wissen?«

Ich nickte und rollte ein paar Spaghetti mit der Gabel auf. Simon kehrte zu seinem Platz vor dem Kamin zurück und vervollständigte damit die perfekte Hüttenszene.

»Ich bin in der Baumschule aufgewachsen. Sie gehörte meinen Großeltern, bevor meine Eltern sie übernommen haben. Meine Großeltern haben das Grundstück gekauft, als es nichts als ein riesiges ödes Stück Land war, und eigenhändig auf Händen und Knien die Tannen gepflanzt.«

»Wow.« Ich nippte ein weiteres Mal an meinem Becher. Die Pasta musste die Säure des Weins neutralisiert haben, denn mittlerweile schmeckte er eigentlich gar nicht mehr so übel.

»Dann wurde mein Dad geboren, als Erster von drei Söhnen«, fuhr Ben fort. »Als er groß genug war, half er im Geschäft, und dann, noch bevor er zwanzig war, kamen er und seine Brüder auf die Idee, statt der Balsamtannen auch andere Varianten anzupflanzen. Die Leute verlangten danach, aber mein Großvater wollte nichts davon hören. Für ihn galt das Motto: Balsamtannen oder nichts.« Ben stand auf, nahm die Weinflasche vom Tisch und schenkte sich noch etwas ein, ehe er auffordernd die Flasche in meine Richtung schwenkte. Ich nickte.

»Aber ist es nicht eine der obersten Verkaufsregeln, den Kunden zu geben, was sie verlangen?«, fragte ich.

»Kann sein, dass es in Filmen so …«

»Moment, ich nehme das zurück«, unterbrach ich ihn. »Die Leute haben kein Gespür für Qualität. Genau deshalb will ich *Home for Christmas* nicht drehen.«

»Sie wollen Ihren eigenen Film nicht machen?« Er sah mich verwirrt an.

»Das ist *nicht* mein eigener Film«, widersprach ich und winkte ab. »Aber jetzt geht es nicht um mich, sondern wir waren bei ›Balsamtannen oder gar nichts‹. Sprechen Sie weiter.« Ich wollte, dass er weiter von der Farm, von seiner Familie erzählte, konnte kaum erwarten, mehr darüber zu erfahren.

»Gut. Jedenfalls war mein Großvater der Ansicht, dass Balsamtannen die beste Wahl seien. Zumindest in Québec. Dass niemand etwas anderes bräuchte. Es war, als hätten seine Söhne vorgeschlagen, in der Champagne Pinot Grigio zu produzieren.«

»Sie sind also doch ein Wein-Snob«, neckte ich ihn.

Er sah mich an. Winzige Fältchen gruben sich in die Haut um seine Augen. »Jedenfalls lagen die Brüder meines Vaters meinem Großvater weiter in den Ohren, seine Entscheidung noch einmal zu überdenken. Das ging so lange, bis die beiden, als die Zeit kam, sich zu entscheiden, was sie beruflich machen wollten, beschlossen, nicht auf der Farm zu bleiben.«

»Und all das nur wegen der Balsamtannen?«

»Nein, nicht nur deswegen. Sondern weil sie jede Entscheidung meines Großvaters hinterfragt hatten, ganz egal, was er sagte. Aber am Ende sollte er recht behalten.« Ben zuckte die Achseln. »Natürlich eröffneten Mitbewerber ihre Baumschulen, und einige davon karrten Bäume aus ganz Kanada und den USA heran, aber die Leute kamen wegen der Balsamtannen immer zu uns. Ich glaube, wir wären wesentlich weniger erfolgreich, wenn wir auch andere Varianten anböten.«

»Und was wurde aus Ihren Onkeln?«

»Einer hat in einer Papierfabrik angefangen, der andere wurde Arzt.« Ben nippte an seinem Wein.

»Also hat Ihr Dad die Baumschule übernommen.« Ich betrachtete sein Gesicht. Seinen Vater ins Spiel zu bringen, machte mich leicht nervös, schließlich hatte ich sein Telefonat mit Paul am Nachmittag noch im Gedächtnis.

Ben nickte. »Und dann kam ich ins Spiel. Ich habe die Arbeit mit ihm geliebt. Für viele andere Kids ist es der blanke Horror, mit ihren Eltern zusammen zu sein und zu helfen, aber für mich war es das Größte. Zumindest bis ich Teenager war.«

Ich lächelte ihn an. »Ihre Eltern müssen toll gewesen sein.« Ich dachte an meine eigene Mutter, die eher Cher aus *Meerjungfrauen küssen besser* glich und für die Makkaroni mit Käse der Inbegriff der Gourmetmahlzeit war.

»Das waren sie. Meine Mom ist immer noch so, und inzwischen kann ich das selbst gekochte Essen wieder schätzen. Eigentlich wollten die beiden eine ganze Kinderschar, aber nach mir kamen keine mehr. Also haben sie sich voll und ganz auf mich konzentriert.« Ben blickte in das knisternde Kaminfeuer.

Ich konnte mir nicht vorstellen, keine Schwester zu haben. Es war seltsam. Ben war Einzelkind, hatte aber eine ganze Sippe um sich herum, die ihm nahestand, wohingegen Stella und ich niemanden hatten. »Aber war es nicht schwierig, Einzelkind zu sein? Hatten Sie das Gefühl, die Baumschule übernehmen zu müssen?«

»Natürlich«, antwortete er. »Sie haben es nicht so gesagt, aber ich wusste es trotzdem. Ich glaube, deshalb habe ich als Teenager auch rebelliert – ich habe mir einen Job beim *dépanneur* gesucht, das ist der hiesige Lebensmittelladen, aber hauptsächlich wegen des Gratis-Biers.« Er grinste. »Aber am Ende war ich froh, den Familienbetrieb weiterführen zu können.«

»Und wie kam es zu dem Bürgermeisterding?« Ich aß vollends auf und stellte meine leere Schale auf den Couchtisch, ehe ich mir ein Kissen in den Rücken steckte und mich zurücklehnte.

»Als ich aufs College ging. Damals begann sich Chelsea zu verändern. Mein Dad fand, dass es nur zwei Möglichkeiten gab – entweder mit dem Strom zu schwimmen oder sich dagegen zu stellen. Also hat er beschlossen, zu kandidieren, um so dafür zu sorgen, dass alles so bleibt, wie es immer war.«

»Die meisten Menschen gehen in die Politik, um etwas zu verändern, nicht um die Entwicklung zu verhindern.« Ich hob den Becher ein weiteres Mal an die Lippen. Wenn Ben traditionsverhaftet war, musste man seinen Vater als reaktionär bezeichnen.

»Manchmal ist es genauso wichtig, die Veränderung zu unterbinden.« Er trank den letzten Schluck Wein und griff wieder nach der Flasche, um uns beiden noch etwas nachzuschenken. »Jedenfalls kam ich von der McGill zurück nach Chelsea«, fuhr er fort und stellte die fast leere Weinflasche auf den Tisch zurück. »Ich wollte mich mehr in der Baumschule engagieren, und es stellte sich heraus, dass es zeitlich perfekt passte. Ein paar Jahre lang arbeiteten mein Dad und ich Seite an Seite, dann ließ er sich zur Bürgermeisterwahl aufstellen, und ich konnte die Baumschule vollständig übernehmen. Das war für uns beide die perfekte Lösung. Alles lief prima, aber dann bekam er letzten Winter eine Lungenentzündung. Und hat es nicht überlebt.« Ein Schatten zog über seine Augen.

»Das tut mir leid.« Ich beugte mich vor und legte eine Hand auf sein Knie. »Das ist schrecklich.«

Er lächelte traurig. »Danke. Zu dem Amt als Bürgermeister kam ich eher zufällig. Es gab Neuwahlen, und ich hatte die Worte meines Dads ständig im Ohr. Wir wollen nicht, dass sich in Chelsea etwas verändert. Also habe ich kandidiert, hauptsächlich im Gedenken an meinen Vater.«

Ich zog die Brauen hoch. Die Deschamps' liebten Chelsea von ganzem Herzen. Ich konnte auch verstehen, warum das so war. Chelsea war eine ganz besondere Stadt. Du liebe Güte, ich war hier als kleines Mädchen nur ein einziges Mal in den Ferien gewesen und so begeistert, dass ich die Stadt als Setting für einen Film haben wollte.

»Ich hätte nie gedacht, dass ich gewinnen würde«, erklärte Ben. »Ich dachte, ich bekäme eine Handvoll Stimmen, um mir wenigstens sagen zu können, getan zu haben, was er sich gewünscht hätte. Ich wollte mich auf die Baumschule konzentrieren, verstehen Sie?« Er sah mich an, und ich nickte. »Aber dann stellte sich heraus, dass die Leute im Ort meinem Vater gegenüber sehr loyal waren. Vielleicht wollten aber auch sie nur gewährleistet wissen, dass sich in Chelsea nichts veränderte. Kann sein, dass sie dachten, ich würde dafür sorgen, keine Ahnung, jedenfalls bin ich Bürgermeister geworden. Und jetzt leite ich die Farm und ...« Er ließ seine Stimme verklingen.

»Die Stadt.«

Er nickte.

Ich räusperte mich. »Und wie soll es langfristig weitergehen? Wollen Sie die Farm an Ihre, äh, eigenen Kinder weitergeben?«

Er schüttelte den Kopf. »Das weiß ich noch nicht. Ich habe mich aus freien Stücken dafür entschieden und liebe die Baumschule, aber würde mein Dad noch leben und hätte mich gefragt, ob ich Bürgermeister sein will, hätte ich Nein gesagt. Aber er hat nicht viel verlangt, und dafür zu sorgen, dass in Chelsea alles bleibt, wie es ist, war ihm sehr wichtig …«

»Deshalb schlagen Sie auch die Bauunternehmer in die Flucht, die Ihnen an den Fersen kleben.« Allmählich verstand ich, weshalb sich Ben so stur gegen alles wehrte – gegen die geplanten Bauprojekte, gegen meinen Film.

Er nickte. »Und deshalb kann ich Ihnen auch diese Drehgenehmigung nicht erteilen«, fügte er hinzu, als hätte er meine Gedanken gelesen.

Ich nickte mit hämmerndem Herzen, stellte den Becher auf den Tisch und verkrallte die Hände ineinander. »Das stimmt, Ben, aber Ihr Vater hatte nun einmal sehr tiefe Überzeugungen. Und da er so überzeugt davon war und seine Gründe hatte, haben sich die anderen hinter ihn gestellt. Er war eine Führungsfigur. Aber all Ihre Gründe, Chelsea zu ›schützen‹, sind in Wahrheit nicht die Ihren, sondern die Ihres Vaters. Bisher habe ich nichts darüber gehört, was *Sie* glauben. Und das macht Sie zum Mitläufer.« Es hörte sich barscher an, als ich beabsichtigt hatte, und ich wartete mit angehaltenem Atem, wie Ben darauf reagieren würde. Doch statt gekränkt zu sein, wirkte er eher neugierig. »Ich schätze, ich versuche immer noch, meine Haltung im Hinblick auf die Stadt herauszufinden«, räumte er nach einer kleinen nachdenklichen Pause ein. »Ich ziehe unterschiedliche Ansätze und Meinungen in Erwägung, treffe aber letztlich Entscheidungen, die ich für die besten halte.« Seine Augen funkelten. »Und das dauert sehr viel länger als eine Viertelstunde mit einer Wildfremden, die mit einem Vorschlag in mein Büro kommt.« Er trat zum Kamin und schürte das schwächer werdende Feuer. In seinem Ton schwang eine gewisse Endgültigkeit mit – doch der Abend war noch jung.

»Sie wollen also hören, wieso ich diesen Film unbedingt machen will? Wie wär's mit jetzt gleich? Jetzt haben Sie doch mehr als eine Viertelstunde.«

Er drehte sich zu mir um.

»Wieso erzählen Sie mir nicht, weshalb Sie das Drehbuch zu einem Weihnachtsfilm geschrieben haben, obwohl Sie gar kein Weihnachtsmensch sind?«

Ich sah ihn fassungslos an. »Ich liebe Weihnachten. Es gibt wohl kaum jemanden, der Weihnachten mehr liebt als ich.«

Ben sah mich skeptisch an. »Das erwähnten Sie bereits, und es liegt auf der Hand, dass Sie Weihnachtsfilme mögen.« Er setzte sich wieder auf die Couch. »Und Weihnachtslieder. Aber Weihnachten selbst nicht. Das ist völlig ausgeschlossen, weil Sie keine Pläne für die Feiertage haben.«

»Das heißt keineswegs, dass ich Weihnachten nicht mag«, widersprach ich ihm. »Ich … es ist eben nur anders.«

Ich trank meinen Wein aus.

Er wandte sich mir zu. »Was ist?«

»Ich lebe in L.A.« Ich machte eine Geste. »Ich will ein verschneites Haus im Wald, den Weihnachtsbaum und die Lichterkette, die heiße Schokolade und all das, aber ich will auch die Familie dazu. Und gerade habe ich das nicht. Bis dahin ist das eben mein Leben.« Ich nahm die Weinflasche und verteilte den Rest in unseren beiden Kaffeebecher. »Eines Tages, wenn ich den Richtigen treffe und wir heiraten und Kinder bekommen, habe ich einen Grund, um auch den Rest zu machen. Ich backe die Kekse in der Küche meines Hauses und schreibe die ganzen Briefe an den Weihnachtsmann. Wir stellen ihm Milch und Kekse hin und ein paar Möhren für das Rentier. Ich will, dass meine Kinder einmal so lange wie möglich an den Weihnachtsmann glauben.« Ich hielt inne und knibbelte am Saum meines Pullovers herum. »Ich will, dass wir schon im Morgengrauen wach werden, weil wir es kaum erwarten können. Ich stelle mir vor, dass ich ein spezielles Souvenir von dem Ort, den wir als Familie in diesem Jahr bereist haben, in die Socken meiner Kinder stecke, damit sie ein Erinnerungsstück haben, das sie eines Tages als Schmuck an ihren eigenen Weihnachtsbaum hängen können … und so die Tradition mit ihren eigenen Kindern fortführen.« Ich sah auf und stellte fest, dass Ben mich anstarrte. »Was ist?« Plötzlich war ich verlegen.

Er stellte seinen Becher hin und nahm meine Hand. »Das klingt unglaublich.« Seine Finger waren warm und weich, und mein Herzschlag stockte.

»Oh. Na ja, ich *liebe* Weihnachten, deshalb …« Ich lachte nervös.

Er stimmte nicht ein. »Worauf warten Sie dann?«

Ich entzog ihm meine Hand. »Äh, sehe ich vielleicht aus, als wäre ich schwanger? Der Pulli mag weit sein, aber …«

»Sie wissen, was ich meine, Zoey.«

»Nein, tue ich nicht.« Ich mied seinen Blick und sah stattdessen zu Simon hinüber, der immer noch vor dem Kamin lag.

»Sie warten, bis alles perfekt ist, bevor Sie sich gestatten, das Fest zu genießen. Ihr Traum … alles, was Sie sich ausmalen, klingt unglaublich. Tun Sie's. Na gut, es gibt vielleicht keine Geschenke vom Weihnachtsmann einzupacken, sondern welche von Ihnen, Zoey. Laden Sie jemals Freunde nach Hause ein? Was ist mit Ihrer Schwester?«

»Ihr Mann ist jüdischen Glaubens, daher feiern sie kein Weihnachten.«

»Na und? Aber Sie feiern es. Wenn sie Sie zu Chanukka eingeladen hat, gehen Sie doch hin, oder nicht? Laden Sie sie doch zu Ihrem Weihnachtsfest ein. Tun Sie's einfach. Wovor haben Sie Angst?«

Ich nickte, aber nur, damit er den Mund hielt. »Ich muss mal kurz ins Bad.« Ich stand auf, ging ins Badezimmer und schloss die Tür hinter mir, dann ließ ich mich mit dem Rücken am Holz hinabgleiten. Ich brauchte einen Moment, um mich zu sammeln.

Ben hatte keine Ahnung, wovon er redete, hatte keine Ahnung, was ich wollte. Dass ich Weihnachten nicht so feierte, wie ich es mir wünschte, bedeutete keineswegs, dass ich Angst hatte. Ich liebte Weihnachten, doch es war schwer für mich, weil es mich an meine Eltern und Stella und eine der wenigen Gelegenheiten erinnerte, als wir zusammen glücklich gewesen waren. War es so schlimm, dass ich diese Erinnerungen nur mit dem richtigen Mann an meiner Seite wieder aufleben lassen wollte? Er kapierte es nicht.

Als ich ins Wohnzimmer zurückkehrte, saß Ben mit ausgestreckten Beinen gegen das Sofa gelehnt. Statt mich neben ihm niederzulassen, kehrte ich zu meinem Platz auf der Couch zurück und streckte ebenfalls die Beine aus. Minutenlang sagte keiner von uns etwas. Ich betrachtete das Feuer im Kamin, Ben kraulte Simon den Bauch. Trotz der Anspannung zwischen uns spürte ich, wie sich etwas in meinem Inneren löste.

»Und wie ist es so, Regisseurin zu sein?«, durchbrach er die Stille, gerade als ich einzudösen drohte. »Wussten Sie immer schon, dass Sie das machen wollen?«

Ich blickte zur Zimmerdecke. »Ja. Seit ich wusste, was ein Regisseur macht. Ich liebe Filme, aber am meisten liebe ich Geschichten. Ich höre mir gern an, wenn Leute etwas von sich erzählen, ihre Erfahrungen. Ich bin eine von denen, die eine tolle Geschichte hört und sie so oft bei Partys erzählt, dass ich am Ende wieder bei der Person landete, von der ich sie zuerst gehört habe.«

Ben lachte. »Das bezweifle ich.«

»Nein, es stimmt wirklich«, beharrte ich. »Das ist mir sogar schon mehrfach passiert. Oberpeinlich. Jedenfalls lieben viele Menschen Filme, deshalb ist es nicht so besonders.«

Ben legte die Hände hinter den Kopf, sodass seine Ellbogen die Sofakante berührten, nur wenige Zentimeter neben meinen Beinen. »Ja, Menschen mögen Filme, aber das heißt noch lange nicht, dass sie auch ihren Lebensunterhalt mit Filmemachen verdienen. Was Sie machen, ist … wirklich cool.«

»Stimmt«, bestätigte ich. »Ich glaube, Geschichten haben mich getröstet, als ich noch ein Kind war. Meine Eltern haben sich pausenlos gestritten und sich schließlich getrennt, sodass Stella und ich dann zwischen den beiden hin und her geschickt wurden. Filme waren unsere Konstante. Dadurch haben wir uns den Streitereien entzogen und die Einsamkeit vertrieben. Sich in die Geschichte eines anderen Menschen zu flüchten, war …« Ich sprach nicht weiter.

»Es gab Ihnen die Möglichkeit, Ihrer eigenen zu entfliehen?«, fragte Ben und drehte sich zu mir um.

»Genau. Mit zwölf versteht man so etwas natürlich noch nicht, aber heute tue ich es schon.«

»Das mit Ihren Eltern tut mir leid«, sagte er sanft. »Das muss sehr schwer gewesen sein. Sie waren noch so jung.«

Ich nickte. »Ja. In Filmen streiten sich die Eltern immer um das Sorgerecht für die Kinder, ist Ihnen das schon mal aufgefallen?« Ben nickte. »Aber bei uns nicht. Meine Mom und mein Dad haben sich nicht darüber gestritten, wer an der Reihe war, Zeit mit uns zu verbringen, sondern darüber, wer es nicht tun muss.«

»Zoey, das ist ja grauenvoll!« Ben berührte mein Bein, zog seine Hand jedoch sofort zurück, als wäre meine Haut glühend heiß. Er räusperte sich. »Und was hat es mit den Weihnachtsfilmen auf sich?«

Ich lächelte breit. »Sie sind der allerbeste Trost. Niemand sieht sich einen Weihnachtsfilm an und ist hinterher enttäuscht. Wir geben den Leuten, wonach sie sich sehnen. Man weiß von Anfang an, dass es Drama und große Aufregung gibt, aber auch kitschige Romantik und einen legendären Kuss – und ein wunderbares Happy End, und das alles an Weihnachten.« Ich seufzte verzückt. »Genau das wünschen sich die Leute.«

»Aber ist das auch realistisch?« Trotz seines skeptischen Tonfalls sah ich ihm die Neugier an. »Glauben Sie, diese

Filme fördern die unrealistischen Vorstellungen von Liebe und Romantik?«

»Gewissermaßen«, räumte ich ein. »Vielleicht ist es auch nur eine abgewandelte Version dessen, worauf die Leute hoffen. Mir haben diese Filme immer großen Trost gespendet und meine Vorstellungen dafür geweckt, wie mein Leben aussehen sollte, wenn ich erst selbst die Kontrolle darüber habe. Die Weihnachtsfilme haben mir so viel Hoffnung geschenkt und tun es immer noch, deshalb will ich nicht, dass es aufhört. Ich will sicher sein, dass wir dieselbe Hoffnung auch anderen Menschen schenken, wenn sie sie gerade bitter nötig haben. Als Regisseurin kann ich diese Geschichten mitgestalten. Eigentlich kann man das durchaus mit Ihrer Arbeit als Bürgermeister vergleichen. Sie wollen den Menschen in Chelsea Behaglichkeit, Stabilität und Kontinuität schenken, der Stadt aber auch Ihren eigenen Stempel aufdrücken.« Ich dachte kurz an *Home for Christmas*. Die Idee war nicht sonderlich innovativ. Darum wollte ich meinen eigenen Film machen. Gerade als ich es Ben sagen wollte, sozusagen als meine letzte Chance, ihn auf meine Seite zu ziehen, wechselte er das Thema.

»Wieso ausgerechnet Chelsea?«

»Das wollen Sie nicht wissen.«

»Wirklich nicht?«

»Nein, denn wenn Sie es erst wissen, können Sie mir unmöglich noch länger die Drehgenehmigung verwehren«, neckte ich ihn.

»Das ist vorbei. Jetzt ist Wakefield im Gespräch, schon vergessen? Aber erzählen Sie es mir trotzdem.«

Ich streckte die Arme über dem Kopf aus, und dann berichtete ich ihm von dem Weihnachtsfest, das ich in Chelsea verbracht hatte. Wie unsere Eltern Stella und mich auf dem Schulspielplatz abgesetzt hatten, um noch ein paar letzte Einkäufe zu erledigen. So etwas hatten wir noch nie erlebt: Schnee so hoch, dass wir einen Tunnel um den Kletterturm buddeln konnten, in dessen Mitte die Plastikrutsche verlief. Ich schilderte, wie wir uns zu viert auf die Couch legen konnten, weil sie im Gegensatz zu der unseren zu Hause riesig war, und *Ist das Leben nicht schön?* angesehen hatten. Dass ich bis heute die Schneekugel mit der Hauptstraße Chelseas besaß, die meine Eltern mir damals geschenkt hatten. Als ich noch kleiner war, hatte ich sie das ganze Jahr über im Regal in meinem Zimmer stehen gehabt und regelmäßig geschüttelt, um zuzusehen, wie die Flocken darin aufstoben und dann zu Boden trudelten, und mir bereits im Juli dasselbe magische Weihnachtsfest gewünscht hatte. Jahre später, als ich von Chicago, wo ich einige Jahre nach der Uni gelebt hatte, nach L.A. und dort von einem Apartment ins nächste gezogen war, hatte ich sie weggepackt und nur noch vor den Feiertagen als einzige Weihnachtsdeko auf meinen Nachttisch platziert. Ich schilderte, wie ich gehofft hatte, sie eines Tages in meinem eigenen Heim auf den Kaminsims stellen zu können, wo meine Kinder sie nach Herzenslust schütteln und die Schneeflocken darin tanzen lassen könnten. Eigentlich hatte ich dieses Detail gar nicht erzählen wollten, doch es war quasi ohne mein Zutun aus mir herausgesprudelt.

Er stieß einen leisen Pfiff aus. »Wow, das hatte ich nicht erwartet!«

»Na ja, Sie haben gefragt.« Meine Augen füllten sich mit

Tränen, die ich zurückblinzelte. Ich hatte Ben so vieles anvertraut und war unschlüssig, wie ich mich fühlte.

»Stimmt«, sagte er sanft. »Das habe ich.« Er räusperte sich. »Und Ihre Figuren im Film … bereiten die auch *la tire* zu?«

»La … Tier? Wie in *Tier*?«

Ben schüttelte den Kopf. »Nein, aber ich schließe daraus, dass Sie auch diese Tradition nicht kennen. Außerdem müssen wir Ihnen dringend ein bisschen Französisch beibringen.«

»Und was ist das?« Ich setzte mich auf.

»*La tire* ist die Abkürzung von *la tire sur la neige* und heißt wörtlich übersetzt Spur im Schnee und ist eine traditionelle Winterspezialität, bei der Ahornsirup in den Schnee gegossen wird. Ich habe noch nie gesehen, dass jemand so etwas im Film macht.«

»Ich dachte, Sie sehen sich keine Weihnachtsfilme an.« Ich verschränkte die Arme vor der Brust und lächelte ihn an.

Ben schlug sich auf den Schenkel. »Ich habe eine Idee. Wir machen *la tire* als Dessert. Haben Sie zufällig eine Flasche Ahornsirup in den Schränken gesehen?«

»Nein, da herrschte ziemliche Ebbe.« Ich schüttelte den Kopf, als mir die Dose mit der bräunlichen Flüssigkeit wieder einfiel. »Obwohl … da stand etwas, aber es war in einem Einmachglas.« Ich deutete auf den Schrank links neben dem Herd.

»Wahrscheinlich sogar von uns«, bemerkte er und trat zur Küchenzeile. Ich erhob mich und folgte ihm.

»Das hört sich an, als gebe es in jedem Haushalt Ahornsirup und als stamme er mit ziemlicher Wahrscheinlichkeit von Ihren Bäumen.«

Er zuckte die Achseln. »Wir produzieren den besten Ahornsirup in der ganzen Gegend, schon vergessen?« Dann öffnete er den Schrank und tastete darin herum, bis er das Einmachglas gefunden hatte. Er schraubte den Deckel ab und schnupperte daran. »Ah, ja, eindeutig Ahornsirup.«

Ich lehnte gegen die Arbeitsplatte und sah ihm zu. »Und jetzt ... nehmen wir einfach zwei Löffel und schaufeln uns den Sirup rein?«

»Nein. Sie erhitzen den Sirup auf dem Herd, während ich von draußen Schnee hereinhole.«

»Noch mehr Schnee?« Ich runzelte die Stirn. »Ich würde sagen, was ich die letzten Tage gesehen habe, reicht mir für den Rest meines Lebens.«

»Noch mehr Schnee.«

Sekunden später wehte eine weitere eisige Brise durchs Haus, als er hinausschlüpfte. Ich nahm einen frischen Topf und gab die bernsteinfarbene Flüssigkeit hinein. Während sie erhitzte, fuhr ich mit dem Zeigefinger am Glasrand entlang und probierte. Eine Kennerin war ich nicht – gab es im Pancake-Restaurant, das ich ab und zu besuchte, überhaupt den echten Sirup? –, doch die zähe Flüssigkeit schien sich in einer wahren Geschmacksexplosion aus würzigem Ahorn und süßer Vanille in meiner Mundhöhle zu entladen.

Kurz darauf kehrte Ben mit der Schüssel voll Schnee zurück. »Also gut, jetzt brauchen wir ein Tablett«, erklärte er und zog seinen Parka aus. »Oder ein Backblech.«

Hm. Ich zog die Schublade unter dem Herd heraus und fand ein Blech, dessen zahllose dunkle Flecken darauf schließen ließen, dass es schon für sehr viele Keksteige hergehalten hatte. »Geht das?« Ich hielt es hoch und schob es Ben zu, als er nickte.

Er wischte mit der Hand darüber, ehe er den Schnee darauf verteilte. Mit einem Pfannenwender aus dem Keramikbehälter neben der Spüle strich er den Schnee zu einer dünnen, glatten Fläche, während ich den auf dem Gasherd blubbernden Sirup prüfte. »Soll ich das umrühren?«

Ben beugte sich über meine Schulter. »Sie sind eine sehr gute Schülerin.«

»Und Sie ein guter Lehrer, aber am meisten interessiert mich, wie es am Ende aussehen wird.«

»Das werden Sie gleich sehen.« Ich schloss die Augen und atmete seinen Geruch nach Kaminfeuer ein. Am liebsten hätte ich mich gegen ihn sinken lassen, als mir einfiel, dass dies keine Jacques-und-Ruby-Szene war und wir kein romantisches Date hatten.

Ben drehte den Herd ab. »Also, nun geben Sie ganz vorsichtig den Sirup in schmalen Spuren auf den Schnee.«

Ich streckte die Hand nach dem Topfgriff aus, doch gerade als ich die Finger darumlegen wollte, hielt mich Ben davon ab. »Nicht anfassen!«, warnte er mich und zog meine Hand weg. Ich sah ihn verblüfft an.

»Der ist aus Metall. Sie werden sich die Finger verbrennen!« Besorgnis spiegelte sich in seinem Blick. Mein Magen schlug Purzelbäume. Warum? Weil ich mich fast verbrannt hatte oder wegen Bens Hand auf meiner?

Er ließ los, schnappte ein Geschirrtuch und legte es um den Topfgriff.

»Mein Vater hat mir beigebracht, wie man *la tire* macht, als ich noch klein war«, erklärte er und zog zwei bernsteinfarbene Spuren in den Schnee. »Heute machen wir es für die Leute, wenn sie zum Baumschlagen kommen. Allerdings meistens Gérard, der die Baumschule schmeißt. Er und sein Sohn. Vielleicht habe ich selbst auch eines Tages einmal die Zeit …«

»Wenn Sie nicht mehr Bürgermeister sind?«, fragte ich boshaft.

Ben warf mir einen Blick zu. »Ich wollte sagen, wenn ich Vater bin. Solange übernimmt Gérard das gern.« Er wandte sich wieder dem Tablett zu. »Also, normalerweise würde man einen Eisstiel verwenden, aber da wir so etwas natürlich nicht haben, nehmen wir einfach Löffel.« Er öffnete mehrere Schubladen, nahm zwei Metalllöffel heraus und reichte mir einen davon. »Los geht's!« Er hielt seinen Löffel mit der gewölbten Seite nach unten auf den mittlerweile im Schnee erstarrten Sirup, dann drehte er den Löffel hin und her, wobei der Sirup daran festklebte, während er ihn von einer Seite des Backblechs zur anderen zog. Ich tat es ihm nach und rollte mit meinem Löffel über die zweite Sirupspur. Ben hielt seinen Löffel hoch. *»Et voilà. La tire.«*

Mit der Zunge berührte ich die kalte, harte Toffeemasse. Der vollmundige Geschmack des Ahornsirups schien nun, da er erkaltet war, sogar noch intensiver zu sein. Ich hätte nie im Leben gedacht, nach den vielen Stunden in der Eiseskälte heute etwas Kaltes im Mund haben zu wollen, doch es schmeckte köstlich. »Das ist ja unglaublich!«

Ben lächelte. »Gut genug für eine Szene im Film?«

»In meinem sehr authentischen, Muss-unbedingt-in-Chelsea-spielen-Film?«

»Wobei ich allerdings die Authentizität dieses sogenannten Québecer Films in Zweifel ziehen muss, wenn Sie noch keine Szene mit *la tire* darin vorgesehen haben.«

»Vielleicht brauche ich ja einen Drehbuchberater.« Ich lehnte mich gegen die Arbeitsplatte und leckte die süßen, klebrigen Reste des schmelzenden Eises vom Löffel.

Ben setzte sich gegenüber von mir an den Tisch. »In Ihrem Film kehrt also die Heldin zurück, aber Sie sind erst zurückgekommen, nachdem das Drehbuch schon fertig war?«

»Ja. Warum?«

»Egal.«

»Was denn?«

»Ich wollte sagen, dass ich mich nicht an Sie erinnern kann, falls Sie letztes Jahr oder sonst irgendwann zurückgekommen sein sollten, um das Drehbuch zu schreiben, aber mir ist klar, wie das klingt.« Er warf mir einen Seitenblick zu.

»Wie das klingt? Als würden Sie jeden einzelnen Menschen in der Stadt kennen. Chelsea ist eine Kleinstadt, aber …«

Er zuckte die Achseln. »Hätte ich Sie gesehen, wäre es mir in Erinnerung geblieben. Ich hätte Sie kennenlernen wollen.« Er schob sich seinen sirupverschmierten Löffel in den Mund.

Ich starrte auf seine Lippen, blinzelte, versuchte, mich zu konzentrieren. Die Mischung aus Wein und Zucker war mir eindeutig zu Kopf gestiegen. Wahrscheinlich interpretierte ich viel zu viel in Bens Worte hinein. Außerdem könnte ich ihn niemals mögen. Er brachte mich auf die Palme. So attraktiv ich ihn finden mochte – ehrlich gesagt war er der Typ Mann, mit dem ich ausgehen würde –, gleichzeitig war er arrogant und stur. »Wieso?«, fragte ich provokant.

»Weil Sie dieser Typ Mädchen sind. Schön und verdammt sexy. Und Sie sind eine unglaubliche Macherin, der es egal ist, wenn Ihre Frisur hopsgeht.«

Wieder fiel mir die Kinnlade herunter, wenn auch diesmal aus einem anderen Grund. Hatte er mich gerade als schön bezeichnet? Und sexy? Und hatte er im Grunde gesagt, dass er meine Entschlossenheit mochte? Dabei war ich überzeugt gewesen, dass ihn diese Eigenschaft an mir am meisten nervte. »Oh«, stieß ich hervor, weil mir nichts Passenderes einfiel. Mit einem Mal wusste ich nicht, was ich mit meinen Händen anfangen sollte, aber beschäftigen musste ich sie irgendwie, deshalb klammerte ich mich an der Arbeitsplattenkante fest. Ben trat zu mir und löste sanft die Finger meiner einen Hand und schloss die seine darum.

»Glaubst du das wirklich?«, flüsterte ich und betrachtete forschend sein Gesicht.

Er nickte, sah auf unsere ineinander verschränkten Finger und strich mit dem Daumen darüber. »Aber ich weiß auch, dass du mich für den Mistkerl hältst, der dir nicht gibt, was du unbedingt haben willst.«

Ich nickte. »Das ist wahr.« Ich biss mir auf die Lippe.

»Wahrscheinlich bist du wütend auf mich.« Er trat einen Schritt näher.

Wieder nickte ich. Die Luft schien zu knistern. »Hmhm.«

»Das ist ja ein echter Konflikt.« Seine Stimme war leise und sanft. »Weil ich dich gern küssen würde, du aber bestimmt nicht willst …«

Ich schob die Hand um seinen Nacken und zog ihn zu mir heran. Meine Finger verloren sich in seinem dichten Haar, als ich meinen Mund auf den seinen presste. All die aufgestauten Gefühle, die ich für ihn hegte – diese ungezügelte Anziehung, gepaart mit der Abneigung und Wut, weil er sich querstellte –, entluden sich in diesem leidenschaftlichen Kuss. Ben schob sich noch näher heran, so dicht, dass ich seine Beine zwischen meinen spüren konnte, legte die Hände um meine Hüften, die Daumen auf den Knochen, und zog mich heran. Meine Zunge erkundete die Innenseite seiner Oberlippe. Ich presste mich bewusst an ihn, damit er spürte, wie sehr ich ihn wollte. Sein Körper fühlte sich fest und muskulös an.

Für einen kurzen Moment löste er sich kaum merklich von mir und sah mich an. »Das wollte ich schon tun, seit du unter meinen Pick-up geschlittert bist.«

Ich stieß ein leises Keuchen aus. »Ich auch«, gestand ich leise. Die Worte überraschten mich – ich hatte noch nicht einmal gewusst, was ich wollte, und doch war es die Wahrheit.

Ben verschränkte unsere Finger miteinander und führte mich zur Couch. »Moment.« Er schob ein paar Kissen auf den Boden. Simon sah auf, schien zu kapieren, dass die Stimmung im Raum eine andere war, und verzog sich um die Ecke.

Wieder sah Ben mich voller Verlangen an und trat zu mir. Innerhalb von Sekunden lagen seine Lippen auf meinem Mund, und seine Hände wanderten zu meiner Taille, tasteten sich unter den dicken Pulli und das Flanellhemd. Schauder überliefen mich, als er über meine nackte Haut strich. Wieder löste er sich kurz und sah mich an. »Können wir den ausziehen?«

Ich nickte und blieb stehen, während er mir den Pulli über den Kopf streifte. Für einen Moment war ich verlegen, doch dann küsste er mich erneut, und ich konnte an nichts anderes mehr denken. Ich knöpfte sein Flanellhemd auf. Diesmal war er nicht bewusstlos, deshalb hatte ich keine

Gewissensbisse, ihn anzusehen. Behutsam fuhr ich das Tannenbaumtattoo auf seinem Oberarm nach, ehe ich meine Hand über seine Brust bis zum Bund seiner Jeans wandern ließ. Ich zog ihn näher, sodass ich seinen festen Bauch an meinem spüren konnte.

Wieder fanden sich unsere Lippen, und Ben drückte mich auf die Kissen. Sein Blick glitt über meinen Körper, nahm jedes Detail in sich auf, während sich ein gemächliches Lächeln auf seinen Zügen ausbreitete. »Du hast heute ja schon mal einen heimlichen Blick auf mich geworfen, aber ich habe mir diesen Moment seit einer halben Ewigkeit ausgemalt.« Er ließ sich auf mich sinken. Seine Lippen streiften mein Ohr, umschlossen es sanft. Ein leises Stöhnen drang über meine Lippen.

Ich krallte meine Finger um seinen Bizeps, während seine Lippen sich hinter meinem Ohr an meinem Hals entlang abwärtsarbeiteten. Seine Zunge glitt über mein Schüsselbein. Unwillkürlich wölbte ich mich ihm entgegen, als wollte ich ihm noch näher sein.

Ich legte beide Hände um sein Gesicht, zog ihn an mich und küsste ihn erneut. Unsere Zungen fanden sich, unsere Münder verschmolzen miteinander. Mein gesamter Körper schien in Flammen zu stehen. Ich konnte es kaum fassen, dass es Ben war, den ich hier küsste. Ben, dem ich gerade noch am liebsten den Hals umgedreht hätte. Der die letzten beiden Tage gegen alles gewesen war, was ich vorgeschlagen hatte. Und nun fühlte es sich so … richtig an.

Wir küssten uns weiter, hielten nur inne, um Atem zu schöpfen, bis Ben sich von mir löste, um seine Lippen an meinem Körper abwärtswandern zu lassen – über mein

Schlüsselbein, meine Schultern, meine Brüste. Ich konnte nie genau sagen, wo ich seine Zunge als Nächstes spüren würde, doch es fühlte sich alles wunderbar an, als wäre jede Stelle, die seine Lippen fanden, genau die richtige. Ich vergrub die Finger in seinem Haar, stöhnte bei jedem Kuss, bei jedem Mal, wenn seine Zunge meine Haut liebkoste.

Mit den Zähnen löste er den Bund meiner geborgten Jeans und ging auf die Knie, während ich die Hüften anhob, damit er sie mir über die Beine streifen konnte. Dann betrachtete er mich voller Staunen. »Du bist wunderschön, Zoey.«

Ich spürte, wie ich rot wurde. »Okay, jetzt du. Fairness muss sein«, neckte ich ihn, woraufhin er aufstand, sich bis auf die Boxerbriefs auszog und seine Jeans zur Seite trat.

»Und?«, fragte er.

Ich betrachtete ihn – seine sahnige, glatte Haut, die definierten Muskeln, die zarten braunen Härchen an seinen Armen und Beinen. »Ziemlich gut«, stellte ich fest. Er kniete sich vor mich, doch statt sich wieder auf mich zu legen, arbeitete er sich an meinem rechten Bein hinauf, über mein Schienbein und um mein Knie herum, immer weiter aufwärts bis zur Innenseite meines Schenkels. Mit angehaltenem Atem ließ ich ihn gewähren, als er vorsichtig mein Höschen zur Seite schob und die Lippen auf das Zentrum meiner Lust legte. Mit einem Keuchen spreizte ich die Beine weiter, um ihm ungehinderten Zugang zu gewähren. Minutenlang liebkoste er mich, trieb mich immer weiter auf dem Grat der Lust entlang. Gerade als sich die Anspannung der vergangenen Tage lösen wollte, hielt er inne.

»Wie war das?« Seine Stimme klang belegt. Wieder küsste er mich, schob seine Zunge zwischen meine Lippen.

Ich stöhnte vor Lust, ehe ich mich, ohne seine Zustimmung abzuwarten, zwischen seine Beine schob, ihm die Boxershorts über die Schenkel streifte und meine eigene Unterwäsche auszog. Dann schmiegte ich mich neben ihn, presste mich dicht an seinen Körper und legte ein Bein über die seinen. Behutsam ließ ich meine Hand an unseren verschlungenen Beinen entlang abwärtswandern, bis ich gefunden hatte, wonach ich suchte. Mit einem Stöhnen rollte Ben sich auf mich, und ich wölbte mich ihm entgegen, um ihn mit einem lustvollen Stöhnen in mir aufzunehmen. Beide Hände um mein Gesicht gelegt, glitt er in mich hinein. Ich schloss die Hände um seinen Bizeps, damit unsere Körper noch tiefer miteinander verschmelzen konnten. Es schien, als wären wir eins geworden. So etwas hatte ich noch nie zuvor erlebt. Wir verfielen in einen Rhythmus, der zuerst ihn, dann mich zu einem Höhepunkt von unbeschreiblicher Intensität brachte, ehe wir erschöpft zurücksanken. Noch immer eng umschlungen, lagen wir auf dem Sofa. Ben strich mir übers Haar, ich fuhr die Umrisse seines Tattoos nach, bevor wir schließlich, erhitzt vom Kaminfeuer, unserer Befriedigung und der Leidenschaft, einschliefen.

Kapitel 14

Heiligabend

8:30 Uhr

Motorengeräusch riss mich aus dem Tiefschlaf. Verwirrt schlug ich die Augen auf, schloss sie aber sofort wieder, um in meinen Traum zurückzugleiten, zurück zu den Details der vergangenen Nacht – Bens Lippen auf meinem Mund, meinem Schlüsselbein, meinem Bauch, meinen Beinen und dazwischen. Seine Hände auf meiner nackten Haut, unsere ineinander verschlungenen Körper, als wäre es das Natürlichste der Welt. Wie wir eingenickt waren, mein Kopf in seiner Armbeuge, nur um ein paar Stunden später wieder aufzuwachen und uns noch einmal zu lieben, bis wir schließlich zusammengekuschelt unter der Decke eingeschlafen waren.

Ich schlug die Augen wieder auf, blickte lächelnd zur Zimmerdecke hinauf und überlegte, wie spät es sein mochte. Andererseits … wen kümmerte das? Gerade hatte ich den besten Sex seit Monaten, Jahren, vielleicht sogar überhaupt gehabt. Mit Ben zusammen zu sein, war irgendwie besonders. Leidenschaftlich und aufregend, aber auch leicht und unbeschwert. Wir passten einfach zueinander. Ich räkelte mich und sah mich um. Erst jetzt merkte ich, dass der Platz neben mir leer war. Erstaunt setzte ich mich auf. Auch von Simon war keine Spur. Ich stand auf, zog mir das Flanellhemd über und sah aus dem Fenster auf die Winterlandschaft, als ich zu meiner Erleichterung Ben entdeckte. Simon war bei ihm und hüpfte und schlitterte auf dem Eis herum. Einen Moment lang wirkte die Szenerie friedlich, doch dann ertönte ein lautes Krachen, als ein eisbedeckter Ast von einem massiven Ahornbaum abbrach und zu Boden fiel. Ben machte einen Satz und drehte sich um. Bei meinem Anblick winkte er mir zu. Verlegen, weil ich ertappt worden war, winkte ich zurück und lächelte. Er verschwand um die Ecke. Wie würde es sein, wenn er gleich hereinkäme? Verkrampft? Dass wir Sex gehabt hatten – so etwas war nicht alltäglich für mich. Für Ben? Ich war unsicher, ob es keine große Sache war oder die Atmosphäre zwischen uns belasten würde.

Augenblicke später ging die Tür auf, und Ben trat ein, dicht gefolgt von Simon und einem Schwall eiskalter Luft. Ben zog seinen Parka aus und hängte ihn an einen Haken hinter der Tür. Er trug den weiten Pulli, Jeans und Stiefel, und auf seinem von der Kälte geröteten Gesicht lag ein breites Grinsen.

»Hey!«, rief ich eine Spur zu munter, als hätte er mich nicht gerade dabei erwischt, wie ich ihn angestarrt hatte. *Gar nicht peinlich, Zoey.*

»Du wirst es nicht glauben.« Seine Augen leuchteten. »Ich bin auf etwas gestoßen, das alles verändert.«

»Hm, mal überlegen«, sagte ich und mimte höchste Konzentration. »Ein Zauberrentier. Vor einen Schlitten gespannt, der uns hier wegbringt.«

Ben ließ einen Schlüsselsatz vor meiner Nase baumeln.

»Nein. Besser. Hinter dem Schuppen steht ein Schneemobil. Und ich habe die Schlüssel dazu gefunden. Es wundert mich, dass ich nicht schon früher darauf gekommen bin, als ich gestern Abend in der Abstellkammer die Helme gesehen habe. Na gut, im Dunkeln hätte uns das Schneemobil nichts genützt, aber jetzt? Das Ding ist unsere Chance, von hier wegzukommen.« Er verschwand den Korridor hinunter, gefolgt von Simon, während ich die Gelegenheit nutzte, meine Jeans anzuziehen. *Von hier weg?* Seine Worte lösten eine verwirrende Gefühlsmischung in mir aus. Inzwischen hatte ich mich daran gewöhnt, mit Ben in dieser Hütte festzusitzen. Gezwungen zu sein, Weihnachten hier zu verbringen? Mit Ben, ganz allein? Das klang genau nach dem Weihnachtsgeschenk, das ich mir wünschen würde.

»Wieso versuchen wir überhaupt, von hier wegzukommen?«, rief ich ihm hinterher. »Hier ist es warm, es gibt genug Platz, wir könnten also einfach warten, bis der Eissturm vorbei ist und es wieder Strom gibt, dann unsere Handys aufladen und Hilfe rufen. Das ist doch der perfekte Plan!«

Er kehrte in den Hauptraum zurück und sah mich an, als hätte ich den Verstand verloren. Bei sich hatte er zwei Helme, einen mattschwarzen und einen mit einem Totenkopf an der Seite sowie einen Berg glänzenden Stoffs, den er auf den Boden fallen ließ, ehe er mir den Helm mit dem Totenschädel reichte. Er bestand aus Hartplastik mit dicker roter Polsterung. Vorsichtig strich ich über die glatte Oberfläche und hielt mir den Helm vor die Nase, dem ein Geruch nach Gummi und Benzin entströmte. »Es könnte mehrere Tage dauern, bis der Strom wieder geht, und die Vorratsschränke sind leer. Fließendes Wasser haben wir auch nicht, und selbst wenn es wieder Strom geben sollte, könnten die Handynetze noch tagelang außer Funktion sein.«

Nun war ich doch verlegen. Würde einer von uns beiden zur Sprache bringen, was gestern Abend passiert war?

»Außerdem ist Heiligabend. Ich muss nach Hause. *Réveillon*, du weißt schon.«

Ich zeigte mit dem Finger auf ihn. »Das ist der wahre Grund«, erklärte ich vorwurfsvoll.

»Ach, Zo.« Beim Klang meines Spitznamens flatterte mein Herz. »Es gibt so viele Gründe.«

Wieso tat ich so, als wäre es falsch, wenn er an Heiligabend bei seiner Familie sein wollte, statt mit mir in einer einsamen Hütte im Wald festzusitzen? Wir hatten Sex gehabt, großartigen Sex, die ganze Nacht lang, trotzdem war ich praktisch eine Fremde für ihn. Wieso störte es mich, wenn er nach Hause zurückwollte? Mein Plan sah doch immer noch vor, die Bürgermeisterin von Wakefield aufzusuchen, ihr die Drehgenehmigung aus dem Kreuz zu leiern und dadurch meinen Job zu behalten, für den ich mich so ins Zeug gelegt hatte. Weshalb also störte es mich, wenn Ben verschwinden wollte? Ganz einfach. Weil ich bleiben wollte. Hier, inmitten der Schneelandschaft, mit den Kissen, dem Kaminfeuer und dem Sex … und ich wollte, dass er ebenfalls blieb. Dass er verschwinden wollte, kränkte mich. Nun ja, immerhin war ich selbstkritisch genug, es zuzugeben.

Ich setzte den Helm auf, damit er mir mein Gefühlschaos nicht ansah. Was würde Stella in dieser Situation raten? Sollte ich ihm sagen, wie ich empfand? Nein. Stattdessen konzentrierte ich mich auf das Gewicht des Helms auf meinem Kopf. Er war sperrig und schränkte mein Blickfeld erheblich ein, Ben konnte ich durch das geschlossene Visier allerdings glasklar erkennen.

»Ganz schön beeindruckend«, bemerkte er, setzte seinen eigenen Helm auf und schob das dunkle Visier hoch. Ich fummelte an meinem herum, doch es wollte sich nicht hochklappen lassen.

»Brauchst du Hilfe?« Ben trat näher. Ich nickte, woraufhin der Helm leicht zeitverzögert wackelte, was sich anfühlte, als befände ich mich unter Wasser. Mit einer knappen Handbewegung klappte Ben das Visier hoch. »Bitte.« Sein Atem schlug mir warm entgegen, während mir sein inzwischen vertrauter Duft nach Seife und Zedernholz in die Nase stieg. Wie konnte er selbst jetzt noch so lecker duften? Bei der Erinnerung an seinen Körper auf meinem beschleunigte sich mein Puls.

Ich schluckte und deutete auf den glänzenden Stoffhaufen auf dem Boden. »Und was ist das?«

»Schneeanzüge!« Ben strahlte, hob den leuchtend roten Anzug auf und warf ihn mir zu. Ich nahm ihn in Augenschein. Er war dick wattiert mit einer Kapuze und einem langen Reißverschluss vom Kragen abwärts. Ben zog seinen bereits an, deshalb tat ich es ihm nach, stieg mit einem Bein hinein und zog die Stoffmassen über mich, um die Arme in die Ärmel schieben zu können. Wieder war ich mir über meine Gefühle nicht ganz im Klaren. Einerseits war die Aussicht, in die Zivilisation zurückzukehren, vielversprechend, vor allem, wenn Ben auch noch wusste, wie man ein Schneemobil fuhr. Andererseits wäre unser Aufbruch das Ende dessen, was gestern Abend passiert war … und das war schlicht der reine Wahnsinn gewesen. Ich musste den richtigen Moment abpassen, mit ihm darüber zu reden, musste wissen, ob ihm das alles etwas bedeutete oder bloß ein spontanes, einmaliges Erlebnis gewesen war.

»Wie fühlt es sich an?«, fragte Ben, als ich den Reißverschluss hochgezogen hatte.

»Wunderbar!« Ben schien mit den Gedanken einzig im Hier und Jetzt und bei der bevorstehenden Aufgabe zu sein. Wenn unser Zusammensein für ihn keine große Bedeutung gehabt hatte, sollte er nicht denken, dass es eine Riesensache gewesen war.

»Also gut, ja? Erinnerst du dich, wie du gestern ein echtes Problem damit hattest, Kleider von Wildfremden anzuziehen?«, neckte er mich. »Und sieh dich jetzt nur an, Zoey.«

Ich verdrehte die Augen. »Wie auch immer.« Mir knurrte der Magen. Na gut, vielleicht mussten wir tatsächlich zusehen, dass wir von hier wegkamen, und sei es bloß, um etwas zu essen zu bekommen.

Ben holte tief Luft. »Okay, wir haben nur ein Problem.«

»Eines? Mehr nicht?« Ich zählte an den Fingern ab. »Da draußen tobt ein Eissturm. Wir sind mitten in der Einöde. Es gibt immer noch keinen Strom und kein Handynetz. Das Eis auf den Bäumen drückt entweder die Äste herunter oder lässt sie entwurzeln. Wir haben nichts zu essen. Und wir haben keine Ahnung, wohin wir mit diesem Schneemobil eigentlich fahren sollen. Das sind … wie viele? Sieben Probleme? Soll ich weitermachen?«

»Da ist wohl jemand mit dem falschen Fuß aufgestanden. Du bist kein Morgenmensch, hm?«

Ich schäumte vor Wut. »Ich bin durchaus ein Morgenmensch, aber am liebsten wache ich morgens auf, kann meinen ersten Kaffee in einem anständigen Bett trinken und dann in meinen gut geplanten Tag starten. Deshalb ist das hier« – ich zeigte auf meine Kluft – »nicht unbedingt mein optimaler Tagesbeginn.« Ich war missmutig und ließ es an ihm aus, was unfair war, vor allem, weil er eine Möglichkeit entdeckt hatte, von hier wegzukommen.

Doch hier ging es nicht um die Schneeanzüge, das Schneemobil oder sonst etwas in der Art. Sondern um gestern Abend. Für mich war es wunderbar gewesen, und ich bereute keine Sekunde davon, aber vielleicht sah er das ja anders, obwohl er mir nicht wie ein Mann vorkam, der wahllos Sex hatte. Aber wir befanden uns in keiner normalen Situation, und wahrscheinlich ging er davon aus, mich ohnehin niemals wiederzusehen.

Ben hatte die Hände in die Hüften gestemmt und sah sich um. »Nein, das Problem sind Handschuhe. Es ist immer noch eisig da draußen, und unsere werden nicht reichen. Aber wo Schneeanzüge und Helme sind, sollten doch auch Handschuhe sein.« Er verschwand ein weiteres Mal und kehrte Augenblicke später mit zwei Paar dicken Handschuhen zurück, wovon er mir eins zuwarf. »Volltreffer!«, rief er augenzwinkernd.

Ich zog mir den Helm vom Kopf und stellte ihn auf den Tisch. Ben mochte es eilig haben, wegzukommen, aber hier herrschte noch ein ziemliches Chaos. »Also klauen wir noch mehr als ohnehin schon?« Wir hatten die Kleider der Leute getragen, und jetzt rissen wir uns auch noch ihre Schneeanzüge, Helme und Handschuhe unter den Nagel. Ganz zu schweigen von ihren Lebensmitteln, ihrem Wein … War das vertretbar? Ich fand nicht. Als er keine Antwort gab, nahm ich die *Betty und ihre Schwestern*-Ausgabe vom Tisch und stellte sie ins Regal zurück. »Lass mich wenigstens ein bisschen Ordnung machen, bevor wir verschwinden.«

Ich sammelte unsere leeren Kaffeebecher ein, trug alles zur Spüle und suchte im Unterschrank nach Spülmittel. Der Schneeanzug ließ mir kaum Bewegungsfreiheit, aber ausziehen würde ich ihn keinesfalls … als sei es eine Art Bestrafung für Ben, wenn ich weiterhin in diesem lächerlichen Aufzug herumlief. Er sollte ruhig glauben, ich wollte genauso schnell weg von hier wie er. Ich wollte den Wasserhahn aufdrehen, weil ich völlig vergessen hatte, dass es ja kein Wasser gab. Stöhnend schlüpfte ich in meine UGGs, blieb jedoch auf halbem Weg stecken. Verwirrt griff ich hinein und zog einen Ball aus zerknülltem Zeitungspapier heraus. »Wieso ist da Zeitungspapier in meinen Schuhen?«, brummte ich.

Ben, der die Kissen auf dem Sofa arrangierte, blickte auf. »Sind sie trocken?«

Ich gab das Papier auf einen Haufen und schlüpfte in den rechten Schuh. Wundersamerweise war er tatsächlich nicht mehr nass.

»Ich werte dein Schweigen als Zeichen, dass sich deine Füße wie im Himmel fühlen«, sagte er. »Ein alter Trick meines Dads«, fügte er hinzu.

Die Erwähnung seines Vaters erinnerte mich daran, dass er es vermutlich kaum erwarten konnte, zu seiner Mutter und seiner Großmutter zurückzukommen. Ich seufzte. Dies war sein erstes Weihnachtsfest ohne seinen Vater und das erste Fest seiner Großmutter, bei dem einer ihrer Söhne fehlte. Und ich war sauer, weil er mir keine ewige Liebe schwor. Gestern Abend war ich jemand gewesen, der ihm

Wärme gespendet hatte, und er hatte mir dasselbe gegeben. Oder?

»Danke«, sagte ich so laut, dass er es hören konnte, ehe ich mit den Töpfen zur Tür ging.

Draußen war es immer noch bewölkt. Der Wind fegte über die Veranda, und die Bäume knackten und knarzten unter ihrer Eisschicht. Ich hatte gehofft, bei Tag sei es ein wenig wärmer – na ja, bloß bitterkalt statt so, als befänden wir uns am Nordpol –, stattdessen schien die Temperatur seit gestern noch weiter gefallen zu sein. Jeder Atemzug fühlte sich an, als bohrten sich Nadeln in meine Lunge. Ich biss die Zähne zusammen, füllte die Töpfe mit frischem Schnee, den ich an der Verandaecke aufsammelte, und trug sie wieder hinein, um zuerst sie, dann die Schüsselchen, das Besteck und die Kaffeebechern zu säubern. Aus dem Augenwinkel beobachtete ich, wie Ben die verbliebenen Holzscheite mit dem Schürhaken zerschlug, die Asche aufschippte, in einen Metalleimer gab und nach draußen trug. Dann schichtete er frisches Holz und Scheite im Kamin – eine sehr rücksichtsvolle Geste, wie ich fand.

Ich trat zum Schreibtisch und zog einen Bogen Briefpapier heran. »Ich hinterlasse den Besitzern eine Notiz, dass wir uns ihr Schneemobil und die Ausrüstung geliehen haben, aber alles zurückbringen.«

»Schreib meinen Namen und meine Telefonnummer dazu. Und dass ich ihnen natürlich alles rückerstatte, was wir verbraucht haben.« Ben trat zu mir und spähte mir über die Schulter.

»Weshalb du?«, fragte ich barscher als beabsichtigt.

Er warf mir einen amüsierten Blick zu. »Weil du Amerikanerin bist und sie es als zu kompliziert empfinden werden. Ich hingegen kann jederzeit noch einmal vorbeifahren und alles in Ordnung bringen, sobald das Eis geschmolzen ist.«

Ich wusste, wie er es gemeint hatte – warum sollte ich noch einmal in diese Einöde zurückkehren? –, doch seine Andeutung, dass ich keinen Grund für eine Rückkehr hatte, setzte mir ziemlich zu. Ich hatte keinen Grund, weil es keinen Film geben würde. Schlimmer noch: weil das, was gestern Abend vorgefallen war, keine weitere Bedeutung hatte. Dass Ben es kaum erwarten konnte, die Hütte zu verlassen und nach Chelsea zurückzukommen.

Sollte Ben ahnen, was mir durch den Kopf ging, ließ er es sich zumindest nicht anmerken, und statt ihm ein Gespräch über meine Gefühlslage aufs Auge zu drücken, machte ich mich daran, das restliche Cottage aufzuräumen.

»Tja, ich schätze, das war's dann.« Ben schwang sich seinen behelfsmäßigen Rucksack über die Schulter und hielt mir die Tür auf. Bellend rannte Simon hinaus, während ich meine Tasche umlegte und mich ein letztes Mal umsah, ehe ich den Helm aufsetzte. Ich trat hinaus und wappnete mich innerlich für die Kälte.

»Hier entlang.« Simon rannte voraus, schlitterte und rutschte auf dem Eis herum. Ben reichte mir die Hand, um mir die vereisten Stufen hinunterzuhelfen, doch ich ignorierte sie. Mit kleinen Schritten balancierte ich über den rutschigen Untergrund, beide Arme ausgestreckt, um das Gleichgewicht zu halten. Ich folgte ihm zum Schuppen, hinter dem sich ein Schneemobil verbarg. Es war schwarz und weiß mit einem leuchtend roten Streifen an der Seite, der im trüben Tageslicht glänzte.

Ich beäugte den Ledersitz. Er war klein, ausreichend für anderthalb Erwachsene, aber für uns beide? Wir würden sehr eng zusammenrutschen müssen. Bei der Vorstellung brach mir der Schweiß unter dem dicken Anzug aus. Das Bild, wie er gestern Abend auf mir gelegen hatte, blitzte ein weiteres Mal auf. Meine Knie wurden weich. »Ist das Ding denn groß genug für uns beide?«, fragte ich angespannt.

»Nein. Du hast recht. Es gibt nur Platz für mich und Simon. Viel Glück dann … war schön, dich kennenzulernen!«

Ich verpasste ihm einen Klaps.

»Los, komm schon!«, sagte er lachend. »Nach allem, was gestern Abend passiert ist, würde ich doch annehmen, dass es kein Problem ist, in Schneeanzügen dicht aufeinanderzusitzen, oder?« Er sah mich neugierig an.

Aha. Mein Herz hämmerte, und ein Anflug von Erleichterung durchströmte mich. Okay, nun da er von sich aus damit angefangen hatte, wäre es leichter, über gestern Abend zu sprechen.

»Jedenfalls«, fuhr Ben fort, »stecken wir zusammen hier drin. Wir beide sind jetzt ein Team. Bedank dich bei dir selbst, dass du mich nicht gestern im Wagen zum Sterben zurückgelassen hast.« Er legte mir den Arm um die Schultern und zog mich eng an sich.

Ich konnte mir ein Lächeln nicht verkneifen. »Aber was ist mit Simon?«

»Ich fahre ganz langsam. Das Schneemobil dürfte die Eisschicht durchbrechen, sodass er uns hinterherlaufen kann.« Simon bellte, als hätte er genau verstanden, und Ben tätschelte ihm den Kopf.

»Du weißt also tatsächlich, wie man dieses Ding fährt?« Nervös wartete ich auf seine Antwort.

Ben drehte sich um und schob sein Visier hoch. Durch die Polsterung waren seine Wangen zusammengequetscht, trotzdem sah er immer noch fantastisch aus. »Was meinst du? Ich bin davon ausgegangen, dass du fährst.«

»Was?«

Lachend schwang er ein Bein über den Sitz. »Los, steig auf! In diesen Regionen lernt man Schneemobilfahren in einem Alter, wenn man Laufen lernt.«

Ich schwang ein dick verpacktes Bein über den Sitz und rutschte hinter Ben, der sich umwandte. »Gut festhalten, okay?«

Nickend schlang ich die Arme um seine Taille und verschränkte meine behandschuhten Finger, dann lehnte ich mich gegen ihn. Er fühlte sich warm und sicher an, und einen Moment lang fühlte ich mich an gestern Abend erinnert.

Ben steckte den Schlüssel ins Zündschloss und drehte ihn, sodass der Motor röhrend zum Leben erwachte. Das Geräusch hallte in der Stille der vereisten Wandlandschaft wider – es war dasselbe, das mich am Morgen aus dem Schlaf gerissen hatte.

»Und was ist der Plan?«, rief ich. »Die Hauptstraße finden, wo auch immer die sein mag?«

Ben nickte und klappte sein Visier herunter. »Genau.« Er gab Gas und sah in die Spiegel – damit wir mit keinem anderen Fahrzeug kollidierten? Die Chancen standen gut, dass das nicht passierte. Dann drehte er sich um und nickte. Eilig verstärkte ich meinen Griff um seine Taille.

Langsam rollten wir los. Wie Ben vorhergesagt hatte, brachen die Skier mühelos das Eis. Ich sah mich nach Simon um, der jedoch genau zu wissen schien, was zu tun war. Er trabte vergnügt in den Schneisen, die Ben gezogen hatte, schwanzwedelnd und mit seitlich heraushängender Zunge, als sei dies das tollste Abenteuer, das er seit Langem erlebt hatte.

Während es auf den ersten Blick den Anschein gehabt hatte, als könnten wir einfach durch den Wald pflügen, war durch den Sturm alle paar Meter ein Hindernis entstanden: kaum sichtbare Rinnen und Erhebungen, die das Schneemobil von den Kufen zu heben drohten, und herabfallende Äste. Der Wind, der im Stehen so harmlos gewirkt hatte, peitschte nun während der Fahrt mit zehnfacher Wucht und schien auf teuflische Weise jedes noch so kleine Loch in meinem Anzug zu finden. Ich presste den Kopf fester an Bens Rücken und versuchte, mich zu entspannen. Mit jedem Meter entkamen wir dem Eissturm weiter, und bald wären wir in Sicherheit. Ich versuchte, an nichts anderes zu denken: daran, dass es Heiligabend war und mich 2700 Meilen von meinem Zuhause trennten; dass ich ausgehungert genug war, um so gut wie alles zu essen, was ich in die Finger bekäme, und dass Ben, sobald wir nach Chelsea zurückkehrten, wahrscheinlich zu seiner Familie eilen würde … und zu Delphine?

Und was würde ich tun? Ich hatte niemanden, zu dem ich gehen konnte. All meine Habseligkeiten lagen in dem verlassenen Farmhaus, mit Ausnahme von Brieftasche, Pass und ein paar persönlichen Dingen. Ich hatte keine Ahnung, wie es weitergehen sollte, Stella war bestimmt bereits halb verrückt vor Sorge um mich. Ich hatte ein schrecklich schlechtes Gewissen, weil ich auf ihre Nachricht von gestern Morgen nicht geantwortet hatte. Und eine Drehgenehmigung hatte ich auch nicht in der Tasche. Das bedeutete, dass ich mit leeren Händen nach L.A. zurückkehren würde – ohne meine Sachen, ohne herzerwärmende Weihnachtserinnerungen, dafür mit ein wenig Liebeskummer und vielen verwirrenden Gefühlen im Hinblick auf Ben, und ohne Aussicht auf einen Film.

Das Schneemobil bahnte sich weiter schlitternd und holpernd seinen Weg durch den Wald. Ben hatte Mühe, den Lenker halbwegs gerade zu halten, während sein Kopf suchend hin und her ruckte. Immer noch peitschte der Wind, und es war genauso eisig wie gestern, trotzdem verspürte ich zumindest ein Fünkchen Hoffnung, dass wir es irgendwann hinter uns hatten. Der Wald konnte sich doch nicht ewig erstrecken, sondern irgendwann mussten wir eine Straße finden. Und Straßen führten irgendwohin – darum ging es hier doch.

»Wie weit sind wir von der Hauptstraße weg, was meinst du?«, schrie ich, aber Ben antwortete nicht, sondern drosselte lediglich das Tempo ein wenig. Als er hielt, sah ich auch, warum: Ein riesiger Baumstamm lag im Weg. Sofort stieg ich ab und half ihm, das Hindernis aus dem Weg zu räumen. Er wandte sich mir zu und rieb sich die behandschuhten Hände.

»Gut gemacht. Und … zwanzig Minuten?« Ich ignorierte, dass er meine Frage mit einer Gegenfrage beantwortet hatte, weil es nicht gerade meine Zuversicht stärkte. Ich hatte keine Ahnung, wie weit wir von der Straße entfernt waren, weshalb also ging ich davon aus, dass er es wusste? Als wir wieder auf das Schneemobil kletterten, hatte ich eine Erkenntnis:

Es konnte durchaus sein, dass wir uns nicht einmal annähernd in der Nähe der Hauptstraße befanden. Was, wenn wir die ganze Zeit in die falsche Richtung gefahren waren? Ich hoffte, mein Orientierungssinn täuschte mich, denn mir kam ein schrecklicher Gedanke: Sollten wir uns in die entgegengesetzte Richtung von Chelsea bewegen, käme als Nächstes vermutlich der Polarkreis.

»Ich halte nach Schneisen zwischen den Bäumen Ausschau, weil es bedeuten könnte, dass sich dort eine Straße befindet«, rief Ben, als hätte er meine Gedanken gelesen.

Ich spürte, wie meine Hände in den dicken Handschuhen zu schwitzen begannen, und mangels anderer Beschäftigung versuchte ich, mich umzusehen. Trotz des steten O-Gott-wir-haben-uns-im-Wald-verirrt-Damoklesschwerts war es wunderschön – hohe, schlanke Tannen so weit das Auge reichte und der unberührteste weiße Schnee, den ich je gesehen hatte. In den letzten zehn Minuten hatte der Wind nachgelassen, und abgesehen vom Motorengeräusch des Schneemobils herrschte ringsum Stille. Durch das Visier meines Helms zu blicken, war, als betrachtete man die Szenerie einer Schneekugel, bevor man sie schüttelte.

Sollte ich jemals hier rauskommen und nach Hause zurückkehren, würde ich mir einen freien Tag gönnen. Am Strand. Mit Margaritas – vielen Margaritas. Natürlich war es Winter und wäre auch in Malibu nicht gerade warm, aber immer noch angenehmer als hier. Und nach allem, was ich hier erlebt hatte, dürfte ich eine kleine Auszeit verdient haben, oder nicht?

In diesem Moment ruckelte das Schneemobil und wurde langsamer. Ich versuchte, an Ben vorbeizuspähen, ob ein weiteres Hindernis aufgetaucht war, konnte aber keines entdecken. »Was ist los?«, schrie ich, gerade als der Motor vollends erstarb, gefolgt von völliger Stille.

»Ich bin nicht sicher.« Ben drehte am Gashebel, doch das Schneemobil stotterte nur kurz, dann ging der Motor neuerlich aus. *»Tabernac.«* Er klappte sein Visier hoch.

»O nein, so schlimm?«

»Definitiv nicht gut.« Er beugte sich vor und spähte auf das kleine Display. »Ich bin ziemlich sicher, dass uns der Sprit ausgegangen ist.«

Simon holte uns ein, trabte vorbei und blieb dann erwartungsvoll stehen.

Mein Magen sackte ab. »Nein.«

»Doch.« Er schwang das Bein über den Sitz, ohne den Lenker loszulassen, und hielt mir die Hand hin, damit auch ich absteigen konnte.

»Aber das war doch der Plan!«

Er legte den Kopf schief. »Mit der Betonung auf *war.*« Er runzelte die Stirn. »Verdammt!«

»Da gehen meine Margaritas dahin«, seufzte ich.

»Was?« Ben klang verärgert.

»Nichts. Es ist bloß so frustrierend.« Ich wandte mich ab und ging ein paar Schritte auf und ab. Ben hielt mir nicht vor, dass ich das Offensichtliche feststellte, vielmehr war sein Ton freundlich.

»Wir kriegen das hin, Zoey«, sagte er ermutigend. »Wir haben es bis hierhin geschafft, und mit dem Schneemobil sind wir weiter gekommen, als es mit Skiern oder zu Fuß möglich gewesen wäre. Also werden wir jetzt einfach zu Fuß weitergehen.«

»Nein.« Mit einem Mal war mir alles zu viel. Ich zog mir den Helm vom Kopf und knallte ihn auf den Boden. Prompt brach die Eisschicht. Der Helm rollte ein kleines Stück davon, dann blieb er liegen. Ich starrte das Plastikding an, spürte, wie ich am Kopf zu frieren begann. Ich hob den Helm wieder auf, setzte ihn auf und klappte das Visier hoch, damit ich besser sehen konnte.

Ben wirkte belustigt, doch beim Anblick meiner alles andere als amüsierten Miene wurde er schlagartig ernst.

»Eigentlich waren wir gar nicht so weit von der Hauptstraße entfernt. Ich verstehe nicht, wie wir so vom Weg abkommen konnten. Es sieht ganz so aus, als wären wir noch tiefer in den Wald hineingefahren. Mir reicht's. Das ist doch alles sinnlos!«, sagte ich.

»Also willst du fortan hier leben?« Ben machte eine ausschweifende Handbewegung. Simon, der glaubte, sein Herrchen wolle spielen, sprang hoch und versuchte, sie zu erreichen.

»Vielleicht tue ich das ja«, blaffte ich zurück. Mir war klar, dass mein Verhalten absolut irrational war, aber das kümmerte mich gerade nicht.

»Sei nicht albern«, erwiderte er barsch. »Du würdest es in dieser Kälte nicht mal zwei Stunden aushalten.«

»Weißt du was, Ben? Dieses Unterfangen lief von Anfang an schief. Nicht nur der Sturm, sondern alles. Nach Chelsea zu kommen. Mein Filmprojekt.« Mit jedem Wort schwoll meine Stimme weiter an. »Ich bin wütend auf mich selbst, weil ich nicht die Wettervorhersage überprüft habe, ob ein Eissturm droht. Ich bin wütend, weil ich keinen beschissenen Wagen mit beschissenen Schneereifen genommen habe. Ich bin wütend, weil ich nicht die passende Kleidung oder Snacks eingepackt habe. Ich bin wütend, weil ich nach Chelsea geflogen bin, ohne dich, also den Bürgermeister vorher anzurufen, der mir da schon gesagt hätte, dass er mir aus irgendwelchen kleingeistigen Gründen die Drehgenehmigung ohnehin nicht erteilen würde. Ich bin wütend auf mich selbst wegen gestern Abend. Ich habe Hunger. Ich habe Durst. Und ich wünschte, ich wäre dir nie begegnet.« Dann riss ich die Hände hoch und starrte ihn finster an.

Und Ben brach in Gelächter aus – kein schallendes, schenkelklopfendes, sondern ein leises, trotzdem machte es mich noch wütender. »Hör gefälligst auf, mich auszulachen!«, zeterte ich und stampfte mit dem Fuß auf. Immer wieder. Und noch einmal. Bis das Eis brach und mein Fuß darin stecken blieb.

Ben lachte noch mehr. »Fühlst du dich jetzt besser?«, fragte er schließlich.

Ich schüttelte den Kopf, wobei sich der Helm mit einer Zehntelsekunde Zeitverzögerung bewegte. Eine Träne entkam meinen Augen. Dann noch eine, bis ich haltlos schluchzte.

»Hey, hey, hey.« Sofort war Ben bei mir und schlang die Arme um mich. »Alles wird gut, Zo.«

»Das kannst du gar nicht wissen«, schniefte ich.

»Stimmt. Aber ich weiß auch nicht, ob es nicht doch wieder gut wird.« Er löste sich und sah mich an. »Also such's dir aus. Und ich weiß auch, dass Stampfen auf dem Eis uns nicht weiterbringt, selbst wenn es sich noch so gut anfühlt.«

Seufzend wischte ich mir mit meiner behandschuhten Hand die Tränen ab. »Also gut. Was ist jetzt der Plan?«, fragte ich und schüttelte den Kopf. »Tut mir leid, ich weiß nicht, wieso ich immer denke, du müsstest auf alles eine Antwort haben.«

»Ist schon gut«, meinte er. »Ich nehme es dir nicht übel, sondern werte es als Zeichen, dass du mir vertraust.« Er zog mich erneut an sich. »Und«, fuhr er fort, als er mich losließ, »die Richtung stimmt tatsächlich. Ich weiß, dass es nicht den Anschein hat, aber erinnerst du dich, wie lange wir nach der Abfahrt vom Highway auf der Straße unterwegs waren? Wir haben mit dem Schneemobil ein gutes Stück geschafft, deshalb sind wir bestimmt bald da.« Er hielt inne und wartete auf meine Antwort.

Ich nickte.

»Also, auf zur nächsten Etappe von Bens und Zoeys Superrennen! Diese Aufgabe ist ziemlich leicht zu bewältigen. Ausrüstung brauchst du dafür nicht. Und das Risiko, dass es nicht klappt, ist gering. Du setzt einfach einen Fuß nach vorn, dann ziehst du den anderen nach. Immer weiter. Es heißt Gehen. Komm, wir versuchen es mal.«

Grinsend zwinkerte er mir zu. Sofort flatterten die Schmetterlinge in meinem Bauch. Er konnte so charmant sein, selbst in den schwierigsten Momenten.

Ich setzte mich in Bewegung. »Du machst das ganz toll«, rief Ben ermutigend.

»Ich blicke schließlich auf mehrere Jahrzehnte Erfahrung zurück«, erwiderte ich neckend, als mir auffiel, dass er nicht neben mir war. Ich drehte mich um und sah ihn neben dem Schneemobil stehen. »Moment mal, kommst du etwa nicht mit?«, rief ich mit hämmerndem Herzen.

»Doch. Mir ist nur gerade eingefallen, dass ich das Schneemobil irgendwo hinschieben sollte, wo ich es später wiederfinde.« Er sah sich im Wald um, der in jeder Richtung mehr oder weniger identisch aussah. »Zumindest theoretisch.« Er beugte sich über das Gefährt und schob es ein paar Meter weit zu drei markanten Tannen, zog den Schlüssel ab, dann löste er seinen Schal und band ihn um einen der Baumstämme.

»Jetzt kann es losgehen.« Wir machten uns auf den Weg, doch ich rutschte bei fast jedem Schritt weg. Statt mich davon irritieren zu lassen, machte ich vorsichtige Schlittschuhschritte und stellte fest, dass es zu funktionieren schien. Nach einem Moment tat Ben es mir nach.

»Gute Idee«, meinte er. Simon, dem Kälte, Eis und Schnee (und meine Gestresstheit) nichts auszumachen schienen, rannte um uns herum und schien guter Dinge zu sein.

»Auf die Art dauert es zwar ewig, aber immerhin bleiben wir aufrecht«, sagte ich genau in der Sekunde, als einer meiner Schuhe schneller wurde als ich. Ben packte mich am Arm, bevor ich auf dem Hinterteil landen konnte. »Sollten wir zurückgehen und die Schneeschuhe holen, was meinst du?«, fragte ich, obwohl allein die Vorstellung schlimmer war als die Aussicht darauf, unseren Weg fortzusetzen.

Ben schüttelte den Kopf. »Auf keinen Fall. Und wir haben ja unsere superwarmen Anzüge, folglich brauchen wir nicht schnell zu gehen, sondern können uns Zeit lassen und uns an der Schönheit des Eissturms erfreuen.«

»Menschen kommen in Eisstürmen um. Du hast selbst gesagt, ich würde nicht mal zwei Stunden hier draußen überleben.«

»Die meisten Bäume, die umstürzen sollten, haben es längst getan. Und erinnerst du dich an gestern Abend? Also, ich wünsche mir eine Wiederholung davon, deshalb müssen wir es schaffen, irgendwohin zu gelangen, damit wir diese albernen Anzüge ausziehen können.«

Mir blieb der Mund offen stehen.

Er grinste nur.

»Ich war nicht sicher …«, begann ich, plötzlich verlegen.

»Inwiefern?«

»Na ja, du hast nichts gesagt.«

»Du auch nicht«, erwiderte er. »Aber ich war damit beschäftigt, mir zu überlegen, wie wir zu Weihnachten zu Hause sein können.«

»Stimmt.« Natürlich wollte er nach Hause. Aus all den Gründen, die ich mir überlegt hatte: weil er Weihnachten so liebte und weil er für seine Mutter und seine Großmutter da sein wollte. Hier ging es nicht um mich oder um uns, auch wenn unsere gemeinsame Nacht noch so schön gewesen sein mochte.

»Du bist doch Bürgermeister«, sagte ich als Versuch, positiv zu sein, »und der Bürgermeister wird plötzlich vermisst! Schicken die da nicht sofort Suchtrupps los?«

»Um im Eissturm vermisste Menschen zu retten, das ist tatsächlich so.«

»Wirklich?«, fragte ich hoffnungsvoll. Er nahm meine Hand und hielt sie fest.

»Ja, aber es könnte Tage dauern, bis sie uns finden. Wir sollten uns lieber selbst in Sicherheit bringen.«

Wir setzten unseren Weg im Schlittschuhschritt fort.

Simon war vorausgelaufen und kehrte nun mit einem großen Stock im Maul zurück.

»Erinnerst du dich, als du gelästert hast, wie man Weihnachten irgendwo verbringen kann, wo es warm ist?«

»Ich bin nicht sicher, ob das meine exakten Worte waren.«

»Na ja, wünscht sich nicht ein winziger Teil von dir, wir würden das hier auf einer einsamen Insel erleben? Wie bei *Survivor*? Wieso spielt *Survivor* immer nur in der Wärme?«

»Wegen der Bikinis«, antwortete Ben ironisch. »Kein Mensch sieht in einem Schneeanzug sexy aus.« Er wandte sich mir zu und zog die Augenbrauen hoch. »Anwesende natürlich ausgenommen.«

Endlich stand Simon vor uns. Ben nahm ihm den Stock aus dem Maul und schleuderte ihn in den Wald zurück. Simon schoss mit einer Energie davon, die ich nur bewundern konnte.

»Sag's mir noch einmal. Woher weißt du, dass wir in die richtige Richtung gehen?«, fragte ich.

»Weil dort die Sonne ist. Sie geht im Osten auf …« Die Sonne stand gar nicht am Himmel, auch wenn der Himmel an der Stelle, auf die Ben zeigte, eine Idee heller war. Vielleicht.

»Stimmt, aber woher weißt du, dass die Straße östlich von uns liegt?«

»Na ja …«, meinte Ben. Ich wartete darauf, dass er fortfuhr, doch er schwieg.

»Woher weißt du, dass die Straße östlich von uns liegt?«, wiederholte ich. Panik stieg in mir auf. »Du solltest so etwas doch wissen.« Aber stimmte das? Ich hatte nur angenommen, dass Ben die Gegend wie seine Westentasche kannte und wusste, wohin der Weg führte. »Aber du weißt es gar nicht, oder?« Meine Stimme war kaum mehr als ein Flüstern.

Seufzend sah Ben mich an. »Ich habe eine grobe Ahnung, ja, aber ganz sicher bin ich nicht«, gestand er.

Meine Augen weiteten sich. »Ben, was, wenn wir eigentlich in diese Richtung gehen sollten?« Ich zeigte nach links.

Er nickte. »Ja, es könnte sein, dass wir in die entgegengesetzte Richtung müssen.«

»Was?« Meine Stimme schwoll an. »*Was?*«

Wieder packte Ben meinen Arm und legte seinen behandschuhten Finger vor den Helm.

Ich warf ihm einen vernichtenden Blick zu. »Sag mir nicht, ich soll den Mund halten, Ben. Ich …«

»Pssst«, machte er und deutete nach links. Ich wandte den Kopf, gerade als sich etwas bewegte. Simon konnte es nicht sein, er stand neben uns. Ich wischte das Eis vom Visier und keuchte. »Was ist das?«

Das Geschöpf war majestätisch, sein Fell so tiefbraun, dass es wie Samt aussah. Es war fast mannshoch mit einem gewaltigen Geweih.

»Das ist ein Rentier, oder?«, fragte ich.

»Mehr oder weniger«, antwortete Ben. »Ein Karibu, aber das ist dieselbe Tierart. Das muss ein Weibchen sein. Das Männchen hat um diese Jahreszeit sein Geweih schon abgeworfen.«

»Aber wenn man vom Rentier spricht, in Geschichten oder Liedern oder so …«

»Ist es auch ein Weibchen«, sagte Ben. »Dancer oder Dasher oder wie auch immer sie heißen … alles Weibchen.«

Das Rentier hatte den Kopf gehoben und blickte uns mit geduldiger Neugier an. Sie schien uns einzuschätzen. Sekunden vergingen, dann machte sie mit einem Schnauben kehrt, überquerte den Weg vor uns, sodass ich einen Blick auf den weißen Fleck an der Flanke erhaschte. Ich stieß den Atem aus, den ich unbewusst angehalten hatte. »Ich könnte schwören, dass ich sie schon mal gesehen habe«, flüsterte ich, als sie weiter im Wald verschwand. »Ich dachte, es sei ein Reh. Dass sie ein Rentier ist, wusste ich nicht.«

»Was meinst du?«, fragte Ben interessiert.

»Ich hätte sie beinahe angefahren, als ich nach Chelsea kam. Und dann hat sie mich gestern zum Farmhaus geführt, als ich schon aufgeben wollte. Als du bewusstlos warst. Ich denke, wir sollten ihr folgen.«

Ben blickte dem Tier hinterher. »Aber sie ist in diese Richtung …«

Ich nickte. »Aber ich habe trotzdem so ein Gefühl.«

Eigentlich rechnete ich damit, dass Ben mir widersprechen würde, doch stattdessen schob er sein Visier erneut hoch, musterte mich einen Moment lang und nickte dann. »Okay.«

Wir sahen das Geweih des Karibus in der Ferne zwischen den Bäumen. Simon schien sie im Blick zu haben, hielt sich jedoch dicht bei uns. *»Allons-y«*, rief Ben dem Husky zu, woraufhin Simon uns folgte.

Ich konzentrierte mich auf das Rentier, das immer einen Steinwurf vor uns blieb. Das Ganze verlieh mir neue Energie, ließ mich raschere Schritte machen, besser aufpassen, dass ich nicht auf dem Eis ausrutschte, und half mir, das Gleichgewicht schneller wiederzuerlangen, wenn es doch einmal passierte. Ben fiel zurück.

»Komm«, rief ich. »Wir wollen sie nicht verlieren.«

»Ich bin ja schon da!«, schnaufte Ben, als mich ein anderes Geräusch innehalten ließ.

»Hörst du das auch?«, rief ich. Es klang wie Motorengeräusch.

Ben wollte etwas erwidern, doch ich brachte ihn mit einer Geste zum Schweigen. »Könnte das ein Wagen sein?« Mein Herz hämmerte so heftig, dass ich fürchtete, es könnte das Geräusch übertönen. »Los!«

Der Weg führte zu einem kleinen Hang. Ich hastete hinauf, wobei ich gefühlt bei jedem Schritt ausrutschte und mich mit der Hand auf dem vereisten Boden abstützen oder an einem Zweig festhalten musste, aber ich kämpfte mich weiter. Und dann klärte sich der Wald auf einmal. Vor uns befand sich ein Graben, dahinter ein in die Ferne verlaufender weißer Streifen und ein weiterer Graben auf der anderen Seite. Eine Straße. Endlich. Mit einem Jubelschrei drehte ich mich zu Ben um, der mich anstrahlte.

Ein fernes Rumpeln ertönte.

»Ein … Laster!«, rief ich.

»Vielleicht ein Lieferwagen«, meinte Ben. Wir rannten los.

Ben rief Simon herbei, der vor uns war und sofort angelaufen kam, sah ihn an, deutete auf das nahende Fahrzeug und sagte etwas auf Französisch, gefolgt von: *»Allons-y!«*

Bellend stob der Hund davon, in Richtung des Fahrzeugs, wobei seine Atemwolke in der kalten Luft hinter ihm schwebte.

Ben folgte ihm. Innerhalb von Sekunden war er ein gutes Stück vor mir, während ich in meinen UGGs immer wieder ausrutschte, durch die Eiskruste brach und mich wieder aufrappeln musste. Der Transporter, ein ramponierter roter Ford Econoline mit dem Schriftzug *The Sweeping Santas* auf der Seitentür, rauschte an uns vorbei, gerade als Ben den gekiesten Straßenrand erreichte. Simon bellte. Ben sprang auf und ab und brüllte.

»Arrêt«, schrie ich.

Aber … der Transporter rauschte weiter. Simon hetzte ihm hinterher. Ben und ich standen am Straßenrand.

»Vielleicht kommt bald ein anderer Wagen?«, meinte Ben.

Auf keinen Fall. Dies war unsere einzige Hoffnung. Ich legte die Hände um den Mund. *»Arrêt, s'il vous plaît.«* Die Worte hatte ich irgendwo aus einem Winkel meines Gedächtnisses gekramt. Ich wedelte wild mit den Armen und sprang auf und ab.

Ein hohes Pfeifen zerriss die Luft.

Ich fuhr zu Ben herum.

»Entschuldigung«, sagte er verlegen und nahm die Finger aus dem Mund. »Ich hätte dich warnen müssen.« Der Transporter verschwand um die Kurve, sodass Ben, Simon und ich allein am Straßenrand zurückblieben.

Dann hörte ich ein Heulen in der Ferne. Augenblicke später erschien der Transporter wieder und kam im Rückwärtsgang in unsere Richtung. Wieder pfiff Ben durch die Zähne, und ich winkte. Der Transporter näherte sich. Ben warf die Arme um mich, sodass unsere Helme gegeneinanderstießen. »Du hast es geschafft«, sagte ich. »Du hast uns gerettet.« Ich versuchte, ihm einen Kuss auf den Mund zu geben, was natürlich wegen der Helme nicht ging. Ich lachte.

»*Du* hast es geschafft«, sagte er, und unsere Blicke begegneten sich.

Simon flitzte zu dem Transporter, machte kehrt und kam wieder angelaufen.

Das Fahrzeug hielt wenige Meter neben uns. Ich biss mir auf die Lippe.

»Was um alles in der Welt soll denn ein ›Sweeping Santa‹

sein?«, rief ich. »Sag nicht, eine Reinigungsfirma, die Leichen entsorgt oder so was.«

Ben nahm seinen Helm ab und legte mir einen Arm um die Schultern. »Das ist ein bisschen … wie in einem Hollywood-Horrorstreifen.«

»Soll ich dir etwas sagen? Inzwischen ist es mir egal, solange die Typen bloß keine Killer sind.«

»In einen Wagen voller Mörder steigen wir natürlich nicht ein«, beteuerte Ben mir.

»Ich vielleicht schon«, entgegnete ich, als ich rechts von mir eine Bewegung registrierte und mich gerade noch rechtzeitig umdrehte, um das Rentier im Wald verschwinden zu sehen.

Ben und ich traten an die Beifahrerseite. Jemand ließ das Fenster herunter. Ein Typ mit wettergegerbtem Gesicht und gütigen Augen, buschigen Brauen, Bart und eisgrauem Haar unter einer grünen Strickmütze streckte den Kopf heraus und brach bei unserem Anblick in schallendes Gelächter aus. Der Typ sah wie der personifizierte Weihnachtsmann aus.

»Zum Gruße, Erdlinge«, dröhnte er.

Ich lehnte mich gegen die Seitentür und nahm meinen Helm ab.

»Wir hatten ein bisschen Pech«, erklärte Ben und streckte die Hand aus. »Benoît Deschamps.«

»Er ist der Bürgermeister. Von Chelsea«, erklärte ich eilig.

Ben zog die Augenbrauen hoch und warf mir einen merkwürdigen Blick zu.

»Was denn? Wenn es einen idealen Zeitpunkt gibt, die Promikarte zu ziehen, dann ja wohl jetzt.«

»Heiliges Kanonenrohr«, polterte Santa, »der Bürgermeister!« Er wandte sich dem Fahrer zu. »Hast du das gehört?« Dann sah er wieder uns an. »Moment, sind wir etwa in Schwierigkeiten?« Wieder ertönte dieses dröhnende Lachen. »Wegen Geschwindigkeitsüberschreitung dürft ihr uns nicht anhalten, aber wenn der Vorwurf lautet, dass wir zu viel getrocknetes Rindfleisch an Bord haben, tja, dann muss ich mich wohl schuldig bekennen.« Er hob die Hände.

»Das soll kein Versuch sein, irgendwelche Beziehungen spielen zu lassen«, bemerkte Ben. »Wir brauchen nur eine Mitfahrgelegenheit. Bis in die nächste Stadt. Oder … irgendwohin, völlig egal.«

»Tja, und wohin seid ihr beiden denn an Heiligabend unterwegs?«

»Nach Chelsea.«

»Ahhh«, meinte Santa wissend und wandte sich erneut dem Fahrer zu. »Weißt du, wo das ist?« Er sah wieder uns an. »Ich habe noch nie davon gehört, aber wir sind unterwegs zum Barbershop Bonspiel in Ottawa, einem Eisstockturnier. Liegt das zufällig in der Richtung, in die ihr müsst?«

»Ottawa?« Mein Herz legte einen dreifachen Salto hin. »Das ist doch direkt um die Ecke, oder, Ben?« Dort hatte alles vor einigen Tagen begonnen.

»Chelsea liegt auf dem Weg dorthin«, sagte Ben. »Würde es euch etwas ausmachen, uns mitzunehmen?«

»Etwas ausmachen?«, rief Santa. »Es wäre uns ein Vergnügen. Wir freuen uns über Publikum zum Aufwärmen.«

Ich stutzte. *Zum Aufwärmen?* Wofür?

»Aufwärmen klingt super«, scherzte Ben.

Die Tür ging auf, und Santa stieg aus. Auf dem Fahrersitz saß ein Typ ähnlichen Alters mit einer schwarzen schulterlangen Mähne unter einer blauen Strickmütze und einem grau melierten Bart. »Wir setzen dich auf unsere Liste der Berühmtheiten, die wir mitgenommen haben.« Er hatte einen jamaikanischen Akzent. »Lang ist die Liste nicht, aber hochkarätig. Du« – er deutete auf Bens Brust – »und Taylor Swift.«

»Ihr habt Taylor Swift mitgenommen?«

»Ja, ein Stück weit«, antwortete der erste Santa. »Zumindest dachten wir, es sei Taylor Swift. Bis sich herausgestellt hat, dass wir einen *Tyler* Swift erwischt haben. Trotzdem war es zweifellos die beste Taylor-Swift-Dragqueen, die man sich nur vorstellen kann.« Er streckte die Hand aus. »Ich bin übrigens Graham.« Er öffnete die Seitentür, hinter der zwei weitere bärtige Männer auf dem Rücksitz erschienen.

»Ich wette, ihr hättet nicht mit noch zwei von unserer Sorte gerechnet«, sagte der eine, ein indisch aussehender Mann, und streckte die Hand aus. »Ich bin Alfi.« Er trug einen roten Pulli mit Rudolf, dem Rentier, darauf. Sein Bart war dunkelbraun mit vereinzeltem Weiß darin. Der vierte im Bunde winkte – er hatte einen dichten weißen Haarschopf und einen weißen Bart, der ihm bis zum Kragen seines grünen Pullis reichte.

»Lasst mich raten«, sagte Ben und ließ den Blick von einem Santa zum nächsten schweifen, während sie zur Seite rückten, um Platz zu machen. Ben bot mir seine Hand und half mir beim Einsteigen. »Ihr seid ein Weihnachts-Punkrockquartett?«

»Nein. Aber nahe dran«, rief Alfie. »Wir sind ein Barbershop-Schrägstrich-Curlingrinkquartett. Rink ist die Fachbezeichnung für die Eisfläche beim Curling. Wir singen, und dann geht es aufs Eis. Deshalb nennen wir uns die Sweeping Santas aus Shediac Bridge, New Brunswick.«

Ich kletterte ganz nach hinten, ließ mich auf den Sitz fallen und atmete durch. Es fühlte sich an, als säße ich auf Wolken. Und als wäre das hier ein Traum. Befanden wir uns wirklich in einem Wald, in einem Transporter, der uns mitnahm, zurück in die Zivilisation, ins Leben? Hätte damit dieser Albtraum ein Ende? Als Simon sich durch die mittlere Sitzreihe zwängte, stieß ich einen seligen Seufzer aus. Ich tätschelte den rauen Stoff neben mir, woraufhin er hochsprang und sich so breitmachte, dass für Ben bloß noch ein winziger Streifen übrig blieb. Lachend kraulte ich das weiche Fell, als Simon mir seinen Bauch präsentierte.

»Das ist Zaphod.« Alfie wies auf den Mann neben ihm, dann auf den Fahrer. »Und das ist Samuel.«

»Hi-ho!«, rief Samuel.

Ben zwängte sich neben Simon und musterte kopfschüttelnd seinen Hund, ehe er aufsah, sodass sich unsere Blicke begegneten. Er tätschelte mein Bein. »Sieht ganz so aus, als hätten wir es geschafft.«

»Das ist aber keine Zeile aus einem Weihnachtslied«, flüsterte ich, lächelte jedoch. Ben wandte sich wieder an das Quartett. »Sieh sich einer bloß mal die vier an!«, rief er.

»Uns? Sehe sich mal einer euch drei an«, dröhnte Alfi lachend. Ich ließ den Blick über Ben schweifen, dann sah ich an mir hinunter – wir beide in unseren lächerlichen Retro-Schneeanzügen und den Helmen in der Hand.

»Wir waren mit dem Schneemobil unterwegs«, erklärte Ben.

»Nur ist von einem Schneemobil weit und breit nichts zu sehen.«

»Lange Geschichte.«

Samuel ließ den Motor an.

»Wir haben Zeit«, bemerkte Alfie.

»Apropos Zeit. Wie spät ist es überhaupt?«, fragte Ben und lehnte sich nach vorn.

Alfie deutete auf die altmodische Uhr am Armaturenbrett. »Kurz vor halb zwei.«

Ben sah mich an. »Kein Wunder, dass ich Bärenhunger habe. Du musst ja beinahe umkommen. Aber ... trotzdem haben wir uns nicht gestritten. Heißt das, wir machen Fortschritte?« Sein Mundwinkel hob sich. »Habt ihr zufällig etwas dabei, das ich Simon geben könnte? Der arme Kerl hat seit gestern Abend nichts mehr zu fressen bekommen.«

Graham öffnete die Kühlbox zwischen seinem und Samuels Sitz. »Wir haben Wasser, Bier und getrocknetes Rindfleisch. Alles, was man für eine lange Fahrt durch drei Provinzen braucht.«

»Nicht umsonst nennen die uns das Quartett für alle Fälle«, witzelte Alfie. »Aber eigentlich tun sie das gar nicht.«

»Könnten wir vielleicht unsere Handys aufladen?«, fragte Ben. »Die Realität ruft, was?« Er sah mich an. »Bestimmt fragt sich deine Schwester schon, wo du steckst.«

»Stimmt«, bestätigte ich schuldbewusst.

Samuel lachte auf. »Sieht die Kiste hier aus, als hätte sie einen Ladestecker für iPhones? Außerdem ist seit dem Eissturm das Netz tot.«

»Stimmt natürlich«, meinte Ben. »Aber ist nicht so schlimm, bald sind wir ja wieder zu Hause.«

Du bist schließlich bald wieder zu Hause, dachte ich. Meine Freude, weil wir gerettet worden waren, ich in einem warmen Wagen sitzen durfte und nach Chelsea zurückgebracht wurde, die ich soeben noch empfunden hatte, wich allmählich der Erkenntnis, dass sich damit auch unser Abenteuer unweigerlich dem Ende zuneigte. Enttäuschung breitete sich in mir aus – so leise, dass ich sie kaum wahrnahm, und doch tief genug, um zu spüren, dass ich nichts dagegen tun konnte.

Kapitel 15

Heiligabend

13:30 Uhr

»Wie genau seid ihr denn in den Sturm geraten?«, fragte Alfie und drehte sich auf seinem Sitz um.

Ben lachte. »Es fing alles mit einer Ahornsiruplieferung an.«

»Eigentlich«, unterbrach ich ihn und legte eine Hand auf Bens Bein, »begann es damit, dass Ben mir keine Drehgenehmigung erteilen wollte und ich gezwungen war, auf den völlig vereisten Straßen nach Wakefield zu fahren, was höchst gefährlich war.«

»Nur wenn man keine Reifen mit Spikes hat«, warf er mit funkelnden Augen ein.

»Lasst mich raten: Du bist von der Straße abgekommen, und ein attraktiver Typ hat dich gerettet.« Alfie zwinkerte Ben zu.

»Er hat mich nicht gerettet«, erwiderte ich spitz.

»Sie hatte einen Heidenspaß bei ihrer Rutschpartie, aber ich habe dem ein Ende gesetzt, ich elender Spielverderber.«

Bei der Erinnerung daran, wie ich am Fuß des Hügels unter Bens Wagen lag, spürte ich, wie ich rot wurde. »Und dann hat er mich zu meinem Ziel in Wakefield gebracht, ist aber dermaßen langsam gefahren …« Ich sah ihn an und verkniff mir ein Lächeln.

»Das Büro der Bürgermeisterin hatte schon geschlossen«, fuhr Ben fort. »Wegen des Sturms. Wir haben es nicht rechtzeitig geschafft.«

»Mist«, bemerkte Samuel. Die Straße führte in einer Biegung nach rechts und mündete in eine andere, doppelt so breite Straße. »Und dann?«

»Na ja, Ben wusste, wo sich das Cottage der Bürgermeisterin befindet, und dann sind wir losgefahren.«

»Außerdem wollte ich ja Ahornsirup ausliefern«, fügte Ben hinzu.

»Ahornsirup!«, sagte Zaphod.

»Ihm gehört eine Ahornsirupfarm«, brüstete ich mich. »Er erntet den Saft selbst und macht Sirup daraus. Es ist berühmt, selbst die Restaurants servieren sein Familienrezept.«

So ging es hin und her, wir warfen uns gegenseitig die Bälle zu. Und obwohl wir mehr oder weniger im Schritttempo dahinkrochen, schien die Zeit wie im Flug zu vergehen. Wir konnten froh sein, so ein aufmerksames Publikum zu haben.

»Und jetzt seid ihr hier bei uns. Seid ihr bereit, uns beim Aufwärmen zu helfen?«, fragte Samuel.

Alfie klatschte begeistert in die Hände. »Jaaa, los geht's!«

Samuel zog eine rot-weiß gestreifte Stimmpfeife aus der Tasche seiner Wolljacke und hob sie an die Lippen, dann holte er tief Luft und blies in das Instrument, aus dem ein einzelner Ton drang. Die anderen intonierten mit einem lang gezogenen »Ahhhhh«.

Ben sah mich an und formte lautlos *O mein Gott* mit den Lippen. Ich lachte.

Dann setzte Zaphod mit voller, satter Stimme an: *»Juuuuust hear those sleigh bells jingling, ring-ting-tingling too …«*

»Come on it's lovely weather«, stimmte ich ein und sah Ben an, der ebenfalls mitsang, wenn auch mit einem Fehler, weil es nicht *snowy*, sondern *lovely* hieß.

»Ein Punkt für mich«, sagte ich.

Die Santas sangen weiter. Alfis Tenor, hoch und klar, übertönte die anderen, als sie zuerst eine Strophe von »Jingle Bells« schmetterten und dann zu »Joy to the World« übergingen.

Voller Ehrfurcht lauschte ich. Zaphods Bariton verlieh den zu einer berauschenden Harmonie verschmolzenen Stimmen Tiefe und Komplexität. Ben und ich verfolgten hingerissen diese exklusive, unvergessliche Darbietung. Und für ein paar Minuten waren alle Gedanken vergessen, wie es für Ben und mich weitergehen würde.

Als sie eine Pause einlegten, applaudierten wir, und Simon, der geschlafen hatte, fuhr hoch und sah sich um. »Na, wie hat es euch gefallen, ihr Turteltäubchen?«

»Ihr seid einfach unglaublich!«, rief ich, noch immer klatschend.

»Bravo!« Ben beugte sich zu mir herüber.

»Er hat uns Turteltäubchen genannt«, flüsterte er. Die vier Santas setzten zum nächsten Lied an, wobei Graham den Takt vorgab, indem er mit den Fingern auf das Armaturenbrett trommelte.

»Ich denke, es wäre sinnvoller, gleich zu Xavier zu fahren, statt erst zu mir, wenn du nichts dagegen hast. Sein Haus liegt quasi auf dem Weg.« Er beugte sich nach vorn und erklärte Samuel, wie er fahren sollte. »Mein Pick-up ist ja ohnehin nicht da, deshalb wäre alles andere viel zu umständlich.«

Je länger er über seine Pläne schwadronierte, umso mehr schien die Distanz zwischen uns zu wachsen. Nun, da unser Abenteuer/Albtraum hinter uns lag, verfolgte er seine eigenen Pläne. Und ich war enttäuscht. Dass seine Pläne nicht die meinen waren. Unsere. Doch meine Enttäuschung war nicht groß genug, als dass ich sie geäußert hätte. Denn sosehr ich mir wünschte, bei ihm zu sein, stand mir mein Stolz im Weg.

»Xaviers Haus hat eine Photovoltaikanlage«, erklärte Ben, was meine Verärgerung noch steigerte. Gab er etwa an? »Und ich hatte ja vor, zu ihm zu fahren, um ihm bei den Vorbereitungen für heute Abend zu helfen. Deshalb ist es am sinnvollsten, wenn wir direkt zu ihm fahren.« Er nickte begeistert.

Ich nickte knapp.

»Sag einfach, wo wir genau hinmüssen, und wir liefern euch rechtzeitig zum Fest ab«, erklärte Alfie.

»Ich nehme mir einfach ein Taxi zum Flughafen, sobald wir nach Ottawa kommen«, sagte ich und beugte mich nach vorn.

Ben sah mich mit gerunzelter Stirn an.

»Zum Flughafen?«, riefen die vier Santas im Chor. »An Heiligabend? Nach all den gestrichenen und verlegten Flügen? Und wieso verbringt ihr die Feiertage nicht zusammen?«

Wieder sah Ben mich an, schien auf meiner Miene nach einer Antwort zu suchen.

»Der Weihnachtsabend ist doch für die Familie da«, sagte ich und tat so, als wäre es keine große Sache.

»Also … willst du zu Stella?«, fragte er langsam und nickte dann.

Er war doch derjenige, der mir zugeraten hatte, die Feiertage mit ihr zu verbringen, auch wenn sie gar kein Weihnachten feierte! Glaubte er, dass ich seinen Rat annahm?

»Ah. Okay«, sagte er und sah wieder nach vorn.

Danach sprachen wir nicht mehr. Sollte den vier Santas unser Schweigen aufgefallen sein, ließen sie sich jedenfalls nichts anmerken, stattdessen lachten sie und machten weiter ihre Späße. Und Simon diente als eine Art Puffer zwischen Ben und mir. Ich war nicht sicher, ob ich enttäuscht oder dankbar sein sollte. Würde es so enden?

»Weit ist es nicht mehr«, hörte ich Ben sagen und merkte, dass ich für ein paar Minuten eingenickt war. Ben beugte sich nach vorn zwischen die Sitze, um Samuel den Weg besser erklären zu können. »Da oben auf dem Hügel abbiegen, die zweite Straße rechts ist es dann.«

Die von hohen, schneebedeckten Nadelbäumen gesäumte Straße schlängelte sich um mehrere Kurven, vorbei an mit Lichterketten geschmückten Häusern, einige erleuchtet, andere dunkel. In diesem Moment sah ich eine Ansammlung schlanker Tannen, die mit Hunderten filigraner Lichter bestückt waren. »Da ist es!«, rief Ben, als wir uns der Einfahrt näherten.

Samuel wendete und manövrierte den Transporter vorsichtig durch das geöffnete schmiedeeiserne Tor. Die Einfahrt war frisch geräumt, sodass lediglich eine dünne Schneeschicht auf dem gewundenen Asphalt lag. Ein prachtvolles Fachwerkhaus im Tudorstil mit steilem, hohem Dach erhob sich majestätisch auf dem verschneiten Grundstück inmitten der Bäume. Die schmalen, üppig verzierten Fenster verstärkten noch den historischen Charme des Stadthauses. Rauch stieg aus dem Schornstein auf und bauschte sich weiß in der frostigen Luft.

Hunderte derselben weißen Lichter zierten die Bäume, Sträucher und sogar die Kränze, die in sämtlichen Fenstern hingen. Es war der Inbegriff des perfekten Settings eines Feiertagsfilms. Wie gern hätte ich etwas zu Ben gesagt! *Frag mich doch, ob ich bleiben will. Darf ich hierbleiben? So sollte es nicht enden …*

Der Transporter kam zum Stehen, und Samuel machte den Motor aus. Simon sah auf und schlug mit dem Schwanz auf den Sitz, als wisse er, dass er sein Ziel erreicht hatte. Ben rutschte vom Sitz und stieg aus, dicht gefolgt von Simon. Ich blieb sitzen, weil ich unsicher war, was ich tun sollte. War dies der Moment, in dem ich mich von Ben verabschieden würde? Nach allem, was wir durchgemacht hatten? Und vor den Augen der vier Santas? Aber was war die Alternative? Sich gar nicht zu verabschieden?

»Don't want to say goodbye …«, intonierte Alfie.

Ben blickte mich mit erhobenen Brauen durch die geöffnete Transportertür an. Doch ich war nicht in der Stimmung, die Zeile zu vollenden – und ausnahmsweise fehlte mir auch der Text.

»To Christmas yet«, sang Ben gemeinsam mit den Santas. Dann trat er heran, streckte mir die Hand hin und half mir heraus. Die Santas stiegen ebenfalls aus und umarmten uns. Ben wandte sich mir zu. Die vier schienen zu spüren, was vor sich ging, und stiegen wieder ein.

Ich wandte mich Ben zu, wusste aber nicht, was ich sagen, wo ich anfangen sollte. Er zog mich ein Stück vom Wagen weg.

»Bleib«, sagte er ernst. »Bitte bleib. Bei mir. Wäre dies dein Film, würdest du bleiben. Dies ist der dritte Akt.«

Waren dies tatsächlich genau die Worte, die ich hören wollte? Es fühlte sich zu gut an, um wahr zu sein. Ich wollte so gern sagen, dass ich gern bleiben würde, schüttelte jedoch den Kopf.

»Aber das hier ist nun mal kein Film«, erwiderte ich traurig und sah weg, aus Angst, in Tränen auszubrechen, wenn ich seinem Blick noch eine Sekunde länger standhalten musste. *Sag Ja, Zoey. Das ist doch genau das, was du willst.*

Ben trat um mich herum, sodass ich ihn ansehen musste. »Du hast recht«, sagte er. »Das hier ist kein Film, sondern etwas viel Besseres. Du wünschst dir Weihnachtstraditionen? Tja, hier sind sie – ein Geschenk direkt vor deiner Nase. Ein riesiges Weihnachtsfest. Mit mir.« Er sah zu den Santas hinüber, dann wandte er sich wieder mir zu. Mit einem Mal wirkte er ein wenig gehemmt. »Zoey«, sagte er leise, »was gestern Abend zwischen uns passiert ist, war etwas ganz Besonderes. Hinter uns liegt ein Abenteuer, das die meisten vermutlich nicht überlebt hätten, und ich will nicht, dass du jetzt gehst. Ich will keinen Abschied von dir nehmen.«

»Was willst du dann?«, flüsterte ich.

»Ich will, dass du mit hineinkommst, meine Familie und meine Freunde kennenlernst und *Réveillon* mit mir verbringst.«

»Aber das ist doch deine Tradition, nicht meine.« Was passierte nach *Réveillon*?

»Das muss es nicht sein. Es kann auch deine sein. Unsere.« Er holte tief Luft. »Ich will nichts überstürzen, aber was, wenn dies der Beginn von etwas Großem ist? Etwas Realem?«

»Aber was ist mit Delphine?«, fragte ich und biss mir auf die Lippe.

»Was soll mit ihr sein?«, fragte Ben verwirrt.

»Ist sie nicht im Haus?« Ich ging davon aus, dass jemand anderes sie inzwischen vom Flughafen abgeholt hatte.

Er zuckte die Achseln. »Wahrscheinlich, wenn sie es geschafft hat.«

Ich verdrehte die Augen. »Deshalb … *was ist mit Delphine?*«

»Was ist mit Tomas?« Ben zog die Augenbrauen hoch.

»Was soll mit Tomas sein?« Nun war ich diejenige, die verwirrt war.

»Delphine und ich sind wesentlich länger getrennt als du und Tomas. Wieso also die Fixierung auf sie?« Sein Ton war sanft, und er suchte meinen Blick.

Er hatte recht, trotzdem konnte ich es noch nicht gut sein lassen. »Aber Delphine könnte jetzt hier sein.«

»Und du auch. Wenn du bleibst. Ist das nicht besser, als wegzulaufen?«

Mehr brauchte ich nicht zu hören. Außerdem musste ich nicht darüber nachdenken, wie es nach *Réveillon* weitergehen würde – morgen oder übermorgen oder irgendwann später. Und ich wollte es auch nicht. Sondern ich wollte nur mit Ben hier sein.

Ich nahm seine Hand. *»D'accord.«*

Er grinste. »Jetzt spricht sie auch noch meine Sprache!« Er küsste mich auf den Mund, so schnell, dass es vorbei war, noch bevor ich es richtig bemerkt hatte. Als wäre es das Normalste auf der Welt. Ich fühlte mich, als würde ich schweben.

»God rest ye merry, gentlemen«, stimmten die Sweeping Santas hinter uns an. Wir drehten uns zum Transporter um, dessen Fenster heruntergekurbelt waren. Ich lachte und küsste Ben erneut – diesmal mit mehr Leidenschaft und Hingabe, und dann sangen wir gemeinsam die erste Strophe des Weihnachtslieds. Ben legte einen Arm um meine Schulter und drückte mich an sich. Alfie reichte Ben unsere Helme, dann ließ Samuel den Motor an. »Danke vielmals, Jungs! Ihr habt uns gerettet!«, rief ich.

»Doch ich hört ihn noch rufen, von fern klang es sacht«, rief Samuel und lenkte den Wagen rückwärts die Einfahrt hinaus.

»Frohe Weihnachten allen, und allen gut' Nacht.«

Kapitel 16

Heiligabend

14 Uhr

Ben drückte meine Hand, als wir, begleitet von Simon, die Einfahrt hinaufgingen.

Ein schmaler Pfad war zwischen den hohen Schneewehen geräumt worden und führte zu der mit einem Kranz aus Nadelzweigen und Stechpalmenbeeren geschmückten Tür. Unwillkürlich musste ich an Mireille und ihren Laden denken. In der Mitte befand sich ein Messingtürklopfer in Löwenkopfform. Ben legte unsere Helme ab und ließ den Klopfer dreimal gegen das Holz fallen, ehe er mich ansah. »Bereit?«

Ich nickte und holte tief Luft.

Die Tür ging auf, und ein Mann in Bens Alter stand vor uns. Er war nicht ganz so groß und hatte tiefschwarze Haare. Auf Anhieb erkannte ich ihn aus dem *La Jardinière* wieder.

Seine bernsteinfarbenen Augen weiteten sich, als er registrierte, wen er vor sich hatte. »Ben! *Mon Dieu!*« Er riss die Tür vollends auf und zog Ben in eine Umarmung. »Wir haben uns solche Sorgen gemacht.«

Sie lösten sich voneinander, und Xaviers Blick fiel auf mich. »*Désolé*«, sagte er, legte sich eine Hand auf die Brust und ratterte irgendetwas auf Französisch herunter.

Lächelnd schüttelte ich den Kopf. »Tut mir leid, aber mein Französisch ist hundsmiserabel.« Ich streckte die Hand vor, zog sie jedoch sofort wieder zurück, da sie immer noch im Handschuh steckte. Eilig streifte ich ihn ab und reichte ihm erneut die Hand, um die er seine warmen Finger schloss.

»Xavier, das ist Zoey«, stellte Ben mich vor.

Xavier und ich nickten. »Wir haben uns schon kennengelernt. Bei Mireille im Laden. Wie schön, dich wiederzusehen!« Er beugte sich vor und küsste mich auf beide Wangen, dann sagte er etwas auf Französisch zu Ben und bedeutete uns, einzutreten. Simon zwängte sich zwischen unseren Beinen hindurch ins Haus.

»Ah, Simon.« Wieder sagte Xavier etwas auf Französisch und lachte.

»Wir reden Englisch, Xavier«, mahnte Ben, »damit Zoey uns versteht.«

»Natürlich. Entschuldigung. Wie seid ihr hergekommen? Und was um alles in der Welt habt ihr da an?«

Ben hob die Helme auf und trat zur Seite, damit ich vorgehen konnte. Vor der Tür lag eine grün-rote Matte mit *Joyeux Noël* in weißer Kursivschrift. Ich trat ein. Die Diele war hell, mit einem großen Tisch in der Mitte, auf der eine Kristallvase mit roten und weißen Blumen stand. Dahinter verlief eine geschwungene Treppe in den ersten Stock. In der zweiten Etage befand sich ein Oberlicht, durch das sich ein Blick auf den bewölkten Himmel bot.

»Und wo habt ihr nun gesteckt?«, wollte Xavier wissen. »Ich habe dich pausenlos angerufen … zumindest bis das Netz ausfiel. Ich habe deiner Mom Wasser rübergebracht. Sie macht sich schreckliche Sorgen. Niemand wusste, wo du bist.«

»Wir wussten es ehrlich gesagt auch nicht.« Ben zwinkerte mir zu. »Ich beantworte gleich alle Fragen, aber zuerst müssen wir diese Dinger ausziehen.« Er öffnete den Reißverschluss seines Schneeanzugs, als eine Frauenstimme etwas auf Französisch rief.

»Geneviève, *viens ici*!«, rief Xavier.

Einen Moment später trat eine Frau mit langem, glänzendem tiefschwarzem Haar durch einen Torbogen links von uns. Sie trug eine makellos weiße Schürze über schwarzen Leggings und einem weißen T-Shirt. Ihre Haut schimmerte in einem warmen Karamellton, und ihre dunkelbraunen Augen strahlten. Anmutig kam sie auf uns zu, doch dann beschleunigte sie ihre Schritte, schlang Ben die Arme um den Hals und küsste ihn mit unübersehbarer Freude auf beide Wangen. »Wir haben uns solche Sorgen gemacht.«

Er zuckte die Achseln, woraufhin sie den Kopf schüttelte und sich mit einem ebenso breiten Lächeln mir zuwandte. »*Salut!* Ich bin Geneviève«, stellte sie sich mit einem leichten französischen Akzent vor.

In diesem Moment kam ein Mädchen von vier oder fünf Jahren angelaufen und schob sich unter Xaviers Arm hindurch. Ihr rotes Kleid war mit roten Pailletten bestickt, ihr Haar in hübsche Locken gelegt, die von einer roten Satinschleife aus dem Gesicht gehalten wurden. Ich erkannte sie als eines der beiden Kinder, mit denen Xavier vorgestern bei Mireille gewesen war.

»Sophie!« Ben beugte sich vor und streckte die Arme aus.

Mit einem begeisterten Quieken stürzte sich die Kleine in seine Arme. Er hob sie hoch und wirbelte sie ausgelassen herum. »Wer freut sich schon auf heute Abend?«

Das kleine Mädchen wand sich aus seinen Armen und hockte sich neben Simon, der auf dem Rücken lag und alle vier Pfoten in die Luft streckte. Sekunden später hüpfte das Mädchen mit dem schwanzwedelnden Simon im Schlepptau durch die Diele. »Könntest du Simon etwas zu fressen geben?«, rief Ben hinter ihr her.

»Non!« Kichernd rannte Sophie davon.

Ben schüttelte den Kopf. »Der arme Kerl hat Bärenhunger.«

»Ich mache ihm ein Sandwich«, witzelte Xavier. Ben schlüpfte aus seinem Schneeanzug und half mir, mich von meinem zu befreien. Als ich aufsah, stand Geneviève lachend vor mir. »Die können wir gern für euch waschen. Fürs nächste Mal.«

»Dazu wird es niemals kommen«, entgegnete ich, woraufhin Geneviève nur noch herzlicher lachte.

»Wie schön, dass wir zu eurer Belustigung dienen!«, bemerkte Ben grinsend, als zwei mit Spielzeugpistolen bewaffnete Jungs von sieben oder acht Jahren, offensichtlich Zwillinge, angestürmt kamen. Sie eröffneten sofort das Feuer auf uns, sodass der Fußboden mit blauen und orangefarbenen Schaumstoffgeschossen übersät war. Geneviève sah Xavier an. »Die müssen sich austoben, bevor die Gäste kommen«, bemerkte er, rief die beiden jedoch herbei. Sie unterbrachen das Gefecht und stellten sich als Jean-Patrique und Benoît vor. Ich schüttelte ihnen die Hände und wandte mich Ben zu.

»Ich habe einen Namensvetter«, erklärte er strahlend. »Cool, was?«

»Aber jetzt erzählt mal«, warf Xavier ein. »Ich will wissen, was passiert ist. Dahinter muss doch eine Geschichte stecken.« Er zeigte auf unsere auf dem Boden liegenden Schneeanzüge.

»Nun ja, Zoey hat Schneeschuhwandern gelernt, ich hatte eine kleine Gehirnerschütterung, und am Kamin gab's Wein aus Kaffeebechern«, sagte Ben. »Wie wäre das als Trailer für einen Spielfilm?«

»Klingt nach einer Geschichte, die dringend bei einem Glas Glühwein erzählt werden sollte«, verkündete Geneviève. »Vorhin habe ich einen Topf voll aufgesetzt, der inzwischen durchgezogen sein müsste.«

Wir folgten den beiden die Diele entlang und durch einen Torbogen in die Küche: ein Meisterwerk modernen Designs mit eleganten Linien und luxuriösen Details. Es gab jedoch auch einen echten Kamin aus Naturstein, dessen Feuer eine warme, einladende Atmosphäre schuf, geradezu ideal für Gäste. Ich hielt die Hände vor die warmen Lüftungsschlitze und spürte, wie der Stress und die Anspannung von mir abfielen.

Ben zog einen Hocker an der Kücheninsel heraus und bedeutete mir, Platz zu nehmen, ehe er sich auf den Hocker daneben setzte. Unsere Beine berührten sich. Es fühlte sich richtig an. Leise Instrumentalmusik drang aus im Raum verteilten Lautsprechern. *»I know when he gets here, he will never go away …«* Ben sang den Text und nickte in Richtung von Xavier und Geneviève. »Wahrscheinlich ist das genau das, was sie über mich auch denken.«

»Was meinst du?« Ich sah von Ben zu Xavier.

»Ich habe keine Ahnung, wovon er spricht«, meinte Xavier achselzuckend.

»Egal. Der Song«, sagte Ben. »Carole King. ›Everyday Will Be Like a Holiday‹. Punkt für mich.«

Ich schüttelte den Kopf. »Aber es ist ein Instrumentalstück. Das zählt nicht.«

»Nein?« Ben sah sich um. »Und wo steht das?«

Ich stieß ihn mit der Schulter an und wandte mich wieder an Xavier. Er und Geneviève sahen uns an, und mit einem Mal war ich verlegen. Ben räusperte sich.

Xavier klatschte in die Hände. »Ihr müsst Hunger haben.«

Ben wandte sich mir zu. »Das kann man wohl sagen, oder?« Ich nickte. Wir hatten den ganzen Tag noch nichts gegessen, und mit einem Mal merkte ich, dass ich Bärenhunger hatte.

»Mach du ihnen Roastbeefsandwiches, Xavier«, sagte Geneviève und griff nach ihrem Nudelholz, um sich an ihrem Teig zu schaffen zu machen. Ein weiteres Mädchen kam in die Küche gelaufen, riss die Tür zur Vorratskammer auf und kam mit einer Schachtel Cracker wieder heraus. »Halt!«, rief Xavier. Sie gehorchte. Xavier sagte etwas auf Französisch, woraufhin sie sich zu mir umdrehte.

»Ich bin Claire«, sagte sie. Ich erkannte sie ebenfalls aus Mireilles Laden wieder.

»C'est beau, Papa?«, fragte sie.

»Ja, Claire«, antwortete Xavier, woraufhin sie davonstob. Geneviève rief ihr etwas auf Französisch nach.

»Wie viele Kinder habt ihr?«, fragte ich staunend.

»Zu viele, um sie noch zählen zu können«, antwortete Xavier, öffnete den Kühlschrank und nahm die Zutaten für die Sandwiches heraus. »Wenn du eins siehst, das dir gefällt, behalt es ruhig, sage ich immer zu Ben.«

Geneviève schlug mit einem Geschirrtuch nach ihrem Mann, der jedoch geschickt auswich. Grinsend trat er zu einem Topf auf dem Herd, hob den Deckel an, wedelte mit der Hand und schloss genüsslich die Augen. »Ahhh, himmlisch!«, seufzte er und wandte sich mir zu. »Hast du Lust auf ein Glas?«

»Absolut«, antwortete ich. »Gerade würde ich alles essen oder trinken, insofern übertrifft heißer Wein alle meine Erwartungen.«

Xavier schenkte vier Becher ein und verteilte sie. Ich nippte an dem warmen Getränk und ließ die Aromen auf meiner Zunge tanzen – der Zimt und die Muskatnuss waren am dominantesten, darunter lagen ein Hauch Orangenzeste und die würzige Süße von Honig und Ahornsirup. Es war das perfekte Getränk für einen kalten Winternachmittag. Ich seufzte. Als ich die Augen wieder aufschlug, sah ich, dass mich alle musterten.

»Ich glaube, wir können festhalten, dass sie glücklich ist«, bemerkte Xavier mit einem Nicken in Bens Richtung. Bens und mein Blick begegneten sich.

»Ich bin auch glücklich darüber, dass sie hier ist«, entgegnete er mit einem Lächeln, das ich erwiderte, während mir die Röte ins Gesicht stieg.

»*Ça suffit*. Ihr erzählt jetzt, was hier los ist«, befahl Geneviève. »Wie kommt es, dass ihr zusammen in einem Sturm festsaßt und diese lächerlichen Schneeanzüge anhattet?«

Ben hob die Hände. »Also gut, also gut.«

Xavier hatte die Sandwiches zubereitet und schob sie mir und Ben zu: dick mit Roastbeef belegte Roggenbrotscheiben. Es war das Beste, was ich je gegessen hatte.

Ben und ich schilderten abwechselnd zwischen zwei Bissen, was vorgefallen war, ergänzten, was der andere vergessen hatte. Geneviève und Xavier blickten mit ehrfürchtigen Mienen zwischen uns hin und her. Erst jetzt, da wir endgültig in Sicherheit waren, wurde mir zur Gänze bewusst, was wir durchgemacht hatten.

»Nun ja, es hat alles geklappt, und jetzt seid ihr hier«, sagte Geneviève schließlich.

»Genau.« Ben schlug mit beiden Händen auf den Küchentresen. »Wir sind hier. Allerdings würde ich gern meiner Mom Bescheid sagen, dass es mir gut geht. Das Handynetz ist ausgefallen, aber funktioniert euer WLAN? Strom habt ihr ja.«

Geneviève schüttelte den Kopf. »Leider nicht. Die Leitungen scheinen eingefroren zu sein.«

Mein Magen verkrampfte sich. Obwohl ich nichts Positives zu vermelden hatte, hätte ich gern Elijah angerufen und ihm gesagt, was ich hier durchgemacht hatte. Und ihn um einige weitere Tage gebeten. Vielleicht konnte ich ja nach Weihnachten noch einmal versuchen, mit der Bürgermeisterin von Wakefield Kontakt aufzunehmen.

Ich zwang mich, ins Hier und Jetzt zurückzukehren. Aktuell war ich machtlos. »Wie kann ich helfen?«

Geneviève sah mich an. »Gar nicht. Du bist unser Gast und musst völlig erschöpft sein.« Sie hielt inne und sah Ben an. »Von seiner Gegenwart …«

Ich brach in Gelächter aus. Ben schüttelte den Kopf, grinste jedoch.

»Möchtest du vielleicht ein Bad nehmen?«, fragte Geneviève mich.

»Machst du Witze? Zu gern. Vielen Dank.« Ich runzelte die Stirn. »Aber bist du sicher? Ich sollte dir lieber bei den Vorbereitungen für die Party helfen.«

Geneviève hob die Hände. »Auf keinen Fall. Ben kann das übernehmen, solange du dich ausruhst.« Sie zwinkerte ihm zu.

»Wie kommt es, dass ihr noch Strom habt?«, fragte ich.

»Wir haben Glück«, antwortete Xavier und nippte an seinem Glas.

»Nicht Glück, sondern das haben wir den Solarpaneelen auf dem Dach, dem gasbetriebenen Generator und der Windmühle zu verdanken. Ich fand deine Survival-Vorbereitungen auf die Apokalypse ja immer ziemlich durchgeknallt, aber bei einem Sturm ist das alles überaus praktisch.«

Xavier schlug Ben auf den Rücken. »Wir machen uns gleich an die Arbeit, aber vorher liefern wir uns eine Runde Eishockey mit den Kindern, ja?«

Geneviève schnalzte mit der Zunge. »Er hat im Garten eine Eisbahn aufgebaut und konnte es kaum erwarten, bis Ben endlich auftaucht und er mit ihm und den Kindern loslegen kann.«

»Du hast doch selbst gesagt, sie müssen sich ein bisschen abreagieren.« Xavier gab seiner Frau einen Kuss auf die Wange.

»Na gut, na gut.« Sie rief etwas auf Französisch, und innerhalb von Sekunden kamen die Kinder aus sämtlichen Richtungen in die Küche gelaufen.

Ben schlang den Arm um meine Taille. »Ich bin so froh, dass du mitgekommen bist. Das wird wunderschön.«

»Ich bin auch froh.« Ich stellte mich auf die Zehenspitzen, um ihm einen Kuss zu geben.

Als Ben nach draußen verschwunden war, überredete ich Geneviève, mich ihr helfen zu lassen. »*Réveillon* wird immer groß bei uns gefeiert«, erklärte sie. »Aber heute werden wir noch mehr sein, weil wir die Einzigen sind, die Strom haben. Deshalb erwarte ich doppelt so viele Gäste wie sonst.« Sie hielt inne. »Ich hoffe, du magst es, wenn die Bude voll ist. Vielleicht ist das sogar ganz gut so, denn so kann dich niemand in die Mangel nehmen.«

Ich nickte. Mit einem Mal wurde mir mulmig bei der Vorstellung, Bens gesamte Familie und seine Freunde kennenzulernen.

Geneviève trat an die Arbeitsfläche und reichte mir eine rot-weiß karierte Schürze. »Willst du mir helfen, die *bûche du Noël* zu machen?«, fragte sie. »Das ist ein traditionelles Dessert hier in der Gegend. Ein Kuchen, der wie ein Holzscheit aussieht. Schokolade mit dickem Guss. Die Kinder lieben ihn, was kein Wunder ist. Ich habe schon drei gebacken, aber da wir so viele Leute werden, kann ein zusätzlicher wohl nicht schaden.«

»Wie viele kommen denn?«, fragte ich und band mir die Schürze um.

»Fünfzig, vielleicht sechzig?«

»Dafür wirkst du ja sehr entspannt.«

Sie lachte. »Ich weiß, aber ich liebe es, Partys zu geben. Und *le Réveillon* liebe ich auch. Wenn alle an einem Abend versammelt sind. Die Geschichten, die man zu hören bekommt, wenn die Leute, die sich wochen- oder gar monatelang nicht gesehen haben, ihre Verbindung erneuern.« Sie schlang sich die Arme um den Oberkörper. »Es ist magisch. Ich hoffe, dir geht es genauso.«

Ich dachte an meinen ersten Besuch in Chelsea zurück. Der Schnee. Er sah genau so aus wie der in der Schneekugel, die ich an diesem Weihnachtsfest von meinen Eltern bekommen hatte. Ich hatte sie geschüttelt und war völlig fasziniert gewesen, wie die winzigen Partikel nach oben gestiegen und wieder heruntergetrudelt waren. Auf die Straße im Innern der Kugel selbst hatte ich gar nicht so geachtet – die winzigen Häuschen in der Mitte und die gemalten Details in den Fenstern. Dabei war dies das eigentlich Magische, was mir allerdings erst viele Jahre später aufgefallen war, wenn ich die Kugel vor dem Fest aus dem Karton genommen hatte, um sie auf meinen Nachttisch zu stellen.

Geneviève reichte mir eine Schüssel und einen Pfannenwender. »Ich verwende nie einen Mixer, sondern mache alles von Hand.« Sie breitete die Zutaten auf der Arbeitsfläche aus – Mehl, Eier, Butter, Zucker und Schokolade – und erklärte, was ich zu tun hatte.

»Und du kennt alle Schritte auswendig«, bemerkte ich.

»Ich bin zweiunddreißig und helfe meiner Mutter zu *Réveillon*, seit ich laufen konnte. Es ist alles hier oben.« Sie tippte sich gegen die Schläfe und grinste. »Zumindest das meiste. Außerdem rühmt sich jede Familie, ihr eigenes Rezept zu haben. Es wird nie etwas niedergeschrieben, aus Angst, eine Nachbarin oder Cousine könnte es stehlen. Zumindest wird es so überliefert.« Sie zuckte die Achseln und wurde ernst. »Es ist wichtig, den Teig nicht zu heftig zu schlagen. Okay?«

Ich lachte. »Okay.«

»Also ... du und Ben ...?«, fragte sie neugierig.

Ich schwieg, konzentrierte mich darauf, die Butter und

den Zucker zu verrühren. Überdies wusste ich nicht, was ich darauf erwidern sollte. Was war mit mir und Ben? Keine Ahnung.

»Er wirkt glücklich«, fuhr sie fort. »Und das war nicht immer so.« Sie schlug ein Ei auf und gab den Dotter in die Schüssel.

»So?« Ich fragte mich, ob Geneviève Delphine kannte. Ganz bestimmt, schließlich war Chelsea eine Kleinstadt, und alle schienen befreundet zu sein.

»Magst du ihn?«, fragte sie.

Ich lächelte. »Ja.« Sehr sogar. Ich dachte daran, was wir in der kurzen Zeit gemeinsam erlebt hatten. Eine Weile hatte ich geglaubt, ihn danach niemals wiederzusehen, denn trotz der unübersehbaren Chemie zwischen uns waren die Leben, die wir führten, so unterschiedlich wie Öl und Wasser. Wie sollte sich das verbinden lassen? Wie sollten wir auf einen gemeinsamen Nenner kommen?

Geneviève wies mich an, die geschmolzene Schokolade zu der Mischung zu geben und alles gut durchzurühren, ehe ich den Teig in eine längliche gebutterte Form gab und sie ihr reichte, damit sie sie in den Ofen stellte.

Sie musterte mich mit schief gelegtem Kopf. »Bist du sicher, dass du und Ben euch erst vor drei Tagen kennengelernt habt?« Ihre Augen unter den perfekt gezupften Brauen funkelten.

Ich nickte.

»Also … ist da etwas zwischen euch beiden?«

Mein Herz raste. »Ich weiß es nicht. Er ist nett und witzig und klug und sieht gut aus. Er ist erfolgreich und stark. Er fordert mich heraus, was manchmal anstrengend sein kann, aber ich mag es auch. Und wir haben in den letzten drei Tagen so viel Zeit zusammen verbracht. Aber …«

»Was?«, unterbrach mich Geneviève. »Du kennst ihn seit drei Tagen und klingst, als wärst du vertrauter mit ihm als viele Paare nach mehreren Monaten Beziehung.«

Ich biss mir auf die Lippe. *Aber ich lebe in L.A. und er hier. Unsere Leben könnten nicht unterschiedlicher sein. Und er will mir die Drehgenehmigung nicht erteilen.*

Seufzend sah sie mich an. Besorgnis spiegelte sich in ihrem Blick. »Geht es dir gut?«

Ich nickte.

»Vermisst du deine Familie? Es muss schwer sein, an Weihnachten von ihr getrennt zu sein.«

»Ich habe k…« Ich unterbrach mich. Ich hatte sehr wohl eine Familie, nur eben keine, mit der ich Zeit verbringen wollte. »Wir feiern Weihnachten nicht so. Obwohl ich es mir immer gewünscht habe«, fügte ich hinzu. »Aber egal. Das war jedenfalls ein glücklicher Seufzer, auch wenn es nicht danach geklungen hat.«

Ich wollte mich daran machen, das schmutzige, im Spülbecken gestapelte Geschirr abzuwaschen, doch Geneviève sagte: »Lass das ruhig stehen, Zoey. Komm. Höchste Zeit für ein schönes heißes Bad und frische Sachen für die Party.«

Ich lachte. »Ich würde gern etwas Frisches anziehen, habe aber nichts dabei.«

»Ich kann dir gern etwas leihen! Komm, wir gehen nach oben. Ich zeige dir meinen Kleiderschrank, und dann kannst du dich in die Wanne legen. Da niemand Strom hat, kommen die Gäste früher als üblich, trotzdem bleibt dir noch genug Zeit.«

Ich folgte ihr aus der Küche, vorbei an dem großen Esszimmer, durch die Diele und die glänzende Mahagonitreppe hinauf, wobei ich die Familienfotos an den Wänden bestaunte – Fotos von Geneviève und Xavier sowie von den Kindern von der Geburt bis ins Schulalter.

»Das Haus ist traumhaft«, sagte ich.

»Danke. Wir hatten großes Glück«, bestätigte Geneviève. »Es ist ein herrlicher Ort für die Kinder, um aufzuwachsen, solange wir dafür sorgen können, dass sie nicht allzu sehr davon verwöhnt werden. Deshalb müssen sie auch die Einfahrt freischaufeln, bevor sie spielen gehen dürfen. Auch heute. Erst kommt der Schnee weg, dann dürft ihr Eislaufen, habe ich gesagt. Xavier findet, ich bin zu streng, aber ich finde, ich habe genau das richtige Maß.« Ich lächelte sie an. Obwohl wir uns gerade erst kennengelernt hatten, wünschte ich, Geneviève wäre meine Freundin.

Der Fußboden im oberen Stockwerk war aus geschliffener Eiche mit hübschen Teppichen. Sie schob eine weiße Doppeltür auf, hinter der ein großzügiger Raum mit einem riesigen Bett in der Mitte zum Vorschein kam, und bedeutete mir, ihr zu folgen. »Hier entlang.«

An der hinteren Wand hingen weitere Familienfotos, Schnappschüsse und professionelle Aufnahmen, darunter auch ihr Hochzeitsfoto. Geneviève trug einen Traum von einem Seidenkleid, der sich perfekt um ihren Körper schmiegte, Xavier einen weißen Smoking mit schwarzer Krawatte. Im Hintergrund waren grüne Nadelbäume zu erkennen. »Ist das hier aufgenommen?«

Geneviève nickte. »Das Haus ist seit Jahren in Familienbesitz. Xavier ist das älteste Kind, und wir haben wiederum die meisten Kinder, deshalb haben wir beschlossen, es seinen Eltern abzukaufen. Sie wohnen im Westflügel, und du lernst sie natürlich später auch kennen. Kannst du dir vorstellen, wie es ist, hier aufzuwachsen? Das Haus ist so riesig, deshalb braucht man eigentlich eine ganze Kinderschar, um es zu füllen. Ich bin Einzelkind und habe mich immer einsam gefühlt. Deshalb wollte ich auch viele Kinder, und wir haben uns direkt nach der Hochzeit an die Arbeit gemacht. Ehrlich gesagt« – sie beugte sich zu mir herüber – »war ich bei der Hochzeit schon schwanger. Wir konnten es nicht erwarten, endlich loszulegen.« Sie lachte.

Ich lächelte und nahm das Foto genauer in Augenschein, als mir der junge Mann neben Xavier bekannt vorkam. Ben.

»*Oui*, Ben war Xaviers Trauzeuge«, bestätigte sie. »Die beiden sind Cousins, aber auch dicke Freunde, seit sie so groß waren.« Sie hielt ihre Hand auf Kniehöhe.

»Und sie?« Ich deutete auf die bildhübsche Frau neben Geneviève, die groß und unglaublich dünn war, mit langem blondem Haar, das ihr über die nackten gebräunten Schultern fiel. Ihr Teint war makellos, ihr Lächeln strahlend.

»Das ist Delphine, Bens Freundin.« Sie hielt inne. »Seine damalige, meine ich. Inzwischen sind sie nicht mehr zusammen, versteht sich.«

Ich nickte und bemühte mich, neutral zu bleiben. »Steht ihr euch nahe?«

Geneviève zögerte kurz. »Ja. Heute noch, obwohl es mittlerweile schwieriger ist, da sie ja nicht mehr hier lebt. Außerdem bin ich Ben gegenüber loyal, weil er zur Familie gehört.«

»Aber bist du nicht traurig, weil diese Verbindung Freundin-Schwägerin nicht länger existiert?«

»*Bien sûr.* Wir haben alle unsere Urlaube zusammen verbracht, waren zu Silvester Skilaufen, im Sommer in der Hütte am Lac McGregor.«

»Und was genau ist passiert?«

Genevièves Augen weiteten sich. »Oooh, sehr viel. Es war … ereignisreich. Aber dann … na ja, das sollte dir Ben erzählen, nicht ich.« Als wollte sie das Thema wechseln, trat sie zu einer Tür und öffnete sie. Dahinter kam eine riesige Ankleide zum Vorschein.

»Ich weiß, dass ich dich gerade erst kennengelernt habe, aber normalerweise habe ich ein gutes Händchen für Stil. Bei diesem Pulli verlassen sie mich allerdings. Ich habe keine Ahnung, was sich darunter verbirgt.«

»Ich kann dir zumindest sagen, dass ich nicht annähernd so schmal und grazil bin wie du.«

»Ich habe drei Schwangerschaften hinter mir, einmal davon sogar mit Zwillingen. Deshalb habe ich alle möglichen Größen hier hängen.« Geneviève ging die Kleiderstangen durch. »Hier, probier das mal an.« Sie drückte mir ein schmal geschnittenes rotes Kleid in die Hand, das sich leicht und seidig in meinen Fingern anfühlte, ehe sie sich wieder zum Schrank umdrehte. »Oh, das könnte noch besser sein. Das Grün zu deinen dunklen Haaren und Augen …« Sie gab mir einen grünen Jumpsuit. »Natürlich braucht man hohe Schuhe dafür.«

»Das wird zu schwierig, um auf die Toilette zu gehen«, bemerkte ich, woraufhin sie nickte.

»*Oui, c'est vrai.*« Sie nahm mir den Jumpsuit ab und reichte mir ein Samtkleid. »Aubergine … *non*, in dieser Farbe sieht jede Frau müde aus … Ah, das ist es.« Sie zog ein wunderschönes elfenbeinfarbenes Kleid mit hohem Kragen und tiefem Rückenausschnitt heraus. »Und dazu rote Schuhe. Passend zu Weihnachten.« Sie zog eine Schachtel heraus und öffnete den Deckel. »Absätze, ja, aber nicht völlig absurd, sondern gerade hoch genug, um tolle Beine zu zaubern. Probier die Sachen an, ich bin sicher, es passt alles.«

Ich schlüpfte in die roten Schuhe, die tatsächlich passten, und drehte mich zum Spiegel um. »Wow«, sagte ich und betrachte bewundernd meine Beine. Dann sah ich den Rest von mir. Der Anblick war erschütternd: Der Riesenpulli, der an mir herunterschlabberte, und mein Haar, mein ganzer Stolz, sonst glatt und glänzend, war eine wirre, stumpfe Matte. Ich hatte gemerkt, dass das Haargummi irgendwann herausgerutscht war, doch mir war nicht bewusst gewesen, dass ich so schlimm aussah. Meine Haut war immer noch fleckig und rau, und ich hatte dunkle Ringe unter den Augen. Im ersten Moment starrte ich mich entsetzt an, dann brach ich in Gelächter aus, das jedoch nach ein paar Sekunden in Tränen umschlug.

Geneviève stellte die Schuhschachtel hin und schlang die Arme um mich. »Du hast gerade eine *tempête de verglas* überlebt, und das ist nichts, was eine Portion Shampoo und ein Klecks Concealer nicht wieder hinbiegen könnten. Du bist wunderschön«, sagte sie. »Innerlich und äußerlich. Ich kann gut verstehen, warum Ben so verrückt nach dir ist.«

Ich stöhnte. »Das ist es nicht. Na ja, nicht genau. Es ist die ganze Situation. Davor war alles so leicht. Ich hatte ein erklärtes Ziel: meinen Film auf die Beine zu stellen. Regie zu führen. Aber Ben legt mir Steine in den Weg. Und jetzt verliebe ich mich auch noch in ihn? In diesen Mann, der mir Steine in den Weg legt, wo ich doch mein Ziel schon so lange verfolge?« Automatisch wischte ich mir mit dem Handrücken die Nase ab. »Er ist völlig irrational.«

»Das Leben ist manchmal eben irrational, Zoey«, wandte Geneviève freundlich ein. »Komm, ich zeige dir jetzt das Bad.«

Sie führte mich aus der Ankleide und durch das Schlafzimmer in ein Badezimmer, das größer war als mein Apartment. In der Mitte befand sich eine große Badewanne. Der Fußboden bestand aus weißem Marmor. Bei seinem Anblick wappnete ich mich für die Kälte, doch er fühlte sich angenehm warm an. Fußbodenheizung. Ich seufzte.

»Lass dir Zeit und bediene dich ruhig«, sagte sie, ehe sie das Badezimmer verließ und leise die Tür hinter sich schloss. Zum ersten Mal, seit dieses Abenteuer begonnen hatte, war ich allein.

Neben der Badewanne befand sich ein großes Fenster mit Blick auf den Garten. Die Ablagefläche auf dem Schminktisch war die reinste New Yorker Skyline: Flaschen und Tiegel in allen möglichen Größen, Formen und Farben standen vor dem goldgerahmten Spiegel aufgereiht. Auf einem schmalen Regal auf Augenhöhe lagen aufgerollte Gesichtshandtücher, daneben eine Vase mit frischen Ranunkeln. Auf einem Tischchen in der Ecke stand ein Tablett mit einer Flasche Wasser, einer Kerze, einem Feuerzeug und einem Stapel schmaler Bücher. Es war, als hätte Geneviève alles vorbereitet, um jederzeit einem Gast ein herrliches Bad in ihrer Wanne bieten zu können.

Ich trat auf die butterweiche Matte, drehte den Hahn auf und gab etwas Badesalz aus einem Glas dazu. Während das

Wasser lief und sich Lavendelduft ausbreitete, zog ich mich aus und stieg in die Wanne. Sollte ich ein schlechtes Gewissen haben, weil so viele Menschen gerade kein fließendes Wasser hatten, wohingegen ich mir gleich das luxuriöseste Vollbad meines Lebens gönnen würde? Vielleicht, doch es fiel mir schwer, wo sich das Wasser so herrlich anfühlte und jeden einzelnen Muskel zu umspülen schien. Augenblicklich entspannte ich mich. Ich tauchte unter, atmete aus und setzte mich wieder auf.

Meine Gedanken kehrten zu dem Hochzeitsfoto zurück – zu Delphine. An einem guten Tag war ich vielleicht eine Acht, sie hingegen eine eindeutige Elf. Und die letzten beiden Tage? Maximal eine Vier. Natürlich ging es in einer Liebesbeziehung nicht ausschließlich um die Optik, doch Delphine schien mehr zu bieten zu haben als nur ihr gutes Aussehen. Na gut, Ben hatte gemeint, sie sei vor ihrer Beziehung geflüchtet, als er darauf gehofft habe, sie beide würden heiraten und eine Familie gründen. Gleichzeitig hatte die Tatsache, dass sein Cousin und bester Freund vier Kinder hatte und er keine, durchaus einen Einfluss auf ihn. Wer hätte es da nicht eilig, das Gleiche auch für sich zu bekommen? Und Delphine hatte eben die Welt sehen und etwas erleben wollen. Ihren Horizont erweitern. Ich konnte nichts Falsches an dieser Entscheidung entdecken.

Wieso war ich also eifersüchtig?

Ich lehnte mich nach hinten und glitt in die angenehm prickelnden Badeschaumbläschen.

Meine Gedanken wanderten zu meinen Kollegen. Zu Stella. Machten sie sich Sorgen um mich? Es musste doch eine Möglichkeit geben, mit ihnen Kontakt aufzunehmen.

Das Handynetz funktionierte nicht, und Xaviers Haus war das einzige mit Strom in der direkten Umgebung. Selbst das Festnetz sei zusammengebrochen, hatte Xavier gesagt. Genüsslich in der herrlichen Wärme ausgestreckt, ließ ich meine Gedanken zu einem weiteren wichtigen Fakt in meinem Leben schweifen: meinem Film. Und den Alternativen, um ihn zu realisieren. Kurz überlegte ich, einfach Xaviers Wagen aus der Einfahrt zu klauen und zum Haus der Bürgermeisterin von Wakefield zu fahren. Aber wieso klauen? Xavier würde mir bestimmt ein Auto leihen. Allerdings wusste ich nicht, wo sich das Wochenendhaus der Bürgermeisterin befand. Ben würde vermutlich mitkommen. Wieso lag ich also noch hier herum? Aber es fühlte sich so herrlich an. Und hatte ich Ben jedes Argument vor Augen geführt, um ihn zu überzeugen?

Inzwischen war ich nicht mehr wütend, sondern respektierte seine Entscheidung. Möglicherweise trat er damit eher in die Fußstapfen seines Vaters, statt seinen eigenen Weg zu gehen, andererseits hatte er besagten Vater verloren, der ihn so viele Jahre geführt und angeleitet hatte, sodass Ben tatsächlich in seinem Sinne handeln wollte. Außerdem lag der Tod von Bens Vater noch nicht lange zurück, und ich konnte nicht sagen, wie ich an seiner Stelle gehandelt hätte. Und würde es wohl auch nie erfahren.

Vielleicht konnte ich mit seinem Entschluss ja leben? Nein. Noch hatte ich nicht aufgegeben.

Nach einer Weile bekam ich Schweißperlen auf der Stirn, deshalb tauchte ich noch einmal unter, ehe ich mein Haar mit Shampoo und Conditioner wusch. Widerstrebend stieg ich aus der Wanne, trocknete mich einem flauschigen weißen

Handtuch ab und schlang es um mich, bevor ich mich auf den kleinen Hocker vor dem Schminktisch setzte. Behutsam ließ ich die Finger über die Flaschen und Tiegel wandern – Gesichtscremes und Seren, Lidschatten und Rouge, Lipliner und Lippenstifte. Ich überlegte kurz, dann gab ich etwas von der reichhaltigen Gesichtscreme auf meine Wangen, trug eine Schicht Wimperntusche und einen Hauch Gloss auf, ehe ich die Schublade aufzog, in der sich ein Föhn befand.

Ich trocknete mein Haar und zog es glatt, mit einer leichten Welle an den Spitzen. In Genevièves Kleid und die Schuhe zu schlüpfen, fühlte sich an, als betrete ich eine neue Welt.

Ich betrachtete mich im Spiegel und lächelte – ganz anders als vor einer Stunde und sehr viel mehr wieder ich selbst. Oder sogar eine noch bessere Version von mir. Ich verließ das Badezimmer und ging die geschwungene Treppe hinunter, als ein leiser Pfiff ertönte.

Ben stand am unteren Treppenabsatz. Auch er hatte sich umgezogen, trug eine dunkle Jeans und ein blaues Hemd mit Button-down-Kragen, sein Haar hatte er mit etwas Gel gebändigt, sein Bart war getrimmt.

»*Tu as l'air en forme*«, sagte Ben, den Blick auf mich geheftet. Und die Art, wie er mich ansah … Viele schilderten, wie sich ihr Herzschlag beschleunigte oder ein wahres Feuerwerk in ihrem Innern zündete, wenn sie »den Richtigen« vor sich sahen. Als Ben und ich uns ansahen, überkam mich genau dieses Gefühl – so intensiv, dass mir plötzlich überdeutlich bewusst war, wie dünn sich der Seidenstoff über meinen Brüsten spannte. Er sah so gut aus. Aber abgesehen davon durchströmte mich ein Gefühl der Zusammengehörigkeit. Niemand außer Ben wusste von der Verwandlung, die hinter mir lag, weil auch er sie soeben vollzogen hatte. Unser gemeinsames Abenteuer war wie ein Scherz, den nur wir beide kannten. Und über alldem schwebte das Gefühl, dass es keine Rolle spielte, was ich trug. Ich hätte auch in diesem Schneeanzug stecken und platt gedrückte Haare haben können. Dieser Mann würde mich so nehmen, wie ich war. Und sich um mich kümmern. Wann immer ich ihn brauchte, ganz egal, wann und wie.

»Du siehst unglaublich aus«, sagte er, ohne den Blick von mir abzuwenden. Ich hätte schwören können, dass mein Gesicht dieselbe Farbe annahm wie meine Schuhe.

»Du siehst auch wirklich gut aus«, entgegnete ich und hielt mich am Geländer fest. Das Letzte, was ich jetzt noch brauchte, wäre ein Sturz die Treppe hinunter.

»Aber sei ehrlich. Eigentlich würdest du lieber wieder in diesem weiten Pulli stecken«, sagte er mit einem breiten Grinsen und streckte mir die Hand hin, die ich ergriff, was ein neuerliches Feuerwerk auslöste.

»Lust auf einen Eierpunsch? Oder Cider? Oder Wein?«, fragte er.

Ich sah ihn an. Mein größter Wunsch war, die Arme um ihn zu schlingen und seinen Körper zu spüren. Gleichzeitig war ich ein wenig verlegen und nervös. Ich schüttelte den Kopf.

»Du kennst bestimmt alle Gäste hier, ja?«, fragte ich.

»Natürlich. Was prima ist, weil ich dir alle vorstellen kann.« Er stieß mich mit der Schulter an. »Das ist vielleicht das Allerbeste daran. Ich bin froh, dass du geblieben bist.«

»Nur wegen des Glühweins. Und wegen des Ciders. Und des Eierpunschs.«

»Verstehe. Der Glühwein war wirklich prima«, erwiderte er mit gespielter Ernsthaftigkeit.

»Und am allerliebsten will ich dich küssen«, rief ich. Meine Augen weiteten sich, und das Blut schoss mir ins Gesicht. Es war nicht meine Absicht gewesen, so unverblümt zu sein. »Ich habe versucht, die Coole zu spielen, aber ich kriege es nicht hin.«

Er strich mit der Hand meinen Rücken entlang. »Trägst du eigentlich Unterwäsche?«, raunte er dicht neben meinem Ohr.

»Nein«, flüsterte ich und verspürte ein Ziehen. »Ein Kleid kann man sich von jemandem leihen, aber Unterwäsche?«

»Gefällt mir. Also, ich will am liebsten das hier tun.« Er nahm mich bei der Hand und führte mich zur Haustür.

»O nein, ich gehe nicht noch einmal in diese Kälte hinaus. Nicht so.«

»Wir gehen auch nicht raus.« Er zeigte nach oben, wo ein grüner Zweig mit kleinen weißen Beeren an einem Balken befestigt war.

»Oh-ho, the mistletoe«, summte er, während ein Lächeln um seine Mundwinkel spielte.

»Hung where you can see«, sang ich leise.

Ben trat näher, sodass sich unsere Körper berührten, legte beide Hände um mein Gesicht und sah mir tief in die Augen. Ich schlang die Arme um seinen Rücken, als er sich herabbeugte und sanft die Lippen auf meinen Mund legte.

Kapitel 17

Heiligabend

16 Uhr

»Zoey!«

Ben und ich lösten uns voneinander. Ich wandte mich um und sah Mireille aus der Küche treten. Sofort lief ich zu ihr und schloss sie in die Arme. Sie drückte mich fest an sich.

»Ich freue mich so, dich wiederzusehen.« Sie sah zu Ben und zwinkerte.

»Ich mich auch.« Ich drehte mich zu Ben um. »Du hast mir gar nicht gesagt, dass Mireille auch hier sein würde.«

»Bien sûr. C'est le Réveillon!«, erwiderte er.

Mireille drückte meine Hand. »Komm, wir gehen zu den anderen.« Sie führte mich durch eine Tür auf der rechten Seite in ein helles, luftiges Familienzimmer mit hoher Decke und frei gelegten Holzbalken. Um den Kamin hatten sich bereits einige Gäste versammelt und unterhielten sich, ein älteres Paar saß gemütlich auf einem Zweiersofa in der Ecke – sie mit einer Perlenkette um den Hals, er im Tweed-Sakko – und verfolgte das Geschehen. Etwas abseits hatte sich ein Grüppchen Männer in etwas zu engen Anzügen eingefunden, schätzungsweise ihren *Réveillon*-Anzügen, die Jahr um Jahr zum Einsatz kamen, auch wenn sie nicht mehr recht passen wollten. Auf dem Boden saß eine Handvoll etwa zehnjähriger Mädchen und spielte Candyland.

»Renee! Lise!«, rief Mireille und schob sich durch die Anwesenden. Die beiden waren entzückt, mich zu sehen, umarmten mich ebenfalls und bewunderten mein Kleid. Gleich darauf stand Ben mit zwei Gläsern neben uns und hielt mir eines davon hin. »Ich habe einfach mal geraten, dass du Rotwein magst. Der hier dürfte besser schmecken als der von gestern Abend … denke ich zumindest.«

»Danke.« Ich nahm das Glas entgegen und stieß mit ihm an.

»Santé.« Er hob das Glas an die Lippen und hielt für einen Moment meinem Blick stand – ich wusste genau, was er dachte.

»Du kannst sie keine Sekunde allein lassen, was?«, bemerkte Mireille mit einem wissenden Blick auf uns.

»Ich habe versprochen, sie allen vorzustellen, was aber nicht geht, wenn ihr sie mit Beschlag belegt«, sagte Ben und sah mich an. »Ich hätte auch gern, dass du meine Mom kennenlernst.«

Kurz verkrampfte sich mein Magen, doch ich nickte. »Okay.«

Ben führte mich in einen abgesenkten Wohnbereich, der Ausblick auf die Eisfläche im Garten bot, auf der mehrere Kinder in Schlittschuhen oder Winterstiefeln herumkurvten. Simon spielte mit einem kleinen weißen Hund im Schnee. Rechts befand sich ein Lagerfeuer, um das niedrige Bänke aus Baumstämmen gruppiert waren. Die Gäste standen herum, tranken und lachten im goldenen Schein, in den das Feuer den gesamten Garten tauchte.

»Maman«, sagte Ben zu einer Frau, die mit mehreren anderen Damen angeregt plaudernd in einer Ecke des Wohnzimmers saß. Sie hatte kastanienbraunes Haar und trug einen Rock und ein Twinset in einem hübschen Blumenmuster dazu. Bei unserem Anblick erhellten sich ihre Züge. »Zoey«, sagte sie. Eine angenehme Wärme breitete sich in mir aus, als sie mich in die Arme schloss. »Willkommen. Sie sehen so schön aus.«

»Danke, Madame Deschamps. Das Kompliment kann ich nur zurückgeben. Ich freue mich sehr, Sie kennenzulernen.«

»Und ich bin so froh, dass Sie meinen Sohn gerettet und rechtzeitig zum Fest zurückgebracht haben.«

Ich spürte, wie ich rot wurde.

»Ich stehe tief in Ihrer Schuld«, fuhr sie fort. »Vor allem in diesem Jahr. Und bei diesem Sturm … ein Glück, dass Xavier Vorkehrungen getroffen hat und er und Geneviève so großzügige Gastgeber sind. Das ist doch himmlisch, oder nicht?« Sie ließ den Blick durch den mit Gästen gefüllten Raum schweifen.

Ich nickte, noch immer aus vielerlei Gründen dankbar, hier zu sein. Wir plauderten einige weitere Minuten mit Bens Mutter, bis eine ältere Dame mit einer grauen Bobfrisur zu Ben trat und seinen Arm tätschelte. Sie hatte die gleichen Augen wie er, deshalb wusste ich auf Anhieb, dass es sich um seine Großmutter handeln musste.

»Mémère!«, sagte Ben, küsste seine Großmutter auf beide Wangen und trat dann zur Seite, um Platz für mich zu machen. *»C'est Zoey.«*

»Ich liebe Ihre gestrickten Hausschuhe«, sagte ich.

Sie sah mich ausdruckslos, aber nicht unfreundlich an. Bens Mutter lachte leise.

»*Mémère* spricht kein Englisch. Oder behauptet, sie sei zu alt dafür.« Ben grinste und sagte etwas auf Französisch, woraufhin die alte Dame sich eine Hand auf die Brust presste und dann die Arme weit öffnete.

»Der war gut«, bemerkte Ben, als seine Großmutter mich an sich drückte. Obwohl sie ein wenig hinfällig wirkte, war ihre Umarmung kräftig.

Ben führte mich weiter durchs Haus, hielt sich stets dicht neben mir, manchmal die Hand auf meinem Rücken. Schließlich zogen ihn ein paar Freunde von ihm mit sich. »Kommst du kurz ohne mich klar?«

»Natürlich. Du hast mich ja schon der Hälfte der Gäste vorgestellt.«

»Natürlich! Ich freue mich so sehr, dass du hier bist.« Er sah mich an und legte mir zärtlich die Hand auf die Wange.

»Ich mich auch«, flüsterte ich.

Er küsste mich. »Also gut, sollten wir uns verlieren, treffen wir uns in einer Stunde wieder hier.«

Innerhalb von Sekunden war Mireille erneut an meiner Seite. Sie hob die Brauen. »Ihr beide versteht euch gut«, bemerkte sie. »Heißt das, er hat dir die Drehgenehmigung erteilt?«

»Darüber haben wir gar nicht mehr gesprochen«, gestand ich.

»Nicht?« Sie musterte mich besorgt. »Aber ich weiß doch, wie viel dir dieser Film bedeutet.«

Ein flaues Gefühl erfasste mich. Sie hatte recht. Es war völlig unlogisch. Wie konnte ich so für den Menschen empfinden, der sich zwischen mich und meinen Lebenstraum stellte?

Mireille trank ihren Wein aus – eine gute Idee, dachte ich und tat es ihr nach. Wir gingen zum Büfett in der Diele neben der Küche, wo wir uns etwas zu essen holten und uns dann zu ihren anderen Freunden in einem weiteren Raum gesellten.

Nach einer Weile machte ich mich auf die Suche nach Ben und entdeckte ihn schließlich im Eingangsbereich, wo er mit einem Bier bei einer Handvoll Männer stand. In diesem Augenblick ging die Haustür auf, und ein Mann in Bens Alter kam herein, der mit großem Hallo begrüßt wurde. Er schüttelte den anderen die Hände, klopfte auf Schultern, ehe er sich umwandte, als eine weitere Gestalt eintrat. Sie hatte langes blondes Haar, glatte, makellose Haut mit von der Kälte leicht geröteten Wangen. Ich wusste auf Anhieb, wer sie war.

Ich sah zu, wie Delphine einen großen Koffer und eine Tasche voller Geschenke auf einer Bank abstellte und ihren Mantel auszog, unter dem ein glitzerndes schwarzes Shirtkleid mit Rollkragen zum Vorschein kam, das sich perfekt um jede ihrer Kurven schmiegte. Sie schlüpfte aus ihren Winterstiefeln und zog stattdessen schwarze Pumps an, die sie aus der Geschenketasche gezogen hatte. Sie war atemberaubend. Ich schluckte. Mit einem Mal fühlte ich mich wie ein kleines Mädchen, das mit Mamas Sachen Verkleiden spielte.

»Ich dachte schon, du kommst überhaupt nicht mehr!« Noémie lief auf ihre Schwester zu und warf die Arme um sie. Mein Blick fiel auf Ben, der sie ebenfalls ansah. Meine Beine wurden zu Pudding. Schließlich löste Delphine sich aus der Umarmung, drehte sich um und erblickte Ben.

Sie drohte ihm mit dem Finger. »Na, da ist ja der Mann, der mich nicht vom Flughafen abgeholt hat!«

Ben schob sich an seinen Freunden vorbei und umarmte sie. Mein Magen zog sich zusammen, als ich sah, wie sie ihn auf beide Wangen küsste.

»Ich habe in einem Eissturm festgesessen«, sagte er.

»Ach, du Ärmster!«, erwiderte sie neckend. »Aber dank Antoine habe ich es ja geschafft.« Der Mann, der vor Delphine hereingekommen war, hängte seinen Mantel auf und nahm seine Baseballkappe ab. »Und jetzt braucht Antoine dringend ein großes Glas von Bens berühmtem Cariobu.«

Ben löste sich von Delphine, schloss Antoine in die Arme und klopfte ihm auf den Rücken. »Seit wann sprichst du in der dritten Person von dir?«, fragte er und sah sich um. Er schien nach jemandem zu suchen.

Mit angehaltenem Atem stand ich da, bis sich unsere Blicke begegneten. Lächelnd kam er auf mich zu. Wollte er mich Delphine vorstellen? Wollte ich sie überhaupt kennenlernen? Und wenn ja, was würde er sagen?

»Hey«, sagte Ben. In diesem Moment ertönte eine Glocke. »Oh, Zeit für die Geschenke.«

»Geschenke?«

»Für die Kinder. Wir Erwachsenen schenken uns nichts, aber die Kleinen bekommen etwas an Heiligabend, bevor es zu spät wird.« Alle traten ins Wohnzimmer und versammelten sich um den Weihnachtsbaum, einer hohen Balsamtanne – die Kinder direkt davor, die Erwachsenen in einem Kreis ringsum. Ben streifte meine Hand und verschränkte unsere Finger ineinander. Ich sah ihn an, wobei ich vergeblich versuchte, das Lächeln zu unterdrücken, das sich auf meinem Gesicht ausbreitete. Er zwinkerte mir zu.

Jemand setzte sich ans Klavier und spielte »Jingle Bells«, woraufhin die restlichen Gäste einstimmten.

»*Batman smells*«, flüsterte Ben mir ins Ohr.

»Was?«

»Die nächste Zeile im Refrain. Punkt für mich.«

»So heißt das aber nicht, das weißt du ganz genau«, flüsterte ich zurück.

»Das habe ich in der dritten Klasse erfunden, und seither singe ich es so.«

Die Kinder verteilten die Geschenke untereinander. Irgendwann bemerkte ich, wie Delphine ihre Päckchen unter den Baum schob und sich zu Geneviève setzte. Lachend steckten die beiden die Köpfe zusammen. Sie kannten sich schon eine halbe Ewigkeit, sagte ich mir und verspürte so etwas wie Wehmut, gepaart mit dem Wunsch, ebenfalls dazuzugehören. Ich drückte Bens Hand, woraufhin er sich herüberbeugte und mich auf die Wange küsste. Freude durchströmte mich. Ben gab mir das Gefühl, hierherzugehören; als wäre ich genau an dem Ort, an dem ich sein sollte.

Nachdem wir einige weitere Weihnachtslieder geschmettert und die Kinder all ihre Geschenke geöffnet hatten, bot Ben an, uns noch etwas zu trinken zu holen. »Noch einen Wein?«, fragte er. Ich reichte ihm mein leeres Glas.

»Ich glaube nicht, dass wir uns schon kennengelernt haben«, sagte jemand, sobald Ben verschwunden war. Ich wandte mich um und sah den Mann vor mir stehen, der mit Delphine gekommen war.

»Antoine, oder?«

Er sah mich erstaunt an. »Mein Ruf eilt mir eindeutig voraus. Habe ich dich schon mal mitgenommen?«

»Wie meinst du das?« Ich lachte.

»Ich bin Uber-Fahrer in Ottawa. Eigentlich. Aber wegen des zusammengebrochenen Handynetzes ist heute nicht allzu viel los. Ich bin Xaviers Bruder. Bens Cousin. Mireilles Patensohn. Heb die Hand, wenn dir einer der Namen etwas sagt.«

Ich lachte. »Alle. Ich bin Zoey.«

Seine Brauen schossen hoch. »Ah, *du* bist also Zoey.« Er breitete die Arme aus. »Ich muss dich kurz drücken. Es ist, als würde ich dich jetzt schon kennen.«

Wir umarmten einander flüchtig, als ich ein Ziehen am Saum meines Kleids spürte. Ich löste mich und sah Jean-Patrique, Genevièves und Xaviers siebenjährigen Sohn, vor mir stehen.

»Sieh mal, was ich zu Weihnachten bekommen habe.« Er hielt eine Drohne hoch: einen Quadrocopter, eine Fernbedienung und ein VR-Headset. Mit diesen Dingern kannte ich mich aus, weil wir sie regelmäßig am Filmset für Luftaufnahmen einsetzten. »Mom sagt, ich darf damit nur raus, wenn ein Erwachsener dabei ist. Kannst du vielleicht mitkommen?«

»Klar, Jean-Patrique«, sagte ich gerührt, obwohl ich am liebsten nie wieder im Winter einen Fuß vor die Tür gesetzt hätte. Ich verabschiedete mich von Antoine und folgte Jean-Patrique, der aus dem begehbaren Schrank neben der Eingangstür Jacke, Stiefel, Mütze und Handschuhe herauskramte. Erst jetzt dämmerte mir, dass ich außer dem albernen

Schneeanzug ja nichts Warmes bei mir hatte. Den konnte ich allerdings nicht anziehen, weil er Genevièves Kleid zerknittern würde. Der Junge musste meinen Gewissenskonflikt registriert haben, denn er warf mir einen dicken *Canada Goose*-Parka zu. »Der gehört meiner Mom, aber du kannst ihn gern anziehen. Sie hat nichts dagegen, weil sie zig davon hat. Und du kannst ruhig J-P zu mir sagen, das tun alle.«

J-P war bereit, und ich wollte ihn nicht enttäuschen, also schlüpfte ich in den Anorak, fand meine UGGs, schlang mir meine Tasche um, in der noch die Handschuhe steckten, und folgte ihm nach draußen, wo uns ein wahres Winterwunderland mit sanft rieselndem Schnee erwartete. Unser Atem bauschte sich in kleinen Wolken vor unseren Mündern.

J-P startete die Fernbedienung und legte einen Schalter an der Drohne um. Prompt begannen die vier kleinen Propeller zu rotieren, und das Gerät stieg etwa auf Kopfhöhe auf, wo es verharrte. J-P blickte auf die mit zwei Joysticks ausgestattete Fernbedienung und erklärte mir, dass der eine die Höhe regelte, der andere die Richtung. Er drückte den einen Stick, um die Drohne nach vorn fliegen zu lassen, und holte sie wieder zurück. Dann setzte er sich das VR-Headset auf, durch das er sehen konnte, was die Drohnenkamera erfasste. Ich blickte zu dem surrenden Gerät hoch. J-P ließ es über das Haus fliegen, durch die Qualmwolken des Schornsteins, machte einen Loop und richtete es wieder auf die korrekte Position aus. Es flog so hoch, dass ich es nicht länger hören konnte, dann kehrte es zurück und senkte sich herab, sodass es direkt zwischen uns beiden schwebte.

»Wie kommt es, dass du das so gut kannst?«, fragte ich beeindruckt. Der Knirps war gerade einmal sieben.

»Alle meine Freunde haben eine«, erklärte er. »Ich spiele die ganze Zeit damit.« Anschließend schob er das Headset hoch. »Willst du auch mal probieren?«

Es dauerte eine Weile, um das VR-Display so zu justieren, dass es auf meinen Kopf passte, doch kaum saß es korrekt, war es, als stünde ich wieder am Set. Natürlich wurden die Drohnen für Luftaufnahmen eingesetzt, aber in den Umbaupausen vertrieb sich die Crew gern die Zeit mit Drohnenrennen. Manchmal wurden sogar Wetten abgeschlossen, und vor einiger Zeit war ich als Pilotin eingestiegen. Und ich war sogar ziemlich gut. J-P reichte mir die Fernbedienung, deren Bedienelemente denen glichen, wie ich sie von den Filmdrohnen kannte. Ich ließ die Drohne fast bis zum Boden herabsurren.

»Vorsicht!«, rief J-P. »Mann!« Ich ließ sie aufsteigen, bis über unsere Köpfe, über J-P und die entlang der Einfahrt geparkten Fahrzeuge hinweg, bis sie außer Sichtweite war.

»Wow«, rief J-P, »du hast es ja voll drauf!«

Als Nächstes ließ ich sie über das Haus fliegen, wo ich einen Blick auf den Garten warf. Auf der Eisfläche war ein Eishockeyspiel in vollem Gange. Ich erkannte Xavier und eine Handvoll weiterer Erwachsener, dazwischen ein halbes Dutzend Kinder.

Ich lenkte die Drohne weiter, vorbei an der Eisfläche, als ich sie sah: Bens breite Schultern und seine schmalen Hüften. Sein dichtes Haar. Ihre lange blonde Mähne. Sie trug ihren Mantel über dem Turtleneck-Kleid. Die beiden standen dicht beisammen. Ich hielt die Drohne an.

»Was ist los? Wo ist sie?«, fragte J-P.

Ihre Köpfe waren nur durch einen Atemzug voneinander

getrennt. Sie redete. Er nickte. Dann redete er, und sie schüttelte den Kopf. *Nicht panisch werden, Zoey.*

Ich zwang meinen Herzschlag, sich zu beruhigen.

»Du musst den Joystick bewegen«, sagte J-P.

Doch das konnte ich nicht. Ich konnte den Blick nicht von dem Display wenden.

Delphine berührte Bens Arm. Jenen Arm, den ich in den letzten Tagen aus Sorge oder Angst so oft gestreift, gestern Nacht geküsst und gestreichelt hatte. Mit der freien Hand kratzte Ben sich am Kopf, machte jedoch keine Anstalten, sich von ihr zu lösen.

Und dann beugte Delphine sich näher. Die nächsten Sekunden schienen wie in Zeitlupe zu geschehen. Sie sagte etwas zu ihm, er sah weg, zum Lagerfeuer hinüber. Dann wandte er sich wieder ihr zu. Bruchteile von Sekunden später hatte sie die Hände um sein Gesicht gelegt und zog ihn näher zu sich. Ich riss mir das Headset vom Kopf.

»Hier. Ich muss los, aber sie ist gleich wieder hier.« Ich sah mich um.

J-P nahm das Headset entgegen und bekam die Drohne zu fassen, als sie sich auf Taillenhöhe befand.

»Komm«, sagte ich und hastete die Treppe zum Haus hinauf. Prompt rutschte ich auf dem immer noch vereisten Weg aus und fing mich in letzter Sekunde.

Eilig drehte ich mich nach J-P um, wollte mich vergewissern, dass er hinter mir war. Ich wusste nicht, was ich tun sollte, nur eines stand fest: Ich konnte nicht bleiben. Dann öffnete ich die Eingangstür, um J-P ins Haus zu lassen. *»I really can't stay«*, sang Antoine. *»Baby, it's cold outside. I've got to go away …«*

Unwillkürlich dachte ich an Ben und mich, wie wir den Song weitersangen. Aber dafür war ich jetzt nicht in Stimmung.

Antoine umarmte eine ältere Frau und wandte sich zum Gehen. »Ah, Zoey. Es hat mich gefreut, dich kennenzulernen.«

»Gehst du?«, fragte ich.

»Leider muss ich los. Meine Großmutter wohnt in einem Pflegeheim in Ottawa, und es ist Tradition, dass wir um Mitternacht anstoßen.«

Ich nickte, während ich wie erstarrt auf der Türschwelle stand. Sollte ich wieder hineingehen und mich der Demütigung stellen, auf einer Party zu sein, bei der Ben und Delphine sich versöhnten und wieder zusammenfanden? Aber wie sollte ich verschwinden? Und wohin?

Es war idiotisch gewesen, zu glauben, ich würde hierher passen. Das hier war nicht meine Familie. Nicht meine Freunde. Dies war nicht meine Stadt. Ich war eine Betrügerin. Ein Eindringling. Zu bleiben, war ein Riesenfehler gewesen.

Ich musste hier weg.

Antoine!

»Antoine!«, rief ich und hastete die Treppe hinunter. »Antoine!« Ich winkte. »Warte!«

Er wandte sich um, während ich auf der dünnen Eisschicht ausrutschte, die sich in der Einfahrt gebildet hatte. Inzwischen stand er neben einer silberfarbenen Limousine.

»Könntest du …«, stieß ich schnaufend hervor. »Bitte, nimm mich mit.«

»Moi?«

Ich nickte. »Ja. Es ist mir ganz egal, wohin du fährst.« Ich konnte selbst kaum glauben, was ich da sagte. Nach allem, was Ben und ich durchgemacht hatten. Aber ich konnte nicht anders.

»Du verlässt die Party?«

»Du doch auch«, entgegnete ich.

Er hob die Hände. »Also gut, keine Fragen. Steig ein.« Die Scheinwerfer blitzten auf, als er den Wagen aufschloss.

Eilig trat ich auf die Beifahrerseite und stieg ein.

»Ich lasse nur die Heizung laufen, während ich das Eis von den Scheiben kratze«, erklärte er.

Er ließ den Motor an und stieg noch einmal aus. Kaum hatte er die Fahrertür zugeschlagen, flossen auch schon die Tränen. Unaufhaltsam. Wie hatte ich so blöd sein und mir einbilden können, meine kurze Episode mit Ben ändere irgendetwas? Er konnte mich doch niemals wollen. Nicht, wenn Delphine immer noch präsent war. Sie hatten eine gemeinsame Geschichte, ein ganzes Leben, das sie miteinander verbracht hatten, Ben und ich hingegen gerade einmal drei Tage und eine einzige Nacht.

Ganz zu schweigen von *Réveillon*, seiner Stadt, seinen Freunden, seiner Familie. Weihnachten. Wie hatte ich mir einbilden können, etwas davon abzubekommen? Ein einziges Mal hatte ich eine Kostprobe gekriegt. Während dieses Urlaubs in Chelsea, doch ganz offensichtlich gab es irgendetwas an meinem Verhalten oder an meinem Charakter, meiner Kindheit oder meinen Eltern, irgendeine noch nicht definierte Finsternis in meiner Seele, die mir ein solches Fest und diese Art von Glück versagten.

Die Tür ging auf. Antoine stieg wieder ein.

Er sah mich an. »Also, dann …« Er unterbrach sich. »O nein, was hast du denn?«

Ich wedelte mit der Hand vor meinem Gesicht herum und sah zum Fenster hinaus. »Eine Allergie«, murmelte ich.

»Gegen Liebeskummer?«

»So in der Art.«

»Bist du sicher, dass du mitkommen willst? Bald brechen alle zur Mitternachtsmesse auf. Es ist Heiligabend.«

»Genau deshalb will ich ja weg!«, rief ich schniefend.

»In diesem Fall bist du hier richtig.« Achselzuckend schnallte er sich an und fuhr langsam rückwärts aus der Einfahrt. »Willst du zu meiner Großmutter mitkommen?«

»Weißt du zufällig, wo sich das Cottage der Bürgermeisterin von Wakefield befindet?«, fragte ich hoffnungsvoll.

Antoine sah mich verwirrt an. »Ich fürchte, Ben ist der einzige Bürgermeister, den ich kenne.«

»Das war ohnehin nicht ganz ernst gemeint. Könntest du mich vielleicht zum Flughafen fahren? Vielleicht kriege ich ja heute Abend noch eine Maschine. Oder ich bleibe bis morgen früh in einem Hotel.«

»Also habt du und Ben …«

Ich schüttelte den Kopf. »Mit Delphine kann ich nicht konkurrieren. Du hast sie ja gesehen.«

Er musterte mich fragend. »Ja, das habe ich, und ich habe ihr auch stundenlang zugehört. Mann, dieses Mädchen ist so was von überzeugt von sich! Aber sie ist nun mal Delphine. Alle lieben Delphine.«

Ich nickte. »Genau das habe ich mir gedacht.« Wieder sah ich aus dem Fenster und wünschte, Antoine möge endlich losfahren.

»Aber wen interessiert es, ob alle Delphine mögen? Ich hatte den Eindruck, als wäre Ben ziemlich begeistert von dir.«

»Du hast mit Ben gesprochen?«

Antoine bog nach links in eine dunkle Straße. Mir war entfallen, dass ja noch immer Stromausfall herrschte. Die Zeit in Xaviers und Genevièves Haus war wie eine Flucht aus der Realität gewesen. Zumindest für eine Weile. Aber es war nicht das echte Leben. *Mein* Leben.

»Na ja, hauptsächlich haben wir uns Textnachrichten geschickt. Und die meisten kamen von ihm. Du weißt, dass er mich gebeten hat, Delphine am Flughafen abzuholen, ja?«

»Tatsächlich?« Ich hatte das Gesicht an die Fensterscheibe gelehnt, riss aber nun den Kopf herum und sah Antoine fassungslos an. Wann hatte Ben Antoine eine Nachricht geschickt? Das Handynetz funktionierte doch schon ewig nicht mehr.

»Ich sehe dir dein Interesse an«, meinte Antoine neckend.

Eilig wandte ich das Gesicht wieder ab, konnte mir jedoch ein Lächeln nicht verkneifen.

»Eigentlich sollte ich erst jetzt bei der Arbeit sein, aber es war klar, dass er sie unmöglich abholen konnte«, fuhr er fort. »Er wollte ihr nicht die falsche Botschaft vermitteln – oder dir. Er hat den regulären Preis für die Fahrt gezahlt. Wahrscheinlich hätte ich ihm nichts berechnen sollen, schließlich ist er mein Cousin, aber wenn ich jeden gratis fahre, mit dem ich verwandt bin, kann ich meine Miete vergessen. Und ich habe dadurch die halbe Party verpasst.«

Gedanklich war ich immer noch bei Antoines Bemerkung, Ben habe nicht das falsche Signal senden wollen. Aber was für eine Botschaft war es denn seiner Meinung nach, wenn er sie küsste – sowohl an sie als auch an mich?

Hatten sie sich tatsächlich geküsst? Natürlich konnte ich es nicht beschwören, doch sie hatte die Hände um sein Gesicht gelegt. Sie hatte ihn küssen wollen. Und soweit ich sehen konnte, hatte er keine Anstalten gemacht, sich ihr zu entziehen. Allerdings hatte ich die Szene nicht lange genug beobachtet, um zu wissen, wie das Ganze geendet hatte.

»Halt an«, sagte ich.

»Was?« Antoine sah mich an.

»Entschuldige, aber kannst du bitte anhalten? Ich will zurück.« Ich nickte, als müsste ich mir meinen Entschluss selbst bestätigen. »Ich muss zurück.«

Kurz starrte Antoine mich verblüfft an, dann breitete sich ein langsames Lächeln auf seinen Zügen aus. »Braves Mädchen.« Er schlug auf die Konsole zwischen unseren Sitzen und hielt, anschließend legte er den Rückwärtsgang ein und sah in den Rückspiegel. »Aber es gibt ein Problem.«

Ich spähte aus dem Fenster. War die Straße zu schmal, um zu wenden? Ich drehte mich auf dem Sitz um. Ein helles Licht schien sich zu nähern, dann hörte ich das lauter werdende Geräusch eines Motors. »Was ist das?«, fragte ich.

»Sieht so aus, als würde uns jemand mit einem Schneemobil folgen. Ich fahre rechts ran, lasse ihn vorbei und drehe dann um.«

Ich nickte und bemühte mich, ruhig zu bleiben, innerlich jedoch war ich voll angespannter Energie. Nur unter Aufbietung all meiner Willenskraft gelang es mir, nicht die Tür aufzureißen und aus dem Wagen zu springen, um zum Haus zurückzulaufen.

Wieder drehte ich mich auf dem Sitz um und sah zu, wie der Lichtkegel größer und heller wurde, ehe das Gefährt auf der Beifahrerseite neben mir zum Stehen kam. Ich dachte an Ben und mich, wie wir zuvor auf dem Schneemobil unterwegs gewesen waren. Bloß noch ein paar Sekunden, dann könnte Antoine umdrehen.

Der Fahrer des Schneemobils schaltete den Motor aus. Er trug einen dicken schwarzen Anorak und einen schwarzen Helm. Dann klappte er das Visier hoch. Und mein Herz machte vor Erleichterung einen Satz.

Gerade als ich die Tür aufriss und ausstieg, schwang Ben ein Bein über den Sitz. Er nahm seinen Helm ab und hängte ihn in seine Armbeuge.

»Was machst du denn hier?«, fragte ich.

»Dasselbe könnte ich dich fragen. Wieso bist du einfach gegangen?« Er musterte mich forschend. Besorgnis spiegelte sich auf seiner Miene – eine größere, als ich es in den vergangenen drei Tagen beobachtet hatte.

Ich suchte nach den richtigen Worten. Ich wollte ihn fragen, was passiert war – genauer gesagt, wie es zu dem gekommen war, was ich zwischen ihm und Delphine beobachtet hatte. Ich wollte um ihn kämpfen, ihm sagen, wie ich für ihn empfand, aber nur, wenn er mir gegenüber ehrlich war. Was, wenn er alles abstritt?

Andererseits hast du in dem Fall auch die Antwort, die du wolltest.

»Ich weiß nicht, was du gesehen hast oder ob es genau das ist, was du gesehen hast«, erklärte Ben, noch ehe ich ansetzen konnte, »aber Delphine und ich haben uns nicht geküsst. Mir ist wichtig, dass du das weißt.«

Tränen schossen mir in die Augen. Mit einem Mal war ich nicht mehr sicher, ob ich überhaupt um ihn kämpfen konnte. Wenn er mit Delphine zusammen sein wollte, würde ich ihn nicht überreden, sich für mich zu entscheiden. Aber ich wollte ihn auch nicht zurücklassen, ohne ihm meine Gefühle offenbart zu haben – etwas, das ich in meinen vorherigen Beziehungen noch nie getan hatte. Aber es war wichtig. Beziehungen waren nicht immer ausgeglichen. Es kam vor, dass der eine den anderen mehr liebte, und das Einzige, was ich kontrollieren konnte, waren meine Gefühle für ihn. Und genau das musste er wissen. »Ich weiß nicht, wie du zu Delphine stehst«, sagte ich, »und vielleicht hast du bloß etwas für mich empfunden, als wir zusammen festgesessen haben, weit weg vom Rest der Welt. Vielleicht hat euer Wiedersehen deine Gefühle wieder aufwallen lassen oder so etwas in der Art. Das entzieht sich meinem Einfluss. Aber das hättest du dir überlegen müssen, bevor du mich eingeladen hast zu bleiben. Bevor du mir diesen Floh ins Ohr gesetzt hast, Weihnachten einmal ganz anders zu verbringen. Im Kreis deiner Familie und deiner Freunde. Es war unfair, mich in diese Lage zu bringen, denn hätte ich mich nicht ohnehin schon als Außenseiterin gefühlt, dann jetzt noch sehr viel mehr.«

Bestürzung zeichnete sich auf seiner Miene ab. Er nickte, als akzeptiere er, dass er zerstört hatte, was zwischen uns hätte sein können.

Tränen liefen mir über die kalten Wangen. Bens Augen waren ebenfalls glasig. Er vergrub die Hände in den Hosentaschen.

»Ich weiß«, erklärte er ernst. »Und es tut mir unendlich

leid. Ich bin froh, dass du es ausgesprochen hast, und du hast vollkommen recht.«

Ich musterte ihn forschend. Ich hatte also recht, aber auch im Hinblick auf seine wiedererwachten Gefühle für Delphine?

Er sah weg, blickte in die Ferne. Ich wartete. Was kam als Nächstes?

Ein eindringlicher Ausdruck lag in seinen Augen, als er sich mir wieder zuwandte. »Delphine und mich verbindet eine so lange Geschichte. Das weißt du. Und ich will gar nicht vorgeben, es wäre anders. Wir waren eine halbe Ewigkeit zusammen. Das ist eine Tatsache. Aber das ist vorbei. Es ist Vergangenheit. All die Jahre mit ihr und die Art, wie es am Ende zwischen uns lief, waren sehr schlimm für mich, weil es sich für mich anfühlte, als hätte sie unsere gemeinsamen Lebenspläne zerstört. Aber wenn ich etwas aus Dads Tod gezogen habe, dann ist es die Erkenntnis, dass das Leben nun mal nicht nach Plan verläuft. Und dass ich nur über einen winzigen Teil meines Lebens die Kontrolle habe, wohingegen ich mit allem anderen zu leben lernen muss.« Antoine schaltete den Motor aus. Stille machte sich breit.

»Dass Delphine weggegangen ist, hat sich angefühlt, als hätte sie eine falsche Abzweigung auf unserem gemeinsamen Weg genommen, und ich habe versucht, sie wieder auf Kurs zu bringen. Aber wessen Kurs war das? Inzwischen habe ich begriffen, dass jeder seinen eigenen Kurs im Leben hat. Du kannst nicht dein eigenes Schiff und gleichzeitig das eines anderen steuern. Oder des Schneemobils oder was auch immer man unter dem Hintern hat.« Ein Lächeln spielte um seine Lippen. »Manchmal schlagen Menschen einen anderen

Kurs ein, und das ist auch gut so. Denn durch Delphine habe ich gelernt, dass es auch andere Wege gibt. Wege, von denen einige zum selben Ziel führen, andere hingegen in völlig neue Richtungen.«

Inzwischen fiel der Schnee dichter und legte sich in einer dünnen Schicht auf Bens braunes Haar. Doch es wehte kein Wind, und kalt war es auch nicht. Es war, als befänden wir uns in einer Schneekugel. Allerdings hatte ich mir stets eine glückliche Szenerie vorgestellt. Worauf das hier hinauslief, konnte ich noch nicht sagen.

»Was ich damit sagen will …« Ben fuhr sich mit den Fingern über die Bartstoppeln. »Delphine und ich hatten unsere Geschichte, und die ist vorbei. Ich hätte sie nicht geküsst, egal, ob du bei der Party gewesen wärst oder nicht. Denn für mich zählst allein du. Das wusste sie. Weil ich es ihr gesagt habe. Ich glaube, sie wollte nur noch einen letzten Kuss, aber ich konnte bloß an dich denken. An unsere gemeinsame Zeit. Delphine ist meine Vergangenheit. Du aber, Zoey, du bist mein Jetzt.« Sein Blick lag auf mir. Ich wollte wegsehen, gleichzeitig jedoch in seinen Augen versinken, in seine Seele hineinspüren, um herauszufinden, ob das, was er sagte, die Wahrheit war und aus seinem Herzen kam.

Aber – *Jetzt*? Das war alles? »Jetzt, das fühlt sich so … temporär an«, stieß ich schniefend hervor. »Und ich will dich ja nicht bedrängen, mir mehr zu geben als das, aber … na ja … eigentlich schon. Ich will mehr. Und ich verdiene mehr.« Ich wischte mir die Tränen ab.

Ben nickte. »Stimmt. Und vielleicht ist es nicht richtig, es so zu bezeichnen. Weil es sich nicht umfassend genug anfühlt, aber für mich ist es real. Im Moment leben. Hier zu sein, gemeinsam. Den Moment nicht verstreichen zu lassen, aber auch die Zukunft zu planen. Denn das Jetzt verändert sich ständig, und es liegt an uns zu entscheiden, wie wir es verbringen wollen. Jede Minute mit dir fühlt sich neu an, aufregend und voller Möglichkeiten. Du weißt selbst, wie sehr ich in den Traditionen verhaftet bin, aber durch dich verspüre ich den Wunsch, auszubrechen, neue Dinge auszuprobieren. Unsere eigenen Traditionen zu erschaffen.«

»Tatsächlich?«

Er nickte. »Bis auf Heiligabend.« Er wies mit dem Daumen auf das Haus. »Heiligabend im verschneiten Chelsea? Das ist ein Muss. Solange wir es gemeinsam begehen.«

Ich schüttelte den Kopf und lachte. Weihnachten im Schnee mit Ben? Ja, genau das wollte ich auch. »Ich glaube, mit diesem ›Jetzt‹ meine ich … jetzt. In dieser Sekunde.« Er trat näher. »Und in dieser. Und …«

Ich legte ihm meinen Finger auf den Mund und trat näher, sodass meine UGGs seine Stiefelspitzen berührten. »Ich verstehe schon«, sagte ich und biss mir auf die Lippe.

Schneeflocken hatten sich auf seine Wimpern gelegt. Ich wischte sie mit dem Daumen weg und legte ihm die Hand um die Wange.

»Und was bedeutet das? Dass du mit ›Jetzt‹ einverstanden bist?«

»Klingt ziemlich perfekt.« Ich legte auch meine andere Hand um sein Gesicht und zog ihn zu mir heran. Seine Haut war kalt, sein Atem jedoch strich heiß über meine Wangen. Unsere Lippen fanden sich, zuerst sanft, dann mit wachsender Intensität. Er schlang die Arme um meine Taille und zog mich näher zu sich. Schließlich lösten wir uns voneinander. Ich lachte. *»I don't want a lot for Christmas«*, sagte er.

»There is just one thing I need«, ergänzte ich, woraufhin er lächelte. »Punkt für mich.«

»Dasselbe gilt für mich«, sagte er und beugte sich neuerlich vor. Ich verschmolz mit ihm in einem Kuss.

Kapitel 18

Erster Weihnachtstag

9 Uhr

»Frohe Weihnachten!«, sagte Ben dicht an meinem Ohr. Ich rollte mich zu ihm herum. Er saß auf der Bettkante mit einer Tasse, der ein köstlicher Duft entstieg. Der Raum war hell und luftig, die Sonne schien durch das raumhohe Fenster, durch das sich ein Blick auf die Balsamtannen der Baumschule bot.

»Mmm.« Ich streckte mich und setzte mich auf. »Woher weißt du, dass ich Kaffee im Bett über alles liebe? Vor allem, wenn ich ihn serviert bekomme.«

»Ach der? Der ist für mich.« Ben hob den Becher an die Lippen. »Wenn du einen Kaffee willst … unten in der Küche gibt es welchen.« Er hielt inne und grinste auf eine Art, die meinen Magen wilde Schneeengel beschreiben ließ. »War nur Spaß.« Er reichte mir den Becher.

Ich umschloss ihn mit beiden Händen und nippte daran. »Aber wie ist das …«

»Wir haben wieder Strom. Das ist ein Weihnachtswunder.« Er beugte sich vor, stützte sich mit den Händen links und rechts von mir ab und küsste mich, zuerst auf die eine, dann auf die andere Wange. Und schließlich auf den Mund.

»Fantastisch«, sagte ich und lächelte bei der Erinnerung an gestern Abend: Ben und ich nebeneinander in der gotischen Kirche von Chelsea bei der Mitternachtsmesse, wo der Chor »Chanson du Noël« sang. Danach waren wir die Hauptstraße entlang zum *Rendez-Vous* spaziert, wo Lisa und Henri an einem Lagerfeuer vor ihrem Café heißen Cider serviert hatten. Schließlich waren wir hierhergekommen, in Bens Haus.

»Hmmm. Das heißt, wir können Weihnachtslieder hören, solange wir unsere Strümpfe leeren.« Ben drehte sich um und rief nach Simon, der wenige Sekunden später mit einem roten Strickstrumpf hereingestürmt kam – schwanzwedelnd, die Augen weit aufgerissen, die Ohren gespitzt, als wüsste er ganz genau, dass er eine tragende Rolle in Bens Plan spielte. Ich war völlig aus dem Häuschen, aber auch etwas verlegen, weil Ben es irgendwie geschafft hatte, ein Geschenk für mich zu besorgen – wie nur? –, wohingegen ich selbst mit leeren Händen dastand.

»Ich kriege einen Strumpf?«

»Ich habe gehört, du liebst das. Das sei eine deiner Lieblingsweihnachtstraditionen.«

Ich nickte seufzend. »Das stimmt, aber …«

»Nicht aber. Den Heiligabend haben wir für mich gefeiert. Jetzt kommt der Weihnachtsmorgen für dich.«

Er nahm Simon den Strumpf aus dem Maul und kraulte ihm das Kinn. »Braver Hund.« Er reichte mir den Strumpf.

Die Wolle fühlte sich weich an. Ich drückte ihm den Kaffeebecher in die Hand und legte den Strumpf auf meinen Schoß. »Aber ich habe gar nichts für dich.«

»Ich brauche nichts. Du bist hier, und das ist das Einzige, was ich will.«

Simon sprang aufs Bett und kuschelte sich neben mich, wobei er die Hälfte der Matratze mit Beschlag belegte. Ben nippte an meinem Kaffeebecher, stellte ihn ab und griff nach einer kleinen Fernbedienung. Augenblicke später ertönte der vertraute Refrain von Nat King Coles »The Christmas Song« aus den Lautsprechern. Ben wies mit einem Nicken auf den Strumpf. »Okay, wir sind so weit. Los, mach ihn auf!«

Ich griff hinein und zog das erste Geschenk heraus. Es war in rotes Papier eingeschlagen und mit einer goldenen Schleife versehen. Vorsichtig wickelte ich es aus. Diesen Moment wollte ich für immer im Gedächtnis speichern. Ein Paar grauer Strickhausschuhe kam heraus. Entzückt drückte ich sie an meine Brust. »Meine eigenen grauen *poupons*«, rief ich.

»Na ja, eigentlich sind sie ja nicht …« Ben hielt inne und lachte kopfschüttelnd. »Nein, du hast recht.«

Ich zog die Beine unter der Decke hervor und schlüpfte hinein. Die Haussocken waren weich und warm. »Sie sind perfekt. Woher wusstest du, welche Größe sie haben müssen?«

Er grinste. »Wahrscheinlich habe ich nach der Zeit, die wir zusammen verbracht haben, richtig geschätzt.« Er wies mit einem Nicken auf den Strumpf. »Aber mach weiter. Es ist nur noch ein Geschenk drin, aber ich denke, das ist das *pièce de résistance*.«

Dieses Gefühl. Diese Wärme und liebevolle Freundlichkeit zwischen zwei Menschen, die einander zugetan waren, und die Tröstlichkeit des Wissens, dass das Leben mir das Geschenk gemacht hatte, gemeinsam Zeit zu verbringen. Das war Weihnachten. Endlich mein Weihnachten.

Ich schob die Hand hinein und berührte aufgerolltes Papier. Vorsichtig zog ich es heraus. Es sah wie die aufgerollten Veranstaltungstipps aus, die Lise mir am ersten Tag in ihrem Café überreicht hatte. Es war sogar mit einem roten Geschenkband umwickelt. Hatte Ben alles aufgelistet, was wir gemeinsam unternehmen könnten? Denn gestern hatten wir uns vor dem Einschlafen darauf geeinigt, dass ich bis Silvester bleiben würde. Wir könnten also Eis- oder Langlaufen gehen, einen Schneemann bauen, Wein am Kamin trinken und all die anderen Dinge, für die wir Bens Haus nicht zu verlassen brauchten.

»Mach es auf«, drängte Ben und strich mit der Hand über mein Bein.

Ich zog das Geschenkband ab, rollte das Blatt Papier auf und überflog den Text. Dann sah ich ihn fassungslos an. »Du … du erteilst mir die Drehgenehmigung?« Ich presste mir die Hand auf den Mund, während sich meine Augen mit Tränen füllten, und warf ihm die Arme um den Hals. »Ben! Wieso? Warum hast du deine Meinung geändert?« Ich löste mich von ihm, nahm seine Hände in meine und sah ihn an.

»Du lässt dich in einer Diskussion nicht so schnell unterkriegen. Das mag ich«, sagte er.

Ich drückte die Genehmigung an meine Brust. »Ich weiß, dass es dir schwerfällt und du Bedenken hast, aber denk doch bloß, was für ein Spaß das in der Stadt wird! Du liebst Weihnachten, und nun hast du im Januar gleich noch einmal ein Fest. Du gehst vor die Tür, und die ganze Stadt wird sich anfühlen, als wäre sie im Weihnachtsfieber.« Mir war bewusst, dass ich wild drauflosplapperte, konnte mich jedoch nicht beherrschen.

Er grinste. »Viel wichtiger ist für mich, dass du hier sein wirst.«

»Das kommt noch hinzu.« Wieder sah ich das Blatt Papier an. Natürlich konnte ich es kaum erwarten, mit dem Film loszulegen, aber genauso wenig konnte ich es erwarten, während der Dreharbeiten wieder bei Ben zu sein. Morgens aufzustehen und mit ihm Kaffee zu trinken, ehe ich wie er zur Arbeit aufbrach. Und abends herzukommen und mich mit ihm über unseren Tag auszutauschen.

»Nur ein Detail ist noch ungeklärt«, meinte Ben.

Ich sah auf. »Was denn?«

»Wo werden wir wohnen?«

»Wie meinst du das?« Ich sah mich im Raum um. »Hier. Wir wohnen in deinem Haus. Was spricht dagegen?«

Simon setzte sich auf, als hätte er etwas gehört, sprang vom Bett und verließ das Schlafzimmer. Ich sah wieder Ben an.

»Ich dachte nur, dass wir hier bloß im Weg wären. Was, wenn die Schauspieler eine Szene hier drin drehen müssen …« Er zog die Augenbrauen hoch.

Ich spürte, wie sich meine Kinnlade selbstständig machte, als mir aufging, was er da sagte.

»Du meintest doch, du brauchst eine Baumschule und das Haus dazu. Den Schulsportplatz wolltest du nicht haben, weil er dir nicht authentisch genug war und sich nicht wie eine Baumschule anfühlen würde. Nicht wie Chelsea. Und als Bürgermeister bin ich doch meiner Stadt verpflichtet«, erklärte er mit gespielter Ernsthaftigkeit.

Ich lachte. »Aber natürlich bist du das«, gab ich im selben Ton zurück. »Ich weiß, dass du nur das Beste für deine Stadt im Sinn hast.« Ich zog ihn an mich. *»I wanna thank you, baby«*, sang ich völlig falsch.

»Oh«, raunte er. »Kein Klassiker. Trotzdem keine Herausforderung für einen Weihnachtsliebhaber wie mich.« Er beugte sich vor und sang mir leise ins Ohr: *»You make it feel like Christmas.«* Dann schlang er die Arme um mich. Ich quiekte vor Vergnügen, als er mich auf die Matratze drückte und mich zu küssen begann … meine Ohren, meine Wangen, meine Nase, ehe sich unsere Lippen fanden. Ich schloss die Augen und wünschte, es möge niemals aufhören.

Zoeys und Bens Weihnachtsplaylist

Everyday is Christmas – Sia

It's Beginning to Look a Lot Like Christmas – Michael Bublé

Christmas Time is here – Vince Guaraldi Trio

Don't Wanna Say Goodbye to Christmas – Jimmy Rankin

I'll be Home for Christmas – Bing Crosby

Do you Hear What I Hear – Bing Crosby

Last Christmas – Wham!

Baby It's Cold Outside – Holly Cole

It's the Most Wonderful Time of the Year – Andy Williams

O Christmas Tree – Tony Bennett

Let It Snow – Dean Martin

Holly Jolly Christmas – Meghan Trainor

You Make It Feel Like Christmas – Gwen Stefani (feat. Blake Shelton)

Everyday Will Be Like a Holiday – Carole King

Merry Christmas Darling – Christina Perri

Sleigh Ride – Johnny Mathis

All I Want For Christmas Is You – Mariah Carey

Dank

Die Idee zu diesem Buch entstand bei einem langen romantischen Spaziergang zu den Aufzügen bei Penguin Random House Canada mit meiner Lektorin, der unvergleichlichen Bhavna Chauhan. Bhavna, du bist ein Schneeengel. Auf der Liste jener, denen ich danken will, stehen auch Megan Kwan und alle anderen aus dem Team bei Doubleday Canada/Penguin Random House Canada: Kristin Cochrane, Amy Black, Val Gow, Kaitlin Smith, Chalista Andadari, Keara Campos, Maria Golikova, Emma Dolan, Kate Panek, Karen Ma, Melanie Little und Maggie Morris, außerdem meine Agentin, Samantha Haywood, und Megan Philipp bei Transatlantic Agency. Darüber hinaus danke ich meinen ersten Leserinnen und Freundinnen, die mir ihr Feedback angeboten haben: Emily Bozik, Christie Callan-Jones, Mandi Daman, Melanie Dulos, Sarah Hartley, Janis Leblanc, Kathryn Mayor, Rachel Naud, Jasmine Rach und Marissa Stapley; meiner Familie – den Guertins und den Schulgans – für ihre Unterstützung, Liebe und Babysitting-Einsätze, vor allem aber meinem Dad, der Weihnachten stets zu etwas so Besonderem werden ließ, indem er unsere franko-kanadischen Traditionen übernommen hat (vor allem seine selbst gemachte *toutière*). Ich danke Chris, meinem Lebens-, Liebes- und Redaktionspartner. Danke für deine Bereitschaft, gemeinsam mit mir Ideen für dieses Buch zu sammeln und sie mit einem Wochenende in Chelsea zum Leben erwachen zu lassen. Und schließlich danke ich Myron, Penny und Fitz – dafür, dass durch euch Weihnachten zur schönsten Zeit des Jahres wird.